**대원불교
학술총서**

05

대원불교
학술총서

05

한국 선어록의
문예 미학

· · ·

백운·태고·나옹의 선어록을
중심으로

· · ·

전재강 지음

· · ·

운주사

발간사

오늘날 인류 사회는 4차 산업혁명을 통해 완전히 새로운 세상을 맞이하고 있습니다. 전통적인 인간관과 세계관이 크게 흔들리면서, 종교계에도 새로운 변혁이 불가피하게 되었습니다. 이런 상황에서 대한불교진흥원은 다음과 같은 취지로 대원불교총서를 발간하려고 합니다.

첫째로, 현대 과학의 발전을 토대로 불교를 현대적으로 재해석할 필요가 있습니다. 불교는 어느 종교보다도 과학과 가장 잘 조화될 수 있는 종교입니다. 이런 평가에 걸맞게 불교를 현대적 용어로 새롭게 이해할 수 있도록 하려고 합니다.

둘째로, 현대 생활에 맞게 불교를 이해할 필요가 있습니다. 불교가 형성되던 시대 상황과 오늘날의 상황은 너무나 많이 변했습니다. 이런 변화된 상황에서 부처님의 가르침을 제대로 이해할 수 있도록 하려고 합니다.

셋째로, 불교의 발전과정을 종합적으로 이해할 필요가 있습니다. 북방불교, 남방불교, 티베트불교, 현대 서구불교 등은 같은 뿌리에서 다른 꽃들을 피웠습니다. 세계화 시대에 부응하여 이들 발전을 한데 묶어 불교에 대한 총체적 이해가 가능하도록 하려고 합니다.

대원불교총서는 대한불교진흥원의 장기 프로젝트의 하나로서 두 종류로 출간될 예정입니다. 하나는 대원불교학술총서이고 다른 하나는 대원불교문화총서입니다. 학술총서는 학술성과 대중성 양 측면을 모두 갖추려고 하며, 문화총서는 젊은 세대의 관심과 감각에 맞추려고 합니다.

 본 총서 발간이 한국불교 중흥에 조금이나마 기여할 수 있기를 바랍니다.

불기 2566년(서기 2022년) 10월
(재)대한불교진흥원

머리말

필자는 선어록에 대한 문예 미학적 접근이 앞으로 더 활발하게 이루어 져서 크게는 불가문학佛家文學, 구체적으로는 선가문학禪家文學이 폭 넓고 깊이 있게 논의되어 조선을 거치며 방외인 문학, 비주류문학으로 차별받고 오늘날 연구에서도 소외되는 흐름이 극복되기를 기대하는 마음으로 이 논의를 시작하였다. 한국문학사에서 중요한 한 축을 형성해 온 불가문학, 선가문학에 대한 연구는 유가문학을 비롯한 여성문학, 지방문학 등의 연구와 함께 반드시 더 많은 연구 인력이 필요한 분야라고 본다. 한국문학사에서 가장 오랜 기간을 두고 단일 사상 체계를 가진 문학 담당층이 문학적 성과를 축적해 온 경우는 불교문학이 거의 유일하다고 해도 과언이 아니다. 이제 불교문학 자료 정리가 어느 정도 이루어져서 이 분야 연구를 새로운 시각으로 체계적이고 지속적으로 확장해 나간다면 한국문학사의 전모를 온전히 드러낼 날도 불원간 오리라고 확신한다.

이 책은 세 부분으로 나누어져 있다. 고려 말 동시대를 살았던 세 사람의 탁월한 선승 백운 경한과 태고 보우, 나옹 혜근의 문학을 다루었기 때문이다. 이들은 흔히 고려 말 삼사三師로 일컬어지는데, 제일 선배격인 백운과 제일 후배격인 나옹과도 20여 년의 차이가 있을 뿐 서로를 알며 선후배로 일정한 관계를 맺고 있었다. 세 사람은 모두 출가 승려이고 원에 유학하여 인가를 받아왔으며 선 수행에 몰두한 선사라는 점에서 같다. 이런 외형의 유사함과 함께 이들은 각기 특징적 선 수행 방식과 삶의 이력을 가지고 있으며 그 과정에서 남긴 선시와 선어록도 각기 개성적이다. 그러면서도 이들이 달성한 문예 미학적 성과는 그 어느 시대 작가에 비해서도 높은 수준을 보여 주고 있다. 이러한 각 인물의 개성과 문학적 성취를 그 선적 이념과 연관하여 유기적으로 드러내기 위하여 본서에서는 이들 각자의 특징적 선어록을 조명하기에 수월한 접근 방법으로 논의를 진행하였다.

먼저 백운 경한에 대한 논의부터 시작하였다. 백운의 경우는 그 어록의 편집 체제와 지금까지 문학에서 다루지 않았던 선어록 산문 작품을 다루었다. 선어록은 선사들의 문집이라 할 수 있는데 그 체제가 사대부의 그것과 근본적으로 달랐고, 이것은 그 주변의 석옥 청공이나 태고 보우, 나옹 혜근의 경우와는 큰 틀에서는 유사한 것으로 나타났다. 핵심은 어록의 산문 작품을 앞에 내세우고 게송과 같은 선시를 뒤에 배치하는 방식이다. 이것은 더 거슬러 올라가면, 불경에서 앞부분에 부처의 설법을 내세우고 장의 중간이나 설법 전체를 마무리하면서 끝부분에 게송으로 핵심 내용을 다시 읊어 보이던 경전 체제의 전통과 맥이 닿아 있는 것으로 보인다. 그래서 앞에 배치하고 중시하는 산문을 분석해 보았는데 쌍방적 말하기, 일방적 말하기, 시적 말하기의 수용과 같은 표현의 다양성을 보여 주고 있었다. 이어서 그가 내세운 선이 어떠한가를 어록 자료에 근거하여 집중 분석함으로써 백운의 선을 무심선無心禪으로 보았던 기존의 주장을 교정하고, 조사선과 조사선 수행법으로서의 회광반조廻光返照라는 선이 백운 경한 선의 특징임을 밝히고, 어록에서 산문으로 이러한 선을 어떻게 문예 미학적으로 표현하고 있는지를 논의하였다.

다음은 태고 보우의 경우를 논의하였다. 여기서는 태고의 선시와 선어록에서 보인 선의 비언어적 표현을 다루었다. 지금까지 문학은 물론 철학이나 역사 등 분야에서 선의 비언어적 표현을 거의 다루지 않고 있어서 이것을 전체 문맥의 차원에서 개념을 세우고 현장의 구체적 행위를 논리적으로 따지면서 본격적으로 논의하였다. 여기서는 선에서 보이는 다양한 비언어적 행위의 개념과 유형을 수립하고 크게 비언어적 행위를 동작과 음성으로 나누어 그 기능과 역할에 대하여 밝혀 보았다. 그리고 태고 선의 체계성과 문예 미학적 표현 방식을 논의하였다. 그의 선은 조사선에서 출발하여 조사선 수행법인 회광반조, 회광반조와 간화선, 회광반조와 염불선으로 이어지는 상하 위계성과 위계의 제일 상층인 간화선과 염불선 사이에는 계열성이라는 두 가지 체계를 동시에 보여서 그 선의 체계가 매우 역동적임을 밝혔고, 이것이 산문 어록으로 극적, 서술적으로 표현되면서 다양한 문학적 수사를 개입시켜 선어록의 산문을 살아 움직이는 문예 미학적 작품이 되게 한다는 것을 입증해 보았다.

끝으로 나옹 혜근의 경우를 논의하였다. 여기서도 먼저 나옹의 선이 가지는 성격을 논의하였는데 그의 본래성불 이념은 앞의 두 선사와 함께하면서도 구체적 수행법에 있어서는 차이점을 보여 주었다. 우선 그는 회광반조를 강조하고 있었는데 간화선 수행법에서는 그의 구체적 방법이 백운 경한의 선 수행 방식에 근사한 것으로 나타났고, 간화선과 염불선에 있어서는 이 두 가지를 강조한다는 점에서는 태고 보우의 선 수행법과 유사하지만, 양자의 구체적 수행 방법에 있어서는 차이점을 보여 주었다. 태고 보우가 간화선과 염불선에 조사선 수행법인 회광반조를 접목하여 수행을 시켰다면 나옹 혜근은 간화선과 염불선을 그 자체로만 각각 철저히 수행할 것을 강조하였으며, 깨닫고 나서 태고는 본색종사本色宗師를 찾아가 깨달음을 반드시 확인할 것을 강조하고, 나옹은 특별히 그 점을 강조하지 않았다는 점이 다르다는 것을 밝혔다. 이어서 나옹이 선시에서 선을 표현하기 위하여 사용한 어휘를 통계적으로 분석하여 논의하였다. 체언과 용언 계열의 어휘는 선문에서 말하는 살과 활, 살활동시라는 기준으로 어휘를 분류하여 논의를 진행하였다. 선에서 사용하는 특정 어휘들이 고도의 상징으로 기능하는 경우가 많기 때문에 이를 논리적, 체계적으로 분류하여 그 의미를 추출하여 선시나 선어록의 문예 미학적 특성의 이해를 돕고자 하였다.

선가문학의 연구는 쉽지 않은 측면이 있다. 우선 문학 연구 이론과 문학작품을 보는 안목을 갖추고 일반 한문 독해 능력이 있어야 하며, 나아가 불교 한문 독해력〔看經眼〕을 갖추어야 한다. 불교 한문 독해력은 문장 이해만으로는 불가능하며 작품 내면에 표현된 불교 이념에 대한 이해가 선행되어야 한다. 더구나 내용이 선사상에 이르면 손에 아무것도 잡히지 않는 그 무엇을 대면하는 것과 같이 난감해진다. 언어를 넘어 있는 것〔不立文字〕이 선이라는 입장에서 보면 더욱 그러하다. 그래서 유불儒佛의 한문 실력이 아무리 뛰어나도 선을 모르면 선가문학은 접근이 불가능한 영역이라 할 수 있다. 그럼에도 불구하고 필자가 선시와 선어록의 문예 미학적 연구에 나설 수 있었던 것은 재야의 한학자에게 오래 익혀온 한문 일반에 대한 독해력을 바탕으로 작년에 열반하신 고우古愚 대선사의 선에 대한 가르침 덕분이다. 선이라는 마지막 관문 앞에서 어쩔 줄 모르던 필자에게 맨살을 긁어 보이시고〔好肉上剜瘡〕, '고귀한 사람이 왜 천한 사람이 되려고 하는가?'라고 캐물으시며 죽비를 내리신 고우 대선사의 통렬한 가르침이 없었던들 이 책은 나오지 못했을 것이다. 한국불교의 소의 경전인 『금강경金剛經』과 핵심 선서인 『서장書狀』과 『선요禪要』, 『백일법문百日法門』을 자상하게 가르쳐 주시고 필자의 번역을 면밀하게 감수하여 주신 고우 큰스님의 은혜가 얼마나 지중한가를 이 저서를 내면서 새삼 절감한다.

끝으로 어려운 여건 속에서 상당 기간 이런 연구가 이루어질 수 있도록 지원과 격려를 아낌없이 보내주신 대한불교진흥원 이한구 이사장님께 이 자리를 빌려 깊은 감사의 말씀을 드린다. 또한 이를 돕기 위하여 애써주신 대한불교진흥원 구성원 여러분께도 진심으로 감사드린다. 그리고 전례 없는 창궐의 어려운 상황 속에서 좋은 책을 내어 세상을 밝히겠다는 신념으로 이 책의 출간을 기꺼이 맡아 주신 운주사 김시열 사장님, 좋은 책을 만들기 위해 긴 시간 애써 주신 출판사 담당자님께도 감사의 말씀을 드린다.

2022. 10

동봉 전재강 삼가 씀

제1부

. . .

백운경한 선어록의
문예 미학

제1장 『백운화상어록』의 편집 체제와 산문 서술

1. 조사어록의 체재와 산문 이해를 위하여

백운 경한(白雲景閑, 1298~1374)은 고려 말에 활동한 대표적 세 사람의 선사 가운데 한 사람이다. 그는 고려 말 태고 보우(太古普愚, 1301~1382), 나옹 혜근(懶翁惠勤, 1320~1376)과 어깨를 나란히 했던 인물이다. 선 수행을 위주로 한 선사이고 선어록을 남기고 있다는 점에서 세 사람은 공통점을 보이지만 구체적인 수행과 활동 과정은 다르다. 백운 경한에 대한 연구도 다른 선사들에 대한 연구와 비슷한 양상을 보이는데, 그가 남긴 자료에 대한 문학적 연구보다는 인물, 사상, 『직지』, 사승관계 등 비문학적 영역에 논의가 치우쳐 있다. 상대적으로 관심이 부족한 문학 분야 연구는 고려 말 전체 불교문학 논의의 한 부분으로 진행되거나 시에 대한 하위 유형적 연구 등이 일부 이루어졌다.[1]

사대부들이 문집을 남긴다면 선사들은 어록을 남긴다. 문집이나 어록이라는 기록물은 일정한 형식을 가진다. 특히 유가의 문집은 시를 앞에 두고 문을 뒤에 배치하는 정형화된 틀을 가지고 있다.[2]

---

1 변희영·백원기, 「백운경한의 선사상과 '무심 진종'의 시학」, 『한국사상과 문화』 제83호, 한국사상문화학회, 2016; 이종군, 「백운선사의 선시 연구」, 『백련불교논집』 7, 백련불교문화재단, 1997; 이종찬, 『한국의 선시』「고려편」, 이우출판사, 1985; 인권환, 「고려시대 불교시의 연구—선가의 시를 중심으로—」, 고려대학교대학원 국어국문학과 박사학위논문, 1982; 임종욱, 「선시의 발생 및 변용에 관한 연구」, 『국어국문학논문집』 제13집, 동국대 국어국문과, 1986; 임준성, 「백운경한의 시세계—무심의 미학을 중심으로—」, 『한국시가문화연구』 제13집, 한국시가문화학회, 2004; 전재강, 「백운경한 초록 『직지』에 실린 선시의 제시맥락과 표현 원리」, 『선학』 제47호, 한국선학회, 2017; 전재강, 「『백운화상어록』 선시의 제시국면과 선시에 나타난 대상 인식」, 『어문론총』 제81호, 한국어문학회, 2019; 전재강, 「『백운화상어록』에 드러난 선의 성격과 산문적 표현」, 『한국시가문화연구』 제45집, 한국시가문화학회, 2020 참고.

2 참고로 비슷한 시기 유자들의 문집 체계를 간략히 보면 먼저 安軸(1287~1348)의 네 권으로 구성된 『謹齋先生文集』 卷之一에는 「關東瓦注」라는 제목 아래 시를 먼저 배치하고 해당 권 맨 끝에 네 편의 記를 붙였고, 이어진 卷之二, 三에도 앞에 詩나 歌를 먼저 배치하고 뒤에 表, 記, 策과 같은 산문을 배치하였고 마지막 권인 卷之四에는 부록을 담았다.(『한국문집총간』 2, 443~494) 李齊賢(1287~1367)의 10권으로 구성된 『益齋先生亂藁集』 卷第一에서 卷第四까지는 詩를 싣고 이하 나머지 부분에서는 다양한 산문을 배치하고 있다.(『한국문집총간』 2, 495~621) 그런데 이색의 아버지 이곡(1298~1351)의 전체 20권으로 된 『稼亭先生文集』을 보면 卷之一에서 卷之十三까지는 雜著를 필두로 記, 碑, 說, 題跋, 銘讚, 書, 啓, 序, 表箋 등의 다양한 산문을 먼저 싣고 그 뒤 卷之十四부터 끝까지 시를 싣고 있다.(『한국문집총간』 3, 89~242) 이와 같은 문집의 편차는 안축이나 이제현의 경우는 물론 그 후대 이색이나 정도전, 정몽주의 그것과도 완전히 다른 예외적인 것이다. 그래서 이색이 아버지 문집을 편집할 때는 비슷한 시기에 백운, 태고,

어록 역시 형식을 가지고 있으나 유가의 그것에 비하여 판이하게 다르면서 형식이 더 자유롭다. 지금까지 선사들의 어록 체제에 대한 논의는 사실상 제대로 시도되지 않았다. 유가 문집과 뚜렷한 차이를 보이면서 독자적 체계를 가지고 있는 선사들의 어록은 불교문학이나 선사문학의 변별적 특징을 이해하기 위해서는 반드시 다루어야 할 선행 과제이다. 선어록이라는 전체 특징적 체제 속에 선사들의 시문이 배치되고 그에 따라 내용도 규정되는 측면을 가지고 있기 때문이다. 선사들의 선어록을 일시에 모두 다룰 수는 없기 때문에 선이 꽃핀 고려 말 삼사 가운데 가장 선배격인 백운 선사의 어록을 그 스승 석옥 청공, 동학이라 할 수 있는 태고의 어록을 비교하고, 가장 후배격 인 나옹의 어록도 부차적으로 대비해 살피고자 한다. 이와 같은 구체적 인물의 어록체제를 논의함으로써 다른 선사의 그것과 비교 연구할 수 있는 단초를 마련하고 이렇게 축적한 연구 성과를 사대부의 그것과 구체적으로 대비함으로써 유가와 불가 문집 또는 어록의 근본적 차이

나옹 등의 선사어록을 접했다는 점에 유의할 필요가 있다. 李穡(1328~1396)의 『牧隱藁』는 방대한 시문자료를 「牧隱詩藁」와 「牧隱文藁」로 나누어 전자를 문집 의 앞에 배치하고 있다.(『한국문집총간』 3, 437~570, 『한국문집총간』 4, 1~517, 『한국문집총간』 5, 1~180) 그리고 이색의 제자 鄭道傳(?~1398)과 鄭夢周 (1337~1392)의 경우도 시를 앞세우고 문을 뒤에 배치하는 것은 같다. 정도전의 14권으로 된 『三峯集』은 卷之一, 二에서 詩와 詞, 樂章을 싣고 卷之三에서 卷之十 四까지는 각종 산문을 배치하고 있다.(『한국문집총간』 5, 277~550) 정몽주의 3권으 로 된 『圃隱先生文集』卷之一, 二에는 시를, 卷之三에는 雜著를 배치하고 있다. 이로 보아 이색이 선사들의 어록을 접하고 서문을 써주던 당시에 자신이 편집한 아버지 이곡의 『稼亭先生文集』을 제외하고는 모두 시를 산문 앞에 배치하는 문집 체제를 일관되게 보여 주고 있다는 것을 알 수 있다.

가 보여 주는 의미를 구명해 낼 수 있는 계기를 제공하자 한다. 당연히 선사들의 기록물인 어록이 어떤 형식과 체제를 가지는가를 알아보는 것은 자료 자체의 성격 이해와 거기에 실린 작품을 이해하는 데에도 도움을 준다. 어록체제에 대한 논의는 거시적 의의를 가지는 연구이면서 미시적으로는 연구 대상 자체인 백운 선사 문학의 이해를 위해서도 지금까지 거치지 않는 접근이라 할 수 있다. 『백운화상어록』이 백운 경한 본인에 의해서 직접 만들어진 것이 아니라 제자에 의하여 수습, 정리되었으나 일정한 체제를 갖추었을 때는 불교적 전통과 자료의 성격을 바탕으로 내용을 가장 효과적으로 전달하기 위해서 그런 구성을 선택했다고 말할 수 있다. 즉 멀리는 선사어록과 선사문학의 일반적 특성을 유가의 그것과 대비적으로 이해하기 위하여 가까이로는 선사문학의 대표적 사례인 백운 경한 선사 어록체제와 문학의 문예 미학적 특성을 구명하고자 이 논의를 시작했다. 여기에 더하여 산문의 서술을 문제 삼은 것은 어록 전체의 구성에서 산문이 차지하는 비중이 클 뿐 아니라 그 안에 게송과 같은 운문 역시 산문 서술의 문맥 속에서 상당수 사용되고 있다는 점에서 산문 서술을 말하면서 운문의 기능까지 어느 정도 언급할 수 있기 때문이다.

이 논의는 백운 경한이 남긴 문학의 비중에 비하여 상대적으로 관심이 부족한 문예 미학적 연구를 본격적으로 시작하기 위하여 백운 문학 전체 자료에 대한 접근과 산문이라는 중요 어록체에 대한 논의를 시도한 것이다. 고려 말 선사들의 문학 연구를 위해서 이런 자료에 대한 통합적인 접근이 한 번은 이루어져야 한다고 본다. 이를 통해 선을 꽃피운 고려 말 대표적 선사의 자료를 다룸으로써 당대 혹은 선후대의 자료와 특징을 비교할 수 있는 기준이 마련될 수 있고, 더 나아가 유가의 문집과도 대비해 봄으로써 더 뚜렷한 선가문학 자료의 성격과 실린 작품들의 변별적 특징을 찾아내 심층적으로 이해하는 데에 도움을 줄 수 있다고 보기 때문이다. 요컨대 이 장에서는 어록 전체의 체제 이해를 통하여 선사들의 어록이 가지는 편집 체제의 특징적 요인, 자료의 성격과 그 생성 배경을 구명하고 산문 서술에 대한 논의를 더하여 백운 선사 문학의 전반적 성격을 밝히고자 한다.

　『백운화상어록』을 논의의 주된 자료로 사용하고 그가 편집한『직지』, 같은 시대를 살았던 나옹 혜근의『나옹록』, 태고 보우의『태고록』, 백운의 스승으로 알려진 석옥 청공의『석옥청공선사어록』을 부차적 자료로 사용한다.

2. 『백운화상어록』의 편집 체제

『백운화상어록』의 편자는 '시자 석찬 록侍者釋璨錄'[3]이라는 기록으로 보아 제자인 석찬이라는 인물이 주동적으로 편집한 것으로 보인다. 그러나 이색이 쓴 「백운화상어록서」에 보면 법린, 정혜, 김계생 등이 본인에게 서문을 청해 왔다[4]는 말이 보이고, 이구李玖가 쓴 또 다른

---

3 이색과 이구의 서문에는 어록 편찬 관련 몇몇 인물이 나타나는데, 실제 책의 저자 이름을 기록하는 부분인 책의 제목『백운화상어록』상과 그 아래 목차 사이에는 '시자 석찬 록侍者釋璨錄'이라는 기록만 남아 있어서 그의 활동이 중심적 이었음을 시사한다.

4 其徒法隣靜惠與判閣金繼生 將錢語錄于梓 求余序. 李穡, 「白雲和尙語錄序」『白雲 和尙語錄』上『韓國佛敎全書』第6冊, 동국대학교출판부, 1990. p.637.

「백운화상어록서」에도 보면 문인 달담, 석찬 등이 어록을 간행해서 후세에 전하고자 했다[5]는 기록이 보인다. 어록의 편자로 등재된 석찬은 그 가운데 한 사람임을 알 수 있다. 이런 전후 사정으로 미루어 보아 제자들이 함께 자료를 수집하고 정리하면서 석찬이라는 인물이 이를 주도한 것으로 짐작된다. 어록을 편집하고 발간하는 데에 그 원전의 생산자인 백운은 직접적으로 간여하지 못했지만 어록 편집의 체제는 원저자의 뜻을 살리는 방향에서 이루어진다는 점을 감안할 필요가 있다. 편집의 방향은 불교 전통과 남겨진 자료의 성격이 결정하는 것으로서 이 자료를 바탕으로 어록을 어떻게 편집하는 것이 원저자의 의도를 가장 잘 살릴 수 있는가의 고민 결과가 어록이기 때문이다. 이런 일련의 배경을 가지고 편집된 『백운화상어록』의 편집 체제의 틀과 편집 체제 생성의 원리를 논의하고자 한다.

1) 편집 체제의 얼개

『백운화상어록』은 크게 권상卷上과 권하卷下로 나눠져 있는데 권상에는 크게 13항의 문건이 실려 있고, 권하에는 45항의 문건이 실려 있다. 권상을 구성하는 문건은 일방적으로 설법을 하는 것과 특정한 선구禪句를 풀이해 주는 것, 불교의례를 진행하는 것을 내용으로 하는 글이 중심이다. 권하는 전체 45항의 문건으로 되어 있는데 백운이 스승 석옥 청공에게 올리는 말, 형제(道伴)에게 주는 말 두 건을 시작으로 하여 38건은 일상의 시나 게송을 싣고 17건의 편지를 맨 뒤에

---

5 門人達湛釋璨等 欲鋟於梓 以壽其傳. 李玖,「白雲和尙語錄序」, 앞의 책, p.637.

제시했다. 구체적으로 목차를 가지고 편집 체세의 얼개를 살피면서 어록이 이런 체제를 갖추게 된 경위를 논의하고자 한다.

『백운화상어록白雲和尙語錄』 상上 시자 석찬 록侍者釋璨錄
목차目次[6]

권상卷上

「신광사입원소설神光寺入院小說」「홍성사입원소설興聖寺入院小說」「조사선祖師禪」「선교통론禪敎通論」「운문삼구석雲門三句釋」「대양삼구석大陽三句釋」「나옹화상삼구여삼전어석삼구懶翁和尙三句與三轉語釋三句」「삼전어이편三轉語二篇」「인필불각갈등여허시동암이삼형제因筆不覺葛藤如許示同菴二三兄弟」「송망승送亡僧」「기함起函」「하화下火」「홍무경술구월십오일승내교공부선취어전정사언구洪武庚戌九月十五日承內敎功夫選取御前呈似言句」

권하卷下

「지정신묘오월십칠일사예호주하무산천호암정사석옥화상구至正辛卯五月十七日師詣湖州霞霧山天湖庵呈似石屋和尙句」「사어계사정월십칠일기하무산행시동암이삼형제師於癸巳正月十七日記霞霧山行示同菴二三兄弟」「지정갑오유월초사일선인법안자강남호주하무산천호암석

옥화상사세배래십사일사어해주안국사설재소설사세송至正甲午六月
初四日禪人法眼自江南湖州霞霧山天湖庵石屋和尙辭世陪來十四日師於海州
安國寺設齋小說辭世頌」「신묘년상지공화상송辛卯年上指空和尙頌」「갑
오삼월일재안국사상지공화상甲午三月日在安國寺上指空和尙」「우작십
이송정사又作十二頌呈似」「정유구월일답선지서丁酉九月日答宣旨書」
「을사팔월일신광사상서乙巳八月日神光辭狀書」「기유정월일우고산암
지공진찬송이수己酉正月日寓孤山菴指空眞讚頌二首」「거산居山」「사도
호백운謝道號白雲」「기나옹화상입금강산寄懶翁和尙入金剛山」「사대화
상思大和尙」「송인낙가산送人洛迦山」「출주회산出州廻山」「언지言志」
「여신광장로구호與神光長老口號」「금강산내산석불상金剛山內山石佛
相」「시승示僧」「도망인悼亡人」「답정설재신시운答鄭偰宰臣詩韻」「부
답청법이오언시지復答請法以五言示之」「답서해권관풍거중答西海權觀
風居中」「상예원선교도총통찬영上芮院禪敎都摠統璨英」「을사유월입
신광차나옹대시운乙巳六月入神光次懶翁臺詩韻」 「사위의송四威儀頌」
「무심가無心歌」「기대고화상서寄大古和尙書」「상윤정승환서上尹政承
桓書」「상군수이재신구서上軍須李宰臣玖書」「상인재신안서이편上印宰
臣安書二篇」「답신광총장로선자서答神光聰長老扇子書」「답신광장로구
릉엄경서答神光長老求楞嚴經書」「답예원선교총통찬영서答芮院禪敎摠
統璨英書」「상신광장로축탄서上神光長老竺坦書」「시선선인서示禪禪人
書」「기시요선선인서寄示了禪禪人書」「시희심사주서示希諗社主書」
「기공선승통서寄公宣僧統書」「기내불당감주장로천호서寄內佛堂監主
長老天浩書」「기제자대선사자원서寄弟子大禪師資遠書」「시이상공서示
李相公書」「인필불각갈등여허시신광화상因筆不覺葛藤如許示神光和尙」

「시혜주목백示海州牧伯」「임종게臨終偈」

 이런 유사한 상하권 편집 체제는 백운 경한 주변 인물의 어록에서도
발견된다. 우선 그의 스승 석옥 청공 선사의 어록과 동학인 태고
보우 선사의 어록이 기본적으로 상하 체제로 구성되어 있다.[7] 그런데
세 인물의 생몰년이나 문집이 편집된 시기를 검토해 보면 흥미로운
현상이 나타난다. 생몰년으로 봐서는 스승인 석옥 청공(1270(3)[8]~

---

7 여기서 스승 석옥 청공이나 동학인 태고 보우의 어록 체제를 본격적으로 다루는
 것이 목적이 아니기 때문에 두 경우를 간단히 보인다. 먼저 『석옥청공선사어록』을
 보면 상하권 체제로 되어 있는데 상권은 산문인 설법만, 하권은 운문인 시, 가,
 게찬偈讚으로만 구성되어 있다. 이는 『백운화상어록』의 상하권 체제를 따랐으면
 서도 구체적 내용은 산문과 시를 상하권에 완전히 분리 배치하는 차이를 보인
 것이다. 그리고 『태고화상어록』의 경우도 백운의 예를 따라 상하권 체제를 하고
 있는데 구체적 내용에서는 상권에는 상당법어, 시중, 개인에게 주는 법어 등
 산문과 상대적으로 긴 운문인 가음명歌吟銘을 배치하였고, 하권에는 짧은 시를
 주로 제시하고, 편지는 하권 안에 부록이라는 항을 따로 만들어 일괄 제시하고
 있다. 구체적인 내용에서 역시 차이를 보이는데 장형의 시를 『백운화상어록』에서
 는 하권에 배치했는데 『태고화상어록』에서는 상권에 배치했고 『백운화상어록』에
 서 성격에 따라 산문을 상하권에 나누어 배치한 것과 달리 『태고화상어록』에서는
 산문을 상권에만 소속시키고 있고, 사적인 편지의 경우는 다 같이 하권에 배치했지
 만 『백운화상어록』에서는 하권 끝에 그냥 붙였고, 『태고화상어록』에서는 하권
 후반부에 부록 항을 따로 마련하여 편지를 그 안에 모아서 제시하고 있다는
 점에 다르다. 그래서 석옥이나 태고의 경우 상하권 체제를 바탕으로 산문을
 중시하여 상권 또는 같은 권 안의 전반부에 배치하는 기본 방식은 『백운화상어
 록』의 체제를 따르고 있다는 것을 알 수 있다.
8 괄호 안 숫자는 자료에 따라 생몰년을 다르게 표시하여 이를 참고로 제시하기
 위하여 병기한 것임. 이하 동일함.

1352)이 백운 경한(1298(9)~1374(5))에 비하여 20년 이상 빠른 것으로 되어 있다. 그리고 백운 경한은 태고 보우(1301~1382)보다 생년은 2(3)년 빠르고 몰년은 백운 경한이 그보다 7(8)년 빠른 것으로 나타난다. 가장 늦은 나옹 혜근(1320~1376)은 백운이나 태고에 비해 20년 정도 뒤에 태어났다. 그리고 나옹은 석옥 청공 선사의 법을 받지 않고 평산 처림(平山處林, 1279~1361)과 지공 화상(指空和尙, ?~1363)에게 법을 받은 것으로 전해진다. 계승한 스승이 일부 달라서인지 나옹의 어록은 백운이나 태고와는 다른 체제를 보여 주고 있다.[9] 실제 인물의 생몰 연대에만 근거해 보면 20년 빠른 스승의 문집이 제일 먼저 편집되고 이어서 제자들의 문집이 만들어졌을 것으로 생각할 수 있다.

그러나 나옹을 제외한 석옥, 백운, 태고 세 사람의 문집이 실제 언제 편집되고 간행되었는지를 살펴야 작자의 생몰년과 연관 하에 그 어록의 상호 연관성이나 문집 자체 성격을 더 정확히 이해할 수 있다. 책의 편집과 간행 시기가 생몰년과 반드시 비례하지는 않아서 이들 어록의 서문을 보면 실제 편집 연도를 짐작할 수 있다. 우선 석옥의 『석옥청공선사어록』의 서문[10]을 보면 명나라 홍무 15년(1382)

---

9 나옹의 경우에는 『나옹화상어록』은 상당법어나 개인에게 주는 시법과 같은 산문의 설법을 중심으로 하고 몇 편의 편지와 시로만 구성되어 있고, 운문인 가송歌頌은 어록이 아닌 『나옹화상송가』라는 별책으로 만들어서 상하권의 체제가 아니다. 그러나 이렇게 분책된 내용을 자체만 두고 보면 상하권의 체계를 내세우지 않았을 뿐이지 역시 산문을 앞세우고 운문을 뒤에 두는 기본 방식은 백운의 경우와 상통한다고 할 수 있다.

10 石屋淸珙 著, 至柔 編, 李英茂 譯, 「序」, 『石屋淸珙禪師語錄』, 불교춘추사, 2000.

에 쓰이고, 백운의『백운화상어록』에는 두 건 서문[11]이 실려 있는데 그 가운데 일찍 쓰인 것은 1377년으로 나타난다. 태고의『태고화상어록』서문[12]은 둘 중 빠른 것은 홍무 18년(1385)에 쓰인 것으로 나타난다. 문집 자체의 서문으로 미루어 보면 백운의 어록이 가장 빠르고 다음이 석옥의 어록, 그 다음이 태고의 어록으로 되어 있다. 실제 어록이 편집된 시기를 정확히 알 수 없는 상황에서 이 서문만으로 판단해 보면『백운화상어록』의 체제를 스승 석옥의 어록이나 동학이라 할 수 있는 태고의 어록이 뒤따르고 있다고 할 수 있다. 백운의 어록이 스승의 어록이 발간되는 것보다 5년이나 빠르고 태고의 어록보다는 8년이나 빠르기 때문이다. 문집의 편집과 발간 시기는 이와 같이 인물의 생몰년의 순서와 다르다는 것을 알 수 있다.

그런데 가장 출생이 늦은 나옹의 어록은 이색 서문과 백문보 서문 가운데 가장 빠른 백문보가 쓴 서문을 보면 1363년으로 나타난다.[13] 이 해는 나옹이 살아있던 생전의 시기이다. 그런데 이색의 서문은

pp.11~16, 一~二面.

11 같은 제목「白雲和尙語錄序」(앞의 책, p.637) 아래 각각의 서문과 함께 '이색서(李穡序, 戊午, 1378年)'와 '이구온보서(李玖溫甫序, 丁巳, 1377年)'라는 작자 표지가 있다.

12 『태고화상어록』에도 서문이 두 편이 있다. 서문의 제목「太古和尙語錄序」(앞의 책, p.669)는 이색이 홍무 18년 을축(洪武十八年乙丑, 1385年)에 쓴 것이고,「太古語錄序」(앞의 책, p.669)는 이숭인李崇仁이 홍무 창룡 정묘(洪武蒼龍丁卯, 1387年)에 쓴 것이다.

13 백문보가 서문「普濟尊者語錄序」(앞의 책, p.710)을 쓴 지정 23년(至正二十三年)은 서기로 1363년에 해당한다. 그 뒤 기미년(己未年, 1379年)에 이색이 서문을 다시 써서 추가하여 역시 서문이 두 편이다.

1379(己未)년이니 나옹이 열반하고 3년 뒤에 쓰인 것이다. 따라서 나옹의 어록은 저자 본인이 실제 자신의 어록 편집과 간행에 관여한 것으로 보인다. 앞의 백운과 태고 두 인물에 비하면 20년 가까이 늦게 출생했으면서 문집 편집과 출간은 10년 이상 앞서서 본인 생존 시에 이루어졌기 때문이다. 그래서 나옹 생시에 완성된 어록 원고에다가 나옹 사후 제자들이 당대 석학인 이색의 서문을 뒤에 다시 받은 것으로 봐야 한다. 나옹의 어록은 간행이 가장 빠르고 그 자신이 관여하여 만들었기 때문에 뒤에 나온 백운이나 태고의 문집 체제를 볼 수 없었고, 이색의 서문이 실릴 즈음에는 나옹의 제자들은 출생이 앞서나 문집 편집은 뒤에 이루어진 선배격인 경한과 태고 두 사람의 문집을 보았지만 스승이 관여하여 만든 어록 체제를 다시 바꾸지 않고 소극적으로 정리만 하여 그대로 출간 한 것으로 봐야 한다. 이 점이 나옹의 어록이 백운과 태고의 어록과 체제가 다른 이유이다.

2) 편집 체제의 원리

앞 절에서는 편집 체제의 얼개와 그런 체재가 만들어진 경위를 분석했다. 여기서는 이러한 편집 체제가 갖추어지는데 적용한 원리를 찾아보고자 한다. 『백운화상어록』을 편집하는 데에 사용된 몇 가지 기본 원리가 발견된다. 먼저 선공후사先公後私의 편집 원리이다. 어록 상하 권 사이에서나 같은 권 안에서 이런 질서가 작용하고 있었다. 앞 절에 제시한 문집 상권에서 신광사와 흥성사에서 백운이 대중을 향해 행한 법문인 「신광사입원소설」, 「흥성사입원소설」을 가장 앞에 싣고 있다. 이어서 「조사선」, 「선교」 등 객관적 가르침을 나열하다가 「송망승」, 「기함」, 「하화」 등 불교 장례에 간여한 내용의 직품을 싣고 있다. 그리고 하권에서는 백운이 석옥 청공과 지공 화상이라는 스승을 만나서 쓴 글을 먼저 싣고, 개인적인 관계에서 쓴 시나 편지는 맨 뒤에 배치하였다. 상대적으로 공적이고 중요한 의미를 가진 문건을 상하권 가운데는 상권에, 같은 권 안에서는 전반부에 배치하여 이런 의도를 분명히 드러냈다. 여기서 공公은 공적 불교 가르침이고, 사私는 개인적 인간관계와 관련된 것인데, 편집자들은 법을 우선적으로 드러내려 했던 스승 백운의 뜻을 문집 체제에 선공후사의 방식으로 반영했다고 할 수 있다.

다음으로 작용한 원리는 선산후운先散後韻의 배치 원리이다. 먼저 산문을 배치하고 운문을 뒤에 두는 원칙이다. 상권에서 보면 두 편의 소설은 백운이 신광사와 흥성사에 들어가 여러 차례 진행한 법문을 산문으로 기록한 것이다. 그리고 「조사선」이나 「선교통론」은 백운이 불교 이론을 산문으로 정리한 글로서 그 바로 뒤에 이어진다. 그리고 운문이나 대양, 나옹 등 다른 인물의 핵심 가르침을 시적으로 설명하는 경우는 가르침을 담고 있지만 그 뒤에 배치하고 개인적인 창작시나 그에 준하는 작품은 맨 뒤에 배치했다. 하권에서도 백운이 스승과 만남에서 생산된 산문을 먼저 제시하고 다음은 운문을 주로 배치하되 사적인 편지는 맨 뒤에 배치했다. 편지는 산문이라 앞에 두어야 하지만 앞에서 제시한 선공후사의 원리에 의하여 하권 후반, 운문 뒤에 배치하고 있다.[14] 선산후운의 배치 방식은 불교경전의 편집 체제 관행과도

---

14 『백운화상어록』의 경우와 마찬가지로 『태고화상어록』에서도 산문인 편지를 하권에 배치하고 있지만, 전자가 하권 뒤에 그냥 제시했다면 후자는 하권에

상관이 깊다.[15] 불경을 보면 산문이 항상 가장 먼저 제시되는데 불교를 알리고 가르치는 것이 우선이기 때문이다. 경전 가운데 『금강경』이나 『원각경』[16]을 가까이했던 백운도 가르침을 직설적으로 전달하는 산문 내용을 중요시하여 이를 앞부분에 제시한 것이다. 운문의 경우는 경전에서는 가르침을 정서적으로 강조하기 위하여 산문 내용을 요약한 중송重頌의 방식으로 뒤에 배치했는데, 백운의 경우 중간이나 후반에 운문을 배치한 것은 같으나 법문의 주장을 뒷받침하기 위하여 현장에서 쓰인 정서적인 표현의 게송을 가져왔다는 점이 불경과 다르다.

또한 존사현양尊師顯揚의 원리가 내재하고 있다. 작품이 산출된 시기로 보면 더 앞선 경우에도 하권에 배치하고 시기상 뒤에 만들어졌

부록 항을 따로 만들어서 그 안에 편지를 모두 담아 보이고 있다. 이 양자의 편집 체제를 보면 개인적인 것은 비록 산문이라도 하권에 배치하고 하권 안에서도 맨 뒤에 그냥 붙이거나 부록을 설정하여 따로 제시하는 방식을 취하고 있다. 이런 방식은 유가 문집에서 개인의 저작은 맨 뒤에 제시하는 것과 같은 맥락이라고 할 수 있다.

15 불경은 기본적으로 부처의 설법이 중심 내용이고 설법 내용을 마무리하면서 뒤에 다시 운문 게송으로 앞의 설법 내용을 요약하는 중송을 두거나 법문 가운데 게송을 읊는 일이 있는데, 『백운화상어록』에서 설법을 앞세우며 가르침을 중시하는 편집 체제도 불교경전의 일반적 영향 하에서 형성된 것으로 보인다. 이와 달리 유가문집에서 시를 앞세우는 태도는 시를 중시하는 유가문학의 일반 관행과 연관이 깊다. 『시경』이라는 시 모음집을 경전의 반열에 넣고 이를 중시하는 풍속이 유가의 전통으로 자리 잡아서 유자들의 문집에서는 거의 대부분 여러 갈래 가운데 시를 가장 우선시하고 있다.

16 백운은 『반야심경』, 『열반경』, 『화엄경』, 『원각경』, 『금강경』 등의 경전을 두루 인용하고 있는데 그 가운데서도 『원각경』, 『금강경』을 가장 많이 인용하고 언급하고 있다.

지만 백운의 것이면 상권에 배치하고 있다. 백운이 스승 석옥과 시공을 찾아서 수행하고 공부하는 과정에 나온 글들은 1351년에서 1354년 사이에 산출되는데 이보다 10년 이상 뒤인 1365년, 1370년에 조성된 백운의 설법 자료는 상권에 배치하고 있다. 이것은 백운의 제자들이 스승의 사상이 드러난 중요 자료를 다른 것보다 우선시하고 있다는 것을 보여 준다. 하권에 있는 석옥이나 지공과 상관된 자료는 백운이 스승을 찾아 배울 때 있었던 구체적인 과정을 진술한 것으로 백운의 수행 과정이 드러났을 뿐 성숙된 백운의 본격적 가르침이 담기지는 않았다고 보았기 때문에 앞선 자료이지만 이를 하권에 배치한 것으로 보인다.

끝으로 자연시간自然時間의 원리이다. 상권에 실린 자료 가운데는 두 건만이 기록 연대가 나와서 작성한 시기를 확정하기 어려운 점이 있다. 맨 첫 자료가 「신광사입원소설神光寺入院小說」이 을사(乙巳, 1365年), 맨 뒤 자료 「승내교공부선어전정사언구承內教功夫選取御前呈似言句」가 홍무 경술(洪武庚戌, 1370年)로 나타나서 시기가 표시된 작품이 두 편 밖에 없어서 흐름을 단정할 수는 없지만 자료 배치에 시간 순서를 지켰을 개연성은 보여 준다. 하권에 가면 기록한 시간이 드러난 작품이 더 많이 나타나서 더 정확하게 흐름을 파악할 수 있다. 「석옥화상어구」(1351년)서부터 「지공진찬송」(1369년) 사이에 생성된 산문을 시간 순서대로 배치하고 있다. 하권의 첫 문건인 「석옥화상어구」가 1351년에 제작된 것을 필두로 「기하무산행시동암23형제」(1353), 「해주안국사설재소설」(1354), 「지공진찬송」(1369)이 순서대로 창작된다. 그리고 이렇게 시간을 중시하면서도 석옥과 지공 두 인물 관련 문건은 나누어서 제시하고 석옥을 먼저, 지공을 뒤에 배치하면서 시기가 빠르더라도 지공 건은 뒤에 모아서 배치하여 상대적으로 더 비중 있는 인물을 앞에 배치하는 모양새를 갖추고 있다. 시기를 알 수 있는 나머지 한 건으로 차운시[17]가 있는데 이것은 운문으로서 다른 시와 함께 뒤에 제시하고 있다.

『백운화상어록』의 얼개가 만들어지기까지는 해당 자료 분석을 통하여 이와 같은 몇 가지 편집 원리가 사용되고 있다는 것을 추론할 수 있다. 그런데 이런 몇 가지 원리는 각각 별도로 기능하는 것이 아니라 함께 작용하여 현재의 어록을 만들었다는 것이다. 요컨대 선공후사, 선산후운, 존사현양, 자연시간 등의 원리를 중층적으로 적용하여 『백운화상어록』의 현행 체제를 만들었다고 할 수 있다.[18] 다음은 실제 이렇게 만들어진 어록 안에 제시된 산문 자료의 문예 미학적 성격을 논의해 볼 차례이다.

3. 『백운화상어록』의 산문 서술

『백운화상어록』에 나타난 산문은 문체 양식으로 봐서 크게 설법과 편지, 논설 등 세 가지다. 설법은 어록에 나타난 문건으로 봐서는

---

17 「乙巳六月入神光次懶翁臺詩韻」.(앞의 책. p.662) 여기서 을사乙巳는 서기 1365년 이다.

18 여기서는 『백운화상어록』에만 치중했지만 이런 편집 원리가 다른 어록 편집에도 어떻게 적용되는지 대비해 봄으로써 앞으로 어록집의 일반적 편집 원리와 어록 체계를 도출할 수 있다.

세 건[19]이고 편지는 15건[20]이고, 이 둘 어디에도 해당되지 않고 백운이 스스로 작성한 산문이 여덟 건[21] 더 있다. 언어 영역에서 보면 세 가지는 서로 다른 것이다. 설법은 말하기 방식이고 편지는 쓰기 방식이기 때문이다. 모두 표현 영역에 들지만 방식은 구어와 문어라서 다르다. 백운의 어록에 실린 이 세 가지 대표적 산문은 성격에 있어서 흔히 말하는 기문記文, 기행문, 일상 편지와 같은 단순한 성격의 것이 아니다. 가르침을 내리는 특별한 상황에서 행해진 설법은 일방적 말하기로 교리만을 설명하는 단순한 방식이라고 예단하기 쉽다. 편지나 기타 산문 역시 안부를 묻고 일상의 기록으로만 치부하기 쉽다. 그러나 백운이 남긴 산문은 이런 기준을 넘어서는 것이라서 그 점을 구명하기 위해 언어 행위상 다각도의 검토가 필요하다. 이것이 이 자료를 필요한

---

19 「神光寺入院小說」, 「興聖寺入院小說」, 「安國寺設齋小說」 등 세 편이 보이는데 앞의 두 건은 실제 여러 차례 이루어진 설법을 한데 모아 놓은 설법 모음집으로서 길이가 길다.

20 「丁酉九月日答宣旨書」, 「乙巳八月日神光辭狀書」, 「寄大古和尙書」, 「上尹政承桓書」, 「上軍須李宰臣玖書」, 「上印宰臣安書二篇」, 「答神光聰長老扇子書」, 「答神光長老求楞嚴經書」, 「答芮院禪教摠統璨英書」, 「上神光長老竺坦書」, 「示禪禪人書」, 「寄示了禪禪人書」, 「示希諗社主書」, 「寄公宣僧統書」, 「寄內佛堂監主長老天浩書」, 「寄弟子大禪師資遠書」, 「示李相公書」.

21 「祖師禪」, 「禪教通論」, 「因筆不覺葛藤如許示同菴二三兄弟」, 「洪武庚戌九月十五日承內教功夫選取御前呈似言句」, 「至正辛卯五月十七日師詣湖州霞霧山天湖庵呈似石屋和尙句」, 「師於癸巳正月十七日記霞霧山行示同菴二三兄弟」, 「因筆不覺葛藤如許示神光和尙」, 「示海州牧伯」. 이 가운데 앞의 두 건은 백운이 스스로 작성한 논설문이라 할 수 있고, 나머지는 남에게 직접 써 준 글로서 편지와는 다소 성격이 달라 보인다.

몇 가지 기준을 가지고 구체적으로 논의해야 하는 이유이다.

1) 교시적 말하기의 기록으로의 전환

설법은 다수 대중이나 어떤 특정인을 위하여 행해지는 말하기이고, 편지는 특정 개인을 상대로, 논설은 일반 대중을 위한 글쓰기다. 말하기인 설법의 내용이 선이라는 이념적 사실에 기초한 교시라는 점에서 이들 말하기의 성격은 당연히 교술적이다. 그런데 백운의 어록에 실린 설법과 편지, 논설은 서로 다른 언어 영역이 혼재하는 현상을 연출한다. 백운의 설법과 편지의 사례를 가지고 이를 자세히 살피고자 한다.

(1) 법당에 올라 스승께서는 대중을 바라보고 이르셨다. "노승은 오늘 임금님의 뜻을 사양하지 못해 조사의 청풍을 들어서 천자의 아름다운 명령을 드날리겠다. 최후의 한 글귀는 말하기 전에 적나라하게 드러나 하늘을 덮고 땅을 덮고 색을 덮고 소리를 탄다.…" 주장자를 들고 말씀하시기를 "이것은 항상 있는 것이 아니다. 그래서 노승이 주장자를 보면 다만 주장자라 부르고, 산은 산이고 물은 물이고, 승가는 승가이고 세속은 세속이라 부른다.…"[22]

---

22 上堂 師顧大衆云 老僧今日承稟宣旨辭不獲已 且祖師之淸風 對揚天子之休命 末後一句子聲前露裸裸盖天盖地盖色騎聲…擧杖曰 者箇不是常住 所以老僧見拄杖 但喚作拄杖 山是山水是水僧是僧俗是俗…. 白雲和尙, 「흥성사입원소설」, 앞의 책, p.640.

(2) 어제 어떤 선객이 와서 '당신(화상)께서 『능엄경』을 보고자 한다'고 말하는 것을 들었습니다. 즉일로 수습해 보내드립니다. 이어 저의 생각을 말씀드립니다. 출가의 직분은 마땅히 생사를 결택하여 불종자를 이어 도를 넓히고 중생을 이롭게 하는 것입니다. 어찌 경전에 매달리고 문자에 수고롭게 구속됩니까? 모두 바다에 들어가 모래를 헤아리는 것이라 헛되고 수고로울 뿐입니다.…[23]

(1)은 백운이 흥성사에 주지로 있으면서 대중을 상대로 행한 설법이다. 설법은 대중을 깨우치려는 분명한 목적의식을 가지고 있다는 점에서 교술적이다. 이 자료는 백운이 말로 한 설법을 제자들이 받아 적어 기록한 것이다. 백운이 하는 설법 자체만 있다면 그의 말만 나와야 되는데 이 예문에서 볼 수 있듯이 '법당에 올라 스승께서는 대중을 바라보고 이르셨다(上堂師顧大衆云)'라거나 '주장자를 들고 말씀하시기를(擧杖曰)' 등의 지문이 보인다. 이런 표지는 말하기의 설법을 글로 옮기면서 기록하는 사람이 현장의 상황을 재현해 보이기 위해 개입한 결과 나타난 현상이다. 기록하는 사람은 실제 백운이 말하는 현장에 있었고 이를 받아쓰거나 기억했다가 이런 기록물을 남겼다. 이것은 불경의 서술 방법과도 상통하는 측면이 있다. 대부분의 경전이 '이와 같이 나는 들었다(如是我聞)'는 말로 시작되고 그 중간에

---

23 一昨有一禪客來言 承聞和尚有言 要看楞嚴經 卽日收拾奉送 繼白下情 夫出家之
   職 應須決擇生死 紹隆佛種弘道利生 何乃孜孜經卷 役役拘文 悉入海筭沙 徒自勞
   困. 白雲和尚, 「답신광장로구능엄경서」, 앞의 책, p.664.

부처의 거동을 지문으로 처리하는 것과 닮았기 때문이다.[24]

예문 (1)에는 경전 첫머리에 나오는 공식구公式句인 '이와 같이 나는 들었다(如是我聞)'라는 표지는 없고 지문만 남아 있는 형식을 보이고 있다. 말하기인 설법을 기록으로 전환한 산문들은 모두 이와 같이 지문과 말하기라는 기본 형식을 따르고 있다. 구어를 기록하면서 지문 방식의 표지를 붙인다. 예를 들어 같은 문건 안에서 '임금님 생일날 법당에 올라 이르기를(聖節上堂云) … 자리에서 내려오시다(下座)', '법당에 올라 주장자를 들고 이르기를(上堂擧拄杖云)', '당에 올라 이르시기를(上堂云) … 문득 자리에서 내려오시다(便下座)', '법당에 올라 이르시기를(上堂云)' 등 상당히 도식화된 지문이 반복적으로 사용되고 있다. 설법하기 위하여 자리에 오르고 주장자를 들어 보이고 법문을 마치고는 자리에서 내려오는 과정을 서술자가 지문으로 설명하고 있는 것이다. 따라서 이런 양상은 설법이라는 말하기 방식이 어록이라는 기록으로 전환되면서 나타나는 어록 특유의 산문 서술 방식이라고 할 수 있다. 그래서 조사의 어록은 마치 아난이 부처의 설법을 모두 기억했다가 이를 글로 서술하는 것과 유사한 과정을 거치면서 서술자가 화자의 거동이나 당시 상황을 개입하여 소개하는 것과 같은

---

24 『금강경』의 경우를 보면 경문 시작 맨 앞에서 '如是我聞 一時 佛在舍衛國祇樹給孤獨園…'라고 시작하고 이후부터는 '如是我聞' 없이 須菩提가 질문하고 부처가 대답하는 행위 자체만 지문으로 나타내고 있다. 『圓覺經』의 경우도 맨 앞에서 "如是我聞 一時 婆伽婆라고 시작하고 이후부터는 12명의 보살이 질문하고 부처가 대답하는 행위를 지문으로 나타내고 있다. 그러나 이들 경전은 주고받기 대화 방식의 선어록과 달리 비교적 긴 질문에 긴 설명의 대답으로 구성되어 있다.

모습을 보인다고 할 수 있다. 따라서 전체적으로 『백운화상어록』의 산문은 말하기가 제삼자의 기록을 거쳐 만들어지면서 지문을 동반한 대화의 산문 어록체라는 문체적 특징을 보여 준다. 법어를 기록한 다른 문건도 같은 성격을 가지고 있다.

(2)는 편지로서 역시 상대방을 교시하고 있다는 점에서 교술적이다. 편지는 한문 문체의 하나로서 정해진 양식이 있다. 시작하는 말, 상대방의 안부, 마치는 말 등에 공식구가 나타난다. '소식을 들으니(承聞)', '받들어 보냅니다(奉送).' 그러나 이러한 공식 어구를 제외하고 실제 전하고자 한 말은 모두 일상에서 하는 구어 방식의 말이다. 화자가 상대하는 특정한 대상 인물에게 하고 싶은 말을 편지라는 형식으로 적은 글이다. 이런 점에서 (2)와 같은 편지 역시 근원적으로는 말하기가 글쓰기로 전환된 결과물이라고 할 수 있다. 그런데 여기서 편지가 설법의 기록과 다른 것은 설법은 다른 사람이 말한 것을 제3자가 기억하고 기록했다면, 편지는 당사자가 하려는 말을 본인이 직접 문장으로 서술했다는 점이다. 이런 차이 때문에 편지에는 모든 진술이 서술자의 입장에서 일관되게 이루어지고 별도로 지문을 사용할 필요도 없다. 백운의 나머지 10여 편의 편지 역시 같은 양상을 보인다.

선사들의 기록을 문집이라 하지 않고 어록이라 일컫는 데에는 기본적으로 담긴 작품들이 교술적 말하기 중심의 기록물이라는 언어적 인식이 깔려 있다. 불경 역시 부처의 설법을 듣고 기록했다는 점에서 부처의 어록이라 할 만한데, 구체적으로는 조사의 어록과 다른 점이 있다. 백운이 가장 많이 읽고 가까이했던 『원각경』과 『금강경』을 보면 경전 시작 부분에서 대상 인물인 보살이나 수보리가 어떤 주제에

대하여 다소 길게 질문을 하면 여기에 대하여 부처가 길게 답을 하는
방식으로 진행된다. 그러나 백운의 어록에서는 한 번의 질문과 긴
설명으로 진행되는 것이 아니라 심각한 문제를 두고 대화를 주고받는
것과 같이 문답이 긴장감 있게 진행된다는 점이 다르다. 대화가 진행되
면서 여러 가지 절차를 지문으로 제시하는 것 역시 경전과 다르다
할 수 있다. 편지의 경우는 본래 정해진 문체라는 점에서 다르기는
하지만 상대방에게 교시할 말을 일방적으로 적었다는 점에서 어록의
범주에 포괄됐다고 할 수 있다. 그러나 백운 본인이 직접 기록함으로써
다양한 지문을 사용할 필요 없이 편지의 공식구만 사용된 점이 설법과
다르다. 남이 대신했든 자신이 했든 가르침의 교술적 담화를 글로
쓴다는 기록 의식을 분명히 드러내기 위해서 선사가 남긴 자료의
이름에 어록이라는 용어를 사용했다고 볼 수 있다.

2) 일방적 말하기의 쌍방적 말하기 수용

설법은 기본적으로 대중이나 어떤 개인을 향한 일방적 말하기다.
그런데 상당한 부분에서 쌍방적 말하기, 대화의 기법이 사용되면서
말하기가 독백에 그치지 않고 극적인 성격을 보이는 경우가 나타난다.
이는 대화 상대를 설정하고 대화로 설법을 이끌어감으로써 화자가
말하고자 하는 핵심 내용을 더 극명하게 부각하고 이를 지시해 보일
수 있는 방법이라고 할 수 있다. 해당하는 자료를 보면서 논의를
계속한다.

(3) 스승께서 법좌에 오르시자 유나가 추를 치며 이르기를 "법회

자리의 용상 같은 대중이 여, 제일의를 살피시오." 스승께서 고성으로 강령을 들어 이르시기를 "제일의, 제일의여! 붉은 화로 위의 한 점 잔설과 같도다! 개중에 만약 선객이 있다면 하필 유나가 추를 치겠는가? 나오고 나오시오." 이때 어떤 스님이 나와서 예배하고 묻기를 "어떤 것이 제일의입니까?" 스승이 이르시기를 "너에게 말하기를 사양하지 않겠으나 네가 믿지 않을까 걱정된다." 어떤 스님이 이르기를 "화상의 정성스런 말씀을 어찌 감히 믿지 않겠습니까?" 스승이 이르시기를 "어째서 다시 묻지 않는가?" 그 스님이 다시 묻기를 "무엇이 제일의입니까?" 스승이 이르시기를 "이것이 제일의이다." 나오며 이르기를 "모르겠습니다." 스승이 이르시기를 "알면 심히 기특하고, 몰라도 또한 옳다."[25]

(4) 또 향엄이 이르기를 "작년 가난은 가난이 아니고 금년 가난이 비로소 가난이네. 작년에는 송곳 세울 땅이 있었는데 올해는 송곳조차 없네." 앙산이 이르기를 "여래선은 곧 사형이 알았다고 허락하겠지만 조사선은 꿈에도 보지 못했네." 향엄이 이르기를 "나에게 한 기틀이 있어 눈 깜짝할 사이에 이를 보네. 만약 사람이 알지 못하면 따로 사미를 부르겠네." 앙산이 이르기를 "사형께서 조사선을 안 것을 또한 기뻐하네."[26]

---

[25] 師陞座 維那白槌云 法筵龍象衆 當觀第一義師高聲提綱云第一義 第一義如紅爐上一點殘雪介中若有宜茶客何必維那下一槌還有宜茶客應出來出來 時有僧出禮拜 問如何是第一義 師云不辭向汝道 恐汝不信僧和尚誠言 焉敢不信師云何不更問 其僧更問 如何是第一義 師云是第一義 進云不會 師云 會卽甚奇特 不會也相宜. 백운화상, 「신광사입원소설」, 앞의 책, p.639.

(3)은 백운이 해주 신광사에 있을 때 대중을 상대로 한 설법의 한 대목이다. 일반적으로 보이는 '법좌에 오르시고 … 자리에서 내려오셨다'와 같은 지문이 앞뒤에 있고 일방적으로 내리는 법문이 그 중간 부분 전체를 차지하는데, 여기서는 양상이 다르다. 마치 여러 인물이 등장하는 연극의 한 장면을 연상시킬 정도로 생동한 대화 현장을 보여 주고 있기 때문이다. 먼저 스승(백운)이 법좌에 오른다. 다음은 유나가 추를 치며 '법연의 용상 같은 대중이여! 제일의를 보시라'라고 말한다. 이어서 스승이 큰소리로 핵심을 들어 이르기를 '제일의! 제일의!…'라고 이른다. 여기에 또 다른 인물인 어떤 승려가 등장하여 질문을 던지고 다시 스승은 대답을 하고 또 다시 질문하고 대답하기를 거듭한다. 이와 같이 백운은 일방적 말하기 방식의 설법에 대화라는 쌍방적 말하기 방법을 수용하여 생동하는 현장을 극적으로 보여 주고 있다. 설법 현장의 긴장과 흥미를 높이고 대중을 대화 현장에 몰입하게 하여 교시의 효과를 높이고 있다. 경전의 서술 방식을 이어받으면서도 어록의 진화된 서술 방식을 보여 준다. 백운은 일방적 말하기의 평면성에서 벗어나 쌍방적 말하기를 자유자재로 구사하여 말하기 미학의 역동적 현장을 재현해 주고 있다.[27]

---

26 又香嚴云 去年貧非是貧 今年貧始是貧去年有卓錐之地 今年錐也無 仰山云 如來禪 卽師兄會 祖師禪 未夢見在嚴云 我有一機 瞬目示伊 若人不會 別喚沙彌仰山云 且喜師兄會祖師禪. 백운화상,「조사선」, 앞의 책, p.654.

27 유가경전인『논어』나『맹자』에도 스승과 제자, 혹은 제3자와의 대화가 사실적으로 펼쳐져서 당시의 생동하는 현장을 재현해 주는데, 후대 유자들의 문집은 이런 어록적 성격보다는 시문과 같은 문어 중심으로 문집이 구성된다. 그러나 백운의 경우는 설법 자료 대부분이 현장에서 일어나는 대화를 재현해 보이는

　(4)는 자료 (3)과는 성격이 조금 다르다. 자료 생산의 과정이 (3)은 백운이 직접 진행한 설법을 제자가 기록한 것이라면, (4)는 설법의 현장을 남이 기록한 것이 아니고 백운 본인이 특정 주제, 여기서는 이전부터 있었던 '간화선' 관련 자료를 정리하면서 주장을 전개하고 있기 때문이다. 자료의 내용에는 법석에 오른다든지 내려온다든지 하는 지문이 없고 인물 간의 대화만으로 구성되어 있다. 백운이 직접 생성한 자료임에도 불구하고 조사선이라는 주제에 대하여 그가 가진 견해를 개념적으로 전개하지 않고 조사선이 형성되고 드러나던 당시 대화의 현장을 다시 가져와 보여 주는 방식을 취하고 있다. 인용한 (4)번 부분이 그중 하나로서 향엄 선사와 앙산 선사 두 사람이 주고받은 대화를 그대로 옮기고 있다. 먼저 향엄이 가난을 두고 작년 가난과 금년 가난이 이렇게 달라졌다고 말하니, 여기에 대하여 앙산은 여래선은 이해했으나 조사선은 모른다고 답했다. 여기에 왜 모른다고 했는지 이유나 설명은 없다. 두 사람의 대화만 드러날 뿐이다. 이어진 대화에서 역시 향엄이 먼저 이전과 다른 말을 하고 그에 대하여 이번에는 상대가 조사선을 알았다고 인가하는 앙산의 말이 거침없이 이어지고 있다. 이 글은 지문 없이 핵심적 대화만으로 구성되어 있다. 인용한 이 자료 끝에 놓인 두 문건에 와서야 백운이 간단한 설명을 덧붙인다. '혹 언성으로 법을 보여 사람에게 보인 것[28], 혹 소리로 법을 보여 사람에게 보인 것'[29] 등이 그것이다.

　내용으로 되어 있어 현장의 생동감을 그대로 전달한다.

28　或以言聲示法示人者. 백운화상, 「조사선」, 앞의 책, p.654.

29　或以聲示法示人者. 백운화상, 「조사선」, 앞의 책, p.654.

　일방적 교시의 설법 방식에 극적 장면을 만들어 넣고 거기서 시작을 알리는 유나의 행위와 발언, 다시 백운의 말하기와 또 다른 인물의 등장과 질문, 재질문에 대한 백운의 재대답, 거듭되는 질의에 대한 거듭되는 대답을 보여 주어서 설법이라는 일방적 말하기에서 나타나기 쉬운 개념적 설명과는 차원이 다른 생동하는 대화의 현장을 보여줌으로써 극적 말하기를 매우 효과적으로 구사하고 있다. 여기에 더하여 개념적 설명을 할 만한 자료에 대해서도 실제 개념이 형성되기 이전, 개념의 연원이 되는 당시 현장의 대화를 그대로 가져와 보이는 데서 쌍방적 말하기가 이루어졌고, 대화로 형상화된 상황 제시를 통해 말하고자 한 주제를 이해시키기는 데 그치지 않고 바로 생생하게 느끼게 하고, 현장과 유사하게 스스로 체험하고 깨닫게 하는 효과를 거두고 있다.

3) 산문적 말하기의 시적 말하기 수용

기본적으로 설법은 일방적 말하기이면서 운율 없이 행해지는 산문적 말하기다. 그런데 앞 절에서 살폈듯이 지문을 사용하면서 쌍방적 말하기를 수용하여 극적 장면을 제시하는 성격까지 보임으로써 설법은 선문답이라는 문예 미학적 표현의 특징적 성격을 기발하게 드러내기도 했다. 설법은 여기에 그치지 않고 다시 시적 말하기라는 서정적 표현 방식도 도입하고 있다. 어록에서 어떤 방식으로 시적 말하기가 수용되는지를 사례를 가지고 논의한다.

　(5) 선인 법안이 하무산에서 항해해 와서 나에게 한 통의 편지를

주었다. 내가 꿇어앉아 받아 펴보니 하무산 천호암에 계시는 나의
스승 석옥 노화상께서 열반에 들 때 쓰신 세상을 이별하는 게송이었
다. 게송에 말하기를 '백운을 사려 청풍을 팔았더니/ 가사를 다
흩어 버려 뱃속까지 곤궁하네/ 한 간의 띠 집을 남겨/ 떠날 때
병정동(너, 백운)에게 부촉하노라.' 내가 재삼 펴보고 그 뜻을 자세
히 살펴보니 이것은 스승께서 세상 인연을 다하시고 화신을 거두어
적멸에 돌아가실 때 평생 쌓으신 청풍을 나에게 부촉하신 전법
게송이었다.[30]

(6) 선 자리가 곧 진리라는 것은 마치 교설 가운데 이른바 먹고사는
일이 모두 실상과 서로 어긋나지 않는다는 것과 같다. 그러므로
방 거사가 말하기를 "일용사가 별다른 게 없고/ 오직 내가 함께할
수 있네/ 낱낱이 취하거나 버리지 말며/ 곳곳에 어긋나지 말라/
주자朱紫라고 누가 불렀는가?/ 산은 한 점 티끌도 끊었네!/ 신통과
묘용은/ 물 긷고 나무를 나르는 것이네!"라고 했다. 그러나 이렇게
만 알고 묘오를 궁구하지 않으면 일 없는 갑 속에 떨어져 있고
또 무위의 구덩이 가운데 떨어진다.[31]

---

30 禪人法眼 自霞霧山航海而來 授以一通書予小師 白雲跪而受 披而覽 乃吾師霞霧
山天湖庵 石玉老和尙 臨入涅槃辭世頌也 頌曰白雲買了賣淸風 散盡家私澈骨窮
留得一間茅草屋 臨行付與丙丁童 予小師再三披覽 審祥其義 乃先師世緣旣畢 收
化歸寂之際 平生所蘊之淸風 傳付於我之法偈也⋯. 백운화상, 「海州安國寺設齋
小說」, 앞의 책, p.658.

31 立處卽眞者 如敎中所謂治生産業 皆與實相 未相違背 是故龐居士有言曰 日用事
無別 唯吾能自諧 頭頭非取捨 處處勿張乖 朱紫誰爲號 丘山絶點埃 神通幷妙用

(5)는 백운이 스승의 재를 지내며 대중들에게 내린 설법의 일부분이다. 이 부분은 매우 장엄한 분위기를 담고 있다. 법안이라는 선사가 중국 하무산에서 배를 타고 바다를 건너 고려에 있는 자기에게 한 통의 편지를 전해주었는데 이걸 그냥 받지 않고 꿇어앉아 받는다고 했다. 내용을 처음 보고는 그것이 백운 자신의 스승인 석옥 청공 선사가 세상을 버리며 지은 사세송辭世頌이라는 인식을 했다. 그런데 왜 임종하며 남긴 게송을 중국에서 자기에게 전해 왔는가를 확인하기 위하여 게송을 자세하게 읽고, 드디어 그 다음에는 그 의미가 자기에게 법을 전하는 전법게라는 것을 새롭게 인식하기에 이른다. 임종게이면서 전법게라는 매우 중의적이고 의미심장한 정황을 그대로 알리기 위하여 백운은 설법 과정에 실제 해당 게송을 그 안에 직접 제시하였다. 게송을 가운데 두고 백운은 그 앞에서는 사세송이라는 인식을 보이다가, 그 뒤에 와서는 그것이 동시에 전법게이기도 하다는 인식의 변화를 드러낸다. 이 순간 백운 스스로가 부처 혹은 달마로부터 이어져 내려오는 역대 조사의 반열에 오르는 것이며 조사로서의 무거운 책임감을 획득하는 결정적 계기가 된다. 산문적 설명만으로 드러낼 수 없는 결정적 사건의 핵심을 당시에 받은 게송이라는 운문 작품을 산문 안에 제시함으로써 현장의 실감을 그대로 전달하는 효과를 얻고 있다. 실제 여기 인용해 보인 게송은 인용문 (6)의 생략된 앞부분의 맨 앞에 먼저 세시하고 재의 절차를 진행하는 것으로 나와 있어서 같은 게송을 같은 글에서 두 번이나 반복하여 인용하였고 그때마다 그

運水及般柴 然便伊麼認着 不求妙悟 則墮在無事甲裏 又落無爲坑中. 백운화상, 「因筆不覺葛藤如許示神光和尚」, 앞의 책, p.668.

의미가 새롭게 드러나게 하였다. 여기서 운문의 수용은 열반송을 전법게로 보는 인식의 대전환을 드러나게 하는 기능을 하고 있다.

(6)은 신광 화상이라는 특정 개인에게 가르침을 주는 글이다. 공부하는 방법에 대하여 말하면서 상대의 문제를 지적하고 있다. 같은 이 글의 후반부에 상대방의 수행이 잘못 됐다는 것을 "밖을 향해서 구하지 말라. 만약 일용을 떠나서 따로 묘한 도를 구하면 이것은 파도를 떠나 물을 찾는 것이라 구할수록 더욱 멀어진다"[32]라고 지적하고 있는데, 여기에 대한 대응책으로 제시한 것이 인용문 (6)이다. 서 있는 자리가 진리라고 하면서 먹고사는 일 자체가 진리와 서로 위배되지 않는다는 것을 구체적 예로 유력한 게송을 인용해 보여 주고 있다. 논리적 주장을 뒷받침하기 위해 방 거사의 게송을 예로 제시하였다. 방 거사(龐居士, ?~808)는 세속인으로서 깨달은 사람으로 잘 알려져 있는데, 그의 게송을 인용해 보임으로써 백운은 사는 일이 실상과 어긋나지 않는다는 본인 주장의 타당성을 뒷받침하고 있다. 일체가 진리이기 때문에 일상의 일(日用事)이 별다르지 않고, 일체(頭頭)를 취하거나 버리지 말고, 곳곳(處處)에서 억지로 어긋나서는 안 된다고 하고, 마지막에 일상이 그대로 진리임을 '물 기르고 나무해 나르는 것 자체가 신통묘용'이라는 결론을 내리고 있다. 그러나 여기서 또 한 번의 반전을 보인다. 게송의 뒷부분에서는 다시 일상이 바로 진리라는 말만 듣고 여기에 집착하여 깨달음을 구하지 않는 사람이 있는데 이런 사람은 일 없는 상자 안이나 구덩이에 빠져 있는 것과

---

32 不向外求 若離日用別求妙道 則是撥波求水 求之逾遠矣. 백운화상, 「因筆不覺葛藤如許示神光和尙」, 앞의 책, p.668.

같다는 수행상의 문제점을 지적하고 있다. 여기서는 일체가 본래 진리이고 여기에 근거하여 밖으로 구하지 말고 바르게 수행해야 된다는 가르침을 상대방에게 주기 위하여 진리가 일상을 떠나 있지 않다는 취지의 여러 다른 선사들의 사례를 산문으로 들기도 하고, 인용문 (6)에서는 핵심적 내용을 담은 운문을 가져와서 상대방을 깨우치고 있다. 그러나 수행 상에서 그 때문에 빠질 수 있는 오류를 마지막에 다시 환기시키고 있다. 그래서 백운은 편지와 같은 사적인 산문에서도 증거가 되는 게송을 수용하여 정서적 공감을 통한 교시의 신뢰성을 높이고 있다.

4. 『백운화상어록』의 편집 체제와 산문 서술

이 장에서는 고려 말 삼사 가운데 가장 선배격인 백운 경한의 어록 체제와 산문 서술에 대하여 논의하였다. 이는 선사의 문집이라고 할 수 있는 어록을 살핌으로써 그 체제가 가진 유가문집과 다른 특징은 물론 백운 경한 어록 편집의 구체적 원리를 발견하고, 이런 형식의 체제를 통하여 달성하고자 한 목표가 무엇인가를 파악하려는 의도에서 이 논의를 진행했다. 또한 어록이라는 용어 자체가 말의 기록이라는 의미를 가지고 있어서 구어가 기록되면서 산문으로 서술되기 때문에 이를 진술 방식의 측면에서 논의하여 어록 내 산문 자체가 가지는 선문답으로서의 역동적 입체적 성격을 파악하였다.

먼저 어록의 체제가 보인 얼개와 체제 구성의 몇 가지 원리를 논의하였다. 『백운화상어록』은 상하 체제로 되어 있고 상권에는 산문 중심,

하권에는 산문과 운문 문건을 함께 실은 양상을 보여 주고 있었다. 이는『금강경』이나『원각경』과 같은 불경 체제의 기본적 영향과 백운이 남긴 자료가 원천적으로 가진 성격을 제자들이 반영하여 어록을 편집, 간행했고 그 결과 산문을 앞세우고 운문을 뒤에 배치하는 어록 체계를 확립했다. 그의 어록은 스승인 석옥의 어록이나 동학인『태고어록』상하권의 일반적 편집 체제에도 영향을 끼친 것으로 나타났다. 그리고 어록 전체 편집에는 공적인 자료를 앞에 사적인 사료를 뒤에 배치하는 선공후사, 산문을 앞에 운문을 뒤에 배치하는 선산후운, 어록 편집자가 자기 스승을 높이고 드러내는 존사현양, 또 작품이 창작된 물리적 시간의 순서에 따라 작품을 배치하는 자연시간이라는 네 가지 원리가 중층적으로 함께 작용하여 편집된 결과가 바로『백운화상어록』임을 밝혔다.

　다음 산문 서술의 방식을 논의하였다. 기본적으로 어록은 말하기가 기록으로 전환되어 이루어진 결과물이다. 설법이라는 교시적인 말하기를 기록하는 과정에 말하는 사람의 동작이나 말하기 행위를 드러내는 지문을 삽입하여 타인에 의한 기록이라는 것, 교술적 말하기가 기록으로 전환된 양상을 보여 주고 있었다. 설법의 문체는 경전 대화체의 기본적 원칙을 수용하되 한번 질문에 긴 설명으로 이루어진 경전과는 달리, 마치 일상에서 심각한 문제를 짧게 묻고 대답하는 문답 방식을 역동적으로 이어나가서 선문답 현장의 생동하는 장면을 다양한 구체적 지문으로 드러냈다. 또한 이것은 불교경전의 일반적 대화 방식이나 석옥 청공의 단편적 문답식의 설법을 수용하면서도 문답을 더 다양하고 구체적으로 길게 전개함으로써 불경이나 스승과는 다른 모습을 보여 주는 것이었다. 즉 기본적 불경의 수용과 스승과의 교류에서 백운은 교시를 위한 설법이 기본적으로 일방적 말하기이지만, 그중에는 특정 인물과 주고받는 긴장된 대화를 구사하여 쌍방적 말하기의 현장성과 역동성을 극적으로 보여 주고 있었다. 또한 상대적으로 더 비중 있게 다루어진 산문 서술에서 빈번하게 게송과 같은 운문을 가져와서 시적 말하기의 방식을 수용하고 있었다. 이 역시 설법을 하다가 게송을 제시하는 불경의 방식을 간접적으로 수용했는데 경전에서는 게송이 그 앞에 설법한 내용을 다시 요약하여 강조하는 중송의 기능을 했다면, 『백운화상어록』의 설법은 자신의 주장을 입증하거나 강화할 수 있는 게송을 가져오는 점이 달랐다.[33] 이는 개념적 설명에서 더 나아가 형상화된 장면을 묘사하거나 정서적 공감을 통한 교시의 감성적 전달 효과를 제고하기 위한 방책으로 시적 말하기가 수용됐다는 것을 말해 주는 것이었다.

거시적인 관점에서 어록의 체제와 산문 서술을 살펴봤는데, 백운경한의 문학작품 자체에 대한 연구는 별도로 더 필요하다. 특히 그가 일생동안 수행한 조사선을 산문에 어떻게 문예 미학적으로 표현하고 있는지를 논의함으로써 같은 시대 선사들 상호간에 보이는 문학의 변별적 특성을 구명할 필요가 있다.

---

33 어록의 상하권에서 상권에 문, 하권에 시만 배치한 스승 석옥의 경우는 설법에 거의 게송을 제시하지 않는 모습을 보여 주고 있다.(石屋淸珙 著, 至柔 編, 李英茂 譯, 『石屋淸珙禪師語錄』 불교춘추사, 2000 참고)

제2장 『백운화상어록』에 드러난 선의 성격과 산문적 표현

1. 백운 경한 선의 성격과 표현의 문제

백운 경한은 고려 말 삼사三師[1] 가운데 한 사람으로서 특히 『직지直指』의 편집자로 잘 알려져 있다. 한국에서의 선이 이 시기에 구체적으로 확립될 때 중요한 역할을 한 삼사에 대한 연구는 많이 이루어졌다. 그러나 세 인물 가운데 가장 선배격인 백운 경한에 대한 연구가 나머지 두 사람에 비하여 미약하다. 그 이유가 분명하지는 않지만 백운 경한이 남긴 자료나 행적에 근거해 보면 그 이유를 어느 정도 짐작할 수 있다. 백운은 상대적으로 나머지 두 사람에 비하여 자작 시문을 적게 남기면서 기존 자료인 『직지』의 재편에 주력했고, 현실 정치에 관여하지 않고 선사 본연에 충실했다는 점에서 이런 사정을 예상할 수 있다.

---

1 백운 경한(白雲景閑, 1299~1375), 태고 보우(太古普愚, 1301~1382), 나옹 혜근(懶翁惠勤, 1320~1376).

이는 자료 편집과 수행자의 삶에 몰두한 그의 행적은 상대적으로 나머지 두 인물이 보인 행보와 다른 모습을 보여 주는 것이었다. 태고나 나옹은 선사이면서도 현실 정치에 참여하여 국사나 왕사로 활동을 하고 선에 있어서도 소위 한국 선에서 표방하는 간화선을 강조하는 모습을 보임으로써 두 사람에 대한 관심은 일찍부터 일어났고 연구 성과 역시 더 많이 축적되었다.

이 장에서는 같은 시대를 살았으면서도 다른 두 선사와 차별화된 삶의 자취가 담겨 있는 『백운화상어록』에 드러난 선의 성격과 그 산문적 표현을 다루고자 한다. 백운에 대한 연구는 삼사 가운데 태고나 나옹 두 인물에 비해서는 상대적으로 미흡하지만 그 외 일반 다른 작가 연구에 비하면 결코 적게 연구된 것은 아니다. 다만 그간의 백운 연구가 특정 영역에 다소 치우쳐 있다는 것이 문제이다. 그에 대한 연구는 편저인 『직지』, 사상, 인물됨 등에 대한 연구가 주류를 이루었는데 그 문학에 대한 접근이 상대적으로 미흡하다. 필자는 지금까지 백운의 문학을 논의하기 위하여 그의 사유가 간접적으로 드러난 『직지』에 대한 논의를 진행했었는데,[2] 여기서는 그가 직접 저술한 자료에 드러난 선과 그 산문적 표현[3] 문제를 구체적으로 다루고

---

2 전재강, 「백운경한 초록 『직지』에 실린 선시의 제시 맥락과 표현원리」, 『선학』 제47호, 한국선학회, 2017. pp.69~98.

3 여기서 산문적 표현이란 문학을 크게 운문과 산문의 둘로 나누었을 때의 산문을 통한 표현을 말한다. 시가 아닌 산문에 선禪이 어떻게 표현되고 있는가를 살피기 위해서다. 상위 분류인 산문 아래는 다시 진술, 설명, 묘사 등 구체적 표현을 포괄하여 서술적 표현이라 했고, 다양한 대화 형식의 표현은 극적 표현이라 하였다. 즉 산문 아래 서술적 표현과 극적 표현이 있고, 그 양자 아래에는 다시

자 한다. 선의 산문적 표현을 다루기 위해서는 그가 보인 선의 성격에 대해서도 새로운 논의를 진행할 필요가 있다. 백운의 선에 대한 기존 논의를 그대로 수용할 수도 있지만 재론의 여지가 많이 남아 있기 때문에 기존 논의를 참고하면서 새로운 관점을 제시하고자 한다. 요컨대 그의 어록에 나타난 선의 성격이 어떠하며 이를 그는 산문에서 어떻게 문예 미학적으로 표현하고 있는가를 논구하고자 한다. 이 장에서 논의의 범위를 그의 선의 성격과 그 산문적 표현에 국한한 것은 해당 주제를 집중적으로 부각하기 위해서이고, 선의 시적 표현 역시 별도의 논의가 필요해서이다.

선의 성격과 그 산문적 표현의 특성을 구명하려는 연구 목적을 달성하기 위해서 백운이 편집한 『직지』를 참고하면서 우선적으로 그의 어록인 『백운화상어록』을 다루어야 하며, 그가 인용한 경전 등 문헌이나 교류 인물들의 그것을 상호 비교해 봐야 한다. 비교 대상으로는 그가 스승으로 받든 석옥 청공 선사의 『석옥청공선사어록』, 지공 화상과의 관계, 동시대에 활동했던 태고 보우와 나옹 혜근의 어록을 함께 살필 필요가 있다. 그래서 『백운화상어록』을 핵심 자료로 하고, 그 자신이 편집한 『직지』, 비교 대상으로 『석옥청공선사어록』, 『태고화상어록』, 『나옹화상어록』 등을 부차적 자료로 삼고자 한다. 연구는 기본적으로 핵심 자료에 나타난 작품을 구조적으로 분석하는 방법을 택하고 비교 대상인 다른 자료와는 비교하는 방식으로 논의를

다양한 구체적 표현법이나 수사법이 사용되는 것은 당연하다. 문학적 측면에서 선시 문학이 중요하기 때문에 장차 이와 상대가 되는 산문에서 선을 어떻게 표현하는가를 대비해 보고자 하여 설정한 용어가 바로 '산문적 표현'이다.

진행한다. 그에 대한 연구 가운데 선에 대한 연구가 가장 많이 이루어진 상태지만 이를 재점검하고 원전 자료를 세밀하게 검토하여 그가 보인 선의 정체성을 다시 구명하고자 한다. 이렇게 드러난 선을 그는 산문을 통해 어떻게 문예 미학적으로 표현하고 있는지를 논의함으로써 선사로서 그가 보여 준 선의 산문적 표현 특성을 밝히고자 한다. 이러한 논의는 고려 말 다양한 양상의 선의 한 측면을 실제적으로 밝히는 작업이면서, 한 사례를 통하여 이런 이념이 산문으로 표현되었을 때 드러나는 선사 문학의 구체적 한 면모를 실증해 볼 수 있는 가치를 지닌다.

2. 선의 성격

선의 개념은 매우 넓다. 일체의 불교적 사유를 선이라고 할 수 있기 때문이다.[4] 선의 용어가 선나禪那, 디아나라고 하여 사유수思惟修, 정려靜慮라고 하는 데서도 이를 알 수 있다. 백운이 보여 준 선 역시 바탕에는 이런 성격을 깔고 있다. 그가 살았던 시대상황과 자신의 수행 과정이 구체적이기 때문에 그에 따라 그가 드러낸 선 역시 구체적

---

4 물론 인도에서 선은 불교 이전부터 있어 왔다. 브라만교 제3기인 우파니샤드 철학의 시대에 우주를 창조한 범신과 개별적 자아가 하나라는 범아일여梵我一如 사상이 나왔고, 이를 체험하기 위해서 불교 발생 이전부터 선정을 수행 방법으로 제시하고 실천하고 있었기 때문이다. 그래서 이를 수정주의修定主義라고도 한다. 여기서 이들이 행한 선은 외도선外道禪으로서 불교의 그것과는 다르지만 불교 선의 선구적 역할을 한 것은 분명하다. 오늘날은 선이라고 하면 일반적으로 불교의 선을 말한다.

성격을 보여 준다. 그는 스스로 불교 선 수행을 하면서 원나라에 유학 가서 당대 원의 대표적인 선승인 석옥 청공 선사, 뒤이어 인도의 승려인 지공의 가르침도 받는다. 그래서 백운 자신의 선 수행과 두 스승의 영향을 함께 포괄하여 그의 선이 보이는 특징을 구명할 필요가 있다. 그가 스승으로 수용한 두 인물은 서로 다른 면모를 보이는데 백운은 이 두 스승의 가르침을 모두 수용하는 포용적 자세를 견지하고 있다. 요컨대 석옥 청공 선사가 달마로부터 이어져 온 조사선의 전통을 이어왔다면, 지공은 초기불교의 연기론적인 입장의 선을 가르치고 있는데 백운은 이 양자를 아우르면서 개성적인 선의 세계를 구축해 보여 주고 있다.

백운 경한의 선을 무심선無心禪으로 보는 입장이 거의 정설로 굳어져 가는 경향을 보인다.[5] 최근에 이런 일방적 논의에 대한 이의를 제기하는 연구가 나타나기는 했지만[6] 백운 경한의 선이 무심선이라는 주장은 여러 연구자들에 의해 반복되고 있다. 최근 연구가 문제를 제기했듯이 이러한 기존의 동어반복적 논의가 타당성을 가지는 것인지를 실제 원전 자료에 근거하여 재검토할 필요가 있다.

---

5 필자가 현재까지 파악하기로 백운의 선을 무심선으로 보는 논문의 저자는 정병조 (1977)를 시작으로 이종익(1982), 김상영(1990), 현문(1995), 정제규(1998), 학담 (1999), 김종명(2002), 황인규(2006), 염중섭(2014) 등이다. 이들은 논의의 비중이 나 주장의 강도에 있어 차이가 있으나 백운의 선을 무심선으로 보는 기본적 입장은 같다.

6 조영미, 「백운경한의 조사선 인식」 『정읍사상사』, 샘골사상의 세기적 비전, 김익두 외, 민속원, 2017, pp.41~76.

1) 초기 대승불교적 선의 성격

백운은 일생을 선 수행으로 일관한 인물로서 그가 남긴 『백운화상어
록』에는 그의 선적 입장이 다양하게 표현되어 있다. 기존의 논의가
그의 선을 무심선으로 규정한 데에는 이유가 있다. 그가 스승 석옥
청공으로부터 무심 진종無心眞宗을 배우고 전해 받았다는 말을 결정적
증거로 내세운다. 그러나 이러한 전법 기록을 용어 그대로 받아들여
그런 결론을 내리고 있는데, 실제 수행 과정에 대입해 보면 문제가
있다.[7] 그래서 여기서는 그가 선 수행을 하고 선을 말하면서 근거하고
있는 중요한 자료를 가지고 그 맥락을 따져 백운 경한 선의 성격을
살피고자 한다. 백운이 선을 말하면서 제시한 핵심적인 근거 자료는
초기불교의 삼과법三科法과 대승경전으로 나타난다. 실제 해당 사례를
들면서 논의를 계속하고자 한다.

> (1) 길상 산중에서 먼저 보명을 배알하고 吉祥山中 首謁普明
>   일언지하에 현묘한 뜻 문득 깨달았네. 一言之下 頓悟玄旨
>   불과의 덕과 계합하여 조금도 어긋나지 않았고 契佛果德 分毫不謬
>   좌갈라파제의 삼과법문을 터득했네. 得左羯羅波帝 三科法門[8]

---

7 조사선이나 간화선에서는 깨달음을 중시한다. 깨닫기 위해서 일체 망념이 사라진
   삼매의 상태, 즉 무심을 반드시 거쳐야 한다. 조사선에서는 조사의 가르침에서
   중간에 다른 과정 없이 바로, 혹은 회광반조를 닦아서 무심을 체험하여 깨닫게
   하고 간화선에서는 화두를 드는 과정을 통해서 무심을 체험하고 깨닫게 한다.
   그래서 무심은 수행의 방법이 아니라 선 수행에서 얻는 마음의 상태, 즉 결과라고
   할 수 있다. 모든 선 수행이 무심을 거친다고 하여 무심선이라고 하면 선을
   구분할 수 없기 때문에 수행 과정의 방법을 가지고 선의 이름을 붙여야 한다.

(2) 대중에게 보인다. 『금강경』에 이르기를 "정한 법이 없는 것을 아뇩다라삼먁삼보리라고 이름하니 실로 정한 법이 있어 여래가 설한 것이 아니다"라고 한 것은 최상승의 마음을 낸 사람을 위하여 설한 것이다.[9]

(1)은 백운이 원나라로 가서 지공 화상을 만날 때 올린 게송이다. 이 작품이 창작된 신묘년辛卯年은 1351년이고 그의 나이 53세가 된 해다. 그가 1307년(9세)에 출가한 것을 감안하면 40년 이상을 이미 수행한 장년의 선사가 된 시기다. 그는 「신유년상지공화상송辛卯年上 指空和尙頌」에서 따라 배우고 싶은 인물인 지공을 칭송하면서 상대방의 이력과 수행 과정을 이와 같이 소개하고 있다. 인용문에서 보면 백운의 스승 지공 화상은 보명에게서는 현지玄旨를 돈오했고, 좌갈라파제[10]에 게는 삼과법문三科法門을 얻었다고 했다. 여기서 삼과법문이 중요한데 이것은 초기불교에서 일체를 설명하는 방식으로 오온五蘊과 12처十二 處, 18계十八界 세 가지 가르침을 말한다. 불교의 핵심 기본 이론에 해당하는 것으로 오온은 일체를 구성하는 물질(色)과 정신(受想行識) 을 의미하고, 12처는 인식의 주관 여섯 가지(眼耳鼻舌身意)와 객관

---

8 「辛卯年上指空和尙頌」, 『백운화상어록』上(『한국불교전서』제6책), 동국대학교출판 부, 1990, p.659.

9 示衆 金剛經云 無有定法名阿耨多羅三藐三菩提 實無有定法如來可說者 爲發最上 乘者說也. 앞의 책, p.650.

10 좌갈라파제는 의미가 분명하지 않으나 문맥으로 봐서 누구에게 무슨 법을 배웠다 는 말이어서 보명에게서 현지를 깨달았다면 좌갈라파제에게서는 삼과법문을 얻은 것으로 해석하였다.

여섯 가지(色聲香味觸法), 18계는 그 주관과 객관 사이에 이루어지는 인식 여섯 가지(眼識, 耳識, 鼻識, 舌識, 身識, 意識)를 합한 것을 각각 의미한다. 이것은 초기불교에서 일체와 그 존재 방식을 설명하는 중요한 개념들이다. 일체에 대한 인식을 전제로 일체의 성격을 설명한 것이 바로 삼법인三法印[11]이다.

백운 자신도 실제 삼과법과 연관하여 설법을 자주 하고 있다. 그는 「흥성사입원소설興聖寺入院小說」이라는 설법 모음집에서 "사대四大가 본래 비었고 오음五陰도 있는 것이 아니다. 몸과 마음이 같은 성격이니 본래 다 비었다"[12]라고 말하고 있다. 이것은 여름 결제를 맞이하여 대중에 내린 설법의 일부분이다. 여기서 사대는 지수화풍이라는 물질인데 오음에서 이를 색이라는 한 글자로 나타내고, 색수상행식 오음에서 색을 제외한 나머지는 정신인데 백운은 그 물질인 몸과 정신인 마음이 모두 비었다는 말을 하여 초기불교에서 말하는 삼법인의 가르침을 정확히 설명하고 있다. 그는 또 "마음은 그 자체 모양이 없는데 대상에 의탁하여 마침내 생겨난다. 대상의 성품은 본래 비었는데 마음으로 말미암아 드러난다. 육근과 육진이 화합하여 마치 연기한 마음이 있는 것 같으나 무엇이 그 실체인가?"[13]라는 말을 하고 있다.

---

11 삼법인三法印은 제행무상諸行無常, 제법무아諸法無我, 일체개고一切皆苦를 뜻하기도 하고 일체개고 대신 열반적정涅槃寂靜을 포함시키기도 한다.

12 四大本空 五陰非有 身心等性 本來皆空. 「興聖寺入院小說」, 앞의 책, p.651.

13 夫心無自相 託境方生 境性本空 由心故現 根塵和合 似有緣心 內外推之 何是其體. 「興聖寺入院小說」, 앞의 책, p.653. 백운은 이와 같은 성격의 덕산 선사 선구를 인용해 보이기도 한다. "보지 못했는가? 덕산이 한 말에 '네가 다만 마음에 일이 없고 일에 마음이 없으면 비었으되 신령하며 공하되 오묘할 것이다(不見德山

여기서는 12처에 입각하여 설법을 하고 있다. 육근과 육진은 본래 존재하지 않는데 둘이 서로 만남으로써 양자가 모두 있는 것처럼 보인다는 것이다. 즉 이것은 12처나 18계라는 주관과 객관이 서로 관계하는 방식을 가지고 주관과 객관, 양자 관계에서 발생하는 의식 세 가지가 본래 실체가 없고 비었음을 말하고 있다. 육근이 움직이는 현상을 두고 해가 구름 속으로 들어가는 것과 같다는 비유를 써서 말하기도 한다.[14] 이로 보아 백운은 평소 자신의 관심과 스승 지공의 가르침에 따라 초기불교의 근본 사상인 무아無我, 공空의 가르침을 그 자신의 선 수행과 교화에 수용하고 있음을 알 수 있다.

(2)를 보면 특정 대승경전이 인용되고 있다. 인용문 (2)는 『금강경』 제7장 「무득무설분無得無說分」에 나오는 경전 문구이다. (2)는 아뇩다라삼먁삼보리를 얻었는가? 설한 법이 있는가?라는 여래의 두 가지 질문에 대하여 수보리가 대답한 내용이다. 여기에 수보리는 여래가 설한 법은 이름이 아뇩다라삼먁삼보리이지 정해진 법이 없다고 대답하고 있다. 이런 수보리의 대답을 두고 백운 경한은 이 가르침은 최상승을 공부하려는 사람을 위하여 말한 것이라는 판단을 하고 있다. 인용문 (3)의 생략된 뒷부분에서 백운은 '정한 법이 없다(無有定法)'는 말의 의미를 고인古人의 말을 빌려, 이것은 영묘지체靈妙之體를 바로 드러낸

有言 汝但無事於心 無心於事 虛而靈 空而妙.「인필불각갈등여허시신광화상」, 앞의 책, p.668)"라고 하여 주관인 심心과 객관인 사事의 만남이 있을 뿐 실체가 없다는 것을 강조하고 있다.

14 육근이 겨우 한번 움직이는 것은 해가 구름 속에 들어가는 것과 같네.(六根才一動 如日入雲中.「復答請法以五言示之」, 앞의 책, p.662)

것인데 상하와 둘레에 끝이 없으며 가운데도 없으니 동서상하가 어찌 있겠는가?[15]라고 하였다. 아뇩다라삼먁삼보리는 진리를 말하고 이를 다른 말로 영묘지체라고도 하며 모양도 없고 방위도 없다는 것을 고인의 말을 빌려 설명해 주고 있다. 백운은 이외에도 『금강경』을 더 인용해 보이고 있다. 인용문과 같은 글 다른 부분에서 그는 '금강반야바라밀金剛般若波羅密은 사람 바로 눈앞의 한 생각 견고한 반야묘심이다'[16]라고 정의하고 있다. 그가 설법할 때 대승경전을 인용하는 것은 그 이전부터 관심을 가지고 있었기 때문이다. 그 석옥 청공을 만났을 때 두 번째로 질문한 구절도 『금강경』이다. 백운은 『금강경』 사구게四句偈 가운데 '있는 바 형상은 모두 허망하네. 만약 모든 형상이 형상 아님을 보면 곧 여래를 보네'[17]의 의미를 스승에게 질문한다. 이어서 다른 경전 몇 구절을 동시에 질문하는데 석옥 화상은 '형상에 집착하지 말라(莫着相好)'라고 간단히 대답한다.[18]

---

15 若是靈妙之體 上無其頂 下無其底 傍無邊際 中無當處 旣無當中 焉有東西上下. 「홍성사입원소설」, 앞의 책, p.650.

16 金剛般若波羅密者 直指當人現前一念堅固般若妙心也. 「興聖寺入院小說」, 앞의 책, p.650.

17 凡所有相 皆是虛妄 若見諸相非相 卽見如來. 「至正辛卯五月十七日師詣湖州霞霧山天湖庵呈似石屋和尙語句」, 앞의 책, p.656.

18 이외에도 "『금강경』에 이르기를 여래가 오고, 가고, 앉고, 눕는다고 하면 이 사람은 내가 말한 뜻을 알지 못한 것이다. 여래는 오는 데도 없고 또한 가는 데도 없다(如來若來若去若座若臥 是人不解我所說義 如來者 無所從來 亦無所去. 「上印宰臣安書」, 같은 책. p.664)"라는 『금강경』 제29장 「위의적정분威儀寂靜分」을 인용하여 『금강경』이 말하고자 한 근본 취지를 철저히 수용하고 있음을 보여주고 있다.

백운이 인용한 대승경전은『금강경』에 그치지 않는다.『반야심경』,
『원각경』등의 구절도 인용하고 있기 때문이다. 백운은「흥성사입원소
설」내 상당법문에서 "『원각경』에 이르기를 생사와 열반, 범부와 모든
부처는 똑 같이 허공 꽃이다"[19]라고 하고 이어 또 "『원각경』에 이르기를
실상 중에는 실로 보살과 모든 중생이 없다. 왜 그런가? 보살과 중생은
다 환화幻化이기 때문이다. 환화가 사라지므로 증득한 자가 없다"[20]라
고 하였다. 불교 진리인 진여의 입장에서 보면 생사와 열반, 범부와
부처, 중생과 보살이라는 이원 대립적 세계는 사실이 아니라 허깨비이
고 망상임을 말하는 내용을 인용해 보이고 있다. 그래서 그는 "『원각경』
에 이르기를 사유하는 마음을 가지고 여래의 원각경계를 헤아리는
것은 마치 반딧불을 가지고 수미산을 태우려고 하나 끝내 불가능한
것과 같다"[21]라고 하였다. 이러한 자료는 깨달음의 세계인 여래원각경
계가 사유와 일체 언어를 초월해 있음을 강조하기 위해 가져온 것이
다.[22] 일체가 본래 비었음을 말하기 위하여『반야심경』의 "오온이
모두 비었음을 비추어 본다"[23]라는 구절을 인용해 보이기도 한다.

---

19 『圓覺經』云 生死與涅槃 凡夫與諸佛 同爲空花相.「興聖寺入院小說」, 앞의 책,
　　p.644.

20 『圓覺經』云 於實相中 實無菩薩 及諸衆生 何以故 菩薩衆生 皆是幻化 幻化滅故
　　無取證者.「興聖寺入院小說」, 앞의 책, p.644.

21 『圓覺經』云 有思惟心 測度如來圓覺境界 如取螢火燒須彌山 終不能着.「興聖寺
　　入院小說」, 앞의 책, p.644.

22 이런 성격의 경전에 대한 백운의 관심은 일체 과정으로서의 중간 절차를 뛰어넘어
　　바로 깨달아 가게 하는 그의 조사선적 입장의 전제가 된다고 할 수 있다.

23 照見五蘊皆空.「興聖寺入院小說」, 앞의 책, p.640.

또 이러한 가르침에 믿음을 강화하기 위해 『반야심경』의 마지막 구절에 해당하는 "이는 참된 말이며 실상의 말이며 그대로의 말이며 이상한 말이 아니며 거짓말이 아니라"[24]는 부분을 인용해 보이고 있다. 그리고 이와 같은 경지에 나가가기 위해서 먼저 해야 할 과제에 대해서도 『원각경』의 구절을 인용하여 말하고 있다. "『원각경』에 이르기를 말세 중생이 생사를 벗어나고 윤회를 면하고자 하면 먼저 탐욕을 끊고 애갈을 제멸해야 한다"[25]라고 말하고 있다.

이상의 내용으로 보아 백운은 삼과법에 근거한 초기불교의 이론과 『금강경』, 『원각경』, 『반야심경』 등 공空을 핵심 내용으로 하는 반야부 계통 대승경전의 이론에 근거하여 깨달음의 세계, 진여가 어떠한가를 말해 주고 있다. 즉 지공 화상의 영향과 자신의 수행 경험에 따라 초기불교와 대승경전의 핵심 가르침을 수용한 백운의 선은 선적 깨달음의 세계가 공, 무아, 진여임을 밝히고 이것이 선 수행 과정에도 적용되어야 한다고 보았다. 그러나 백운은 초기불교나 대승경전에만 근거하는 데 그치지 않고 더 많은 자료에서 조사선 수행을 통해 깨닫고 나서 조사선의 선지를 다양한 방식으로 자유자재로 드러내고 있어 이를 별도로 더 살펴야 한다.

---

24 經云 是眞語者 實語者 如語者 不異語者 不誑語者. 「興聖寺入院小說」, 앞의 책, p.650.

25 『圓覺經』云 末世衆生 欲脫生死 免諸輪廻 先斷貪欲 及除愛渴. 「興聖寺入院小說」, 앞의 책, p.663.

2) 조사선적 선의 성격

백운 자신의 일생 활동을 담은 『백운화상어록』은 제자들에 의하여 편집되었지만 『직지』[26]는 본인이 직접 스승으로부터 물려받은 자료를 편집하고 정리하여 만든 것이다. 이 자료는 그가 부처로부터 역대 조사들이 보인 출가, 수행, 오도, 교화, 전법의 과정과 관련된 핵심적 작품 자료를 시대 순으로 정리하여 조사선의 흐름을 드러낸 것이다. 그가 석옥 청공 선사로부터 〈전법게〉를 받으면서 역대 전법의 흐름을 이어받았다[27]는 자부심과 책임감을 동시에 느낀 것을 보면 역대 조사의 승계를 담은 『직지』의 정리 작업은 중요한 의미를 갖는 것이었다. 간화선과 묵조선으로 나누어지기 이전 이렇게 부처로부터 시작된 전등傳燈의 흐름을 계승하는 역대 조사들의 선을 조사선이라고 한다.[28] 그 역대 조사의 가르침을 물려받은 백운이 그것을 어떤 수행 방식으로 구체화하고 정리하여 깨달아 가는지를 보면 그 선의 성격을 알 수 있다. 따라서 여기서는 그가 실천한 수행, 오도, 교화의 과정을 살펴서

---

26 『直指』의 갖춘 이름은 『白雲和尙抄錄佛祖直指心體要節』이다.

27 백운은 스승 석옥 청공으로부터 「전법게」를 받고 스승을 위한 재齋를 베풀면서 "가섭으로부터 전해져 온 부처의 정법안장, 위없는 보배로운 가르침이 오늘 자연스럽게 나에게 이르니 부족한 나로서는 진실로 감당하기 어렵다. … 설할 법이 없고 전할 마음이 없다고 말하지 말라(自迦葉 轉轉相承底 黃面老子 正法眼藏無上法寶 今日自然而至於我 余小師良難當克 … 且莫道無法可說 無心可傳, 「至正甲午六月初四日 禪人法眼 自江南湖州霞霧山天湖庵石屋和尙辭世陪來 十四日 師於海州安國寺設齋小說」, 앞의 책, p.657)"라고 하여 겸손한 태도를 보이기는 했지만, 부처의 가르침을 자기가 잇게 된 데 대하여 자부심을 보이고 있다.

28 전국선원수좌회 편찬추진위원회, 「1. 조사선의 의미와 흐름」, 『간화선』, 대한불교조계종교육원, 조계종출판사, pp.27~32.

백운이 견지한 선의 성격을 더 분명하게 구명해 보고자 한다.

(3) 어떻게 하는 것이 실참實參이고 실오實悟인가? 열두 때 하루 중 네 위의威儀 안에서 생사대사를 생각(念)으로 삼아 심의식을 떠나 범인과 성인의 길을 참구하여 벗어나 배우기를 무심과 무위로 면밀히 함양하여 항상 사념이 없고 어둡지 않아서 분명히 의지함이 없게 하여 명연冥然한 경지에 이르면 저절로 도에 합치된다.[29]

(4) 다시 천호 사부의 신변으로 나아가 부지런히 아침저녁으로 의심을 묻고 해결했다. 정월 보름 전 33일에 무심 무념 진종에 은밀히 계합하고 책상에서 내려와 삼배를 드렸다. … 곧 내 마음의 의심이 문득 얼음 녹듯 녹고 무심 무상의 진종을 깊이 믿었다. … 하루 열두 때 사위의 안에서 면밀하게 길러가고 길러오다가, 계사년 정월 17일 정오에 이르러 영가 대사『증도가證道歌』가운데 "망상을 제거하지도 않고 참됨을 구하지도 않네. 무명의 진실한 성품이 곧 불성이고 환상의 빈 몸이 곧 법신일세!"라는 이 속에 생각이 이르러 그 말을 깊이 음미하다가, 갑자기 바로 무심이 되어 한 생각도 일어나지 않고 앞뒤가 끊어지고 분명히 의지함이 없이 명연한 경지에 도달하여 갑자기 삼천대천세계가 그대로 자기 심신과 하나라는 것을 분명히 보았다.[30]

---

29 作麼生實參實悟耶 於二六時中 四威儀內 以生死大事爲念 離心意識 參出凡聖路 學以無心無爲 綿密養之 常常無念 常常不昧 了無依倚 到冥然地 自然合道. 「興聖寺入院小說」, 앞의 책, p.652.

(5) 법당에 올라 이르기를 "고인이 큰 진리는 항상 눈앞에 있다. 비록 눈앞에 있으나 보기 어렵다. 만약 도의 참된 것을 깨닫고자 한다면 색과 소리와 말을 떠나지 말아야 한다." 스승께서 불자를 세우고 이르기를 "이것은 색이다. 무엇이 대도의 참된 몸체인가?" 선상을 한 번 내려치고 이르기를 "이것은 소리다. 무엇이 큰 도의 참된 몸체인가? 노승이 지금 입으로 지껄이는 것은 말이다. 어느 것이 큰 도의 참된 몸체인가? 노승이 이렇게 말하는 것을 대중은 알겠는가? 만약 의심과 장애를 제거하지 못한 사람이 있으면 노승 에게는 따로 한 방편이 있다. 바로 대중을 위하여 이 모든 의심과 장애를 제거하겠다. 대중들은 성성하게 하라." 할을 한 번하고 이르기를 "알겠는가?"[31]

(3)을 보면, 백운은 설법을 통해서 수행 과정과 그 결과로서 나타나

---

[30] 再造天湖師傅身邊 勤意旦夕諮決疑心 上元前三十有三日 密契無心無念眞宗 下床三拜 … 卽我心疑 頓然氷釋 深信無心無上眞宗 … 二六時中四威儀內 無心無爲 綿綿密密 養去養來 至於癸巳正月十七日午 端坐自然思念 永嘉大師證道歌中 不除妄想不求眞 無明實性卽佛性 幻化空身卽法身 念到這裏 深味其言 忽正無心 不生一念 前後際斷 了無依倚 到冥然地 驀爾明見三千大千世界都盧是箇一箇自 己身心一如. 「師於癸巳正月十七日 記霞霧山行 示同菴二三兄弟」, 앞의 책, p.657.

[31] 上堂云 古人道 大道常在目前 雖在目前難觀 若欲悟道眞體 不離色聲言語 師竪起 拂子云 這箇是色 那箇是大道眞體 擊禪床一下云 這箇是聲 那箇是大道眞體 老僧 卽今口㘞㘞底是語 那箇是大道眞體 老僧恁麼道 大衆還會麼 若有疑导未除者 老 僧別有一方便 卽今爲大衆 除諸疑导去也 大衆惺惺着 喝一喝云 會麼. 「興聖寺入 院小說」, 앞의 책, p.640.

는 오도의 과정을 대중에게 말하고 있다. 진실한 참구와 진실한 깨달음이 무엇인가를 스스로 묻고 수행과 오도의 과정을 설명하고 있다. 우선 생사 문제를 항상 생각할 것을 요구하고 있다. 다음은 범인과 성인의 구별을 넘어 무심과 무위로 면밀히 함양할 것, 그리고 항상 무념이면서도 항상 어둡지 않아서 분명히 의지할 데가 없어서 명연한 경지에 이르면 저절로 도와 합치된다고 하였다. 여기서 도와 합치되는 것은 깨달음을 말하는 것이고, 그 앞의 여러 절차는 깨닫기 전 수행 과정이라 할 수 있다. 인용문 (3)의 앞 생략된 부분에서는 진정한 수행이라 할 수 없는 사례를 들었다. 학문화學問話, 간화揀話, 학별어學別語, 간경교看經敎, 조론토소造論討疏, 유주엽현遊州獵縣, 피훤구정避喧求靜, 거심외조擧心外照, 징심묵조澄心默照 등은 사람 마음을 칠통팔달七通八達하는 데 맡기기 때문에 참학參學과는 거리가 멀다고 비판하고, 대안으로 제시한 것이 바로 인용문 (3)의 내용이다. 여기 제시한 아홉 가지는 마음을 칠통팔달 돌아다니게 풀어놓아 공부가 될 수 없게 한다고 보았다. 이어진 다른 설법에서 이런 방식을 통해 얻는 총명으로는 업을 대적할 수 없고, 마른 지혜로는 생사를 면할 수 없다[32]고도 하였다. 문제 삼은 방식을 모두 버린 무심과 무위의 상태로 면밀하게 길러서 잡념이 없고 어둡지도 않게 하여 어디에도 기대는 데가 없어서 여기서 이른바 명연한 경지, 즉 삼매의 경지에 이르러 깨닫는 것이 참된 수행이라고 하였다.[33] 그러면 무심 무위無心無爲한다

---

32 聰明不能於敵業 乾慧未免於生死. 「홍성사입원소설」, 앞의 책, p.651.

33 '명연冥然'은 어둡다는 뜻인데 여기서는 주객이 구분되지 않고, 현상과 본질이 하나로 존재하는 상태를 나타내는 말로 불교 수행에서 말하는 삼마디, 즉 삼매의

는 것이 구체적으로 어떻게 하는 것인가라는 의문이 생기는데, 여기에
백운은 이어진 법문에서 단서를 보여 주고 있다. '너희 모든 사람들은
각자 회광반조廻光返照하여 근본根本을 통달해야지 지말枝末을 좇지
말아야 한다'[34]고 한 것이 그것이다. 그의 논리에 따르면 앞에서 말한
9개 항목은 지말을 좇는 것이고, 회광반조는 진리 자체인 근본을
바로 통달하는 방법이라 할 수 있다. 이런 논리에 따르면 9개 항목은
근본에 이르게 하는 중간 과정인데 이것이 오히려 근본에 이르는
것을 방해한다고 보아, 이것을 버리고 본질을 바로 돌이켜 비추어
보라고 하였다.[35] 그렇게 하면 처음에는 의도적으로 하는 불완전한
가무심假無心을 거쳐 깨달아 완전한 진무심眞無心에 이를 수 있다는
주장을 하고 있는 것이다.[36]

(4)는 (3)의 내용 이전 단계의 수행 과정과 (3)의 내용과 일치하는
과정도 함께 보여 주는데, 이것은 백운이 수행하고 깨달음을 얻은
자신의 사례이다. 특히 여기서는 두 차례에 걸쳐 경험한 깨달음을
보여 준다. 인용문 (4)의 전반부에서 백운은 스승에게 나아가 의심을

경지라고도 할 수 있다. 이 용어는 의상의 「화엄일승법계도華嚴一乘法界圖」(『한국
불교전서』 제2책, 동국대학교출판부, 1990. p.1)에 '이치와 현상은 명연하여 분별이
없네(理事冥然無分別)'라는 데서도 사용되었다.

34 汝等諸人 各自廻光返照 要須達本 莫逐其末. 「興聖寺入院小說」, 앞의 책, p.652.

35 「언지言志」(앞의 책. p.662)라는 작품에서 그는 '염불하는 사람을 회광반조하라(廻
光返照念佛人)'고도 하였는데, 이 역시 염불인 자신이 바로 본질(아미타불) 자체라
는 것을 깨닫게 하는 방법임을 말하고 있다.

36 인용문 (7)에서 처음 물 암소를 우리에 가두었다가 뒤에 노지 백우가 되어
풀어놓은 상태라고 한 비유와 의미가 같다.

묻고 해결하는 과정을 거치다가 정월 대보름 전 33일 되는 날 은밀히
깨달았다고 했다. 다음은 (3)번 내용과 같이 매일 무심과 무위로
면밀하게 수양을 하다가 계사년 정월 17일 낮에 영가 대사의 『증도가』
한 구절이 떠올라 그 말을 깊이 음미했는데 갑자기 무심이 되어 한
생각도 일어나지 않고 앞뒤가 끊어지고 의지하는 데 없이 명연한
경지에 이르러서 갑자기 삼천대천세계가 바로 자기 심신이라는 것을
밝게 보았다고 했다. (3)에서는 깨닫기 전 무심 무위를 닦을 때 생사대
사 문제를 잊지 않으며, 범인과 성인을 구별하지 않으며, 무심과 무위로
면밀히 함양하여 사념이 없고 어둡지 않고 의지하는 데가 없다고
하였다. (4)에 오면 스승에게 의심을 물어 해결하는 과정에 무심
진종에 계합하였다고 하여 제1차 깨달음을 얻는 것으로 나타난다.
그래서 마침내 마음의 의심이 문득 얼음 녹듯 풀려 무심 진종을 깊이
믿었다고 하였다. 백운은 그렇게 깨달았음에도 불구하고 귀국하여
(3)번 내용과 같은 무심으로 면밀히 함양하는 수행 과정을 계속 거치는
것으로 돼 있다. 그러다가 (3)번과는 다른 일이 발생한다. 『증도가』
구절을 떠올려 깊이 음미하다가 무심이 되고 한 생각도 일어나지
않고 앞뒤가 끊어졌다고 한 것이 그것이다. 그 뒤는 다시 (3)과 같이
의지하는 데가 없고 명연한 지경에 이르고 갑자기 삼천대천세계가
바로 자기 심신임을 분명히 보았다고 하였다. 이런 깨달음의 과정에서
무심으로 함양한다는 것의 구체적 성격을 더 짐작할 수 있다. 무심
진종과 계합하면서 의심이 풀렸다고 했으니 그 앞서 진행한 무심
수행에서도 의심은 계속했다는 말이 된다. 무심 진종과 계합하고
나서도 무심 무위로 계속 면밀히 함양하는 수행을 계속했는데 이때는

아직 사념을 완전히 끊은 무심과 무념은 아니었다. 『증도가』 구절을 음미하는 사념을 거쳐 완전히 무심이 되고 더 투철한 깨달음을 얻는 일이 이어서 나오기 때문이다. 깨달음에 이르는 과정을 거꾸로 살펴보면 무심 무위의 수행은 그가 지적한 간화나 경전 공부, 만행, 묵조 등 정형화된 수행이 아닌, 조사의 가르침의 본질에 이르려는 의도적 노력이었음을 알 수 있다.

백운은 조사선을 공고히 한 육조 스님의 사례 두 가지를 자주 드는데, "예를 들어 육조가 이르기를 '바람이 움직인 것도 아니고 깃발이 움직인 것도 아니고 인자의 마음이 움직인 것이다'라고 한 이것은 종파를 초월하고 격식을 뛰어넘는 위없는 참된 가르침"[37]이라고 말한 것이 그중 하나이다. 인용문 뒤이어진 글에서 그는 육조의 발언을 두고 이리저리 따지는 것이 모두 조사의 뜻과는 아무 상관이 없다고 지적하고, 이 글 마지막에 가서 육조가 말한 것 자체로만 알 뿐이지 별도로 친한 데에 친하지 말라[38]고 지적하고 있다. 여기서 친한 것은 백운이 바로 앞에서 지적했듯이 '바람과 깃발은 움직이지 않았는데 너희들 마음이 망동한 것이 아닌가? 바람과 깃발을 없애지 않고 바람과 깃발에 나아가 관통해서 취한 것이 아닌가? 다만 바람과 깃발의 형상은 얻을 수 없고 온전히 자기 마음이 아닌가? 다만 마음 밝히는 것만 취하고 색상을 알지 못한 것이 아닌가?'[39]와 같은 사량분별이다. 육조의 또

---

37 只如六祖云 不是風動 不是幡動 仁者心動 斯乃超宗越格 無上眞宗. 「흥성사입원소설」, 앞의 책. p.642.

38 且且恁麼會 別無親於親處也. 「흥성사입원소설」, 앞의 책. p.642.

39 莫是風幡不動 汝心妄動麼 莫是不撥風幡 就風幡而通取麼 莫是直風幡相了不可

다른 발언 사례를 들었는데 이것은 덕이본 내용과 연관된다. 백운이 어록에서 보인 내용을 보면 "또 가장 오묘한 한 방편이 있으니 어떤 이는 무심을 쓰고 어떤 이는 무념을 쓴다. 예를 들어 육조는 이르기를 일체 선악을 도대체 생각하지 마라, 저절로 청정한 마음 본체에 들어간다. 맑고 항상 고요하나 묘용은 항하사 모래 같다"[40]라고 지적하고 있다. 육조六祖를 끝까지 쫓아온 혜명 선사를 이런 가르침으로 깨우친 내용이 『육조단경』에 나온다.[41] 이와 같은 구체적 사례를 가지고 볼 때 백운의 선은 본질을 알기 위한 간절한 의심을 바탕으로 한 회광반조를 구체적 수행 방법으로 하는 조사선이라고 할 수 있다.

실제 그가 대중을 상대로 한 법문을 검토해 보아도 그의 선이 조사선임은 더 분명하게 알 수 있다.

(5)는 백운이 홍성사에 머물 때 행한 여러 법문 가운데 하나이다.

得 全是自心麼 莫是但取明心 不認色相麼. 「홍성사입원소설」, 앞의 책. p.642. 육조의 이 발언은 백운의 법문에서 사량분별해서는 안 된다는 같은 취지로 여러 번 인용된다.

40 又有最妙一方便 或以無心 或以無念 如六祖云 一切善惡都莫思量 自然得入淸淨心體 湛然常寂 妙用恒沙. 「洪武庚戌九月十五日 承內敎功夫選取御前呈似言句」, 앞의 책, p.656.

41 『육조단경』의 대표적 판본은 몽산의 덕이본과 새로 발굴된 돈황본이 있는데 백운이 거명하기도 한 몽산 선사의 덕이본에는 이 부분이 더 구체적으로 나온다. 덕이본을 기초로 한 『육조법보단경언해』 상(홍문각 영인. p.122)의 해당 원문만 보면 "한참 있다가 혜명에게 일러 말하기를 '선도 생각하지 않고 악도 생각할지 않을 때 무엇이 명 상좌의 본래면목인가?' 혜명이 언하에 바로 크게 깨달았다(良久謂明曰 不思善不思惡 正與麼時 那箇是明上座本來面目 惠明言下大悟)"라고 하고 있다.

먼저 고인의 말을 인용하여 대도는 항상 눈앞에 있지만 보기 어렵다는 전제를 하고, 이어서 도를 깨달으려면 색, 성, 언어를 떠나지 말아야 한다고 단정한다. 그리고는 불자를 세우고 이것이 색인데 무엇이 대도인가 묻고, 선상을 치고는 이것은 소리인데 무엇이 대도인가 묻고, 입으로 말하면서 이것은 소리이고 말인데 무엇이 대도인가를 물으며 '대중들은 알겠는가?'라고 묶어서 질문한다. 이어서 의심과 장애가 있으면 따로 방편이 있다고 하고 할을 하고는 다시 '알겠는가?' 라고 묻는다. 이와 같은 그의 설법 방식은 백운이 직접 정리한 「조사선」 의 내용과 일치한다. 선덕先德의 말을 빌려 '본분종사의 본분에서 하는 문답의 말은 성, 색, 언어를 구비하고 있으니 바로 이것이 조사선 이다'[42]라고 하고 실제 여기에 해당하는 사례를 차례대로 제시하고 있다. 종사가宗師家 가운데 언어로 법을 보인 사람[43]으로 조주趙州와 운문雲門을 예로 들고, 언성言聲으로 법을 보인 사람으로 현사玄沙를 들고, 소리(聲)나 색성色聲으로 한 예는 구체적 언구 자체를 각각 들어서 보이고 있다. 이는 백운이 수행 과정은 물론 교화과정에서도 조사선의 방식을 철저히 따르고 있다는 것을 말해 주는 것이다.

　이 절에서는 백운이 스승 석옥 청공의 가르침에 따라 수행하고 깨달아 교시한 선이 조사선임을 밝혔다. 백운 스스로 지적했듯이 조사의 언구를 간화, 묵조, 만행 등의 과정을 거치지 않고 바로 깨닫기 를 중시하면서, 그렇게 되지 않을 때 본질을 돌이켜 비추어 보는 회광반조의 방식을 사용하여 전통 조사선을 표방하고 있었다. 그가

---

42 本分宗師 本分答話 具色聲言語 正是祖師禪也.「조사선」, 앞의 책, p.654.
43 宗師家 或以言語示法示人者.「조사선」, 앞의 책, p.654.

지적한 중간 과정은 생각의 문을 열어놓아서 무심에 이르는 데 도리어
방해가 된다고 보았다. 백운의 선을 무심선이라고 본 기존의 주장은
무심을 구체적 수행 방법으로 오인한 데서 비롯되었다. 무심은 어떤
수행 방법이든 선 수행의 과정이나 결과에 얻게 되는 마음의 상태를
말하는 것이지 무심 자체가 수행법은 아니며, 무심선이라는 용어는
수행의 결과와 수행 방법을 구분하지 않는 그 자체로 모순을 가지는
개념이다.[44] 요컨대 그의 선은 구체적 수행법으로 회광반조를 사용하는
조사선의 성격을 분명히 보여 주며 이를 통하여 사람들을 수행에
나서게 하고 초기·대승불교에서 제시한 공, 무아, 진여라는 진리에
도달하게 하는 기능을 하는 것으로 나타났다.

---

44 선 수행은 다른 불교 수행과 마찬가지로 깨달음을 중시한다. 이런 깨달음을
얻기 위해서는 반드시 무심의 과정, 삼매의 과정을 거쳐야 된다. 간화선, 묵조선,
만행, 간경 등의 수행조차도 깨닫기 직전에 모두 무심을 경험하게 된다. 그런데
이를 각기 방법에 따라 간화선, 묵조선, 만행, 간경이라 하지 무심을 거친다고
하여 무심선이라 하지 않는다. 따라서 백운의 선이 무심을 강조했다고 해서
무심선이라 할 수 없고 어떤 방법으로 무심에 이르고자 했는가, 그 방법을
가지고 그 선의 이름을 붙여야 한다. 조사 언구와 방, 할 아래 바로 무심하거나
그것이 불가능할 때 회광반조를 통하여 무심에 이르고자 한 것이 백운의 선이기
때문에 백운의 선은 역대 조사들에 의하여 전해 온 조사선의 방식을 분명하게
보여 준다고 할 수 있다. 혜명을 깨우치고 나서 육조가 혜명에게 한 가르침
가운데 실제 반조返照라는 용어를, "네가 만약 돌이켜 비추어 보면 은밀한 뜻이
너에게 있다(汝若返照 密在汝邊.『육조법보단경언해』상. 홍문각 영인. p.123)"라는
문맥에서 쓰고 있어 조사선의 대명사인 육조가 회광반조를 강조했다는 것을
알 수 있다. 따라서 육조를 따라 회광반조를 수행법으로 도입한 백운의 선은
철저히 전통 조사선적 성격을 가진다고 할 수 있다.

　이상에서 백운의 선이 보인 성격을 살펴보았는데 지공 화상과 연관된 초기불교, 백운 스스로 공부한 대승경전을 통해서는 일체가 공, 무아, 진여라는 선 수행의 도달점을 확인하고 이를 통해 수행법을 간접적으로 암시했고, 석옥 청공 선사와 연관된 조사선에서는 초기 대승불교에서 확인한 일체가 공, 무아, 진여라는 전제를 바탕으로 조사의 언구와 선문답, 색성, 방, 할을 통해서 그 목표점에 바로 도달하거나 그게 안 될 때도 간화와 묵조, 만행, 간경과 같은 과정을 거치지 않고 자아의 본질을 바로 돌이켜 비추어 보는 회광반조의 수행법을 강조하여 조사선의 전통적 수행법을 보여 주었다.

3. 선의 산문적 표현

앞 장에서는 백운이 보인 선의 성격이 초기불교와 대승불교의 무아, 공사상에 근거하여 회광반조를 구체적 수행법으로 하는 조사선임을 논의하였다. 조사선의 입장을 견지한 백운이 산문에서 선을 어떻게 표현하고 있는지를 살펴보면 그 문예 미학적 특성을 알 수 있다.[45] 여기서는 선 수행의 목표점인 무아, 공, 진여라는 불교 진리와 깨닫기 위한 선 수행의 과정을 중심 내용으로 한 자료를 주로 다룬다.

1) 극적 표현
일방적 말하기의 서술에서는 개념적 설명과 비유, 상징, 역설과 같은

---

[45] 여기서는 선을 산문으로 어떻게 표현하는가를 문제 삼기 때문에 표현 내용에 선이 담기지 않은 일상적 내용의 글은 제외된다.

다양한 수사를 통하여 선 수행의 방식과 선의 세계를 문예 미학적으로
형상화하여 표현하고 있었다. 선을 표현하는 방식에 시를 통한 선시가
있지만 선문답이 오히려 선 표현의 압권이라고 할 수 있다. 흔히
알아듣지 못할 엉뚱한 소리를 하는 것을 비판할 때 선문답하는가라고
비판하기도 하는데, 실제 선객의 선문답은 현장에서 살아있는 존재의
실상을 치열하게 주고받는 대화이기 때문에 언어의 또 다른 경지를
열어 보이는 장관이다. 백운이 남긴 선문답은 본인 것과 인용해 온
것의 둘로 나누어 볼 수 있다. 자기 자신의 경우뿐만 아니라 역대
조사의 선문답을 가져왔을 때 그가 무엇을 어떻게 말하려고 했는지를
살피고자 한다.

(9) 학인은 화상께 여쭙니다. "어떤 스님이 제게 묻기를 '육조가
이르기를 바람이 움직이는 것도 아니고 깃발이 움직이는 것도
아니고 그대 마음이 움직인다고 한 뜻이 어떤가?' 하고 물어 왔습니
다. 그때 제자는 곧 진심은 일체처에 두루하다는 것을 알고 '곧
일체 형상은 온전히 자기 마음이다'라고 대답했는데, 이렇게 말한
이 뜻이 참됩니까? 참되지 않습니까? 원컨대 스승께서는 의심을
해결해 주십시오." 스승이 보고 이르기를 "참된 마음은 움직이지
않는다."[46]

---

46 學人諮和尙 有僧問我 六祖云 不是風動 不是幡動 仁者心動 義旨如何恁麼問來
時弟子卽知眞心徧一切處 答直諸相全是自心 便恁麼道 此義眞也非眞也 願師慈
悲決疑 師見云眞心不動. 「至正辛卯五月十七日師詣湖州霞霧山天湖庵呈似石屋
和尙語句」, 앞의 책, p.656.

(10) 보지 않았는가? 암두가 약산에게 묻기를 "너는 여기서 무엇을 하나?" 약산이 이르기를 "일체 아무것도 하지 않습니다." 암두가 이르기를 "그렇다면 한가히 앉아 있는 것이네." 약산이 이르기를 "만약 한가히 앉아 있다면 이것은 하는 것입니다." 암두가 이르기를 "너는 하지 않는다고 말하는데 무엇을 하지 않는가?" 약산이 이르기를 "이것은 일천 성인도 또한 알지 못합니다."[47]

(9)는 겉만 보면 백운이 질문하고 석옥이 대답하는 내용으로만 되어 있다. 내면을 자세히 보면 이 대화는 다른 대화를 그 안에 또 안고 있어서 액자식 구성을 하고 있다. 액자는 세 겹 구조이다. 제일 내면이 애초 육조가 바람에 움직이는 깃발을 두고 주고받은 대화의 액자, 어떤 스님이 이 대화의 의미를 질문하고 백운이 대답한 액자, 백운이 어떤 스님에게 한 자기 대답이 맞는가를 스승에게 질문하고 스승이 대답한 액자 이렇게 세 겹으로 이뤄져 있다. 각 액자 안에서 이루어진 대답 내용을 보면 육조는 어떤 스님에게 마음이 움직인다는 것이었고, 백운이 육조의 말의 의미에 대하여 일체 형상은 다 마음이라고 보아 마음이 움직인 것이라는 육조의 대답을 간접적으로 인정했다면 석옥은 진심은 움직이지 않는다고 단정적으로 이를 부정했다. 이 선문답이 이루어지던 때는 백운이 원에 나가 석옥과 지공에게 공부를 하던 시기이다. 이때 백운은 나이 53세로, 9세에 출가하여

---

47 不見 嚴頭問藥山 汝在這裏 作什麼 山云一切不爲 頭云伊麼則閑坐也 山云若閑坐 則爲也 頭云汝道不爲 且不爲箇什麼 山云千聖亦不識.「興聖寺入院小說」, 앞의 책, p.642.

상당 기간을 이미 수행했고 자신의 공부를 점검하며 수행에 더 박차를 가하고 있었다. 즉 백운은 육조의 선문답을 가지고와서 질문한 승려에게 한 자기의 대답이 옳은지를 질문하여 스승으로부터 자기 대답과는 반대의 대답을 들은 것이다.[48] 육조의 대화를 그대로 듣고 깨달아야지 거기서 생각을 전개해서는 안 된다는 조사선의 수행 방식에 따라 석옥이 대답했고, 백운은 뒷날 이를 깨닫고 대중설법에서 이를 사용한다. 이 부분은 백운이 깨닫기 2년 전 조사선 수행에 매진하던 과정에 이루어진 선문답이다.

백운은 이후 귀국하여 해주海州 신광사神光寺 주지에 임하여 왕실을 위한 축원을 할 때 어떤 스님과 선문답을 나눈다. 이때는 어떤 스님이 질문하고 백운이 대답하여 (9)와는 입장이 바뀐 사례가 나타난다. 수행 시기에는 자기가 스승에게 질문을 했고, 지금은 자기가 질문을 받는 쪽으로 입장이 바뀐 것이다. 이런 사례의 일부를 들어 보면, 먼저 어떤 스님이 백운화상에게 질문을 던진다. "또 묻기를 '화상께서 오늘 무슨 일을 하십니까?' 스승이 이르시기를 '천고에 종풍을 펴고 삼한의 복을 여는 일이네.' 또 스님이 묻기를 '스승께서는 어느 누구 집 노래를 부르고 종풍은 누구에게 이어주십니까?' 스승이 이르기를

---

48 뒷날 깨닫고 나서 그가 법상에서 설법할 때 자기가 한 질문 역시 사량분별이라는 잘못된 사례로 제시하여 자신의 견해가 잘못 되었음을 인정하였다. 「興聖寺入院小說」(앞의 책. p.642)에서 '이 다만 바람과 깃발은 서로 얻을 수 없으니 온전히 자기 마음이 아닌가? … 이와 같은 이해는 조사의 뜻과 무슨 상관이 있겠는가?(莫是直風幡相了不可得 全是自心燃 … 如是所解 與祖師意 有甚交涉)'라고 말하고 있기 때문이다.

'청풍은 뼈에 사무치게 팔고 백운은 무심히 사네.' 또 스님이 묻기를 '어떤 것이 주상을 축원하는 한 구절입니까?' 스승이 이르기를 '만수 남산은 빼어나고 삼한의 북궐은 높네!'"[49]라고 한 것이 이것이다. 이 인용문 앞의 생략된 부분에서는 백운이 제일의第一義를 제시하고 어떤 승려가 제일의가 무엇인가를 질문하는 대화가 이어지고, 그리고 여기 인용문에서 오늘 하는 일, 종풍을 누구에게 전할 것인가? 주상을 축원하는 말이 무엇인가라는 승려의 계속되는 질문에 백운이 차례대로 대답하고 있다. 제일의를 말하여 이 인용 부분과는 주제가 바뀐 것처럼 보이지만, 구체적 현실의 일을 통하여 제일의를 물은 것이 되어 같은 이야기를 표현을 바꾸어 계속하고 있다고 할 수 있다. 인용문에서 각 질문에 자세한 대답을 하고 다시 인용문 뒤 생략된 부분에서 백운은 "너에게 발명해 주겠다. 그 도는 항상하고 또한 구경이다"[50]라고 하여 그 의미를 발명해 준다. 따라서 이 부분은 백운이 선문답을 통하여 앞서 제시한 제일의라는 궁극적 진리를 현장의 구체적 대화 행위로 표현하여 과정 없이 바로 깨달아 가게 하는 선문답이라는 조사선에 입각한 교시를 하고 있다. 인용문 (9)가 액자를 사용하여 다층적 선문답을 보여 주었다면 이 인용문은 백운이 승려 한 사람과 주고받는 즉문즉설의 단선적 선문답을 보여 준다고 할 수 있다. 백운 스승의 대답이나 제자에 대한 백운의 대답이 모두 논리적 사고를 더 이상

---

49 又問和尙今日 當爲何事 師云千古宗風扇 三韓福酢開又僧問 師唱誰家曲 宗風嗣 阿誰師云淸風澈骨賣 白雲無心買又僧問 如何是祝上一句 師云萬壽南山秀 三韓 北闕尊. 「神光寺入院小說」, 앞의 책, p.639.

50 與汝發明 其道是常 亦能究竟. 「神光寺入院小說」, 앞의 책, p.639.

전개하지 않고 바로 깨닫게 하고자 한 것이고, 그것이 안 될 때 회광반조의 수행에 나가게 한다는 점에서 다 같이 조사선을 극적으로 표현하고 있다고 할 수 있다.

(10)은 백운이 마음을 말하면서 이를 더 구체적으로 알리기 위하여 제시한 남의 선문답이다. 암두와 약산이라는 두 선사 사이에 있었던 대화인데 암두가 가만히 있는 약산에게 뭘 하느냐고 물으니 약산은 일체 아무것도 하지 않는다고 하고, 그러면 한가히 앉아 있는 것이라는 암두의 지적에 약산은 한가히 앉는 것조차도 뭔가 하는 것이라 대답한다. 그럼 그대는 무엇을 하지 않는가라고 다시 질문하자, 그 무엇에 대하여 약산은 천 명의 성인도 알 수 없는 것이라고 대답했다. 이어서 다시 어떤 승려와 운문 간의 선문답을 인용해 보이고 있다.[51] 여기서는 일천 성인이 볼 수 없는 그것을 향상일로向上一路라고도 했는데, 이름도 붙일 수 없고 모양 지을 수도 없는 것이라고 하였다. 같은 법문에서 백운은 두 가지의 선문답을 이렇게 인용해 보이고 있는데, 역시 공통된 특징은 성인도 깨달음의 세계는 알 수 없으며 이름 붙이거나 모양 지을 수 없다고 하여 분별심을 용납하지 않고 바로 깨닫게 하려는 조사선의 선지를 역시 내면에 깔고 있다는 것을 알 수 있다. 마음 혹은 향상일로라는 근본 원리를 비유를 통한 설명의 방식으로 말하다가, 이를 구체적 현장의 생생한 선대 대표적 선문답을 제시하여 분별심

---

51 "또 말해 보라. 무엇이 천성이 전하지 못하는 것인가? 어찌 보지 못했는가? 어떤 스님이 운문에게 묻되 무엇이 향상일로입니까? 대답해 이르기를 이름 붙일 수 없고 형상화할 수 없다(且道是甚麽千聖不傳 豈不見僧問雲門 如何是向上一路 答云 名不得 狀不得. 「홍성사입원소설」, 앞의 책, p.642)"라고 하였다.

을 넘어선 조사선을 극적으로 표현하였다.

이와 같이 백운은 스스로 대중들과 선문답을 하거나 설법 과정에 전형적 선문답을 인용하기도 했지만, 그가 정리한 「조사선」이라는 글에서는 직접 설명을 통하여 조사선의 체계를 말하면서도 조사선을 확립한 대표적 선문답을 사례로 제시함으로써 분별 인식을 초월한 조사선의 활발한 구체적 상황을 경험하고 깨닫게 하는 방식을 구사하고 있다. 인용된 가운데 대표적인 선문답을 보면 "또 향엄이 이르기를 '작년 가난은 가난이 아니고 금년 가난이 비로소 가난이네. 작년에는 송곳 세울 자리가 없었는데 금년에는 송곳조차 없네.' 앙산이 이르기를 '여래선은 곧 사형이 알았다고 인정해 주겠네만 조사선은 꿈에도 보지 못했네.' 향엄이 이르기를 '나에게 일기一機가 있으니 눈을 깜박여 보여 준다. 만약 사람이 알지 못하면 별도로 사미를 부르겠네.' 앙산이 이르기를 '이제야 사형이 조사선을 알았음을 기뻐합니다'"[52]라는 사례가 있다. 선의 역사에서 조사선이라는 용어의 유래를 여기서 찾는데, 백운은 조사선의 성격을 개념어로 설명하지 않고 선문답이라는 구체적 상황을 가져와 직접 조사선을 경험하고 바로 깨우치기 위해 현장을 재현해 주고 있다.

요컨대 극적 표현은 수행 과정에서 발생하는 결정적 의문을 해결하는 선문답, 깨닫고 나서 깨달음을 점검하는 선문답, 깨달음의 세계를 드러내거나 대중을 깨우쳐 주기 위한 선문답 등이 나타났는데 현장의

---

52 又香嚴云 去年貧未是貧 今年貧始是貧 去年有卓錐之地 今年錐也無 仰山云 如來禪 卽許師兄會 祖師禪 未夢見在 嚴云我有一機 瞬目示伊 若人不會 別喚沙彌 仰山云 且喜師兄會祖師禪. 「조사선」, 앞의 책, p.654.

긴장된 대화의 구체적 상황을 생생하게 재현하여 각각의 상황을 직접 겪는 것과 같은 극적 표현의 효과를 높인다는 점은 동일하다.

2) 서술적 표현

그가 남긴 산문은 크게 세 유형으로 나타난다. 백운의 설법을 타인이 기록한 것과 백운 자신이 정리한 글, 편지글이 그것이다. 이미 논의한 바이지만 그는 단조로운 말하기 방식으로 치부되기 쉬운 설법에서 일방적 말하기, 쌍방적 말하기, 시적 말하기 등 다양한 표현 기법을 사용하였는데 여기서는 일방적 말하기에서 선이 어떻게 표현되고 있는지를 중점적으로 살피고자 한다.

(6) 법당에 올랐다. 진여의 성품은 본래 원융하게 이루어져서 천지에 앞서 나와서 바로 지금에 이르렀다. 아래 원융함과 합해져서 시방에 밝고 안과 밖이 없고, 맑고 항상 고요하며 묘용은 항하사 모래 수만큼 많다. 이것을 정법안장, 열반묘심이라 일컫는다. 또한 본지풍광, 본래면목이라 이르기도 한다. 이것은 모든 부처의 아뇩다라삼먁삼보리이다. 이것은 중생의 대본大本이다.[53]

(7) 노승은 오십 년 전에 있는 곳마다 다만 우리 안의 한 마리 물 암소가 고삐에 매여 있는 것을 보았다. 한 번이라도 풀에 나가면

---

[53] 上堂 眞如之性 本自圓成 先天地而生 直至如今 合下圓明 洞澈十方 無內無外 湛然常寂 妙用恒沙 是稱正法眼藏涅槃妙心 亦謂之本地風光本來面目 是諸佛阿耨菩提 是衆生之大本.「興聖寺入院小說」, 앞의 책, p.645.

곧 코를 잡아끌고 돌아와 남의 밭을 범한 적이 없었다. 조복한 지 이미 오래되어 지금은 노지 백우로 변해서 항상 눈앞에 있으니, 종일 분명하게 드러나 있으나 마치 바보 같아서, 몸과 마음이 흙과 나무 같고, 보고 듣는 것이 맹인과 귀머거리 같다.[54]

(8) 또 고인의 뜻을 어떻게 하면 알겠는가? 훌륭한 여러분들이 만약 알고자 한다면 다만 바다 밑 바닥에서 먼지가 나고 산꼭대기에서 파도가 일어나며 허공 꽃이 열매를 맺고 석녀가 아이를 낳으며 진흙 소가 달을 향해 소리치고 목마가 바람에 우는 곳을 향하여 일체 범인과 성인이 이와 같은 도리가 분명하다는 것을 보라.[55]

(6)에서는 불교가 말하는 진여眞如라는 진리의 성격을 설명하면서 다양한 개념어를 나열하여 이를 뒷받침하고 있다. 진여의 성격은 원융하고 천지보다 먼저이면서 지금에 이르렀다고 했다. 또한 밝고 내외가 없으며 맑고 고요하고 묘용이 많다고도 설명하고 있다. 이렇게 개념어를 사용하여 진여를 설명하고 그것의 다른 이름을 여러 개 나열하고 있다. 본지풍광과 본래면목, 정법안장, 열반묘심, 아뇩다라 삼먁삼보리, 중생대본 등은 직접적 설명으로 이루어진 개념어이다.

---

54 老僧 五十年前 在在處處 只看箇一頭水牯牛 牢捉繩頭 一廻落草去 驀鼻曳將回 不曾犯人苗稼 調伏已久 如今變作露地白牛 常在面前 終日露逈逈地 如癡如兀 身心如土木 見聞似盲聾.「興聖寺入院小說」, 앞의 책, pp.651~652.

55 且古人意 作麼生會 諸仁者 汝等若欲要會 但向海底塵生 山頭浪起 空花結子 石女生兒 泥牛吼月 木馬嘶風處 看取一切凡聖 如此道理分明.「興聖寺入院小說」, 앞의 책, p.643.

(6)은 이 법문의 시작 부분인데 뒤이어 여래가 깨달아 교화하고 가르침을 남기고 돌아가셨고 천 년 뒤에 동토에 전해졌는데 말에 빠져 근본을 잃었기 때문에 달마가 와서 선을 전했다고 설명한다. 따라서 (6)은 불교의 발생과 전파, 선의 특성에 대하여 설명하는 전제 역할을 하고 있다. 그는 설법에서 이와 같은 설명을 빈번하게 사용된다. 다른 글에서는 진여를 또 다른 말로 바꾸어 설명한다. 예를 들어 「법계도」의 표현을 빌려서는 이름도 모양도 없어 일체가 끊겼다고 하고, 조사의 말을 빌려서는 마음도 부처도 물건도 아니라고 했고, 또한 가가 없으며 둥글고 모나고 크고 작고, 상하장단, 청황적백, 선악과 성냄과 기쁨, 시비가 없다고 하였다.[56] 백운은 말로 표현할 수 없다고 하면서도 일상의 개념어를 가지고 진여를 여러 각도에서 설명하고 있다. 해당 전체 문맥에서 보면 이 설명은 『금강경』 내용을 이어서 이를 쉽게 풀이해 주는 기능을 하고, 그 다음에 그런 경지에 이르는 방법을 역시 조사어록이나 경전 구절을 가져와서 일러주는 문맥 흐름을 보인다. 즉 서술적 문장으로 개념어를 사용하여 존재 원리인 진여를 설명하여 논리적 이해를 먼저 시켜 수행으로 접근하게 하려는 의도를 내보이고 있다. 그래서 서술 의도와 표현이 모두 직설적이기만 하다.

(7)은 백운이 대중들에게 자신이 공부한 과정을 참고로 소개한 내용이다. 자신은 50년 전에 우리에 갇힌 물 암소를 보았는데 오래 전에 길을 들여 지금은 노지 백우가 되었다고 하였다. 그런데 그 노지 백우는 항상 드러나 있으나 바보 같고, 몸과 마음은 흙과 나무

---

56 「興聖寺入院小說」, 앞의 책, p.650.

같고, 보고 듣기는 맹인과 귀머거리 같다고 하였다. 문맥으로 봐서 물 암소[57]와 노지 백우는 백운 자기 자신을 은유한 것이고, 바보와 토목, 맹인, 귀머거리는 직유한 것이다. 공부하기 전 자기를 길들지 않은 물 암소에, 공부하여 길들여진 자기를 노지 백우에 각각 비유했다.[58] 즉 중생이면서 부처인 자기 정체성을 말하고 이를 길들기 전후의 소에 각각 비유하였다. 그리고 길든 소가 가지는 성격은 다시 '~와 같다'고 하여 직유를 구사하고 있다. 백운은 상징으로까지 나아가지 않은 이러한 비유를 비교적 수행 과정이나 수행인을 말할 때 사용한다. 백운은 대중설법에서 부처가 어떤 존재인가를 서론적으로 말하면서 구체적 사례로 자기가 수행한 회광반조라는 조사선 수행의 경험을 인용문 (7)로 보여 주고 있다. 다시 이것을 바탕으로 물 암소를 다스리듯 회광반조의 방식으로 조사선 수행을 할 것을 결론적으로 강조하였다. 비유라는 문학적 수사를 통해서 수행 과정과 완성된 경지와 회광반조라는 조사선 수행의 구체적 체험을 제시하여 대중 교화의 의도를 문예 미학적으로 표현하고 있다.

(8)은 바로 앞 생략된 부분에서 제시한 운문, 몽산, 지공 화상 등의 가르침을 먼저 제시하고 이것을 이리저리 분석하고 따지는 것은

---

57 '물 암소(水牯牛)'는 길들지 않은 자아의 의미로 백운 이전 중국 송나라 간화선의 정립자로 알려진 대혜 종고의 『書狀』(대혜 종고 저, 고우 감수, 전재강 역. 운주사. pp.233, 340, 341)에도 같은 맥락에서 사용되었다. 이 책에서는 물 암소를 구체적으로 제8식 무의식으로 주석하고 있다.

58 이러한 발상은 「심우도」에서 길들지 않은 소에서 점차 길이 들어가는 소를 누렁소에서 흰 소로 변해가는 모습으로 묘사한 것과 닮아 있다.

잘못된 것이며, 그렇게 해서는 그 뜻을 알 수 없다고 비판하고 나서 백운 자신이 그에 대한 대답을 한 말이다. 내용을 보면 해저에 먼지가 나고 산 위에 파도가 일며, 허공 꽃이 열매를 맺고 돌 여자가 아이를 낳으며, 진흙 소가 달을 향해 울부짖고 나무 말이 바람을 향해 소리친다는 표현을 했는데, 이것은 소위 불교가 말하는 진여의 상징이다. 개념어 부분에서 설명했듯이 진여는 어떤 말로도 표현할 수 없는 것이기 때문에 일상어로는 도저히 표현하기 어려운, 모양 없는 진여를 현실적으로 존재 불가능한 물상을 만들어서 형상화했다. 여기서 허공 꽃, 돌 여자, 진흙 소, 나무 말은 현실에 존재하지 않는 물상들이다. 여기에 더하여 각 물상들이 열매 맺고, 아이 낳고, 울부짖는다는 행위는 더구나 있을 수 없는 일이다. 현실에 존재하지 않는 물상이 있을 수 없는 행위를 하는 것을 묘사해냄으로써 인용문 전체는 백운이 바로 앞에서 논리적으로 드러낼 수 없는 것을 형상화하여 진여를 문예 미학적으로 드러내는 기능을 하고 있다.

또 다른 방식으로 부처의 일생 자체를 역설적으로 전용하여 선적인 표현을 하기도 한다. 해당 부분을 보면 "시주 대중이 부처 장엄함을 경찬하여 말하기를 고인이 이르기를 한 물건이 있으니 말하기 전에 적나라하게 드러났다. 천지를 덮고 색을 덮고 소리를 탄다. 부처가 이 한 수를 얻고 이르기를 '도솔천을 떠나지 않고 이 왕궁에 내려왔으며 어머니 태중에서 나오기 전에 이미 사람을 제도해 마쳤다"[59]라고 말하

---

[59] 檀越裝佛 慶讚云 古人道 有一物 聲前露裸裸 盖天盖地盖色騎聲 黃面老子 得這一着子云 未離兜率 已降王宮 未出母胎 度人已畢.「興聖寺入院小說」, 앞의 책, p.648.

고 있다. 부처가 얻은 한 수(一着子)라는 말은 진여 자체를 상징한다. 그 다음에 이어진 내용에서 부처가 말한 자신의 삶에 대한 발언은 현상적으로는 전혀 논리에 맞지 않는다. 역사적 부처의 일생은 도솔천에서 왕궁으로 내려오고 어머니 태에서 태어나 출가, 수행하고 중생을 제도하고 열반하는 것으로 되어 있는데, 여기서는 가장 중요한 출생과 제도를 두고 도솔천에 있으면서 왕궁에 내려왔고 어머니 태에서 태어나기 전에 중생을 이미 다 제도했다고 하여 현실적 논리로는 도저히 맥락이 닿지 않는 표현을 하고 있다. 따라서 소위 일착자라는 말로 진여를 상징하고 이와 연관하여 부처의 출생과 중생 제도에 대한 초월적 논리를 전개함으로써 역설이라는 수사를 사용하고 있다. 백운은 상징과 역설을 통하여 활발한 존재 원리를 표현하여 산문이 시적 경지에 이를 정도의 문학적 표현 성과를 거두고 있다.

요컨대 백운은 선의 서술적 표현에서 먼저 이해를 시키기 위한 교술적 설명의 방식에서 출발하여 전격적 깨우침을 주기 위해 비유나 고도의 상징, 역설의 기법을 구사하여 선의 산문적 표현이 도달할 수 있는 문예 미학적 최고의 경지를 보여 주었다.

4. 백운 경한 선의 성격과 산문적 표현

지금까지 백운 경한의 산문에서 보인 선의 성격과 그 산문적 표현을 논의하였다. 백운 문학에 대한 논의가 여타 분야보다 부족하고 그의 선의 성격에 대한 논란의 여지가 있어 이 논의를 시작하였다. 백운선을 무심선으로 보는 기존 논의를 다른 시각에서 비판적으로 보았고,

이러한 선이 산문으로 표현될 때 드러나는 문예 미학적 특징을 두 측면에서 나누어 살폈다.

　우선 백운이 보여 준 선의 특성을 스승 지공 화상과 관련된 초기불교와 백운 자신이 공부한 대승불교적 선, 그리고 백운 자신의 선 수행을 바탕으로 또 다른 스승 석옥 청공 선사와 관련된 조사선적 선의 둘로 나누어 논의하였다. 백운은 초기불교와 대승경전에 기초하여서는 선 수행을 통하여 도달할 불교적 존재 원리인 무아, 공, 진여에 대하여 주로 말하였다. 자신의 수행과 스승 석옥 청공과의 관계에서 그가 보인 선은 간화와 묵조, 간경, 만행 등의 과정을 거치지 않고 조사의 언구와 성색, 방과 할, 선문답을 듣고 바로 깨달아 들어가는 방식을 취하거나, 의정을 가지고 자아의 본질을 돌이켜보는 회광반조의 수행법을 강조하여 철저히 조사선적인 선 수행 방법을 특성으로 보여 주었다. 그가 설법이나 선문답을 통해 존재 원리를 드러내는 방식 역시 그가 체계적으로 정리한 조사선의 전례를 정확하게 따르고 있었다. 따라서 백운의 선은 초기불교와 대승경전에 기초하여 공, 무아, 진여라는 존재 원리를 바탕으로 여기에 도달하기 위한 수행법으로 전통 조사선의 회광반조를 실천했고, 깨달은 이후 선문답이나 설법 역시 조사선의 전형을 보여 주어서 백운의 선이 조사선의 성격을 분명하게 보여 주는 것으로 확인됐다.

　다음 백운은 선을 산문으로 표현할 때는 서술적 표현과 극적 표현이라는 두 가지 문예 미학적 방법을 선택했다. 두 가지 표현은 별개로 나타나기도 하고 경우에 따라 혼용되기도 하는 양상을 보여 주었다. 두 가지 표현 방법은 백운이 조사선을 자유자재하게 드러내어 대중들

을 가장 전격적으로 깨우치기 위하여 사용한 문예 미학적 표현 방법이
었다. 먼저 서술적 표현에서는 선 수행의 도달점인 불교 진리를 개념적
으로 표현하기도 하고 수사를 통해 형상화하여 표현하기도 하였다.
개념적으로 표현할 때에는 불교 진리를 나타내는 여러 가지 개념어를
반복하여 이를 논리적으로 이해시키고자 설명하였고, 수사상에서는
은유과 직유와 같은 비유법을 사용하여 깨달음에 이르는 회광반조
수행 과정의 다양한 현상을 효과적으로 표현하기도 하고, 또한 수행으
로 얻은 논리 이전의 깨달음, 진여의 세계를 고도의 상징을 사용하거나
현실의 논리를 완전히 뒤집는 역설의 기법을 통하여 형상화하고 있었
다. 이러한 표현은 선의 입장에서는 당연한 것인데 일상적 기준에서
보면 논리와 상식의 차원을 넘어 충격과 놀라움을 주는 새로운 문예
미학적 경지를 개척한 것이었다. 그리고 극적 표현에서는 백운 자신이
수행하는 과정에 스승에게 질문하고 답을 듣는 경우, 백운 자신이
대중의 질문을 받고 대답하는 경우 등 그 자신과 관련된 것이 있고,
전래되는 기존의 대표적 선문답을 인용해 오는 두 경우가 있었다.
수행 과정에서 보인 선문답은 자신의 견해를 점검받는 긴장된 상황을
재현해 주고, 대중을 향해서 한 선문답에서는 논리적 설명을 초월적
낯선 대답을 통하여 사념을 끊어 대중을 전격적으로 깨우치고자 하였
다. 타인의 선문답을 인용해 온 경우는 그가 따로 논리적으로 체계화한
조사선의 본질을 잘 드러내는 당시 현장의 대표적 선문답을 제시하여
논리적 체계화에만 의거하지 않고 독자들에게 생생한 현장을 다시
경험하여 깨닫게 하려는 극적 교술을 구사했다.

제2부

. . .

태고 보우 선어록의
문예 미학

제1장 『태고록』 시문에 나타난 선禪의 비非언어적 표현 원리

1. 선의 비언어적 표현 현상 문제

태고 보우(太古普愚, 1301~1382) 선사는 백운 경한(白雲景閑, 1298~1374), 나옹 혜근(懶翁惠勤, 1320~1376) 선사와 함께 고려 말 삼사三師 가운데 한 사람이다. 태고는 국내에서 깨달음을 얻은 뒤에 다시 원나라 석옥 청공(石屋淸珙, 1270~1352) 선사에게 나아가 법을 받아왔다. 그는 원 조정에서 천자를 위한 법문을 함은 물론 고려 조정에 돌아와서도 국사로서 존숭 받으며 현실참여 활동을 했다. 선사로서 일생을 살았던 그는 그런 과정에서 많은 법어를 남겼고, 후학을 지도하며 「가음명歌吟銘」, 「명호시名號詩」와 같은 다양한 게송을 남기기도 했다. 이런 자료에는 선사로서 일생동안 수행하고 깨닫고 교화한 행적이 잘 나타나 있다.

그와 같은 시기에 비슷한 과정을 거친 백운 경한 역시 같은 스승에게서 공부하고 법을 받아온 것으로 되어 있고, 고려 말은 혼란기임에도 불구하고 적어도 선에 있어서는 세 사람의 종장宗匠이 등장하여 선을 크게 꽃피운다.[1] 비슷한 시기에 같은 선사의 길을 걸어간 세 사람은 큰 틀에서는 선을 수행한 선사이나 구체적으로는 뚜렷한 개성을 보여 준다. 이들은 본래성불[2]이라는 선의 근본 입장은 일치되게 견지하면서도 수행이나 교시 방법에 있어서는 서로 다른 개성을 보인다. 태고가 남긴『태고록太古錄』[3] 시문에는 선의 다양한 국면이 다양한 방식으로 표현되어 있다. 문학사적으로도 비중이 큰『태고록』에 대한 기존 연구가 주로 철학과 종교, 역사 분야에서 이루어지면서 문학적 접근이 상대적으로 미진하다. 이에 문예 미학적 접근의 일환으로 이 논의를 시작하였다. 여기서 밝히고자 하는 것은 태고 보우라는 구체적 인물이 남긴 법어나 선문답과 같은 산문과 게송 자료에서 선을 비언어적非言語的으로 어떻게 표현하고 있는가이다. 선의 성격 자체나 인물에 대한 논의는 이미 많이 이루어졌고 어느 정도 합의에 도달한 것으로 되어 있기 때문에 특히 그의 시문에서 선이 비언어적으로 표현되는 원리를

---

1 세 사람 가운데 가장 늦은 나옹의 경우 역시 중국에 유학을 가서 석옥 청공의 사형사제가 되는 평산 처림平山處林의 법을 받아왔다.(지유 편, 운제 역,「불조원류법계도」,『석옥청공선사어록』, 불교춘추사, 2000, p.193 참고)

2 본래성불本來成佛이란 중생 이대로가 본래 부처라는 것을 의미한다. 이런 관점은 깨닫고 나서 보니 중생들이 자기와 조금도 다름이 없다는 것을 발견한 부처로부터 시작되었는데 이 정신을 철저히 계승하고 있는 종파가 선종이고, 구체적으로 말하자면 선종의 조사선과 간화선이다.(대한불교조계종교육원,『간화선』, 조계종출판사, 2005, pp.61~69 참고)

3『태고화상어록』을 줄인 표현임. 이하 동일.

주로 논의하고자 한다.[4]

선禪[5]은 흔히 언어도단言語道斷, 심행처멸心行處滅이라는 말로 표현
하는데 말의 길과 마음의 자취가 끊어진 세계가 선이라는 말이다.

---

4 문학은 언어 예술이기 때문에 언어로 표현된 문학 작품만이 문예적 연구의 대상이
될 수 있다는 주장은 원론적으로 타당하다. 그래서 선을 표현하고 있는 비언어적
표현에 대한 문예적 연구가 성립할 수 있는가라는 의문도 제기될 수 있다. 이
논의에서 다루는 비언어적 표현은 동작과 음성으로 이루어진 두 가지인데 지문
또는 의성어로 기록된 내용이 실제 구현 현장에서는 비언어적이다. 그러나 우리가
마주한 문서 자료에는 비언어적 표현도 희곡의 지문처럼 언어로 표현되어 있다.
희곡의 지문이 작품의 전체에서 중요한 요소로 기능하여 지문을 포함한 희곡을
문예 작품으로 다루듯이 선의 비언어적 표현 역시 지문으로 처리되고 전체 작품의
특성을 결정하는 중요한 요소이기 때문에 같은 맥락에서 문예적 연구의 대상으로
다루어야 된다고 본다. 더구나 언어를 초월한 선의 특징상 여기서 사용된 비언어적
표현은 작품 안에서 더 결정적 핵심 기능을 수행하고 있어서 전체 작품을 구성하는
비언어적이면서(현장) 언어적인(작품) 이들 표현은 문예적 연구의 매우 신선한
대상이 될 수 있다는 점을 상기해야 한다. 또한 선시문에 사용된 비언어적 표현은
순수하게 언어로만 표현된 경우와 달리 현장의 생동감과 극적 효과를 유발하여
유가의 그것과 대비되는 선시문의 문예적 특징을 창출하는 것이기도 하여 선의
비언어적 표현에 대한 문예적 연구는 연구 영역의 확대라고 할 수 있다. 그리고
이 논의가 흔히 빠지기 쉬운 독단의 함정을 벗어나기 위하여 그의 동학인 백운
경한, 스승인 석옥 청공, 후배인 나옹 혜근의 경우를 일부 대비 또는 비교하면서
논의를 진행하고자 한다.

5 다루어야 할 선의 개념 범위도 문제 삼아야 한다. 선을 대상으로 다루는 것도
있고 선 수행을 통하여 깨닫는 순간이나 도달한 경지를 말하기도 하고, 선 수행법을
가리키기도 하고 선의 근본 입장을 드러내기도 하여 선을 논할 때 그 선과 관련된
중요한 국면을 나누어서 논의할 필요가 있다. 선의 다양한 측면이 다루어지고
있는 것이 자료의 특징이기 때문에 그 실상을 드러내려면 이를 다 포괄하여
논의해야 한다.

그래서 선의 경계는 엄밀한 의미에서 말로 표현하는 것이 불가능하다고 할 수 있다. 그러나 표현하지 않을 수 없어서 부득이 뜻이 통하지 않는 말을 사용하거나 이해할 수 없는 행위로 이를 표현하기에 이른다. 선사의 법문, 선문답, 게송이라고 하면 흔히 이해할 수 없는 것으로 치부되는 것도 바로 이 때문이다. 선이 언어를 떠나 있다고 하면서도 대부분 언어로 선을 표현하고 있지만, 태고 보우는 시문에 선을 드러내는 결정적인 상황에서 언어를 떠난 비언어적 표현을 구사하고 있다. 선을 표현할 때 비언어적 표현이 차지하는 적은 분량에도 불구하고 이를 논의해야 할 중요한 이유는 비언어적 표현이 선의 핵심을 드러내면서 선사 시문의 문예 미학적 성격에 중대한 영향을 끼치기 때문이다. 또한 선의 언어적 표현도 이러한 비언어적 표현과의 관계 속에서 보다 더 정확하게 이해될 수 있기 때문이다.[6]

　이 장에서는 선의 비언어적 표현의 개념을 규정하고 여기에 해당하는 사례를 크게 두 가지 유형으로 구분하고, 다시 각 유형 아래 하위 유형들을 세분하고, 하위 유형에 해당하는 비언어적 표현들이 실제 작품의 문맥 안에서 선의 언어적 표현들과 상호 어떤 관계를 맺고 어떤 기능을 하는지, 그래서 연출되는 태고 보우 선시문의 문예 미학적 성격은 어떠한지를 분석하고자 한다. 이로써 선을 표현하는 태고 보우의 문학적 개성을 당대 여타 작가와도 통계적으로 대비하면서 선을 표현하는 선사 시문학의 일반적 원리를 도출하는 하나의 실마리를 마련하고자 한다.

---

6 결과적으로 이러한 논의는 유가 시문과 구별되는 선가 시문의 독자적 성격을 구명하는 데도 자연스럽게 이바지할 수 있다.

이 같은 논의를 진행하기 위하여 『태고화상어록』을 핵심 자료로 하고, 그 외 『백운화상어록』과 『나옹화상어록』, 나아가 그 스승인 석옥 청공의 『석옥청공선사어록』을 부차적 자료로 삼고자 한다.

2. 선의 비언어적 표현의 개념과 유형

일상의 의사소통에서도 비언어적 표현은 다양하게 사용된다. 그래서 화법을 다루는 학문에서는 비언어적 의사소통의 개념과 종류, 기능에 대하여 연구를 진행하여 이를 체계화하고 있다.[7] 선사들이 남긴 선의 비언어적 표현은 지문이나 의성어의 형태로 남아 있는데, 논의를 더 체계적으로 전개하기 위하여 시문에 나타난 선의 비언어적 표현의 개념을 먼저 규정할 필요가 있다. 일반 의사소통이론에서 비언어적 의사소통의 유형으로 신체적 모습, 인공물, 동작, 신체접촉, 음성 행위, 공간, 시간 등을 들고 있는데[8] 이것은 의사소통이 구체적으로 이루어지는 발화 현장에서 일어나는 현상이기 때문에 나타난 비언어적 표현의 하위 유형들이다. 그러나 선사의 법문이나 선문답, 게송 같은 경우에는 이미 문자로 기록되었기 때문에 남아 있는 비언어적 표현의 양상이 이와는 다르다. 일반 의사소통에서는 주고받는 정보의 종류도 다양하게 나타나지만 선사의 시문에서는 선이라는 내용을 표현의 중심 과제로 삼기 때문에 함의된 정보 역시 다르다. 구체적 목적을

---

7 이창덕 외 4인, 『화법 교육론』, 역락, 2012, pp.129~143; 박재현, 『국어교육을 위한 의사소통이론』, 사회평론, 2013, pp.101~131.

8 박재현, 앞의 책, pp.105~131.

가진 선사 시문은 비언어적 표현의 일정한 유형성을 보이면서도 일반 의사소통상의 비언어적 표현 유형과는 다른 특징을 보여 주고 있다. 이것은 기록으로 남은 비언어적 표현이기도 하고 선이라는 특정한 영역에서 전통적으로 이루어지는 의사표현이기 때문이다. 이에 의사소통상의 경우를 참고하면서 선의 비언어적 표현이란 기본 개념과 유형, 기능을 새롭게 정리하고 논의를 확대해 나가고자 한다.

　흔히 선은 불립문자不立文字라고 하여 문자를 초월해 있다고 하는데 태고 보우 역시 이 점에 대한 분명한 인식을 가지고 있었다. 그는 여기에 더하여 불립어언不立語言이라고 하여 문자 언어는 물론 음성 언어도 초월해 있는 것이 선의 세계임을 더 구체적으로 언급했다.[9] 이러한 입장에 근거해 볼 때 선의 비언어적 표현이란 선사들이 선을 드러내기 위하여 사용하는 통사적 맥락을 갖춘 언어 표현 이외의 동작이나 음성으로 이루어지는 모든 표현 수단이라고 규정할 수 있다.[10] 이와 같은 비언어적 표현의 사례는 불교사에서 부처 당시부터[11]

9　부처와 조사가 어찌 다른 사람이겠는가? 다만 이 마음을 밝혔다. 그러므로 예로부터 부처와 조사들은 <u>문자를 세우지 않고 말을 세우지 않고</u> 다만 마음으로 마음을 전했으니 다시 별다른 법이 없었다.(佛祖豈異人乎 只明得箇此心 故從上以來 佛佛祖祖 <u>不立文字 不立語言</u> 但以心傳心 更無別法. 태고 보우, 「玄陵請心要」『太古錄』, 장경각, 1991, p.44)

10　음성으로 이루어진 비언어적 표현을 반언어적半言語的 표현으로 따로 분리하는 경우도 있으나 그 표현이 일상적 언어의 통사구조를 독립적으로 갖추고 있지 않아서 선행 연구의 기준에 따라 비언어적 표현의 하나로 다룬다. 그래서 비언어적 표현은 동작으로 이루어진 것과 음성으로 이루어진 것으로 나누어 볼 수 있다.

11　세존이 영축산에서 말없이 꽃을 들고 대중에게 보이니 아무도 그 뜻을 몰랐으나

이미 시작되어 선불교에 이어지고 그 전통은 현재까지도 이어지고 있다.[12] 비언어적 표현의 유형을 살피기 위하여 부처 당시나 선불교가 꽃핀 당송대의 대표적인 사례를 보면, 먼저 일반에 널리 알려진 염화미소拈華微笑[13]는 부처가 보인 비언어적 표현의 원조라고 할 수 있다. 항상 말로 진리를 설명하다가 연꽃을 들어 보이는 행위를 하게 되는데, 여기서 모든 대중이 의미를 몰라 의아해할 때에 오직 가섭만이 미소를 지어서 그 뜻을 알았고 그래서 부처는 가섭에게 법을 전하게 된다는 것이다. 부처가 보인 비언어적 표현은 경전 곳곳에 나타나는데 선종의 소의경전인 『금강경』 본문 첫머리에도 이런 부처의 비언어적 행위가 경전 문구로 기록되어 있다. '여래가 사위성에 들어가 차례로 걸식을 하고 돌아와 음식을 먹고 발을 씻고 자리를 펴고 앉았다'는 행위를 선의 비언어적 행위로 인식하고 있다. 이 경전에서 부처의 대화 상대 제자는 수보리인데 그가 세존의 이와 같은 일상 행위를 두고 희유하다고 찬탄하면서[14] 그런 여래의 행위가 앞으로 진행할 『금강경』의 내용을

마하가섭만이 미소 지었다고 함.(拈華微笑, 世尊拈華, 迦葉微笑. 「拈華微笑」조. 이철교 외 2인, 『선학사전』, 불지사, 1995, p.460)

12 근현대 한국의 선승들 사이에서도 이와 같은 선의 비언어적 표현은 자주 등장한다. 필자는 대표적 사례를 한 차례 논의한 바 있다.(전재강 ,「『공부하다 죽어라』①에 나타난 혜암선사 선의 성격과 표현원리」, 『혜암선사의 선사상과 세계화』, (사)혜암선사 문화진흥회 엮음, 시화음, 2020, pp.365~396).

13 세존이 영산에서 설법을 하는데 하늘에서 네 가지 꽃비를 내리거늘 세존이 그 꽃을 잡아 대중에게 보이니 가섭이 미소 지었다. 세존이 이르기를 "나에게 정법안장이 있으니 가섭에게 부촉하노라."(世尊 在靈山說法 天雨四花 世尊 遂拈花 示衆 迦葉微笑 世尊云 吾有正法眼藏 咐囑摩訶迦葉. 혜심, 「拈花示衆」 『선문염송』, 오어사 운제선원, 1994, p.2)

다 담아서 표현했다는 인식을 드러내기 때문이다.

부처가 보인 이와 같은 비언어적 행위는 선종으로 넘어오면서 이것이 하나의 교시 방법으로 자리잡아 간다. 흔히 알고 있는 임제의 할喝과 덕산의 방棒이 그 대표적인 예이다.[15] 임제 선사는 법을 물으러 문에 들어오기만 하면 할을 하고,[16] 덕산 선사는 문득 방망이를 휘둘렀다.[17] 이것이 대표적인 선의 비언어적 표현이다. 전자가 음성을 통한

---

14 그때 세존이 식사 때가 되어 옷을 입고 발우를 가지고 사위성에 들어가 걸식을 하는데, 그 성안에서 차례로 걸식하시고 본래 자리로 돌아와 식사를 마치시고 옷과 발우를 거두고 발을 씻고 자리를 펴고 앉으셨다. 그때 장로 수보리가 대중 가운데 있다가 곧 자리에서 일어나 오른쪽 어깨에 옷을 걸치고 오른쪽 무릎을 땅에 대고 합장 공경하며 부처님께 말씀드리되 "희유하십니다. 세존이시여."(爾時 世尊食時 着衣持鉢 入舍衛大城 乞食 於其城中 次第乞已 還至本處 飯食訖 收衣鉢 洗足已 敷座而坐 時 長老須菩提 在大衆中 卽從座起 偏袒右肩 右膝着地 合掌恭敬而白佛言 希有世尊(전재강 역, 『金剛經三家解』, 운주사, 2019. pp.121~135)

15 '임제는 문에 들어오면 곧 할을 하고, 덕산은 문에 들어오면 곧 몽둥이질을 했으니 이 무슨 아이 놀음인가?(臨濟入門便喝 德山入門便棒 是甚兒戲. 「奉恩禪寺入院上堂」, 『태고록』 p.33. *이하 『태고록』은 '앞의 책'으로 표시함)'라고 하여 태고 보우 선사는 그 이전부터 상용화된 선의 비언어적 표현을 두고 본래성불의 자기 입장을 말하고 있다.

16 한 스님이 물었다. "무엇이 불법의 대의입니까?" 스승이 문득 할을 하였다. … "내가 황벽의 처소에 있을 때 세 번 질문에 세 번을 맞았다." 스님이 헤아리는데 스승은 문득 할을 하였다.(僧問 如何是佛法大意 師便喝 … 我在黃蘗處 三度發問 三度被打 僧擬議 師便喝. 臨濟·法眼, 『臨濟錄·法眼錄』, 선림고경총서 12, 장경각, 1989. p.30) 임제의 어록에 보이는 이런 기록을 보면 그는 제자를 지도할 때도 일상적으로 할을 사용하고 있다는 것을 알 수 있다.

17 덕산은 중이 문에 들어오면 문득 몽둥이질을 했다.(德山 見僧入門 便棒. 무의자 저, 「便棒」 『선문염송』 671칙, 운제선원, 1994. p.283)

선의 비언어적 표현이고, 후자가 동작을 통한 선의 비언어적 표현이다.

이런 식의 선의 비언어적 표현이 후대로 내려오면서 더욱 다양하게 전개되는데, 지금 논의하는 태고 보우의 경우에는 더 다양한 비언어적 표현을 사용하고 있다. 이것은 태고 한 개인에 국한하지 않고 그의 스승 석옥 청공 선사로부터 이어져 온 것이고, 그의 사형이라고 할 수 있는 백운 경한, 그의 후배에 해당하는 나옹 혜근 선사에게서도 이와 같은 다양한 비언어적 표현들이 사용되고 있다.[18] 그리고 이와 같은 전통은 현대 선사들까지 이어져서 진리를 알리는 중요한 방법으로 사용되고 있다. 태고 보우의 동학이라고 할 수 있는 백운 경한은 그의 글 「조사선」에서 다양한 조사선의 사례를 제시하면서 선의 비언

---

18 태고 보우의 스승인 석옥 청공 선사, 동학인 백운 경한 선사, 후배인 나옹 혜근이 구사한 선의 비언어적 표현을 여기서 모두 제시할 수는 없고 이들이 남긴 자료에서 사용된 비언어적 표현 전체의 양상만 간단히 살펴보기로 한다. 우선 태고 보우는 비언어적 표현을 대략 117회 구사했는데 여기서 동작 87회(74%), 음성 30회(26%)의 분포를 보이고, 스승 석옥 청공의 경우는 전체 비언어적 표현 77회 가운데 동작 59회(77%)와 음성18회(23%)로 되어 있고, 동학인 백운 경한의 경우는 전체 198회 가운데 동작 178회(90%)와 음성 20회(10%), 나옹 혜근의 경우 전체 224회에서 동작 176회(79%)와 음성 48회(21%)로 나타났다. 전체 회수는 나옹이 가장 많고 석옥 청공이 가장 적다. 동작과 음성의 비율에서는 태고 보우가 음성이 차지하는 비중이 가장 높고 백운 경한은 음성의 비율이 가장 낮게 나타났다. 이것은 태고 보우가 선을 표현할 때 치우치지 않고 다양하고 자유롭다는 비언어적 표현 방법을 구사하고 있다는 것을 말해 주는 것이다. 백운 경한을 제외한 나머지 세 사람은 동작과 음성 양자의 비율이 20% 대로 비슷하게 유지되고 있다는 것도 발견되었다. 그리고 시간 순서로 봐서 비언어적 표현의 사용 빈도수가 스승인 석옥이 가장 적고 내려오면서 점차 더 빈번하게 더 다양한 방식을 구사하는 양상 또한 드러났다.

어적 표현에 대한 체계적 이론을 남기고 있다. 백운 경한은 이 글에서 "혹 성색으로 법을 보이며 사람에게 보이는 사람은 방망이를 잡고 불자를 세우며 손가락을 퉁기고 눈썹을 날리며 몽둥이를 휘두르고 할을 한다. 이런 갖가지 작용이 모두 조사선이다"[19]라고 하였다. 이에 따르면 태고가 사용한 선의 비언어적 표현은 크게 두 가지 유형으로 나누어 볼 수 있다. 하나는 백운이 이른바 '방망이를 잡고 불자를 세우며 손가락을 퉁기고 눈썹을 날리며 몽둥이를 휘두르는' 다양한 동작으로 이루어진 경우가 있고, 또 다른 하나는 '할을 한다'고 하여 음성으로 나타내는 경우가 그것이다. 이런 기준에 따라 분석해 보면 태고가 사용하는 동작으로 이루어진 표현에는 동원하는 대상물의 종류에 따라 크게 세 가지 하위 유형이 나타난다. 주인공이라고 할 수 있는 태고 보우의 공간적 움직임의 행위나 공간 자체, 법문하거나 행사를 진행할 때 사용하는 주장자와 불자와 같은 불구佛具를 사용하는 행위, 다음은 의식에 쓰이는 향이나 의복을 사용하는 행위가 그것이다. 공간 자체나 공간적 움직임은 백운의 언급에 직접적으로 나타나 있지는 않지만 행위로 보이는 범주에 들어가는 것이다. 그리고 향이나 옷은 그 자체가 본래 법을 설할 때 사용하는 도구는 아니지만 여기서는 그런 용도로 쓰여서 주장자나 불자와 유사한 기능을 하기 때문에 동작으로 이루어진 행위의 범주에 들어간다. 다음 음성으로 이루진 비언어적 표현으로 백운은 '할' 한 가지만 들었지만, 태고에게서 더 다양하게 나타나는 몇 가지 음성 행위가 다 같은 범주에 들 수 있다.

---

19 或以聲色示法示人者 拈槌竪拂 彈指揚眉 行棒下喝 種種作用 皆是祖師禪.『白雲和尙語錄』卷上, p.654.

음성으로 이루어진 행위가 동작으로 이루어진 표현에 비하여 출현 빈도수가 적기는 하지만 유형은 더 다양하게 나타나며 역시 중요한 기능을 수행한다. 태고가 남긴 음성 관련 표현은 음성을 내는 방식에 따라 네 가지 유형으로 나누어 볼 수 있는데 가장 일반적인 것으로 고함을 치는 할喝과 이咦 유형이 있고, 혀를 차는 방식의 돌咄 유형이 있고, 웃음을 크게 웃는 아가가呵呵呵 유형이 있고, 끝으로 대중을 부르거나(召大衆) 침묵하는(良久) 유형이 있다.

　이상에서 살펴본 동작 또는 음성으로 이루어진 두 가지 비언어적 표현 유형은 구체적 작품 맥락에 편입되면서 선사 시문에 문예 미학적으로 어떤 성격을 부여하는지, 또한 이러한 비언어적 표현이 선의 본질을 어떤 방법으로 드러내는지를 구체적 시문의 문맥 안에서 논의할 필요가 있다.[20] 요컨대 비언어적 표현이 문예 미학이라는 형식적 기능과 내면의 선적 기능을 어떻게 수행하고 있는지를 구명할 필요가 있다.

3. 동작에 의한 선의 비언어적 표현 원리

선사의 시문 기록이 대부분 언어로 이루어지지만 결정적인 대목에서 비언어적 표현이 구사된다. 그런데 지금까지는 다양한 비언어적 표현 방식을 언어적 표현과 연관하여 본격적 논의 대상으로 거론한 일이 거의 없다. 의사 표현의 중심을 언어로 보고 비언어적 표현을 부차적인

20　비언어적 표현이 언어적 표현과 교직되면서 매우 독자적인 선가문학으로 승화된 다는 점에서 이러한 작업은 매우 중요하다.

것으로 이해하는 것은 의사소통상의 경우와 마찬가지로 선사의 시문에서도 마찬가지다. 그러나 그 구체적 내용에 들어가면 일상의 의사소통에서나 선사의 어록의 두 경우 모두 비언어적 표현이 더 핵심을 이루는 경우가 있는데, 특히 언어를 초월하는 선의 특성상 선사들의 시문에서 비언어적 표현은 적은 분량에도 불구하고 비중은 더 높은 경우가 많다. 이는 비언어적 표현이 선사 시문의 문예 미학적 특성을 규정하고 선의 핵심 의미를 전달하는 결정적 방법으로 사용되는 경우가 더 많기 때문이다.[21]

선사의 시문에서 선의 세계를 지문 처리된 선사의 행위로 나타내는 것을 비언어적 표현이라고 했는데, 이 장에서는 문예적 관점에서 도외시되고 있는 선사의 시문을 대상으로 그를 구성하는 선사의 행위로 나타난 비언어적 표현을 언어적 표현과 상호 연관하여 논의를 전개한다. 여기서는 이와 같은 개념에 해당하는 비언어적 표현의 용례를 『태고록』에 나타난 시문 작품 자료에서 일일이 찾아 제시하고 이를 몇 가지 유형으로 나누어 논의고자 한다. 그 의미나 기능은 하위 항의 구체적 논의에 들어가서 자세히 따져봐야 하는데, 이 장에서는 세 가지 유형에 나타난 세부 사항의 문예 미학적 특징과 선적 의미를 언어적 표현의 문장 맥락 속에서 구명하고자 한다.

(1) 삼문을 가리키며 이르기를 "대도는 문이 없으니 여러분은 어느

---

21 설명이나 수사를 이용한 언어적 표현이 드러내고자 하는 선지를 정확히 포착하지 못할 때 부정이나 핵심 대답 방식, 즉 비언어적 표현을 통하여 선지를 명쾌하게 드러내기 때문에 장황한 언어적 표현을 압도하는 경우가 많다는 의미이다.

곳을 향하여 들어가려 헤아리는가? 돌! 원통의 넓은 문이 팔자로
활짝 열렸도다!" <u>불전에서</u> 이르기를 "이천 년 전에는 내가 너였더니
이천 년 뒤에는 네가 나일세! 거의 누설할 뻔했다!" 문득 삼배를
했다. … <u>태조전에서</u> 이르기를 … <u>방장에서</u> 이르기를 … <u>방에서</u> 주장자
를 잡고 한 번 내려찍고 이르기를 "이 안에서는 부처가 와도 때리고
조사가 와도 때린다." … <u>법좌를 가리키며</u> 이르기를 "백천의 불조가
이 속을 향하여 큰 악취를 풍겨서 사바세계에 두루 가득하니,
오늘 산승이 사방의 대해수를 기울여 씻어서 깨끗하게 함을 면할
수 없도다. 대중은 점점 더 낭자하다고 말하지 말라." <u>법좌에 올라</u>
향을 잡고 이르기를 "이 향의 뿌리는 대천사계에 기반하고 있으
니…"²²

(1)은 「봉은선사입원별축성상당奉恩禪寺入院別祝聖上堂」의 일부분
이다. 공간과 관련된 일련의 행위들이 순서대로 잘 나타나 있다. 제일
먼저 사원에 이르러 삼문을 가리키고(指三門), 차례로 불전佛殿과 태조
전太祖殿, 방장方丈을 가리키며 선적 의미를 드러내고 있다. 드디어
방에서 말하고(據室), 다시 법좌를 가리키고(指法座), 마침내 법좌에
오르는(陞座) 것으로 현장의 행사가 진행된다는 것을 보여 주고 있다.

---

22 指三門云 大道無門 諸人擬向何處入 咄 圓通普門 八字打開 佛殿云 二千年前我爲
爾 二千年後爾爲我 幾乎漏說 便三拜 太祖殿云 … 方丈云 … 據室拈拄杖卓一下云
這裏 佛來也打 祖來也打 … 指法座云 百千佛祖向這裏 屙潑大臭氣 徧滿娑婆
今日山僧 未免傾四大海水 洗敎淨潔去也 大衆莫道狼藉轉多 陞座 拈香云 此香根
盤於大千沙界…. 「奉恩禪寺入院別祝聖上堂」, 앞의 책, pp.28~34.

그런데 이 작품에는 자리를 떠나는 행위(下座)는 나타나지 않는다. 이 작품은 상당법문을 기록한 것인데 공간 관련 행위를 차례로 제시함으로써 교시할 다양한 내용을 평면적으로 길게 설명하는 것과는 달리 법문 현장 공간과 직결된 핵심 주제를 제기하고 이를 명쾌하게 정리함으로써 전체 글의 단락 전개 과정에 법문이 이루어지는 현장의 생동감과 입체감을 더해 주고 있다. 여기에 제목 이외에 법문이 시작될 때 '법당에 오른다'는 의미의 상당上堂[23]이라는 용어는 보이지 않고 '삼문을 가리킨다'는 말이 먼저 나온다. 이를 두고는 대도무문大道無門이라 전제하고 원통문이 크게 열려 있다고 하여 삼문이 진리의 문임을 현장의 살아있는 목소리로 말하고 있다. 다음으로 이어지는 공간을 제시하고 설법을 이어가는데, 불전佛殿이라는 공간을 두고는 과거에는 '내가 너였지만 지금은 네가 나'라고 하여 시공을 초월한 주객일체의 세계를 말하고 다시 예배함으로써 다시 주객이 분리되는 양상을 짧은 언사와 행위로 엮어 보이고 있다. 태조전太祖殿에서는 생략된 내용에서 태조를 삼한의 비조라 칭송하고 옛날에 서로 일을 논의했는데 지금 다시 만났다고 하여 역시 시간을 뛰어넘는 만남을 말하고, 방장方丈을 두고는 역시 생략된 내용에서 귀신굴인데 땅을 흔드는 뇌성이

---

[23] 여기에 공간 이동의 행위로 상당이라는 용어가 나타나지 않았지만 제목으로 봐서 상당이라는 행위는 반드시 있었다. 그런데 이 법당에 오르는 행위(상당)는 법당에 오르기 전에 법문을 다해 마쳤다는 입장에서 보면 비판의 대상이면서 부득이 설법을 위하여 법당에 오를 수밖에 없다는 의미가 있고, 여기에 설법하는 사람과 설법을 듣는 사람이 주객으로 나누어지는 현상이 일어난다는 의미가 동시에 내재한다.

일어나 어디로 흩어졌는지 알 수 없다고 하고, 물가에 사람이 흩어지니
갈매기가 주인이 된다[24]는 게송을 읊어서 살활의 세계를 상징하고
있다.[25] 거실據室에서는 부처가 나오면 부처를 치고 조사가 나오면
조사를 친다고 하여 불교 이념의 이상적 실천자를 부정함으로써 불조
와 중생이 나누어지기 이전에 일체가 본래성불해 있다는 사상을 불조
를 때린다는 역동적 행위로 드러냈다. 다시 법좌를 가리키고(指法座)에
서는 거기서 나온 교시가 나쁜 냄새를 사바세계에 가득하게 한 것이라
이를 사방의 바닷물로 씻지 않을 수 없다고 하여 역시 불조의 가르침을
본래성불의 입장에서 큰 악취에 비유하고, 이를 청소하는 수단을
'사방의 큰 바닷물(四大海水)'이라는 비유로 표현하였다. 마침내 법좌
에 올라서는(陞座) 행사의 중요한 매개체인 향을 사용하여 향이 가진
본원적 의미와 행사의 표면적 의미를 함께 드러내어 축원의 행사를
시작하고 있다.

태고는 행사가 진행되는 봉은선사라는 특별한 공간에서 다시 이를
구성하는 개개의 공간을 배경으로 그와 관련된 과거와 현재를 왕래하
면서 양자의 일치와 분리를 동시에 보이며, 상징적 언사를 구사함으로
써 마치 극적 공간 이동에 따른 장면 전환과 같이 보다 더 사실적인
실제 공간을 배경으로 선의 본래성불의 세계를 생동감 있게 표현하고

---

24 人散汀洲後 沙鷗作主來.

25 살활殺活이라는 말은 선문禪門에 사용하는 용어로 존재의 원리와 현상을 지칭하는
    말이다. 현상인 활과 원리인 살은 항상 함께하는데 이것을 표현할 때는 살,
    활, 살활동시로도 표현한다. 여기서 시간을 초월한 만남이나 흩어짐이 살이라면,
    일어나거나 주인이 되는 것은 활이라 할 수 있다.

있다. 장소 관련 비언어적 표현은 현장에서 진행된 구체적 행사의 각 단계가 진행되는 데 따른 작품 전개와 내면의 깊은 선적 의미를 병행하여 이끌어내고 있다.

공간 관련 이런 행위 전체[26]를 함께 살펴보면 어떤 공간에 이르거나 오르는 것, 공간에 머무는 것, 공간을 가리키거나 공간을 떠나는 방식으로 일정한 순서를 가지고 이루어진다. 산문에 이르다(至山門)와 법당에 오르다(上堂)가 공간 관련 행위의 시작을 알리는 것이고, 다시 법좌에 오르거나 나아가며(陞座, 就座), 공간에 머물고(據室), 공간을 가리키고(佛殿, 太祖殿, 方丈, 指三門, 指法座), 공간을 떠나는 것(下座) 등으로 공간 관련 행위는 구체적으로 진행된다. 겉으로 드러난 선문의 이런 공간 관련 행위는 다른 작품에서도 위 작품과 유사한 방식으로 이루어지고 문예 미학적으로 선의 시문에 생생한 장면 전개 과정의 현장감과 입체감을 더해 주는 역할을 한다. 또한 문맥상 공간의 제시는 어떤 행사의 진행을 알리는 것이면서 동시에 상징적 의미를 가진다. 태고 선사의 산문에 보인 주인공의 공간 관련 행위도 문맥으로 봐서 겉으로 의례적 행사의 진행 과정이면서 동시에 이면에 선적 의미를 함의한다. 법당이나 법좌에 오르고 나아가는 것은 해당 공간에서 행사의 시작을

---

26 『태고록』에 나타난 공간이나 공간 관련 행위의 전체 사례를 들어 보면 다음과 같다. 「永寧寺開堂」師據室, 上胡梯, 陞座, 就座, 師便下座. 卽搭臂指法座, 「奉恩 禪寺入院上堂」上堂, 指三門, 佛殿, 太祖殿, 方丈, 據室, 據室, 指法座, 陞座, 就座, 「王宮鎭兵上堂」陞座, 就座, 「三角山重興禪寺再入院」至山門, 「曦陽山鳳 巖禪寺入院」至山門, 「迦智山寶林禪寺入院」至山門, 佛殿, 「慈氏山瑩原禪寺入 院」至山門, 便入門, 「上堂」便下座. 「示衆」陞座. 「行狀」師陞.

알리는 것이면서 법당의 법좌에서 법을 강설하는 일의 개시와 주객분리의 교화가 시작된다는 의미를 가진다. 그리고 공간 자체를 가리키거나 공간에 머문다는 것은 행사의 중심 과정으로서 실제 법을 구체적 현장에서 시간을 초월한 입장과 다시 현재로 돌아오는, 즉 주객일치와 분리를 드러내어 매우 역동적으로 진리를 드러내는 기능을 하는 것이고, 공간을 떠나는 행위는 겉으로 행사의 마무리를 말하면서 본래성불의 제자리로 회귀하는 선적 의미를 동시에 가진다.[27] 요컨대 공간이나 공간 관련 행위는 법석의 현장을 극적 공간과 같이 전체 글의 단락을 전개하고 단락별로 제시된 현장의 입체적 생동감을 조성한다. 공간으로 구분된 단락 안에 시공 초월의 언설을 배치하면서 진리를 상징적으로 표현하고 있다. 그래서 작품 전체가 생동하는 개성적 문체를 가지는 데까지 나아가도록 했다.

(2) 스승께서 방장실에서 주장자를 한 번 내려찍고 이르기를 "이 안은 부처를 삶고 조사를 삶는 큰 용광로이고 생을 단련하고 사를 단련하는 악독한 쇠망치이다. 칼끝을 만나면 간담을 잃고 혼백이 없어질

---

[27] 그러나 선의 근본적 입장에서 보면 일체가 본래성불해 있기 때문에 법석의 시작을 알리는 행위, 법석의 진행, 법석의 마무리는 전혀 다른 의미로 해석이 가능하다. 대중을 위한 이러한 법석이라는 행사는 그들이 본래성불해 있다는 전제하에서는 필요 없는 일이기 때문에 법석의 시작과 진행은 근본적으로 잘못된 것인데, 선사가 법석을 떠나는 행위로 이 행사를 마무리 지음으로써 긁어 부스럼을 내는 행위를 중지하고 본래성불의 상태로 되돌려 놓는다는 의미를 나타내기에 이른다. 그래서 태고는 교화의 법문을 하면서도 공간과 그 관련 행위와 언설을 통해서 끊임없이 본래성불의 근본 바탕을 환기시키고 있다.

것이다. 내가 면목 없다는 것을 괴이하게 여기지 말라." 또 한 번
내려찍고 이르기를 "백천의 모든 부처가 이 속을 향하여 얼음이
녹고 기와가 풀리게 되었다." 또 한 번 내려찍고, 주장자를 잡아 세우며
이르기를 "이것은 고래가 바닷물을 다 마시니 산호 가지가 드러나는
것이도다!" … 갑자기 주장자를 잡고 한 번 내려찍고 이르기를 "천하가
태평하도다!" 또 한 번 내려찍고 이르기를 "불일이 중흥하도다!" 연이어
두 번을 내려찍고 한 번 할을 하다. … 불자로 선상 모서리를 세 번
치다.[28]

(2) 「영녕사개당永寧寺開堂」의 경우를 보면 주장자와 불자를 사용하
는 사례가 여러 차례 보인다. 실제 사용된 맥락에서 차례로 살펴보면
맨 먼저 나오는 탁주장일하卓拄杖一下와 두 번째 우탁일하又卓一下는
제시의 기능, 법문의 실마리를 열어주는 엶의 기능을 하는 것으로
나타난다. 먼저 주장자를 세우면서 각각의 의미를 역설적 사설로
설명하고 있기 때문이다. 그리고 세 번째 우탁일하又卓一下는 두 번에
걸쳐 주장자로 제시하고 말로 설명한 내용을 부정하면서 끝맺는 역할,
즉 열었던 발화를 닫는 닫음의 기능을 한다. 마지막 이 행위에는
더 이상의 의미 부여가 없고 그 자체로 끝나서 그 앞의 행동과 언어로
보인 두 차례의 과정이 본래성불의 근본 입장에서는 군더더기에 불과

---

28 師據室 卓拄杖一下云 這裏 烹佛烹祖大爐鞴 鍛生鍛死惡鉗鎚 當鋒者喪膽亡魂
莫怪老僧無面目 又卓一下云 百千諸佛 向這裏氷消瓦解 又卓一下 拈起拄杖云這
箇驀鯨飲海水盡 露出珊瑚枝 … 驀拈拄杖 卓一下云 天下太平 又卓一下云 佛日重
興 連卓兩下 喝一喝 … 以拂子擊禪床角三下. 앞의 책, pp.21~28.

하다는 부정과 종결, 즉 닫음의 의미를 가지기 때문이다. 이어서 넘기주
장拈起拄杖이라고 했는데 이것은 이어지는 선구를 새롭게 제시하는
개시의 기능을 하고 있다. 다음 생략된 부분에서 넘주장탁일하拈拄杖卓
一下는 법좌에 나아가 새로운 법문을 시작하면서 백추에 이어 태고가
제강提綱을 하고 보인 행동이다. 백추에서 말한 제일의第一義를 주장자
와 백추가 이미 다 말했다는 것을 일깨워 주고, 이어서 은혜를 알고
은혜를 갚는 자가 있다면 나와서 증거할 것을 요구하는 문답[29]을 시작하
고 있다. 그래서 이 경우에도 주장자를 들고 내려찍는 것은 제일의를
드러낸 것임을 천명하여 제시의 기능을 하고 있다. 그리고 역시 생략된
사이불약師以拂約은 불자를 사용하여 다른 사람의 행동을 제지하는
닫음의 기능을 하고 있다. 이어지는 문답이 무의미하다는 것을 말하며
문답에 나서는 사람을 제지하였기 때문이다.[30] 다음 맥넘주장탁일하驀
拈拄杖卓一下, 우탁일하又卓一下, 연탁양하連卓兩下의 세 가지는 서로
긴밀하게 연관되어 있다. 지금까지 이어지던 발화에 변화를 주면서
새로운 내용을 제시하고 발화를 끝맺는 역할을 유기적으로 하기 때문
이다. 주장자를 잡아서 먼저 시작을 알리고, 두 차례 내려찍으면서
각기 의미를 제시하여 개시하고, 마지막에 연달아 두 번 주장자를
내려찍어서 앞에서 제시한 두 차례의 내용을 최종적으로 부정하며
닫아버리고 있기 때문이다. 그리고 이불자격선상각삼하以拂子擊禪床
角三下는 선상의 모서리를 세 번 침으로써 전체 이 법문을 마치고

---

29 白槌云 法筵龍象衆 當觀第一義 師提綱 拈拄杖卓一下云 第一義 這箇杖子 已與白
  槌 明明說破了也 箇中還有知恩報恩者麼 出來證據. 앞의 책, p.24.
30 又有一僧才出 師以拂約云 問話且住. 앞의 책, p.25.

있는데, 여기서 셋(3)이라는 숫자는 선에서는 일상적으로 살살殺과
활활活, 살활동시殺活同時를 나타내는 것으로 본래성불의 그 자리를
이런 방식으로 나타낸다. 이어진 백추의 설명에서 이것이 분명히
드러난다. 법왕의 법이 이와 같다는 말[31]이 행위로 제시한 선의 존재
원리를 말로 다시 드러내고 있기 때문이다. 나머지 작품의 경우에도
주장자나 불자와 같은 불구를 사용할 때에는 새로운 언설의 열고
닫음의 기능을 하는 것으로 되어 있다. 따라서 태고의 법어는 단락
안에서 언어적 표현과 불구를 사용하는 비언어적 표현이 교차하면서
언설의 여닫음을 반복하며 문장을 역동적으로 전개시키고 있다.

태고는 주장자나 불자와 같은 불구佛具를 사용하는 행위를 가장
많이 사용하고 있는데[32]이 가운데서도 주장자가 상대적으로 더 빈번하
게 사용되고 있다. 주장자나 불자는 본래 쓰임이 일상의 도구였는데
법을 설하는 도구로 사용된 것이다.[33] 여기서 보면 주장자나 불자를

---

31 白槌云 諦觀法王法 法王法如是 師便下座. 앞의 책, p.28.
32 주장자와 불자와 같은 대표적 불구를 사용한 사례를 모두 들어 보면 다음과
   같다. 「永寧寺開堂」卓拄杖一下, 又卓一下, 又卓一下 拈起拄杖, 拈拄杖卓一下,
   師以拂約, 驀拈拄杖卓一下, 又卓一下, 連卓兩下, 以拂子擊禪床角三下, 「奉恩禪
   寺入院上堂」以拄杖卓一下, 拈拄杖卓一下, 又卓一下, 卓拄杖一下, 又卓一下.
   「王宮鎭兵上堂」拈其拂子, 橫拈拄杖, 卓拄杖一下, 拈起拄杖, 又卓一下, 又卓一
   下, 又卓一下, 又卓一下, 又卓一下, 又卓一下, 辜拈拄杖, 復拈拄杖, 卓拄杖一下,
   卓拄杖一下 37(*숫자는 '앞의 책'의 쪽수 표시임. 이하 동일), 卓拄杖兩下. 「三角山重
   興禪寺再入院」卓拄杖一下, 又卓兩下. 「曦陽山鳳巖禪寺入院」卓拄杖三下. 「迦
   智山寶林禪寺入院」卓拄杖一下, 又卓一下, 「慈氏山瑩原禪寺入院」卓拄杖一下,
   「上堂」橫按拄杖, 卓拄杖三下, 「行狀」拈拄杖囑 120, 「碑銘」贈以拄杖 132.
33 불자는 파리나 곤충을 쫓는 도구이고, 주장자는 지팡이 또는 길을 갈 때 무의식적

잡는 행위, 주장자를 가로로 들거나 내려찍으며 세우거나 불자로
막는 행위, 특히 주장자를 세로로 내려찍을 때 한 번, 두 번, 세 번
등 다르게 하고 있다는 것을 알 수 있다. 그리고 주장자나 불자를
내던지거나 손에서 내려놓는 것이 동시에 나타난다. 불자와 주장자는
엄격하게 법을 설하는 도구이고 그 사용의 생생한 모습을 지문으로
그려 보이고 있어서, 이는 마치 연극에서 배우가 소도구를 사용하여
극적 표현 효과를 높이는 것과 유사하다. 불구를 사용하는 행위는
주로 단락 내 문장 흐름에서 여닫음, 제시와 종결의 기능을 한다.
또한 언어적 표현과 교직되면서 법문의 단락 내 문장 전개에 매우
유기적으로 개입하면서 선어록의 긴장감을 높인다. 요컨대 불자와
주장자를 사용하는 선의 비언어적 표현은 전격적 여닫음, 제시와
종결을 통해 발화 현장의 생동감을 『태고어록』의 시문에 더해 준다.

(3) 전해 온 임금의 뜻을 받들어 영녕선사에 주지로 부임하여
개당설법을 했다. 이날에 어향, 금란가사, 침향불자, 제사향, 삼전황후향,
황태자향이 나란히 도착했다. … 전해 온 옷을 잡고 이르기를 "이 한
조각 소가죽은 부처와 조사의 혈맥이 끊어지지 않은 신표이니
석가노자가 49년 3백여 회 설법에서 수용해도 다함이 없다." …
또 금란법의를 잡고 이르기를 "이 금란가사는 무엇 때문에 오늘 왕궁에

살생을 줄이기 위해서 먼저 소리로 작은 생명체를 도망가게 하여 밟혀죽는
것을 방지하는 기능을 하는 것이었다. 그런데 이런 물건이 법문 현장에서 법을
드러내는 도구로 사용되어 그전과는 다른 중요한 기능을 수행하는 것으로 바뀌
었다.

서 나왔는가? 보지 못했는가? 이 법을 국왕 대신에게 유촉한 것을." 또 전해 온 옷을 잡고 이르기를 "이것은 부자가 몸소 전한 사적 물건이 다." 또 금란가사를 잡고 이르기를 "이것은 왕궁에서 선사한 공적 물건이다. 사는 공에 미칠 수 없고 공을 먼저 하고 사를 뒤에 한다." … 법좌에 올라 향을 잡고 이르기를 "이 향은 가는 것도 없고 오는 것도 없으면서 가만히 삼제를 관통하며, 가운데도 아니 고 바깥도 아니며 시방에 통철하다. 받들어 원나라 지금 황제 몸이 만세만세만만세토록 이어지기를 축원한다." … 다음으로 향을 잡고 이르기를 "이 향은 깨끗하고 맑으며 많은 덕을 머금고 고요하면 서 편안하고 천 가지 상서를 가진다." … 다음 가슴에 품은 향을 잡고 이르기를 "이 향은 부처와 조사도 모르고 귀신도 헤아릴 수 없으며 천지가 낳은 것이 아니다."…[34]

(3)은 향과 옷 관련 행위가 가장 많이 나타나는 「영녕사개당永寧寺開 堂」의 일부분이다. 작품 시작 부분에는 개당하는 이날에 어향御香, 금란가사金襴袈裟, 침향沉香, 불자拂子, 제사향帝師香, 삼전황후향三殿

---

[34] 奉傳聖旨 住持永寧禪寺開堂 是日 御香 金襴袈裟 沉香拂子 帝師香 三殿皇后香 皇太子香 齊到 … 拈傳衣云 這一片牛皮 佛佛祖祖血脈不斷之標信 釋迦老子四十 九年 三百餘會 受容不盡 … 又拈金襴法衣云 此金縷僧伽梨 因甚今日 從王宮出來 不見此法遺囑國王大臣 又拈傳衣云 這箇是父子親傳的私物 又拈金襴云 這箇是 王宮宣賜的公物 私不及公 先公後私 … 陞座拈香云 此香無去無來 冥通三際 非中 非外 洞徹十方 奉爲祝延 大元世主今上皇帝聖躬 萬歲萬歲萬萬歲 … 次拈香云 此香 潔而清 含衆德 靜而逸 鎭千祥 … 次拈懷香云 此香 佛祖不知, 鬼神莫測 非天地所生…. 「永寧寺開堂」, 앞의 책, pp.21~28.

皇后香, 황태자향皇太子香이 나란히 도착하였다고 기술하고 있다. 그래서 이어진 넘전의拈傳衣, 우넘금란법의又拈金襴法衣, 우넘전의又拈傳衣, 우넘금란又拈金襴, 즉피금란넘기일각卽披金襴拈起一角, 넘전의拈傳衣, 넘향拈香, 차넘향次拈香, 차넘향次拈香으로 사용된 옷이나 향은 이렇게 공양 받은 것이고, 우점회향次拈懷香의 경우에는 태고 자신이 가슴에 품고 온 향으로서 다른 것이다. 이렇게 임금과 황후, 황태자 등으로부터 받은 옷과 향을 일일이 잡아 보이며 먼저 내재하는 선적 의미를 드러내고 옷과 향을 보내온 당사들의 정성을 칭송하고 있어서 통사적 맥락으로 봐서 제시의 기능을 수행하고 있다. 예를 들어 맨 앞의 넘전의拈傳衣를 두고는 불조 혈맥이 끊이지 않은 신표라고 하고, 우넘금란법의又拈金襴法衣에서는 이 옷이 나오게 된 것이 불법이 국왕 대신에게 유촉되었기 때문이라고 칭송을 하고 있고, 다음 우넘전의又拈傳衣에서는 부자가 친히 전하는 사적 물건이라고 하고, 우넘금란又拈金襴에서는 왕궁에서 선사한 공적인 물건이라서 선공후사의 의미가 있다는 것을 각각 말하고 있어서 제시의 기능을 하고 있다. 그런데 여기서 제시한 의미는 선의 본질적 세계와 물건을 보내온 사람들의 정성에 대한 기원의 내용으로 되어 있어서 바치는 정성과 선의 본질을 상징하는 기능을 수행하고 있다.

(3)은 향이나 옷과 같은 물건을 가지거나 (보여)주는 행위의 유형 가운데 대표적 사례로서[35] 여기에는 특히 여러 가지 옷의 종류가 나타난

---

35 향, 옷 등을 가지고 보이는 행동 사례를 다 들어 보면 다음과 같다. 「永寧寺開堂」 拈傳衣, 又拈金襴法衣, 又拈傳衣, 又拈金襴, 卽披金襴拈起一角, 拈傳衣, 拈香, 次拈香, 次拈香, 次拈懷香, 「奉恩禪寺入院上堂」 拈香, 師拈滿繡衲衣, 拈法衣,

다. 전의傳衣와 금란법의金襴法衣, 반수납의滿繡衲衣 등이 보이는데
전의는 스승으로부터 전해 받은 옷, 금란법의는 금란으로 장식된
가사, 만수납의는 수를 가득 놓은 승려의 옷이다. 이런 옷을 잡아
보이는 것이 일반적이고 드물게 옷을 헤쳐보이거나 한 모퉁이를 잡는
경우도 있다. 향의 경우에는 특별히 종류를 구별하지 않고 향이라고만
하여 한 가지 용어로만 나타난다. 그리고 향은 손으로 잡거나 태우거나
예를 행하는 행위에 사용되고 있다. 그래서 표면적으로 옷과 향은
어떤 행사를 할 때 사용하는 물건이면서 이면적으로는 이 양자가
상징적 의미를 가지는 것으로 사용된다는 것을 보여 주고 있다. 즉
태고는 불교 일상 행사에서 선적 의미를 옷과 향이라는 두 가지 일상
용품을 가지고 상징적으로 드러내 보여 주고 있어서 불교 행사에
사용된 두 용품은 태고 산문 작품에까지 상징성을 부여하는 문학적
기능을 수행한다.[36]

이상에서 본 세 가지 유형은 백운 경한이 정리한 「조사선」에서

師與大衆一時披着, 拈其一角,「王宮鎭兵上堂」祝香畢,「迦智山寶林禪寺入院」
便燒香, 遂以袈裟表信,「上堂」拈香罷.

36 그 외에 '소문疏文을 받아 대중에게 보이거나(「奉恩禪寺入院上堂」門下侍中李相國
齊賢度疏與師 師接得 呈示大衆,「王宮鎭兵上堂」拈疏), 예배를 하거나(「迦智山寶林
禪寺入院」禮拜), 미소를 주고받는 경우가 있고(「行狀」大笑, 屋微笑, 122), 자리에
함께한 장로나 행수가 백추를 치는(「永寧寺開堂」興化報恩禪寺潭堂長老白槌, 又有
一僧才出.「奉恩禪寺入院上堂」行首白槌)' 등의 사례가 있다. 기본적으로 이런
행위들은 불교 의식의 진행상 하나의 과정으로 기능하는 것이면서 역시 선적
의미를 가진다. 앞의 세 경우에 비하면 상대적으로 의식의 한 과정이라는 성격을
더 짙게 가지는 것이지만 역시 이면적으로는 선적 기능을 하고 있다.

지적한 조사선의 다양한 방식 가운데 일정한 한 유형에 해당한다는 것을 보았다. 공간과 공간 관련 행위, 주장자나 불자 관련 행위, 옷과 향과 관련한 행위가 대표적 선의 비언어적 표현이었는데 공간 관련 행위는 작품 전체 선 표현의 생동하는 현장감, 불구 관련 행위는 문장 흐름의 여닫음이라는 역동성, 옷과 향과 관련해서는 선의 세계와 세속의 의미를 형상화하여 드러내는 상징성이라는 성격을 각각 태고 시문에 부여하여 태고 보우가 남긴 선어록의 문예 미학적 성격을 만들어내고 있다.

4. 음성에 의한 선의 비언어적 표현 원리

일상의 의사소통상에서는 억양, 성량, 속도, 어조, 목소리 등과 같은 음성 행위를 준언어準言語 또는 반언어半言語라고 하여 여타의 비언어적 행위와 구별하여 말하기도 하지만 큰 범주에서는 비언어적 표현의 하위 유형으로 다룬다. 그런데 상당법문이나 시중법문, 법어, 게송 같은 선사의 시문에서는 일상 대화의 구체적 상황에서 나타나는 비언어적 음성 행위는 극히 드물고 이와는 다른 특유한 음성 행위가 나타난다.[37] 일상 대화에서 나타나는 비언어적 음성 행위와 구별되면서 일정한 유형적 특성을 보이는 선사 시문의 음성 행위를 여기서는 음성에 의한 비언어적 표현으로 다루고자 한다.

---

37 준언어(반언어)적 표현을 비언어적 표현과 분리하여 다루기도 하지만, 크게 보면 비언어적 표현에 포괄될 수 있어서 음성 행위에 해당하는 것 역시 비언어적 표현의 하위 유형의 하나로 다루고자 한다.

앞 절에서 다룬 비언어적 행위는 지문으로 드러낸 몇 가지 행위에 의한 것이었다면 돌돌돌咄咄咄, 이嘶, 아가가呵呵呵, 할일할喝一喝 등은 태고가 직접 입으로 낸 소리를 그대로 옮겨 적은 음성에 의한 비언어적 행위이다. 돌咄은 혀를 끌끌 차는 소리, 돌돌돌咄咄咄은 연이어 혀를 차는 소리, 아가가呵呵呵는 큰소리로 웃는 소리, 할일할喝一喝과 이嘶는 크게 고함을 치는 소리이다. 대중을 소리 내어 부르는 소대중召大衆이나 침묵을 뜻하는 양구良久라는 것도 있다. 그래서 방식은 다르지만 여기에 해당하는 표현들은 통사구조는 갖추지 않았지만 모두 음성으로 소리를 낸다는 공통점을 가지고 있다. 『태고록』에 구체적으로 드러난 음성에 의한 선의 비언어적 표현을 이 장 제2절에서 세운 몇 가지 하위 유형에 따라 해당하는 작품을 논의하고자 한다.

(4) ①곧 금란가사를 헤쳐 한 모서리를 잡고 대중을 불러 이르기를 "이것을 보는가? 다만 영녕만 기쁘게 수용하는 것이 아니다. 이마에 이고 입음에 일찍이 티끌같이 많은 부처와 조사를 포괄해 버렸다." 한 번 할을 하다. … "지금의 황제께서는 무슨 부처가 현신하셨는지 잘 모르겠습니다." 스승이 이르되 "위음왕불이다." 진언해 이르되 "이것은 제2구입니다." "무엇이 제1구입니까?" 스승이 문득 할을 했다.[38] / ②환상의 빈 몸, 모습이 새로워지니 다만 착안은 하되 친함을 허용하지 않네! … 이가 빠진 채로 거듭 오니 누가 보기를 좋아할까?

---

38 即披金襴拈起一角 召大衆云 還見這箇麼 非但永寧歡喜受之 頂戴披之 早與塵沙 佛祖 包裹了也 喝一喝 … 今上皇帝 未審什麼佛現身 師云威音王佛 進云 此是第二 句 如何是第一句 師便喝.「永寧寺開堂」, 앞의 책, pp.21~25.

아아! 누가 너의 많이 추한 모습 모를까?[39]

(5) ① 칭찬해도 너에게 덕이 없고 헐뜯어도 너에게 허물이 없네. 애착을 끊고 부모를 잊어서 불효가 심한데 육 년을 싸늘하게 앉아서 굶주림과 추위에 떨었네! 돌![40] / ② 만약 의심을 깨지 못하면 의심을 깨지 못하는 곳을 향하여 다만 무자 화두를 들고 참구하여 일상생활 12시 가운데 항상 어둡지 않게 하라. 다만 이와 같이 참구하여 자세히 보아 만약 꿰뚫기를 투철히 하면 바로 조주 선사를 서로 본 것이다. 이때에 마땅히 본색종사를 만나라. 돌![41]

음성에 의한 선의 비언어적 표현은 행위에 의한 비언어적 표현에 비하여 사용 빈도수도 낮고 차지하는 비중도 비교적 가볍다. 행위에 의한 비언어적 표현이 작품의 시작과 중간, 끝부분 전체에 고루 분포한다면 음성에 의한 비언어적 행위는 작품의 중간이나 끝에 주로 배치되어 선을 표현하는 기능을 제한적으로 수행하고 있다. (4)는 할喝, 이咦 두 가지가 사용된 대표적 문장의 사례이다.[42] 할喝의 경우는 단독으

---

39 幻化空身色轉新 只宜着眼不容親 … 缺齒重來誰愛看 咦 誰不識你醜多般.「魚藍觀音」, 앞의 책, p.101.

40 讚也你無德 毁也你無過 割愛忘親不孝甚 六年冷坐飢寒餓 咄.「釋迦住山相」, 앞의 책, p.100.

41 若擬疑不破則只向疑不破處 但擧無字叅看 四威儀內十二時中 常常不昧 但伊麽叅詳看 若透徹則卽與趙州相見了也 於時宜見本色宗師 咄.「示思齊居士」, 앞의 책, p.50.

42 여기에 해당하는 사례 전체를 간단히 보면 다음과 같다.「永寧寺開堂」喝一喝

로 나타나기도 하고 할일할喝—喝의 형태로 나타나기도 한다. 이 두 가지는 일종의 고함으로서 언어로 설명을 하다가 소리침으로써 일정한 교시를 내리는 것이다.[43] 작품 (4) ①에서 한 번 할을 하다(喝—喝)는 태고가 금란법의金襴法衣 한 모서리를 들고 대중을 불러 그 의미를 말하고 나서 소리친 것이다. 자신과 불조를 썼다고 하고서 이런 발언이 가진 근본적 한계를 전격적으로 지적하여 금란의와 관련된 짧은 이야기의 종결과 해당 내용을 부정하는 기능을 하고 있다.[44] 사변할師便喝의 경우는 어떤 승려와의 선문답 과정에 나온 것인데, 지금의 황제가 어떤 부처가 현신한 것인가라고 물었을 때 태고가 위음왕불이라고 대답을 했는데, 승려가 그것은 이구二句라고 비판하고 어떤 것이 일구一句인가라고 다시 질문한 것에 대한 대답으로 한 것이 바로 이 '태고가

22, 師便喝 25, 喝—喝 27, 喝 28, 喝—喝 126. 「魚藍觀音」 咦 101, 「布岱」 咦 104, 「燕都永寧寺開堂日徒弟等請」 咦.

[43] 우리말 음이 '갈'인데 관행적으로 할로 발음한다. 이 할과 함께 교시에 많이 쓰이는 것이 방棒이다. 그래서 선사들이 대중을 교화할 때 가장 빈번하게 사용하는 방식을 이를 합쳐서 방할棒喝이라고 말한다. 이러한 방식이 구체적 문맥에 놓일 때 어떠한 기능을 하는지는 작품에 들어가서 살펴야 한다.

[44] 예문에서 생략된 부분에 사용된 같은 표현인 할일할(喝—喝 27)의 경우는 두 번에 걸쳐 주장자를 사용하고 그 의미를 말로 표현한 것을 두고 다시 주장자를 두 번 내려찍어 부정하고 나서 그 다음에 한 소리침이다. 따라서 이 경우에는 해당 언급의 단순한 부정이 아니라 그 드러나지 않은 이면적 본질을 표현하는 기능을 한다. 다음 「행장」에 나오는 할일할(喝—喝 126)의 경우에는 고담古潭이라는 선사와 태고 선사 사이 선문답 과정에 나온 할로서 여우와 사자를 각기 다르게 대하라는 태고의 명령에 대한 살적인 대답이다. 이어서 때리는 자세를 보이고 물러남으로써 다시 현상으로 돌아오는 활적인 표현으로 돌려놓았다.

문득 할을 했다(師便喝)'라는 표현이다. 이는 말에 빠지면 잘못된다는 것을 보이기 위하여 행한 할로서 언어를 초월한 본래성불의 본질 자리를 드러낸 표현이다. 이와 같이 할은 앞의 언어적 표현을 부정하거나 이분법적으로 나누어지기 이전의 본질을 드러내는 방법으로 사용되고 있다. 작품 (4) ②의 어람관음魚藍觀音은 악귀를 물리친다고 믿어졌던 관음인데 이를 두고 읊은 게송이다. 앞의 구절에서 환화공신은 늘 새롭게 바뀌니 친할 것이 없다는 선의 원리를 전제하고, 중략 뒷부분에서는 이가 빠진 외모로 오니 누가 좋아하겠는가라고 비판하고 여기에 '아아(咦)' 감탄의 말을 배치하고 나서, 다시 마지막에 대상 인물의 추한 면모를 부각하고 있다. 따라서 여기 사용된 '이'는 시적 대상 인물의 외모에 더하여 추한 모습을 추가적으로 더 강조하여 나타내는 역할을 하고 있다. 여기서 '이'는 서술적 문장의 흐름에 변화를 주어 글의 생동감을 더하는 역할을 하고 있다. 이는 앞뒤의 내용을 이으면서 강조하거나 전환의 기능을 하기 때문이다. 일상어를 이어가다가 큰소리의 고함을 작품의 말미 또는 중간에 배치하여 논리적 사고를 전격적으로 끊어버리거나 새로운 언설을 다시 시작함으로써 종지와 이음의 통사적 기능을 하고 있다.

다음 (5)에는 태고가 돌咄을 사용한 전체 사례[45] 가운데 두 경우를 제시하였다. 돌은 혀를 끌끌 차는 행위이다.[46] 그런데 이런 행위가

---

45 「永寧寺開堂」, 咄之一聲, 咄 28, 咄 29, 咄 30, 咄 39, 咄 40, 「示思齊居士」 咄 49~50, 「九峯」 咄咄咄 74, 「釋迦佳山相」 咄 100, 「釋迦佳山相」 咄 100~101, 「達摩」 咄 102, 咄 103, 「乘蘆達摩」 咄 103(*여기서 숫자는 원전의 쪽수임)

46 그러나 咄은 어떻게 실제 상황에서 발음하는지는 알 수 없다.

한 번으로 끝나는 경우도 있지만 세 번을 거듭하는 경우도 있다. (5) ①은 해당 문건의 종결과 석가의 수행을 본래성불 입장에서 비판하는 기능을 하고 있다. 해당 작품의 첫 두 구절이 역설의 방식으로 칭찬도 헐뜯음도 넘어서 있는 본래성불의 세계를 제시하고 있다. 즉 칭찬과 헐뜯음을 넘어서 있기 때문에 거기에는 덕이라 할 것도 허물이라 할 것도 없다는 것을 분명하게 읊고 있다. 그런데 이어진 두 구절에서 석가가 보인 불효하고 기한에 떨었던 6년 고행은 본래성불을 전제한 앞 두 구절의 내용에 어긋난다는 것을 작품 끝에 '돌'을 사용하여 강한 부정의 의미를 분명히 드러내고 있다. 작품(5) ②는 태고가 사제 거사라는 인물에게 무자 화두 수행 절차를 정확하게 교시하고 있다. 무자 화두를 깨지 못하면 무자를 항상 어둡지 않게 참구하여 철저히 꿰뚫게 되면 조주를 만난 것이기 때문에 이때는 본색종사를 찾아가 점검을 받아야 된다는 것이 내용의 요지이다. 이것은 간화선의 핵심적 절차를 매우 간명하게 드러낸 것으로 간화선 수행에서는 교과서처럼 따라야 하는 철칙으로 간주되는 내용이다. 그런데 여기서도 글을 마치면서 '돌'을 구사하고 있다. 이것은 교시를 내리고 나서 다시 교시가 필요 없는 본래성불을 드러내는 방법이다. 이렇게 보면 수행도 교시도 모두 본래성불의 관점에서는 필요 없는 행위임을 매우 짧고 전격적인 방법인 외마디 소리의 구어로 표현함으로써 문어체의 평면적 글이 살아 움직이는 생명력을 부여받는 효과를 내고 있다. 그 이전의 언설을 부정하고 본래성불을 강조하는 데에 돌이 주로 많이 사용되고 있다는 것을 알려 준다.[47] 즉 돌은 글의 끝에 놓여 그 앞의 내용을 부정하고 종결하며, 일부는 그 다음에

47 그 외의 사례를 간단히 살펴보면 「永寧寺開堂」 咄之一聲은 태고가 선문답을 하던 도중에 질문하는 사람을 제지하고, 이런 문답의 근본적 문제를 지적하면서 그 대신 질문에 다 대답한 것이 바로 이 소리라고 하여 일상적 언어를 통한 대답의 한계를 초월한 대답이다. 咄 28은 이 말 앞에서 던진 질문에 대한 대답에 해당하고, 이 말 뒤에 배치한 말을 이끌어내는 기능을 겸하고, 咄 29는 왕이 내린 만수납의滿繡衲衣에 대한 칭송과 함께 그 아름다움을 시로 읊은 다음, 이를 끊어서 본질로 돌리는 기능을 하고 있다. 화려한 것이 실체가 없음을 드러내면서 일단의 언사를 종결하는 역할을 한 것이다. 즉 문장 전개의 형식상에서 종지의 기능과 화려한 현상에 대하여 내용적으로 본질을 드러내는 기능을 하고 있다. 이어서 나타난 咄 30은 법의를 헤쳐 보기를 대중과 함께한다고 하고, 더 나아가 일체 모든 존재와 이런 행위를 동시에 한다고 말하고 나서 사용한 것이다. 이 경우 역시 해당 단락을 끝맺는 역할을 하는 동시에 주객이 나누어진 앞의 구구한 언설을 부정함으로써 본질을 드러내는 기능을 하여 형식적 종지와 내용적 부정의 기능을 수행한다고 할 수 있다. 咄 39는 方丈이라는 공간을 두고 먼저 凡聖을 단련하는 기능을 말하고, 이어 칼날을 감당할 사람이 누구인가라고 질문하고 그 질문에 대한 대답임과 동시에 이 단락의 종지로서 사용되었다. 그래서 역시 형식적 종지의 기능과 의미론적으로 범성의 이원적 차원을 초월한 본질의 세계를 드러내는 기능을 동시에 수행하고 있다. 咄 40은 역시 방장이라는 공간이 가지는 의미를 두고 사용되고 있는데, 누가 해를 당해서 좌단坐斷하고 부처를 대하여 교화를 행하고 중생을 대하여 교시를 하는가라는 질문에 대한 대답이다. 본래성불의 입장에서 주객을 나누는 이분법은 근본적으로 잘못되었다는 것을 말하면서 이어 그 앞의 언사가 부질없는 것임을 확인하고 있다. 따라서 여기서 돌은 앞말의 부정이면서 뒷말의 전제가 되어 전환의 기능을 수행한다고 할 수 있다. 즉 형식적 전환의 기능과 의미론적으로 본질 부각을 통한 부정의 기능을 수행하고 있다. 「구봉九峯」 돌돌돌(咄咄咄 74)은 돌을 세 번 연속하여 그 앞의 논지를 부정하고, 구구는 원래 팔십일이라는 말을 제시하여 전환의 기능을 다했다. 그리고 의미론적으로는 나누거나 묶어보는 일체 분별적 인식을 모두 타파하는 부정의 기능을 하고 있다. 「석가주산상釋迦住山相」 돌(咄

변화된 내용을 가져오는 전환의 기능을 수행하기도 한다.

(6) ①영명한 한 물건이 천지를 덮으니 내외에 찾아도 자취가
없네. 생각을 다하고 뜻을 다해도 어찌할 수 없으니 그대는 염화시
중 수긍하지 않는다는 것 알라. <u>아하하</u> 이 무슨 물건인가? 화급하게
자세히 참구하라, 세월을 헛되이 보내지 말라.[48] / ②옛날 천태산
안개비 속에 서로 보았던 면목 지금은 알 수 없네. 모르는 것이
이 무슨 물건인가? 반 푼어치도 가치가 없네! <u>아하하</u> 너와 나는
진실로 참된 사람이니 마음을 함께하여 성군의 만년춘을 비세나![49]
/ ③임금의 뜻 받음이여, 그릇 집안 추한 꼴을 드날렸네! 부처와
조사를 꾸짖음이여, 업의 괴로움만 지었네. <u>아하하</u> 지금부터는
이 같은 행동 말고 바로 청산에 들어가 원숭이와 호랑이 벗하리.[50]

100~101)의 경우에는 역시 해당 언설의 종결과 본래성불의 입장에서 교화의
부정, 「달마達摩」 돌(喝 102, 喝 103)의 경우에는 앞의 논설을 부정하고 뒤이어진
내용을 새롭게 시작하는 기능을 수행하여 부정과 전환의 기능을 수행하고 있었다.
「승로달마乘蘆達摩」 돌(喝 103)을 보면 떠나는 달마를 두고 관음보살이라 하지
않는다는 것을 부정하고, 이어서 말을 알아듣지 못하는 현실을 제시하여 역시
부정과 전환의 기능을 하는 것으로 사용되고 있다. 요컨대 돌이라는 음성 행위는
말의 흐름을 맺고 끊으면서 새로운 시작을 보이기도 하여 태고의 시문에 문장
전개의 역동성을 더해 주는 역할을 하고 있다.

48 靈明一物盖天地 內外推尋沒巴鼻 思盡意窮不奈何 知君不肯拈花示 啊呵呵是什
麼 火急叅詳 白日毋虛棄.「無顯 景文」, 앞의 책, p.82.

49 昔日天台烟雨裏 相看面目今不識 不識箇什麼物 半文錢也不直 啊呵呵汝與吾誠
實人 同心祝聖萬年春.「羅漢玄陵請」, 앞의 책, p.105.

50 受聖旨兮誤揚家醜 呵佛祖兮作業苦 啊呵呵從今且莫如此行 直入靑山伴猿虎.「燕

(7) ①원통의 넓은 문이 팔자로 활짝 열린 것은 오로지 왕과 신하의 보호하고 돕는 은혜에 힘입은 것이다. <u>대중을 불러 이르기를</u> "이르기는 이르렀으나 어떻게 나아가야 위로 이와 같은 무거운 은혜를 갚겠는가?"[51] / ②가는 것은 없지 않으나 어떻게 하는 것이 큰 공을 수립하는 한 구절인가? <u>침묵하고 이르기를</u> 막야검을 가로로 들고 바른 명령을 온전히 하는데 태평한 세계에 어리석음을 베어버린다. <u>주장자를 두 번 내려쩍다.</u>[52]

(6)에 보인 가呵의 본래 의미는 꾸짖는다는 말인데, 실제 문맥에서 이것이 두 자 이상 겹쳐서 사용되면서 웃음소리를 흉내 낸 의성어가 되었다. 심각한 법문을 진행하면서 이렇게 경쾌하고 발랄한 웃음을 웃는 것은 앞의 고함소리나 혀 차는 소리와 대비되어 재미있는 역할을 수행한다. (6) ①에 제시된 작품을 보면 첫머리에 존재 원리라고 할 수 있는 한 물건의 상태와 이를 드러내 보인 부처의 염화시중이라는 비언어적 행위를 수긍하지 않는 대상 인물을 말한 뒤에 「무현無顯」 아가가呵呵呵를 사용하고 있다. 그래서 이것은 선지를 모르는 시적 대상 인물에게 그 뜻이 무엇인지 묻기 위한 전제로 던진 웃음이다. 뒤이은 표현에서는 이를 모른다고 해서 밝히기 위해 시간을 허비하지

都永寧寺開堂日徒弟等請」, 앞의 책, p.105.

51 圓通普門 八字打開 專賴王臣 護助恩力 召大衆云 到則到矣 如何進步 上報如是重恩.「迦智山寶林禪寺入院」, 앞의 책, p.39.

52 去則不無 作麼生是樹立大功的一句 良久云橫按鎮鋣全正令 太平寰宇斬癡頑 卓拄杖兩下.「王宮鎭兵上堂」, 앞의 책, p.38.

말고 급하게 공부할 것을 강조하고 있기 때문이다. 따라서 이 구절은 문제 제기의 기능과 전환의 기능을 동시에 수행하는 것으로 나타난다. 아가가는 한 물건으로 대변되는 존재 원리의 성격을 보이면서 이를 모르는 대상 인물의 현재 상황을 그 앞에 먼저 제시하고, 이 말에 이어서 공부를 권유하는 결론으로의 전환을 이루고 있기 때문이다. (6) ②작품 「나한羅漢」 아가가啊呵呵는 나한과의 관계에서 옛날에는 천태산의 안개비 속에서 서로 보는 면목이 있었는데 지금은 모른다고 하고, 모르는 것이 무슨 물건인가를 묻고는 반 푼어치도 가치가 없다는 역설적 대답을 스스로 내리고 나서 보인 웃음이다. 뒤이은 언사에서 그러나 너와 나는 진실로 실제 사람이기 때문에 함께 임금의 장수를 빌자는 제안을 하고 있어서 의미의 대전환을 이루었다. 앞부분에서 제시한 면목을 알아볼 수 없다는 둘의 관계를 통해 진여의 세계를 형상화하면서 '아가가'라는 이 표현을 기점으로 말을 바꾸어 실제 사람인 두 사람이 함께 성수聖壽를 빌자는 제안을 하고 있기 때문이다. 알 수 없는 면목과 물건, 반 푼어치도 가치 없는 그 무엇을 말하다가 성수를 축원하는 내용으로의 전환을 이루는 기능을 하고 있다. (6) ③「연도영녕사개당일도제등청燕都永寧寺開堂日徒弟等請」의 '아가가啊呵呵'는 그 앞에서 집안의 추함을 드러내고 불조를 꾸짖으며 괴로운 업을 지은 것을 스스로 웃음으로 비판하고 그 뒤에서는 청산에 들어가 원숭이와 호랑이를 벗하며 살겠다는 뜻을 나타냈다. 따라서 이 표현은 교화의 현실에 참여하여 활동한 자신을 비판하고, 새로운 삶을 전개하는 방향으로의 전환을 알리는 기능을 수행하고 있다.[53]

인용문 (7)에서는 대중을 부르는 행위와 침묵하는 행위의 예를 함께 제시하고 있다.[54] 작품 (7) ①에서와 같이 대중을 부르는 경우에는 선지를 알리기 위하여 질문을 던지고 스스로 답을 해 보이며, 동작을 시킬 때에는 태고 선사 스스로 하는 동작이 곧 대중과 함께하는 것임을 알리기 위하여 이런 일반 호칭을 부르는 방식을 사용하고 있다. 작품 (7) ①을 보면 작가가 가지산 보림선사까지 와서 산문을 들어서면서 문을 활짝 열어 들어갈 수 있게 해 준 것은 왕과 신하들의 은혜라고 말하고 대중을 불러 어떻게 해야 그런 은혜를 갚겠는가라고 질문을

---

53 그 용례를 보면 「慧菴」 啊呵呵 73, 「月潭」 啊呵呵 73~74, 「九峯」 啊呵呵 74, 「無顯」 啊呵呵 82, 「羅漢」 啊呵呵 105, 「燕都永寧寺開堂日徒弟等請」 啊呵呵 105, 呵呵, 呵呵 120 등이 있는데 간단히 살펴보면 다음과 같다. 「慧菴」 啊呵呵 73는 범부와 성인의 견해를 없애고 모든 것을 알지 못한다는 말에 이어 나타난 표현으로 앞의 말을 웃음으로 긍정하고 이어서 추위에 변하지 않는 송백을 제시하였다. 따라서 이 표현은 앞의 언사를 긍정적으로 이어받고 또 다른 내용을 이끌어내는 전환과 긍정의 기능을 수행하고 있다. 「月潭」 啊呵呵 73~74는 그 앞에서 개념적으로 말한 卽心卽佛을 긍정하면서 이를 다른 방식으로 표현하는 전환점을 삼아서 통사적으로 전환의 기능을 수행하고 있다. 전환의 내용은 같은 내용이면서 대상을 있는 그대로 묘사하여 나타내는 방식으로의 전환을 이루었다. 다음 「九峯」 啊呵呵 74는 앞에 놓인 부정의 전환을 긍정하면서 바로 뒤에 긍정의 내용을 제시하는 기능을 수행하여 역시 전환과 긍정의 기능을 수행하고 있다. 呵呵 116는 습득이라는 인물의 일상사를 드러냈고, 呵呵 120는 석옥 청공 선사가 태고 보우의 법을 인가하면서 기뻐서 인정하는 웃음으로 긍정의 표시이고, 이후 사정을 말하고 인가를 말로 표현하여 순차적 문장의 진행을 보이는 기능을 하고 있다.

54 여기에 해당하는 전체 사례를 보이면 다음과 같다. 「永寧寺開堂」 召大衆 22, 良久 26, 「奉恩禪寺入院上堂」 召大衆 30, 召大衆 30, 「王宮鎭兵上堂」 良久 38, 「三角山重興禪寺再入院」 良久 38, 「迦智山寶林禪寺入院」 召大衆 39, 「行狀」 良久 116.

하고 있다. 그래서 이 작품에서 대중을 부르는 행위는 질문을 던지기 위한 전제로 사용되고 있다. 생략된 부분에서 대답은 태고 자신이 주장자를 한 번 내려찍는 것으로 대신하고 있다.[55] 작품 (7) ②는 '양구良久'를 사용한 사례인데 왕궁의 병사들을 진무할 때 내린 상당법문이다. 변방을 정벌하기 위해서 가기는 가지만 어떻게 해야 큰 공을 세우겠는가라고 질문하고 그 질문에 대한 대답으로 양구를 사용하고 있다. 대공을 세우는 방법이 바로 양구인 것이다. 양구는 정벌하고 대공을 세울 것이 없는 본래 없는 진여眞如의 세계를 보인 행위이다. 그러나 이어진 말에서 현실적으로 막야검을 가지고 바른 명령을 온전히 해야 하는데 여기에 어리석음과 완악함을 베어야 한다고 말하고 있다. 그래서 마지막에서 주장자를 내려찍어서 정령을 온전히 한다거나 어리석음을 벤다는 말도 부정하고 있다. 본래성불의 입장에서 정령은 본래 살아있고 어리석음은 없다는 입장을 마지막에 주장자로 다시 확인한 것이다.[56]

---

55 그 외에 「永寧寺開堂」 소대중召大衆 22는 질문을 던질 때, 소대중 30은 동작을 시킬 때, 소대중 30은 질문을 던질 때 각각 사용되었다.

56 양구를 사용한 그 외의 경우를 보면 먼저 良久 26는 그 앞에서 향상종승向上宗乘이 무엇인가를 질문하고 그 대답으로 사용되고 있다. 이 뒤에 이어진 설명에서 향상종승은 침묵 이외의 방법으로 설명할 수 없다는 것을 다양하게 말하고 있다. 良久 38은 궁중의 병사를 진무하는 상당법어에서 어떤 것이 큰 공을 세우는 표현(一句)인가라는 스스로 던진 질문에 대한 대답이다. 그 다음에 이어진 설명에서 바른 법령, 어리석음을 벤다는 말에서 이 표현이 본래 완성된 그 자리임을 말해 주고 있기 때문이다. 또 다른 작품에서 良久 38도 태고가 자신의 유희처를 어디서 볼 것인가를 묻고 그 대답으로 이 표현을 사용했다. 이어진 게송에서 현상을 드러내는 것과는 대비가 되는 내용이다. 따라서 이 표현은

지금까지 논의한 음성으로 하는 비언어적 표현은 외마디의 입말로서 선사의 법문이나 문답, 시가에서만 나타나는 특이한 어구로서 전체 글을 전격적으로 종결하거나 문장의 흐름을 끊고 다시 시작하여 선시문의 문장을 놀라운 충격과 급격한 변화에 따라 전개함으로써 일반적 유가의 논리적 시문과 차별되는 초논리적 성격을 생성하고 있다.

5. 선禪의 비언어적非言語的 표현 원리

문학사적으로 중시되는 태고 보우『태고록』의 문예 미학적 연구가 역사와 철학, 종교 분야에 비해 미진하고 선에서 특히 비언어적 표현이 차지하는 비중이 큼에도 여타 분야에서 큰 관심을 기울이지 않아 이런 논의를 시작했다. 선과 언어의 관계에서 선을 언어로 표현하기 어렵다고 하면서도 선의 언어적 표현이 분량에서 압도적으로 많다. 태고 선사의 경우에도 선을 언어적 표현 방식으로 주로 드러내고 비언어적 방식을 부분적으로 혼용하고 있다. 선사들의 선 표현에서 비언어적 표현이 차지하는 비중이 이와 같이 적음에도 이를 다루어야 하는 이유는 이들 표현이 선시문의 독자적 성격을 형성하는 데 결정적 역할을 하고 선의 핵심을 드러내며, 또한 선의 언어적 표현을 이해하는

앞의 질문에 대한 대답이면서 이어지는 현상적 표현으로 전환을 이루는 기능을 수행하고 있다. 良久 116는 태고가 공안을 점검하다가 암두가 계합한 것에 통과하지 못하고 막히자 묵묵히 사유하는 것을 표현한 것이다. 이후에 갑자기 의미를 알게 되고 암두를 비평하는 내용이 이어지기 때문이다. 유일하게 수행 과정의 명상하는 의미를 가진 것이 이 부분의 양구이다.

데에 비언어적 표현이 중요한 열쇠를 제공하기 때문이다.

이를 구명하기 위해서 먼저 비언어적 표현의 개념과 유형을 논의하였다. 통사적 문맥을 형성하지 않으면서 선사의 시문에 사용된 행위나 음성을 비언어적 표현이라고 정의하였다. 선사의 행위로 하는 비언어적 표현은 지문 방식으로 서술되어 있고, 음성으로 하는 비언어적 표현은 발성하는 목소리를 본뜨는 의성어의 방식으로 표현되었다. 그리고 행위로 하는 비언어적 표현은 관련 대상물에 따라 다시 공간 관련 행위, 주장자나 불자와 같은 불구를 사용한 행위, 불교 의식에서 사용되는 향이나 의복을 사용한 행위 등으로 이루어져 있었다. 그리고 음성으로 하는 비언어적 표현은 소리 내는 방식에 따라 고함에 해당하는 할喝과 이嘰를 사용한 유형, 혀를 차는 것에 해당하는 돌咄 유형, 웃음을 웃는 아가가呵呵呵 유형, 대중을 부르거나 침묵하는 소대중召大衆과 양구良久라는 유형 등 네 가지로 나타났다.

다음은 행위로 하는 비언어적 표현을 논의하였다. 여기에는 세 가지 하위 유형이 주로 나타났는데, 공간 관련 행위로 나타난 비언어적 표현은 시작과 중간과 끝이라는 법문 전체의 단락 전개에 관여된 것으로서 상당上堂과 취좌就座, 승좌陞座와 같은 행위는 표면적으로 행사의 시작이면서 법을 강설하는 자와 듣는 자라는 주객이 나누어지는 계기를 만드는 이면적 의미를 동시에 가지는 것이었다. 그리고 거실據室이나 지법좌指法座, 방장方丈, 태조전太祖殿과 같은 공간의 제시는 그 공간이 가지는 선적 의미를 강설하는 계기를 제공하고, 하좌下座나 귀방장歸方丈과 같이 공간으로부터 이탈하는 행위는 겉으로 행사의 종결을 의미하면서 동시에 본래성불의 세계에 옥상옥屋上屋

으로 더해졌던 교시 행위의 부정 종결이고, 이루어진 모든 행위를 종결함으로써 다시 본래성불의 세계로 되돌아온다는 의미를 나타냈다. 태고 시문의 성격에서 실제 공간을 두고 보인 행위는 전체 글에 생생한 현장감을 더해 주고 있었다. 주장자나 불자와 같은 불구를 사용하는 행위는 주로 단락 내에서 주객 미분의 법을 보이거나 이분법적으로 나누어 설명하는 내용을 부정하거나 진리 그 자리를 묻는 질문에 대답으로 사용되어 통사적 문맥에서 제시의 기능, 부정의 기능, 문답의 기능을 수행하면서 항상 본래성불의 입장을 드러내는 선적인 기능을 이면적으로 하고 있었다. 불구를 사용한 다양한 행위는 평면적 언설로 이어지는 문장 사이에 단절과 새로운 시작점을 만들어서 단락 내 문장 전개의 역동성을 더해 주었다. 다음 향과 옷을 사용한 행위 유형에서는 행사 과정에서 가지는 대상의 상황적 의미를 말하면서도 두 가지 물건을 통하여 역시 근원적 진리의 세계를 드러내는 상징적 기능을 동시에 보여 주고 있었다. 의식에 소요된 이 같은 대상들은 본래성불의 진리를 드러내서 상징적 성격을 태고 시문에 더해 주었다.

끝으로 음성으로 하는 선의 비언어적 표현을 논의하였다. 음성으로 하는 비언어적 표현은 고함에 해당하는 할喝과 이嘲 유형은 질문에 대한 대답이나 특정 언사에 대한 부정, 종결의 기능을 수행하고, 혀를 차는 것에 해당하는 돌咄 유형은 주로 언어로 제시된 내용을 부정하는 기능, 웃음을 웃는 아가가呵呵呵 유형은 발견이나 언설의 내용을 긍정하거나 법을 드러내는 기능, 대중을 부르거나 침묵하는 소대중召大衆과 양구良久라는 유형에서 전자는 대중에게 질문을 하거나 교시를 내릴 때 주로 사용이 되고, 후자는 주객일체의 진리를 드러내는 상징적 기능을 주로 수행하고 있었다. 시문에 사용된 이와 같은 음성으로 된 비언어적 표현은 선을 표현한 시문의 전개 방식에 충격과 변화의 성격을 더해 주는 기능을 하고 있었다. 결국 태고 보우의 시문이 전체 작품과 단락 단위, 단락 내 문장 단위에 걸쳐 글말의 선형적 언어 구사에서 벗어나 입말의 살아있는 현장의 역동적 성격을 확보하게 하고, 본래성불이라는 선의 세계를 상징적으로 드러내는 데 비언어적 표현이 기여하고 있다는 것을 확인하였다.

제2장 『태고록』 산문에 나타난 선의
체계성과 표현 방식

1. 선의 산문적 표현 문제

태고 보우(太古普愚, 1301~1382)는 고려 말 공민왕 당시에 왕사와 국사를 지내며 백운 경한(白雲景閑, 1298~1374)이나 나옹 혜근(懶翁惠勤, 1320~1376)에 비하여 현실에 더 많이 참여했던 선사이다. 그는 백운 경한과는 석옥 청공(石屋淸珙, 1270~1352)이라는 같은 스승에게서 법을 받아 온 사형사제간이다. 지금까지 역사나 철학, 사상계에서는 태고에 대한 다양한 방면의 연구를 진행하였다. 그러나 역시 문학 영역에서는 연구가 그리 활발하지 않고 연구 성과도 여전히 미진한 상태에 놓여 있다. 이에 필자는 저간에 당대 소위 삼사三師로 일컬어지는 위 세 선사에 대하여 문학적 방면에서 연구를 진행해 왔는데, 이 장에서는 태고의 산문을 백운 경한 선사나 스승 석옥 청공 선사와 대비하면서 논의하려고 한다.

태고 보우는 상당법어나 시중법문, 편지와 같은 산문을 남기고 있는데 시가에 해당하는 가음송歌吟頌과 같은 운문도 여러 편 남기고 있다. 이외에 인물들의 명호가 가지는 의미를 담아서 지어준 소위 명호시名號詩도 여러 수 남기고 있다. 시나 게송, 찬, 음 등 운문에 대한 연구는 태고 보우 자신이나[1] 스승 석옥 청공과의 비교분석[2]을 통하여 어느 정도 이미 논의하였기 때문에 여기서는 그가 남긴 산문을 집중적으로 논의하고자 한다. 태고가 남긴 시문은 몇 가지 측면에서 중요한 위치를 차지한다. 신라시대에 시작되어 고려로 이어진 선종의 문학적 성과 가운데 태고의 시문이 선을 표현한 문학으로서 백운 경한이나 나옹 혜근과 함께 나란히 높은 완성도를 보이기 때문이다. 또 다른 이유는 문학사적으로 보면 그의 문학적 성취가 선시문의 전통 계승이면서 후대 선문의 종조로서 위상을 가지고 지대한 영향을 현대에까지 미치고 있기 때문이다. 이런 영향력을 행사한 데에는 그의 행적과 함께 문학적 성취가 선을 표현한 후대 문학의 전형으로서 중요한 역할을 한 것이 큰 이유로 보인다. 문학적 측면에서 보이는 이런 가치로 볼 때 주목할 필요가 있으나 지금까지는 문학 이외 역사나 철학 계에서 한국불교 연구의 일환으로 태고 보우의 사상이나 인물의

---

1 전재강, 「태고 보우의 산문과 가음명시歌吟銘詩에 나타난 작가의식의 성격」, 『국어 국문학』 제178호, 국어국문학회, 2017. pp.103~135; 전재강, 「선인禪人과 관인官 人에게 준 태고 보우 선시의 성격」, 『한국시가문화연구』 제37집, 한국시가문화학 회, 2016. pp.215~242 참고.

2 전재강, 「태고 보우와 석옥 청공 선시의 비교 연구」, 『우리말글』 제62집, 우리말글학 회, 2014. pp.217~242 참고.

역사적 성격을 논의하는 데 관심이 집중돼 왔다.[3]

그간 필자는 태고 보우 선시의 성격, 스승 석옥 청공과의 대비, 그 시문에 나타난 작가의식을 논의한 데서 더 나아가 그가 비언어적 표현 방법으로 선을 어떻게 표현하고 있는지도 집중적으로 논의하여[4] 연구 영역을 확대해 왔다. 이 장에서는 그간의 연구에서 소홀했던, 그가 남긴 산문에서 선의 체계적 성격을 전체적 유기적으로 재검토하고 이려한 선의 체계성이 실제 산문에서 어떻게 표현되고 있는지를 중점적으로 논의하고자 한다. 그의 선의 성격에 대해서는 역사나 철학 분야에서 이미 논의하였지만 문학적 관점에서 볼 때 자료에 근거한 논의를 새롭게 할 여지를 남기고 있다. 태고 보우의 선을 간화선 중심이라거나 다양한 여러 가지 선을 망라한 것으로 보는 논의가 있지만 그 선의 성격을 제대로 구명하기 위해서는 중심이라고 하는 간화선이 어떤 위치에 있으며, 여러 가지 선 수행의 방법들은 어떤 맥락에서 수용되어 상호 관계 맺고 있는지 등 그가 자신의 어록에 남긴 선의 내적 체계성을 분석할 필요가 있다. 그리고 이렇게 하여 드러난 특징적 선이 산문에서 문예 미학적으로 표현되는 현상을 구명하는 일은 언어를 초월한 선의 세계를 언어로 표현하면서 나타나는, 일상적 문학을 넘어선 표현의 성격을 밝혀내는 일이어서 역시 중요하

---

3 『태고록』에 대한 문학적 접근은 단순한 선종의 선사 한 사람의 연구가 아니라 한국문학사에서 유교문학 연구에 비하여 상대적으로 소외되어 있는 선사들의 문학에 대한 본격적 연구를 개시한다는 의미 또한 가진다고 할 수 있다.

4 전재강, 「태고록太古錄 시문에 나타난 선禪의 비언어적非言語的 표현 원리」, 『우리말 글』 제90집, 우리말글학회, 2021. pp.91~127 참고.

다. 논의의 객관성과 신뢰성을 높이기 위하여 같은 스승에게 배운 백운 경한의 선과 산문 표현이나, 더 나아가 그의 스승 석옥 청공과는 부분적으로 비교하면서 논의를 진행하고자 한다. 여기에 사용하는 주된 자료는 『태고록』[5]이고, 비교 대상인 『백운화상어록白雲和尙語 錄』[6]과 『복원석옥공선사어록福源石屋珙禪師語錄』[7]은 보조적 자료로 사 용하고자 한다.

2. 선의 체계성

태고의 선이 가지는 특징에 대해서는 이미 철학이나 역사학계에서 많은 논의가 있어 왔다. 태고는 간화선看話禪, 염불선念佛禪, 화엄선華 嚴禪 등 여러 가지 종류의 선을 두루 주창한 것으로 논의한 경우가 있고[8], 태고는 간화선에 집중했다고 논의한 경우[9], 역사적으로 태고의 불교사상이 어디서 유래했는지의 선대 영향에 대해 주로 논의한 경우 가[10] 있다. 이러한 일련의 논의는 태고선의 내용을 모두 구명한 것처럼

---

5 태고 저·백련선서간행회 번역, 『태고록』, 장경각, 불기 2535년.

6 백운 경한 저, 「백운화상어록」 상하, 『한국불교전서』 제6책, 동국대학교출판부, 1990.

7 석옥 저·지유 편·이영무 번역, 『석옥청공선사어록』, 불교춘추사, 2000.

8 서정문, 「太古普愚의 禪風에 관한 硏究」 『중앙승가대학교교수논문집』 제3집, 중앙승가대학교, 1994. pp.6~37 참고.

9 돈각, 「太古普愚의 看話禪法에 대한 고찰」 『선문화연구』 9권, 한국불교선리연구 원, 2010, pp.147~174; 최말수, 「태고보우의 선사상」 동국대학교 대학원, 석사학 위논문, 2021. pp.1~90 참고.

보이지만 시각을 달리하면 논의해야 할 중요 사안들이 새롭게 드러난다. 논의해야 할 중요 사안은 현재 남아 있는 자료인 『태고록』 산문자료 자체에서 읽히는 태고 선의 역동적 체계성이다. 핵심 과제는 실제 그가 보여 주고 있는 다양한 선이 구체적으로 어떤 역동적 체계성을 가지며 그러한 선이 문예 미학적으로 어떻게 표현되는가이다. 그가 어록에 남긴 선의 다양한 핵심 요소들이 상호 어떤 위계나 계열로 연관되어 상호 작용하며, 그래서 그의 선이 전체적으로 어떤 생동하는 체계성을 가지게 되었고 귀납적으로 그 선의 성격은 어떠하다는 결론을 도출해 내는 것이 태고 선의 실상을 구명하는 작업이라고 할 수 있다. 따라서 여기서는 태고 선에 대한 기존 논의의 도움을 받으면서 실제 태고가 보이는 선의 역동적 체계성이 어떻게 구현되고 있으며, 그래서 나타난 태고 선의 구체적 성격을 어떻게 봐야 하는지를 두 가지로 나누어 논구하고자 한다.

1) 조사선 본래성불의 기층성基層性

선의 유래를 말할 때 근본적으로는 부처로부터 시작되었다고 하지만 좀 더 구체적으로는 보리달마菩提達磨가 선을 중국에 전한 때로부터 조사선이 시작됐다고 말한다. 그래서 달마로부터 송대에 이르러 화두를 참구하는 간화선이 나오기 이전까지의 선을 일반적으로 조사선이라고 한다. 간화선이 정립된 것이 남송의 대혜 종고 선사에 의해서니 그 이후는 간화선이 중심 시대가 되었다고 할 수 있다. 그러나 어느

---

10 박태호, 「태고보우의 불교사상과 시적 형상화 연구」 동방문화대학원대학교 불교문예학과 불교문학 전공 박사학위논문, 2017. pp.1~153 참고.

시기를 기점으로 조사선은 완전히 사라지고, 간화선이 나오고부터는 간화선만 존재했던 것은 아니다. 조사선의 전통이 이어지면서 동시에 새로운 방식인 간화선도 병행되어 왔기 때문이다.[11] 태고 보우는 대혜종고(大慧宗杲, 1089~1163)로부터 시간적으로 200여 년 이상 후대 인물로서 간화선 일색인 시대에 살았다고 할 수 있는데, 여전히 조사선의 성향을 다양한 방식으로 드러내고 있어서 태고 보우의 선을 논할 때는 이 점에 특히 유의할 필요가 있다.

조사선의 특징은 본래성불 이념에 투철하면서 조사의 말과 행동을 보고 바로 그 자리에서 깨닫는 것을 특징으로 한다.[12] 그래서 여기에는 화두를 들고 수행해야 된다거나 염불을 해야 된다는 등의 주장이 개입할 여지가 없다. 이런 측면에서 볼 때 그가 남긴 여러 산문 자료 가운데 상당법어에 해당하는 작품은 조사선의 다양한 특징을 자유자재로 드러내고 있다. 그리고 조사선은 본래성불을 핵심 이념으로 견지한다.[13] 부처가 깨닫고 나서 일체중생이 그대로 부처라는 것을 발견하고 놀랐는데 이는 수행해서 깨닫기 이전에 일체 모든 존재가 본래 부처라

---

11 전국선원수좌회(고우 외 4인), 『간화선』, 대한불교조계종교육원, 조계종출판사, 2005 참고.

12 전국선원수좌회(고우 외 4인), 「제1부 제1장 조사선과 그 역사의 전개」 『간화선』, 대한불교조계종교육원, 조계종출판사, 2005. pp.27~48 참고.

13 전국선원수좌회(고우 외 4인), 「제1부 제2장 3. 간화선에서 본래성불을 강조하는 이유」 『간화선』, 대한불교조계종교육원, 조계종출판사, 2005. pp.62~70 참고. 간화선에서 본래성불을 강조하는 것은 조사선의 근본 입장을 수용한 것이고, 조사선의 본래성불 이념은 일체는 다 불성이 있다는 불교 일반의 근본 입장을 계승한 것이다.

는 이념이다. 이 같은 본래성불의 이념을 조사선은 철저히 이어받고 있다. 그래서 조사선을 말할 때는 반드시 그 기반이 되는 본래성불 사상을 거론해야 한다. 그리고 조사선을 발전적으로 계승하면서 나타난 간화선 역시 근본에 있어서는 본래성불을 기반으로 하고 있고, 또한 염불을 선적으로 접근한 염불선 역시 선의 근본정신을 이어받고 있기 때문에 본래성불 이념이 그 바탕을 이루고 있다는 것이 확인된다. 이에 태고 보우가 보인 조사선과 조사선의 구체적 선 수행법인 회광반조廻光返照, 나아가 간화선과 염불선에서 본래성불 이념이 어떻게 선의 공통 기층을 형성하고 있는지를 구체적 자료를 가지고 논의한다.

(1) "이 가운데 은혜를 알고 은혜를 갚는 사람이 있는가? 나와서 증거를 대라." 이때 어떤 승려가 묻기를 "예배는 사람마다 분수가 있고 예배하지 않는 것은 곧 사제 간에 실례가 되니 어떻게 해야 되겠습니까?" 스승께서 이르기를 "어찌하여 스스로 일어났다가 스스로 엎어지는가?" 진언해 말하기를 "오늘 임금의 뜻으로 개당을 하여 높이 보좌에 오르셨습니다. 인천의 대중이 널리 모이고 손님과 주인이 서로 참여하였는데 잘 모르겠습니다만 스승께서는 어느 집 노래를 부르시고 종풍은 누구를 이으셨습니까?" 스승께서 이르시기를 "하무산 봉우리 천고의 달이 대명궁을 비추도다!" 진언해 이르기를 "이러하시다면 석가 이후 미륵 이전에 정법안장과 열반묘심이 다 화상의 손안에 있겠습니다. 잘 모르겠습니다만 오늘 화상께서는 놓아 갑니까? 잡아 둡니까?" 스승께서 이르시기를 "하늘 위에 있는 별은 모두 북극성을 향해 읍을 하고, 인간 세상에 있는

강물은 동으로 흐르지 않는 것이 없네!"[14]

(1)은 태고가 어떤 승려와 대화를 이어가는 극적 방식으로 진술된 조사선의 사례이다. 태고가 먼저 질문하고 요구함에 어떤 승려가 나와서 구체적 질문을 하는 방식으로 대화가 진행된다. 예배에 대한 첫 질문에 대하여 '왜 일어났다가 엎어지는가?'라고 힐문하고, '어느 집 노래를 부르고 누구를 이었는가?'라는 두 번째 질문에 대하여 '달이 대명궁을 비춘다.'는 답을 하고, '놓는가? 잡는가?'라는 질문에 대하여 북극성과 강물을 가지고 대답을 하고 있다. 첫 질문은 분수가 있고 실례가 된다는 양변에 떨어진 질문에 대하여 이를 다시 생각하게 하려는 의도로 힐문을 했고, 두 번째와 세 번째 질문에 대해서는 풍경을 묘사하는 방식으로 대답했다. 그러나 두세 번째 대답은 풍경의 서경적 묘사에 그치는 것이 아니라 선적 상징성을 내용으로 드러내고 있어서 외경의 묘사와 내면의 상징성이라는 표현의 중층성重層性을 가지게 되었다. 이런 방식으로 드러낸 내면적 의미가 바로 본래성불 이념이다. 산봉우리의 달이 대명궁을 비추는 것은 있는 그대로 본래 그러한 현상이고, 별이 북극성을 향하고 강물이 동쪽으로 흐르는 것 역시 본래 그렇게 이루어져 있는 현상 그대로의 본래 모습이다.[15]

---

14 箇中還有知恩報恩者麽. 出來證據. 時有僧問禮拜卽人人有分. 不禮拜卽師資闕 禮. 作麽生卽得. 師云何得自起自倒. 進云 今日聖旨開堂高陞寶座. 人天普集. 賓主相然. 未審師唱誰家曲. 宗風嗣阿誰. 師云 霞峯千古月. 來照大明宮. 進云 伊麽則釋迦後彌勒前. 正法眼藏. 涅槃妙心. 盡在和尙手裏. 放行則三賢十地. 諦 相慶賀. 把住則二三四七. 仰望無門. 未審今日和尙. 放行去也. 把住去也. 師云天 上有星皆拱北 人間無水不潮東.「永寧禪寺開堂」『太古錄』, pp.24~25.

이와 같이 태고는 선문답을 통하여 본래성불의 세계를 계속 말함으로써 사람들을 깨닫게 하려는 의도를 간접적으로 보여 주고 있다.[16] 그런데 언하에 이런 깨달음을 바로 얻지 못한 상대는 계속 질문을 이어가는 모습이 나타나 있다. 그러나 태고 보우의 대답은 본래성불의 기반 위에서 계속 이어지고 있어서 태고가 보여 준 조사선의 이념적 기층이 본래성불이라는 것을 분명히 보여 주고 있다.

다음은 조사선의 구체적 선법인 회광반조와 여기서 파생된 간화선과 염불선을 말할 경우에 본래성불을 어떻게 드러내는지를 자료를 가지고 살펴보고자 한다.

(2) ① 만약 의심이 깨어지지 않으면 다만 의심이 깨어지지 않는 곳을 향하여 무자 화두를 참구하라. 네 가지 거동과 열두 때 하루

---

15 본래성불은 말을 바꾸면 존재 원리라고도 할 수 있다. 선에서는 이러한 차원을 살활이라는 말로 표현하는데 이를 교학적으로는 체와 용, 본질과 현상이라는 말로 대신할 수도 있다. 드러난 현상과 작용의 차원에서 표현하는 것을 활적인 표현, 본질과 본체의 차원에서 표현하는 것을 살적인 표현이라고 말한다. 문제는 여기서 이렇게 나누어 말하고 있지만 본질과 현상이 하나이듯이 살과 활이 하나라는 것이다. 그래서 살활 가운데 어느 하나로 표현하여도 나머지 하나가 그 이면에 들어 있는 것으로 받아들인다. 또한 이런 표현은 그 자체가 본래성불의 존재 원리를 드러내는 방식이어서 본래 이루어져 있는 완성된 세계를 드러낸 것으로 간주한다. 그래서 논의하고 있는 이 부분은 있는 현상의 차원을 표현함으로써 본래성불의 세계를 활적인 차원에서 드러내고 있다고 할 수 있다.

16 본래성불의 차원에서는 어떤 수행을 통하여 어떤 방식으로 깨달으라는 교시를 직접 내리지 않고 본래성불의 세계를 자체로 드러내는 데 그침으로써 이를 통하여 수행자 스스로 깨닫게 유도하기 때문에 간접적이라고 할 수 있다.

가운데 항상 어둡지 않게 해야 한다. 다만 이와 같이 참구하여
자세히 봐가서 만약 철저히 투과하면 바로 조주와 서로 보게 되니
이때에는 마땅히 본색종사를 만나야 한다. 돌!¹⁷ ②아미타불의
깨끗하고 오묘한 법신은 일체중생의 마음에 두루 있습니다. 그러므
로 마음과 부처, 중생 이 셋이 차별이 없다고 했고, 또 마음이
곧 부처이고 부처가 곧 마음이니 마음 밖에 부처가 없고 부처
밖에 마음이 없다고 했습니다. 만약 상공께서 진실로 염불을 하려
면 다만 바로 자성미타를 외우기를 하루 열두 때 일체 행위 가운데
아미타불의 이름자를 마음과 눈앞에 붙여 두어야 합니다.¹⁸

먼저 (2) ①은 무자 화두無字話頭를 사용한 간화선 수행법을 설명하
고 있다. 무자 화두를 의심하여 타파하면 되지만 그렇지 않을 때에는
일체 행동과 시간에 계속 참구하라고 하고, 그래서 무자 화두를 꿰뚫
게 되면 바로 이 화두를 만든 조주趙州를 보게 된다고 하고, 이렇게
깨닫고 나면 반드시 먼저 깨달은 본색종사를 찾아서 점검을 받아야
한다고 하였다. 여기까지는 화두를 참구해 가는 간화선 수행법의
전형적 과정을 보인 것이다. 이 자체만 보면 화두 수행으로 깨달아서

---

17 ①若擬疑不破則只向疑不破處. 但擧無字叅看. 四威儀內十二時中. 常常不昧.
   但伊麽叅詳看. 若透徹則卽與趙州相見了也. 於時宜見本色宗師. 咄.「示思齊居
   士」, 앞의 책, p.50.

18 ②阿彌陀佛淨妙法身. 徧在一切衆生心地. 故云心佛及衆生是三無差別. 亦云心
   卽佛. 佛卽心. 心外無佛 佛外無心若相公眞實念佛. 但直下念自性彌陀. 十二時中
   四威儀內. 以阿彌陀佛名字. 拈在心頭眼前.「示樂庵居士念佛略要」, 앞의 책,
   p.51.

부처가 되라는 의미가 함의되어 있다. 그런데 마지막 비언어적 표현 가운데 음성을 사용한 부정의 의미를 나타내는 "돌咄!"을 끝에 배치함으로써 간화선 수행의 전체 과정을 단칼에 부정해 버리고 있다. 철저하고 치열한 수행을 말하고 이를 다시 부정하는 것은 앞뒤 모순이 되는 역설이지만, 여기에는 본래성불이라는 선의 근본 이념이 은유적으로 표현되어 있다. 다시 말하면 일체가 본래성불인데 여기서는 화두를 가지고 닦아서 다시 부처가 되라고 했으니, 이것은 마치 머리 위에 머리를 더하고 집 위에 집을 더하는 것과 같은 쓸데없는 일을 한 것이라는 비판을 한 것이 바로 '돌'이다. 이와 같이 닦아서 부처가 되라는 주장을 부정하는 비언어적 표현[19] '돌'의 근거가 바로 본래성불 이념이다. 그래서 불교나 선의 근본 이념인 본래성불 사상이, 간화선을 말하는 여기서는 '돌'이라는 부정의 비언어적 표현을 통하여 표현되었다.

(2) ②는 염불선을 말하고 있다. 간화선을 교시할 때는 설명으로 나가다가 이를 전격적으로 부정하며 글 전체를 끝맺는 방식이었는데, 여기서는 처음부터 끝까지 설명으로 일관하고 있다. 위 인용문을 포함한 전체 글도 그러하고 위 인용문 역시 설명이 서술 방식의 중심이

---

19 음성으로 이루어진 비언어적 표현을 반언어적半言語的 표현으로 따로 분리하는 경우도 있으나, 그 표현이 일상적 언어의 통사구조를 독립적으로 갖추고 있지 않아서 선행 연구의 기준에 따라 비언어적 표현의 하나로 다룬다. 그래서 비언어적 표현은 동작으로 이루어진 것과 음성으로 이루어진 것으로 나누어 볼 수 있다.(이창덕 외 4인, 『화법 교육론』, 역락, 2012, pp.129~143; 박재현, 『국어교육을 위한 의사소통이론』, 사회평론, 2013, pp.1101~131 참고)

다. 서방정토 극락세계에 있다는 아미타불이 모든 중생의 마음속에 있다고 하고, 다시 더 세밀하게 마음과 부처와 중생이 차별 없이 같다고 하고, 마음이 부처이고 부처가 마음이기 때문에 마음 밖에 부처가 없고 부처 밖에 마음이 없다고 하여 매우 논리적으로 본래성불을 설명하고 있다. 여기서는 일체중생이 본래성불이라는 이념을 전제하고 나서 상대방에게 염불 수행하는 방법을 일러주고 있다. 마음과 부처와 중생이 같다는 본래성불 이념을 먼저 내세우고 이에 근거하여 염불선의 수행을 할 것을 논리적으로 설명하고 있는 것이다. 이것은 먼저 간화선의 수행법을 말하고 이를 본래성불의 입장에서 전격적으로 부정하는 방식과는 반대 순서로 교시를 하고 있는 것이다. 즉 먼저 본래성불의 세계를 설명하고, 여기에 근거하여 염불선을 수행할 것을 설명하고 있기 때문이다.

이상에서 보았듯이 태고는 그가 주장한 핵심적인 조사선, 간화선, 염불선의 기층 이념으로 본래성불을 서로 다른 특징적인 표현 방식으로 공통되게 드러내고 있다는 것을 알 수 있다.[20] 그가 주장한 세 가지 선법은 본래성불이라는 공통된 기층 이념을 바탕으로 하고 있기 때문에 세 가지 수행법은 이름은 다르지만 별개로 존재하는 것이 아니고 상호 유기적으로 연관되고 상호 작용할 수 있는 개연성을

---

20 태고 보우와 동문수학을 했던 백운 경한의 경우는 같은 문하를 거쳐 갔지만 구체적 선법은 차이를 보인다. 그러나 백운 경한이 조사선에 치중하면서 보여준 기층 이념은 본래성불이기 때문에 같은 이념적 기반 위에서 선을 수행했다는 것을 알 수 있다.(「『백운화상어록』에 드러난 선의 성격과 산문적 표현」, 『한국시가문화연구』 제45집, 한국시가문화학회, 2020 참고)

가지고 있다.

2) 회광반조의 간화선·염불선과의 상관성

태고 보우가 남긴 『태고록』에는 조사선의 면모가 상당법어를 중심으로
많이 드러나 있다. 그러나 특별한 수행을 필요로 하는 회광반조, 간화
선, 염불선 등의 선 수행법은 시중법문과 같은 방식을 통하여 빈번하게
언급하고 있다. 방할棒喝과 같은 조사의 행위나 언구를 듣고 바로
깨달아가는 것을 특징으로 하는 조사선에서는 행위와 언구, 그에
대한 반응이라는 방식으로 교시가 전격적으로 이루어지기 때문에
수행을 반드시 수반하는 그 나머지 선법과 본래성불이라는 공통 기반
은 가지고 있으면서도 독자적으로 진행되는 경향이 있다. 그러나
이념적인 측면에서 본래성불을 철저히 그 기초로 삼고 있으며, 깨달음
을 확인하고 인가할 때는 여전히 조사선의 방식으로 행위나 언구를
사용한다는 점에서 회광반조, 간화선과 염불선와 같은 선법은 선의
표현 방식 측면에서는 조사선을, 선 이념의 측면에서는 본래성불을
여전히 그 기반으로 가지고 있다. 그래서 이러한 기반 위에서 이루어지
는 회광반조, 간화선, 염불선이 조사선과의 관계는 상하 위계성을
가지고 있다면 회광반조, 간화선, 염불선이라는 세 가지 선법 사이에서
는 각각 독자적이면서도 상호 계열성을 가지고 있어서 태고가 보여
준 선법들은 상호 역동적 상관 질서를 가지고 있다고 할 수 있다.

　따라서 여기서는 태고 보우가 이 세 가지 선법을 구체적으로 어떻게
독자적으로 이해하여 표현하고 있는지를 먼저 논의하고, 나아가 셋이
각각 개성적 특징을 뚜렷이 가지고 있으면서 상호 밀접하게 상호

작용을 어떻게 유기적으로 일으키고 있는지를 논의할 필요가 있다. 세 가지 선법의 이런 상호 작용의 측면을 그 근저의 조사선과 연관하여 논의하면 태고 보우의 선이 가진 살아있는 역동적 체계성을 구체적으로 구명할 수 있다.

(3) ①승려가 묻기를 "개에게 불성이 있습니까?" 조주 이르기를 "무"라 했다. 이 무자는 있다·없다의 무가 아니고 진무眞無의 무도 아니며 … 일체를 하지 않으며, 하지 않는 것도 하지 않으며 … 다만 이 성성적적惺惺寂寂한 영광이 우뚝 앞에 나타난다. 절대로 지혜를 내지 말고 다만 화두 들기를 열두 때 가운데 네 가지 행위 내에 반드시 어둡지 않아서 … 의당 조주가 말한 무의 뜻이 어떤 것인지 자세히 돌아보고 자세히 보기를 마치 늙은 쥐가 소뿔에 들어가는 것과 상사하여 문득 끊어지는 데 이르게 되면 근기가 날카로운 자는 여기에 이르러 시원하게 칠통을 타파하고 조주를 잡아서 천하 사람의 혀를 의심하지 않을 것이다. 비록 이와 같이 통달하여 깨닫더라도 지혜 없는 사람 앞에서는 절대로 말하지 말고 반드시 본색종사를 만나 봐야 한다.[21] ②만약 이와 같이 진실하게 공功을 쓰게 되면 문득 힘을 더는 곳에 이르게 될 것이다.

---

21 ①僧問趙州狗子還有佛性也無. 州云無. 這箇無字. 不是有無之無. 不是眞無之無. … 一切不爲. 不爲底也不爲. … 只是箇惺惺寂寂底靈光. 卓爾現前. 切莫生知解. 但擧話頭. 十二時中四威儀內. 單單不昧. … 宜細回詳看趙州道無意作麼生. 猶老鼠入牛角相似. 便見到斷. 利根者到此. 豁然打破漆桶. 捉敗趙州. 不疑天下人舌頭. 雖如是了悟. 無智人前. 切忌道着. 須遇見本色宗師. 「示無際居士 張海院使」, 앞의 책, p.148.

이것이 힘을 얻는 자리이다. 화두가 저절로 순수하고 익게 되어 한 조각을 이루게 되고 몸과 마음이 홀연히 비고 엉겨서 움직이지 않아서 마음이 갈 곳이 없게 된다. … 천만 절대로 조금의 다른 생각도 하지 말아야 한다. 정히 좋게 그가 어떤 면목인지 돌아보고 또한 조주가 말한 무가 어떤 것인지 돌아봐야 한다. 여기에서 언하에 무명을 쳐부수면 마치 사람이 물을 마심에 차고 따뜻한 것을 스스로 아는 것과 같을 것이다.[22]

(3) ①은 태고 선사가 거사에게 준 글이다. 이 글은 전적으로 무자 화두를 가지고 공부하는 간화선만을 설명하고 있다. 먼저 조주 선사가 어떤 승려의 질문에 대답한 내용을 제시하고 이어 여기서 사용된 무자의 의미를 설명하고 있다. 그리고 뜻으로 헤아릴 수 없는 무자 화두를 들기 전에 마음을 철저히 비우는 방법을 설명하고 있다. 온 심신을 내려놓는 데서 시작하여 공도 지키지 않고 지키지 않는 것도 잊고, 잊은 것도 세우지 않고 세우지 않는 것도 벗어나고 벗어나는 것도 두지 않으면 성성적적惺惺寂寂한 신령한 빛이 우뚝 앞에 나타난다고 하고, 이때 지해를 내지 말고 드디어 화두를 들라고 말하고 있다. 여기서부터 구체적으로 화두 드는 방법을 설명한다. 어둡지 않게 하고 무자가 무슨 뜻인지 자세히 참구해 보기를 늙은 쥐가 소뿔에 들어가 끊어지는 지경을 만나는 것처럼 하면 근기가 날카로운 사람은

---

22 ②若如此眞實用功則便到省力處 此是得力處也 話頭自然純熟 打成一片 身心忽空 凝然不動 心無所之 … 千萬切忌絲毫異念 正好回看渠何面目 又趙州道無意作麼生 卽此言下打破無明則如人飮水冷暖自知.「示衆」, 앞의 책, p.141.

깨치게 되어 조주를 잡게 된다고 하였다. 다음은 깨닫고 나서 지혜 없는 사람에게 말하지 말고 본색종사를 만나라고 말하고 있다. 요컨대 여기서는 무자 화두의 개념, 무자 화두를 들기 위한 사전 준비 과정, 무자 화두를 드는 구체적 방법, 깨닫고 나서 본색종사를 만나 점검 받는 과정에서 해야 할 핵심적인 과제를 상세히 설명하여 교시해 주고 있다.

이와 같이 태고 선사가 말하는 간화선은 오늘날까지 한국 선의 핵심 교본으로 수용되고 있는데, 정작 그는 화두 수행의 간화선을 말하면서도 회광반조의 방식을 병행하는 면모를 보이고 있다.

(3) ②에서는 간화선을 앞의 경우와 같이 말하면서도 동시에 회광반조의 방식을 나란히 놓고 가르치고 있기 때문이다. 인용문 앞 생략된 부분에서 화두를 잘 들어서 영아가 어머니를 생각하고 배고프고 목마를 때 밥과 물을 생각하듯 간절히 화두를 참구하는 과정을 말한다. 여기 인용문에 와서는 이렇게 진실하게 공을 들이면 힘을 얻어서 화두가 익어서 한 조각이 된다고 하고, 이때 조금이라도 다른 생각을 하지 말라고 하면서 두 가지를 반드시 할 것을 요구하고 있다. 하나는 그것이 어떤 면목인가를 돌아보는 것이고, 또 다른 하나는 조주가 말한 무자의 뜻이 어떤 것인가를 돌아보는 것이다. 이 문장에서 사용된 '거渠'는 '그, 그것'이라는 의미의 대명사이다. 이 글 여기까지는 무자 화두 설명을 계속했기 때문에 '그, 그것'을 무자 화두로 볼 수도 있어 보인다. 그러나 바로 이어서 '또(又)'라고 하고 제시한 내용이 무자 화두로 되어 있어서 여기서 '그, 그것'의 의미는 무자 화두가 아니고 자기를 대상화한 표현이거나 화두를 들고 공부하는 전체 자기 정황을

의미하는 것으로 봐야 한다. 그래서 이것은 화두를 참구하고 있는 자기를 돌아보는 것이 되어 바로 회광반조 수행의 전형이다. 회광반조는 화두나 염불과 같은 구체적 대상을 인위적으로 설정하기 않고 어떤 상황에 처한 자신을 돌이켜보는 선법이라서 조사선의 구체적 수행법으로 간주되는데,[23] 해당 인용문은 태고 보우가 간화선을 말하면서도 회광반조의 방식을 병행하고 있다는 것을 분명하게 보여 주는 구체적 사례가 된다. 그래서 태고 선사는 간화선을 독자적으로 말하기도 하고 간화선을 회광반조와 연관하여 제시하기도 한다는 것을 알 수 있다.

여기에 그치지 않고 태고가 염불선도 교시한다는 것은 여러 작품에서 확인할 수 있다.

(4) 부처님께서 말씀하시기를 "과거 십만억 불국토에 한 세계가 있으니 이름이 극락이다. 그 땅에 부처가 있으니 아미타불이고 지금 현재도 설법을 한다"라고 했다. 부처님의 이 말 가운데는 깊이 비밀한 뜻이 있으니 충신사는 도리어 알겠는가? 아미타불의 이름을 마땅히 마음에 두고 항상 어둡지 않게 생각 생각 간단이 없게 하고 절실히 참구하고 생각하고 절실히 참구하고 생각하라.

---

23 「『백운화상어록』에 드러난 선의 성격과 산문적 표현」, 『한국시가문화연구』 제45집, 한국시가문화학회, 2020, pp.1198~199 참고. 조사선의 선문답이나 조사의 행위에서 바로 깨닫지 못했을 때 자신을 돌이켜보는 회광반조는 의도적으로 만들어진 화두나 염불을 대상으로 수행하는 정형화된 선법 이전의 조사선적 선 수행법이다.

만약 생각과 뜻이 다하거든 생각하는 자가 누구인지 돌이켜보라.
이렇게 돌이켜보는 자는 또 누구인지 보라. 이와 같이 세밀하고
세밀하게 참구하고 세밀하고 세밀하게 참구하라. 이 마음이 홀연히
끊어지면 곧 자성미타가 우뚝 앞에 나타날 것이다. 힘쓰고 힘쓸지
어다.[24]

(4)에서 태고는 맨 앞에 극락세계와 그 주인공인 아미타불에 대한
부처의 말씀을 소개하고 그 의미와 수행 방법을 설명하고 있다. 아미타
불의 이름을 항상 마음에 두고 어둡지 않게 참구하고 생각하여 더
이상 생각과 뜻이 일어나지 않게 하라고 말한다. 여기까지는 아미타불
을 생각하는 염불선에 대한 설명이다. 그런데 이어서 하는 그의 발언을
보면 생각하는 자를 돌이켜보라고 하고 돌이켜보는 자까지 다시 보라
고 요구하고 있다. 이것은 염불하는 행위자 자신을 돌이켜보는 것으로
서 역시 회광반조이다. 그리고 이어진 부분에서 이같이 염불하고
염불하는 자신을 돌이켜보며 세밀하게 참구하여 마음이 끊어지면
자성미타가 앞에 나타날 것이라고 단언하고 있다. 즉 태고 보우는
염불선을 말하면서도 조사선의 구체적 수행법인 회광반조의 수행법을
병행할 것을 매우 구체적으로 강조하고 있다.

---

24 佛言過十萬億佛土 有世界 名曰極樂 其土有佛 號阿彌陀 今現在說法云云 佛之此
語中 深有密意 忠信士還知麼 阿彌陀佛名 當在心頭 常常不昧 念念無間 切切叅思
切切叅思 若思盡意窮則反觀念者是誰 觀能恁麼返觀者又是阿誰 如是密密叅詳
密密叅詳 此心忽然斷絶 卽自性彌陀卓爾現前 勉之勉之. 「示自忠居士」, 앞의
책, p.152.

이상에서 태고는, 간화선은 독자적으로 언급하기도 하고 회광반조의 선법과 유기적으로 연관시켜 말했고, 염불선은 회광반조와 연관시켜 설명하는 양상을 주로 보여 주고 있다. 그러나 회광반조의 수행법만을 독자적으로 교시하는 경우는 나타나지 않았다. 본래성불과 연관해서 보면 구체적 세 가지 선법이 본래성불을 기반으로 하면서 간화선이 독자적으로 강조되기도 하고 간화선과 회광반조를 병행하는 방식, 염불선을 회광반조로 강화하는 방식 등을 보여 주고 있었다. 여기서 간화선과 염불선 양자는 각각 별도로 유지되고[25] 회광반조와 연관시키면서 각각의 수행법을 강화하는 선 수행법을 보여 주고 있었다.[26] 다시 말하자면 간화선과 염불선을 나누고 여기에 회광반조의 선법을 병행 또는 교직하는 방식으로 투입하였고 양자의 기층에 조사선의 본래성불 사상을 배치함으로써 위계성을 보여 주었다.

요컨대 태고가 보여 준 선은 조사선을 기반으로 그 위에 조사선의 구체적 수행법인 회광반조, 다시 그 위에 간화선과 염불선을 나란히

---

[25] 간화선과 염불선을 두 계열로 나눈 것은 선 수행의 구체적 대상은 둘이 될 수 없기 때문이다. 화두를 들거나 염불을 하는 것은 서로 다른 주제라서 이 둘을 하나로 교직할 수도 없고 할 필요도 없는 것으로서 수행인의 능력에 따라 선택적으로 사용할 수 있는 선법이라고 할 수 있다.

[26] 그러나 회광반조는 간화선이나 염불선과도 잘 결합할 수 있는 포괄적 성격을 가지고 있다. 특정의 구체적 대상을 설정하지 않기 때문에 언어적 비언어적 행위로 이루어진 조사선의 현장에서 자신을 돌이켜 볼 수도 있고, 화두를 들거나 염불을 하는 자신을 돌이켜볼 수도 있다. 이것이 바로 회광반조가 간화선이나 염불선과 같은 정형화되기 전의 조사선적 수행법이 되는 이유인데 이 같은 개방성을 가지고 있기 때문에 간화와 염불과 같은 정형화된 선법과도 쉽게 결합할 수 있어서 기층적 선법으로 기능한다고 할 수 있다.

배치하여 상하 위계성을 보이며, 조사선과 그 구체적 수행법인 회광반
조를 공통 기반으로 가지면서도 간화선과 염불선은 별개의 두 가지
선법으로 나누어서 상호 계열성을 보여 주어서 태고의 선법들은 상하
위계성, 상호 계열성이라는 종횡의 이중적 질서에 따라 작용하는
역동적 체계성을 특징으로 보여 주고 있다.[27] 그렇다면 이러한 특징적
선법을 태고는 산문에서 어떻게 문예 미학적으로 표현하고 있는지를
살필 차례이다.

3. 선의 표현 방식

선은 본질적으로 언어를 떠나 있는 것인데 무리하게 이를 언어로
표현하려는 과정에서 말이 길어지고 비언어적 표현까지 동원되면서
그 표현 방식은 더욱 확대된다. 언어를 초월한 선의 속성 때문에
선을 표현하는 과정에 자주 역설이 빚어진다. 선을 언어로 표현할
때 일반적으로 중심이 되는 것은 선 시문, 즉 선시와 선 산문이다.
구체적으로 선시에는 일상적인 시도 있고 오도송, 열반송, 시법시,
게찬 등 다양한 게송이 있다. 선을 담고 있는 산문은 상당법어나
시중법문, 소참법문, 편지, 논설 등 다양하게 나타난다. 여기서는
앞 절에서 살핀 태고 보우의 선적인 면모가 산문에서 어떻게 표현되고
있는지를 논의한다. 필요에 따라 선시에서 사용된 표현 역시 일부

---

27 태고의 이러한 선법은 본래성불을 선의 기층 이념으로 가진 것을 동일하면서도
   구체적 선법에 있어서는 그의 스승 석옥 청공이나 동학 백운 경한이 조사선과
   조사선의 구체적 수행법인 회광반조를 강조한 것과는 뚜렷이 대비된다.

가져와서 논의를 뒷받침할 수 있다. 당대 백운 경한이나 그의 스승인 석옥 청공의 경우를 가져와서 논의의 객관성을 더 높이고자 한다.

1) 극적 표현

극은 일반적으로 두 인물 이상이 서로 대화를 주고받는 방식으로 이루어진다. 그러나 태고가 남긴 산문에서는 인물들 간의 대화나 태고 본인의 독백이 극적 표현의 중심을 이루고, 그 가운데서도 전체 분량으로 봐서 독백 방식이 더 많이 나타난다. 이는 백운 경한이 대화 방식의 표현을 더 많이 사용한 것과는 대비가 되고,[28] 그 스승이 대화를 부분적으로 구사하고 대화의 사례를 소개하며 독백을 주로 구사한 것과도 비교가 된다.[29] 이런 대화의 방식을 통하여 태고가 선을 어떤 방식으로 표현하고 있는지 사례를 통하여 논의하고자 한다.

　(5) 스승께서 제강을 하고 주장자를 잡고 한 번 내려찍고 이르기를 "제1의는 이 주장자가 백추와 함께 이미 명백하게 설파해 버렸다. 이 가운데 은혜를 알고 은혜를 갚을 자가 있는가? 나와서 증거를 대라." 이때 한 승려가 묻기를 "예배를 하면 사람마다 분정이 있고, 예배를 하지 않으면 스승과 제자 사이에 결례가 됩니다. 어떻게 해야 됩니까?" 스승이 이르기를 "어찌하여 스스로 일어났다가 스스

---

28 전재강, 「『백운화상어록』에 드러난 선의 성격과 산문적 표현」, 『한국시가문화연 구』 제45집, 한국시가문화학회, 2020, pp.1171~204 참고.

29 至柔 編, 李英茂 譯, 『석옥청공선사 語錄』, 불교춘추사, 2000, 원전 pp.2~19 산문 부분 참고.

로 넘어지는가?" 진언해 이르기를 "임금의 뜻에 따라 개당을 하여
높이 보좌에 오르시고, 인천 대중이 널리 모이고 손님과 주인이
서로 참여했습니다. 모르겠습니다만 스승께서는 누구의 집 노래를
부르며 종풍은 누구를 이었습니까?" 스승께서 이르시기를 "하봉
천고의 달이 대명궁을 와서 비추네!…" 진언해 이르기를 "여래의
몸은 혹 범왕의 몸이 되기도 하고 혹 제왕의 몸이 되기도 합니다.
지금 황제는 잘 모르겠습니다만 어떤 부처의 현신입니까?" 스승이
이르시기를 "위음왕불威音王佛." 진언해 이르기를 "이것은 제2구입
니다. 어떤 것이 제1구입니까?" 스승이 문득 할을 했다.[30]

(5)는 태고 보우와 어떤 승려 간에 이루어진 대화를 내용으로 한다.
여기에 드러난 대화는 승려가 먼저 질문하고 태고가 대답하는 방식으
로 네 차례로 이루어져 있다. 첫째 대화는 예배를 하거나 하지 않는다는
두 가지를 두고 던진 승려의 질문에 대하여 태고가 스스로 일어났다가
넘어지는가라고 비판하는 답을 하고, 둘째 대화는 개당을 하여 누구네
집 노래를 부르고 종풍은 누구를 이었는가라는 질문에 태고는 "하봉
천고의 달이 대명궁을 와서 비추네!(霞峯千古月 來照大明宮)"라는 게송
으로 대답하고, 셋째 대화는 문답 내용이 연결되는 것으로 지금 황제가

---

30 師提綱. 拈拄杖卓一下云 第一義. 這箇杖子. 已與白槌明明說破了也. 箇中還有知
　恩報恩者麽. 出來證據. 時有僧問 禮拜卽人人有分. 不禮拜卽師資鬪禮. 作麽生卽
　得. 師云何得自起自倒. 進云 聖旨開堂. 高陞寶座. 人天普集. 賓主相叅. 未審.
　師唱誰家曲. 宗風嗣阿誰. 師云霞峯千古月. 來照大明宮.… 進云 如來身或作梵王
　身. 或作帝王身. 今上皇帝. 未審什麽佛現身. 師云 威音王佛. 進云 此是第二句.
　如何是第一句. 師便喝. 앞의 책, pp.124~25.

어느 부처의 현신이냐는 질문에 태고의 '위음왕불'이라는 대답을 듣고,
바로 이어지는 네 번째 대화에서 이것은 제2구에 그치니 어떤 것이
제1구인가라는 승려의 질문에 대해서는 반언어적 표현인 '할喝'로
대답을 하고 있다.

　첫 번째 대화에서 예배를 하거나 하지 않는 문제는 본래 상충되는
것이 아닌데 이를 상충되어 모순되는, 이원적으로 나누어 보는 상대를
성상이 원융한 입장에서 비판하였는데, 이 대답 이면에는 본래성불의
입장이 깔려 있다. 그리고 두 번째 대화에서 노래와 종풍을 묻는
질문에 상징적 게송으로 대답을 했다. 게송의 내용은 달이 궁을 비춘다
는 말인데, 여기에 구체적으로 그 달은 하봉(霞峰, 하무산 봉우리)의
천년 오래된 것이고 궁은 대명한 것이라고 말하고 있다. 현상으로
드러난 풍경을 가지고 대답을 대신했는데 이것은 진리의 현현顯現이라
는 점에서 상징이며 역시 본래성불의 입장을 드러내고 있다. 그러면서
동시에 구체적인 수식어를 통하여 자신이 하무산霞霧山의 석옥 청공
선사의 법을 잇고 그 법을 궁중에서 펴고 있다는 점까지 동시에 드러내
는 효과를 거두고 있다. 지금 황제 현신에 대한 질문을 한 세 번째
대화에서 진리 자체인 부처를 의미하는 위음왕불을 가지고 대답했는
데, 네 번째 대화에서 이는 제2구라 비판함에 따라 일상적 언어를
초월한 '할'로 대답을 하고 있다. 개념적으로는 맞는 대답이지만 상대를
말에 떨어뜨린 자신의 폐단을 감지하고 일체 사유와 언어를 끊는
'할'로 대답함으로써 철저히 본래성불의 입장을 드러내고 있다.

　요컨대 태고는 여기서 질문자의 양극단적 사유를 비판하는 언어적
표현, 있는 그대로 현상의 언어적 표현, 할이라는 비언어적 표현 방식을

통하여 본래성불의 근본 이념을 드러내고 있다고 하겠다.

(6) 삼문을 가리키며 이르시기를 "대도는 문이 없는데 여러 사람은
어디로 들어갈까 헤아리는가? 돌! 원통의 넓은 문이 팔자로 열렸도
다!" 불전에서 이르기를 "2천 년 전에는 내가 너였더니 2천 년
뒤에는 네가 나일세! 거의 누설할 뻔했네!" 문득 삼배를 했다.
… 방장에서 이르기를 "이 안은 한가한 귀신과 들 귀신의 굴혈이다.
오늘은 홀연히 땅을 움직이는 우레 소리가 났는데 어디로 흩어져
갔는지 알 수가 없네!" 주장자를 한 번 내리찍고 이르기를 "사람이
물가에서 흩어진 뒤에는 모래 갈매기가 주인이 되었네!" … 자리에
올라 향을 잡고 이르기를 "이 향의 뿌리는 대천사계에 서려 있고
잎은 백억의 미로를 덮고 있다. 받들어 대원 천자 지금 황제의
만세 만세 만만세를 축원합니다." … "이 향은 높고 높고 넓고
넓어 만법의 왕이 되고 역력하고 분명하여 육범의 주인이 되었다.
받들어 우리나라 지금 대왕 전하 천년천년 또 일천년을 사시길
기원합니다."[31]

(6)은 (5)와 달리 독백을 담고 있는 산문이다. 독백이라고 하여
혼자서 길게 말하는 것이 아니라 공간을 따라 이동하면서 그와 관련하

---

31 指三門云. 大道無門. 諸人擬向何處入. 咄. 圓通普門. 八字打開. 佛殿云 二千年前.
我爲儞. 二千年後儞爲我. 幾乎漏洩. 便三拜. … 方丈云這裏閑神野鬼窟穴. 今日
忽有動地雷聲. 不知散向何處去. 以拄杖卓一下云. 人散汀洲後. 沙鷗作主來. …
陞座拈香云 此香根盤於大千沙界. 葉覆於百億彌盧. 奉爲祝延. 大元天子. 今上皇
帝. 萬歲萬歲萬萬歲. 앞의 책, pp.130~31.

여 선적인 발언을 이어가고 있다. 말하기의 결정적 계기를 제공하는
공간은 차례로 삼문, 불전, 방장, 법좌 등 네 가지가 나타난다. 각
공간에서 이루어진 발언은 모두 예사롭지 않은 선지禪旨, 격 밖의
도리를 드러내서 긴장과 놀라움, 충격을 주고 있다는 것이 공통된
특징이다. 실제 해당 내용을 검토하면 이런 사실이 분명하게 드러난다.
먼저 사찰의 삼문三門을 들어가면서 한 발언을 보면 대도는 문이 없는데
들어가려고 헤아리는가라고 묻고, 사유를 끊어주는 비언어적 표현인
'할'을 했다. 그리고는 원통의 문이 활짝 열렸다는 발언을 하고 있다.
이것은 앞뒤 맥락에서 보면 자기 모순이다. 문이 없다고 했다가 문이
활짝 열렸다고 했으니 완전한 반전이다. 여기서 앞뒤의 문은 대도의
문, 보문이라 하여 용어가 다르지만 문이라는 용어가 지시하는 의미는
완전히 동일하다. 대도의 문도 넓은 문이고 보문도 넓은 문이기 때문이
다. 표현만 다르지 같은 문인데 문이 없다고 했다가 문이 활짝 열렸다고
했으니 철저한 모순 어법으로 놀라움과 충격을 주고 있다. 이를 하나로
묶어서 표현하면 문 없는 문이라는 말이 된다. 삼문은 사찰의 관문으로
불이문不二門이라고도 할 수 있는데 둘이 하나라는 것을 의미한다.
세속의 논리에서 대립적으로 나누어 둘로 보는 대표적인 경계인 세간
과 출세간, 생사와 열반 등이 다르지 않다는 것을 의미하는 문이
바로 불이문이다. 다시 말하자면 이원적 대립의 세계가 하나로 통일된
자리, 불교에서 말하는 연기 중도의 본래성불 자리를 드러내기 위하여
이와 같은 역설을 구사하였다. 논리적 모순 어법을 통하여 차원 높은
선의 세계를 보여서 역설의 미학을 극적 발언을 통해서 드러내고
있다.

다음 불전이라는 공간을 두고는 또 다른 방식의 발언을 하고 있다. 여기서 '너'는 바로 불전에서 이루어지는 발언이기 때문에 바로 '부처'이다. 2천 년 전과 후로 나누어 전에는 내가 너였다면 후에는 네가 나라는 기발한 발언을 하고 있다. 이 발언에는 전에는 네가 있었고 후에는 내가 있다는 의미가 깔려 있다. 그러나 여기서는 이렇게 너와 내가 분리된 것이 아니고 전의 너는 나인 너였고, 후의 나는 너인 내가 되어 전후의 너와 내가 하나로 존재하는 것으로 묘사하고 있다. 그리고는 이런 발언을 두고 거의 누설할 뻔했다고 하여 부정하고 예배를 하고 있다. 여기서 누설할 뻔했다는 것은 발언 자체의 의미를 부정하는 것이 아니라 너와 내가 하나인 차원만을 말한 것에 대한 경계라고 할 수 있다. 존재 원리의 양면 가운데 너와 내가 다르지 않은 차원이 있는데, 거기에 매몰되면 단멸에 떨어지기 때문에 누설할 뻔했다는 말로 이를 치고 부처님께 예배하는 일상의 현상 차원으로 되돌아왔다. 예배를 하는 차원은 여전히 너는 부처이고 나는 그 제자로서의 현실적 관계를 보여 주는 것으로서 있는 현상 그대로를 나타낸 것이다. 부처와 내가 하나인 세계에서 부처와 내가 나누어진 세계를 동시에 보인 것이다. 여기서도 역시 이 양자가 하나이면서 둘이고 둘이면서 하나라는 것을 드러내서 현실 이대로가 진리임을 설파하고 있다. (5)에서는 공간 차원에서, (6)에서는 시간 차원에서 본래성불의 세계를 역설하고 있다고 하겠다.

다음은 방장이라는 공간을 두고 발언하고 있는데, 방장은 총림에서 법이 가장 높은 방장 혹은 조실이 거처하는 공간이다. 그래서 방장은 교화의 상징이고 핵심이다. 그런데 여기서 태고는 방장이 거처하는

공간을 한가한 들 귀신의 굴혈에 비기고 있다. 이것은 방장이 한가한
들 귀신이라는 말이다. 귀신은 본래 없는 것인데 그것조차 한가하다고
하여 그 존재를 은유적으로 폄하하고 있다. 이어서 우레 소리가 땅을
움직이더니 흩어져 자취를 알 수 없다고도 했는데, 이것 역시 방장이
청천벽력 같은 교화의 장광설을 쏟아냈지만 본래성불 그 자리에서
보면 아무 쓸데가 없다는 것을 흩어져 사라졌다고 표현하였다. 이러한
부정을 통하여 드러난 사실은 사람이 흩어지고 갈매기가 주인이 되는
극히 자연스런 장면이다. 그래서 사람이 떠나고 갈매기가 찾아오는
풍경이 있는 그대로 진리의 현현임을 풍경 묘사를 통하여 상징적으로
그려내고 있다. 그래서 비유와 상징의 기법을 통하여 방장의 교화가
작용할 데가 없는, 본래성불의 현상을 드러내고 있다.

그리고 이어서 태고는 향을 사용하는 의례를 진행하며 향을 대천사
계에 뿌리내리고 있으며 그 잎은 수미산을 덮는 것으로 묘사하고
있다. 대천사계는 드러난 현상의 모든 세계이며, 수미산은 존재의
근원을 상징하는 용어이다. 그래서 향이 이 양자와 맺은 관계를 보면
대천사계라는 현상의 근원이고 수미산이라는 근원의 현현이라는 말이
된다. 다시 말하자면 향은 존재의 근원이면서 현상이라서 선에서
말하는 살활, 교에서 말하는 체용 자체임을 이렇게 표현하고 있는
것이다. 바로 그러한 진리 자체인 향을 가지고 황제의 만세를 축원한다
고 하고 있다. 그래서 향을 가지고 축원하는 국면에서도 태고는 본래성
불의 진리성을 먼저 드러내고, 이에 근거하여 축원 의식을 진행하고
있다는 것을 보여 주고 있다.[32]

(7) 향 잡은 일을 마치고 주장자를 횡으로 잡고 이르기를 "분명하고 고요하고 산뜻하고 텅 비었다. 과거 모든 부처가 이미 이와 같이 머물렀고, 현재 모든 부처가 이와 같이 머물며, 미래 모든 부처도 또한 이와 같이 머물러야 한다. 영리한 영웅이 이와 같이 들어 불러도 이미 잠꼬대인데 대중은 무엇 때문에 그 자리에서 조는가?" 주장자를 세 번 내리 찍고 문득 자리에서 내려오다.[33]

(7) 역시 독백을 보이고 있다는 점에서 앞의 경우와 같지만 공간과 상관없이 법을 설파하고 있다는 점이 (5)와 다르다. 태고가 사용하고 있는 주장자는 법을 설할 때 사용하는 교화의 상징이다. 이 주장자를 횡으로 잡고 과거·현재·미래 부처가 이같이 머물러야 한다고 해 놓고 이를 잠꼬대라고 하고, 대중은 왜 그 자리에서 졸고 있는가라고 묻고 있다. 주장자를 횡으로 잡고 부처는 이러해야 한다고 한 데까지는 가르침의 부분이다. 횡으로 잡은 주장자는 활발하게 작용하는 것을 상징하는데, 일체 부처가 이같이 살아서 작용하는 방식으로 존재해야

---

32 인용문의 이어진 표현에서도 같은 방식의 발언을 보여 주고 있다. "이 향은 높고 높고 넓고 넓어 만법의 왕이 되고 역력하고 분명하여 육범의 주인이 되었다 (…此香巍巍蕩蕩而爲萬法之王. 歷歷明明. 而作六凡之主. 奉爲祝延本國今上大王殿下. 千載千載復千載. 앞의 책, pp.30~31)"라는 표현이 바로 그것이다. 만법의 왕이나 육범의 주인은 역시 진리 자체를 상징하기 때문이다. 이러한 진리인 향을 가지고 우리 왕의 장수를 축원하고 있다.

33 拈香罷橫按拄杖云 白的的. 靑寥寥. 赤條條. 空索索. 過去諸佛已當如是住. 現在諸佛. 今當如是住. 未來諸佛亦當如是住. 利雄伊麼擧唱. 已是昧語. 大衆因甚立地嗑睡. 卓拄杖三下. 便下座. 앞의 책, p.40.

한다고 가르치고 나서는 이런 발언을 두고 잠꼬대이고 이를 듣는 대중은 존다고 말한 것은 바로 앞에서 보인 교시의 전면 부정이다. 잠꼬대는 쓸데없는 말이라는 뜻이고 존다는 것은 쓸데없는 말에 대한 대중의 태도이다. 그러면 이렇게 귀중한 가르침을 왜 잠꼬대라고 하고 대중은 그걸 듣지 않고 조는가?라고 하는 이 말의 저변에도 역시 본래성불의 이념이 깔려 있다. 가르침 이전에 본래성불이기 때문에 아무리 좋은 말을 써서 가르쳐도 잠꼬대에 불과하게 되고, 대중은 있는 그대로 본래성불해 있기 때문에 더 들을 필요가 없어서 존다는 것이다. 따라서 현상에서 진행되는 교화를 두고 잠꼬대로 보고 조는 행위에 비유하여 나타낸 것은 본래성불의 근본 입장을 교화의 장면을 가지고 드러낸 것이라 할 수 있다.[34]

요컨대 태고 보우는 대화이든 자문자답의 독백이든 산문에서 상징과 역설을 자유자재로 구사하면서 일체가 본래성불해 있다는 불교의 근본 입장, 조사선의 근본 입장을 드러내는 과정에 고도의 문학적 수사를 사용하여 깊이를 알 수 없는 심연과 같고 긴장감 높은 선 산문이라는 문학적 성취[35]를 보여 주고 있다. 다음은 서술적 표현을

---

34 인용문 마지막 부분에서 태고는 주장자를 세 번 내리찍고 내려오는 비언어적 행위를 통하여 역시 본래성불을 다시 확인해 주고 있다. 본래성불의 선적 표현은 살과 활, 살활동시이다. 이를 교학적으로 표현하면 체와 용, 체용동시라고 할 수 있다. 즉 본질과 현상, 본질과 현상의 혼연일체의 상태를 이렇게 나타내기 때문에 본래성불의 행위적 표현이라고 할 수 있다.

35 교시를 담은 글로서 극이 아니면서 긴장된 극적 분위기를 연출하고, 고도의 상징과 역설이라는 문학적 수사를 구사하여 교술을 문학이게 한다는 점에서 문학적 성취라고 말할 수 있다.

살필 차례이다.

2) 서술적 표현

태고 보우는 선을 표현할 때 앞의 경우처럼 촌철살인의 긴장된 선문답을 사용하기도 하지만, 조금 더 느슨한 방법으로 서술적 표현을 사용하기도 한다. 서술적 표현을 사용한 산문이 기본적으로 어떤 성격을 가지며 구체적으로 어떤 수사를 통하여 무엇을 말하고 있는지를 논의하고자 한다.

(8) 간략하게 그 단서를 이르자면 태고에는 본래 한 법도 없으니 무슨 말이 있겠습니까? 그러나 국왕의 거듭 청하심에 답이 없을 수가 없어 말이 아닌 것으로 말을 삼아 마음자리를 바로 가리켜 말씀드리겠습니다. 한 물건이 있으니 분명하고 역력하고 함이 없고 사사로움이 없으며 고요하여 움직임이 없으나 크고 신령한 지각이 있습니다. 본래 생사가 없으며 또한 분별이 없으며 또한 이름과 형상이 없으며 또한 언설이 없습니다. 허공을 다 삼켜버리고 천지를 다 덮어버리고 색과 소리를 다 덮어버리고 커다란 체용을 갖추었습니다. 그 체를 말하자면 광대함을 다 싸서 밖이 없고 미세한 것을 다 거두어 안이 없으며, 그 용을 말하자면 부처의 세계 미진수의 지혜신통삼매의 변재를 넘어서서 곧 숨고 곧 드러나 종횡으로 자재하여 커다란 신통변화가 있습니다. … 방편으로 마음이라 부르고 또한 도라 이르고, 또한 모든 법의 왕이라 이르고 또한 부처라 이릅니다.[36]

(8)은 불법의 가르침을 요청한 국왕의 요청에 태고가 답변한 글이다. 우선 요청한 그간의 사정을 말하면서 말 아닌 말로 마음자리를 말씀드리겠다고 전제하고 진리에 대한 설명을 말을 바꾸어 가며 이어가고 있다. 마음자리를 한 물건이라는 용어로 바꾸고 그것이 가지는 다섯 가지의 성격을 개념어를 사용하여 설명하고 있다. 즉 그것은 분명하고 역력하며, 함이 없고, 사사로움이 없고, 고요하여 움직임이 없고, 신령한 지각이 있다는 그 성격에 대해 설명하고 있다. 그리고 차원을 바꾸어 그것이 가지는 현상에 대하여 허공을 삼키고, 천지를 덮고, 성색을 덥고 체용을 갖추었다라고 설명했다. 이어서 그것을 체용이라는 양면으로 나누어 체體는 광대와 미세를 다했고, 그 용用은 부처의 변재를 넘어 숨고 드러나고 종횡 자재하여 신통변화가 있다고 더 구체적으로 설명했다. 그리고 마지막에는 마음, 도, 법왕, 부처와 같은 그것의 다른 명칭을 나열하여 개념적 용어를 가지고 설명을 이어가고 있다. 즉 명명할 수 없는 대상인 진리를 마음자리와 한 물건이라서 통합적으로 지칭하여 그 성격과 작용을 개념어로 풀이하는 방식으로 설명하고, 이어서 이것을 체용 두 가지로 나누어 각각의 성격과 작용을 더 구체적으로 설명하고, 끝에 와서는 이를 다시 통합하

---

36 略露其端云 太古這裏. 本無一法. 何語之有哉. 然. 不可毋答. 國王重請. 以非言爲語. 直指心地而言 有一物. 明明歷歷. 無爲無私. 寂然不動. 有大靈知. 本無生死. 亦無分別. 亦無名相. 亦無言說. 吞盡虛空. 盖盡天地. 盖盡色聲. 具大體用. 言其體則 包羅盡廣大而無外. 收攝盡微細而無內. 言其用則過佛刹微塵數智慧神通三昧辯才. 卽隱卽顯. 縱橫自在. 有大神變. … 方便呼爲心. 亦云道. 亦云萬法之王. 亦云佛.「玄陵請心要」, 앞의 책, p.43.

여 부르는 다양한 명칭을 제시하는 설명 방법을 차례로 사용하였다.
이 과정에 사용된 표현법을 보면 말 아닌 것을 말로 삼는다는 논리적
모순법을 구사하여 역설의 표현법을 사용하고 있으며, 성격과 작용,
명칭 등 여러 가지를 나열하여 열거의 방법을 구사하고, 설명의 대상을
체용으로 나누어 이원적으로 설명하기도 하여 나머지 일원적 설명과
대비되게 함으로써 그 특징을 입체적으로 드러내고 있다. 상대방에게
무엇을 어떻게 해야 한다는 주장이 아니라 질문한 내용은 이런 것이다
라는 방식으로 설명하고 있어서 이 글이 설명으로 일관하고 있지만,
구체적 표현 방법은 이미 논의한 바와 같이 다양한 수사를 구사하고
문맥의 흐름에 변화를 부여하여 설명의 효과를 극대화함으로써 그
자체로 문예 미학적 표현의 수준에 이르고 있다는 것을 보여 주고
있다.[37]

(9) 어떤 승려가 조주에게 묻기를 "개에게 불성이 있습니까?" 조주
   가 이르기를 "없다"고 한 이 '무자'는 유무有無의 무가 아니고 또한
   진무眞無의 무가 아니다. 또 말하라. 필경에 무슨 도리인가? 자세히

---

37 태고는 같은 글에서 일물에 대한 개념을 말할 때에는 이와 같이 설명의 방식을
   계속 사용하다가, 이를 얻기 위한 수행 방법이나 깨달음을 바탕으로 한 정치하는
   방법 등을 교시할 때에는 구체적으로 어떻게 해야 한다고 주장하는 방식으로
   서술의 성격이 바뀐다. 또한 이 작품 맨 끝부분에서는 국왕과 공주를 칭송하는
   말로 마무리를 하고 있다. 즉 태고는 전체 글을 설명, 주장, 칭송의 순서로
   전개하였는데 그 가운데 설명 하나의 방식에 있어서도 위와 같은 다양한 문학적
   표현기법을 구사하고 있어 설명문도 문학적 성과가 되게 하는 면모를 보이고
   있다.

참구해 가라. 의정을 타파하지 못했을 때에 다만 한결같이 무자를 들어서 행주좌와 시기에도 절대로 어둡지 않게 하라. 참구하여 백 가지를 알지 못하고 백 가지를 이해 못하는 데에 이르러 홀연히 마음이 갈 데가 없을 때에 공에 떨어질까 두려워하지 말라. 이 속이 곧 좋은 곳이니, 절대로 어떻게 할까 어떻게 할까 하지 말라. 만약 조주의 관문을 뚫으면 사람이 물을 마심에 차고 따뜻한 것을 스스로 알듯이 천하 사람의 혀를 의심하지 않을 것이다. 이런 시절에 이르러서 절대로 무지한 사람 앞에서 말하지 말고 의당宜當 본색종사를 만나야 한다.[38]

(9)는 특정 인물에게 간화선의 수행을 어떤 방식으로 진행해야 되는지를 가르친 교시의 글이다. 시작 부분에서는 주장을 본격적으로 펼치기 전에 이어질 주장하는 말의 이해를 돕기 위하여 무자의 의미를 간략하게 설명하고 있다. 이어서 이 설명을 기점으로 무자 화두를 구체적으로 어떻게 참구하는지를 단계별로 주장하여 가르치고 있다. 먼저 무슨 뜻인지를 자세히 참구하라고 했고, 의정을 타파하지 못했을 때 일상의 모든 생활인 행주좌와에도 어둡지 않게 하라고 하였다. 그 다음 단계로 참구하여 일체를 알지 못하는 지경에 이르렀을 때

---

38 僧問趙州 狗子還有佛性也無. 州云無. 只這箇無字. 不是有無之無. 亦不是眞無之無. 且道. 畢竟什麼道理. 叅詳去. 旣疑情未破時. 但單單提個無. 行住坐臥時. 千萬不昧不昧. 叅到百不知百不會. 忽然心無所之時. 莫怕落空. 這裏便是好處. 切忌如何若何. 若透得趙州關則如人飮水冷暖自知. 不疑天下人舌頭去在. 到此時節. 千萬無智人前莫說. 宜見本色宗師. 「示無能居士 朴相公成亮」, 앞의 책, pp.52~53.

공空에 떨어질까 두려워 말고 이런저런 생각을 하지 말라고 하였다. 그러다가 그 다음 단계로 조사관祖師關을 뚫으면 스스로 알고 의심이 없어질 것이라고 하였다. 마침내 깨달은 단계에서 할 일로서 모르는 사람에게 말하지 말 것, 본색종사를 찾아가 반드시 점검을 받을 것을 강조하고 있다. 무자는 논리적으로 분석할 수 없는 것임을 먼저 설명하고, 이어 화두를 자세히 참구할 것을 말하고, 의정을 타파하지 못했을 때 행주좌와 일체 시에 어둡지 않게 참구하고, 그래서 일체 알 수 없는 지경에 이르렀을 때 두려워말고 이런저런 생각을 일으키지 말라고 교시하고 있다. 그러다가 조사관을 뚫으면 스스로 알게 되는데 반드시 종사에게 가서 점검받을 것을 차례로 지시하고 있다. 이와 같이 수행을 교시하는 과정에 보이는 주장은, 태고가 간화선을 지도할 때 자세하고 간략한 차이는 있지만 다른 인물들에게도 한결같이 사용하는 표현 방식이다.

그는 이와 같이 주장하는 교시의 글을 쓸 때에 일상적으로 빈번하게 사용하는 수사가 있다. 공부에 나서게 만들기 위하여 현재 직면한 무상을 비유로 드러내기도 하고,[39] 현재 처한 상황의 절박함을 깊은 우물에 빠진 사람이나 집 나간 궁자窮子에 비유하기도 한다.[40] 화두

---

39 형체는 아침 이슬과 같고 목숨은 서산에 지는 햇빛처럼 빠르다.(形同朝露. 命速西光.「示當禪人」, 앞의 책, p.53)

40 사람이 천 자 깊이의 우물에 빠져서 천 가지 만 가지 생각이 다만 나가기를 구하는 마음뿐인 것과 같다.(如人墮在千尺井中. 千思萬想. 只是箇單單求出之心.「示眞禪人」, 앞의 책, p.54) 비유하자면 궁자가 부모를 버리고 도망을 가서 객관에 의탁해 있으면서 잘못 자기 집이라 이르는 것과 같다.(譬如窮子捨父逃逝. 寄托旅亭. 妄謂自家.「示宜禪人」, 앞의 책, p.55)

참구의 모습을 늙은 쥐가 소뿔에 들어가는 것과 같다거나[41] 닭이 알을 품고 고양이가 쥐를 잡는 것과 같이 해야 한다[42]고 하고, 이런 상태가 더욱 심화되어 역력하고 또렷하고 세밀하게 참구하기를 어린아이가 어미를 찾고 배고플 때 밥 생각하고 목마를 때 물 생각하듯이, 쉬려해도 쉴 수 없고 생각하고 다시 깊이 생각하게 된다[43]고 하여 직유를 많이 사용하고 있다. 이러한 수행으로 공부의 진전을 두고 달빛에 비유하기도 한다.[44] 그리고 깨달은 뒤의 상황에 대해서는 사람이 물을 마시면 차고 따뜻한 것을 스스로 아는 것과 같다[45]는 비유를 사용하고 있다. 이러한 비유는 처음 경험하는 사람들에게 수행 과정과 깨달음을 더

---

41 늙은 쥐가 소뿔에 들어 간 것과 상사하다.(猶老鼠入牛角相似. 「示無際居士 張海院使」, 앞의 책, p.46)

42 화두를 들어 눈앞에 두기를 닭이 알을 품어서 따뜻한 기운이 상속되게 하는 것과 같이 하고, 고양이가 쥐를 잡음에 몸과 마음이 움직이지 않고 눈을 잠시도 떼지 않는 것과 같이 해야 한다.(提撕話頭. 帖在眼前. 如鷄抱卵. 使暖氣相續. 如猫捕鼠. 身心不動. 目不暫捨. 「示衆」, 앞의 책, pp.40~41)

43 역력하고 또렷하고 고요하게 참구하여 자세히 살피기를 비유하자면 마치 젖먹이가 어미를 생각하는 것과 비슷하고 배고픔에 밥을 생각하고 목마름에 물을 생각하듯이, 쉬고자 하나 쉴 수 없고 생각에 다시 깊이 생각하니 어찌 이것이 조작한 마음이겠는가?(歷歷惺惺. 密密叅詳. 譬如嬰兒憶母相似. 如飢思食. 如渴思水. 休而不休. 思復深思. 豈是做作底心也. 「示衆」, 앞의 책, p.41)

44 바로 길이 다한 데 이르고 철벽을 만나서 연려와 망념이 영원히 고요한 데에 이르면 공功이 물을 관통한 밝은 달빛과 같게 된다.(直到路窮當鐵壁. 緣慮妄念到永寂. 功如透水皎月華. 「示文禪人」, 앞의 책, p.57)

45 사람이 물을 마심에 차고 따뜻한 것을 저절로 아는 것과 같다.(如人飮水. 冷暖自知. 「示崔進士」, 앞의 책, pp.48~49,「示廉政堂興邦」, 앞의 책, pp.50~51,「示無能居士 朴相公成亮」, 앞의 책, pp.52~53,「答湛堂淑長老」, 앞의 책, p.56)

구체적으로 실감할 수 있게 하는 효과를 거두고 있다.

　이상에서 살폈듯이 태고는 서술적 표현 방식을 통해서는 선에서 추구하는 진리의 세계나 수행법을 개념적으로 설명하거나 선 수행을 할 때 어떻게 해야 하는지 방법을 교시할 때 주장의 방식을 주로 사용하고 있었다. 크게 설명과 주장이라는 두 가지 서술방식을 사용하면서 세부적으로 다양한 수사를 구사하고 있었다. 또한 설명과 주장이라는 두 가지의 말하기 방식은 별개로 존재하는 것이 아니라 먼저 이해를 돕기 위하여 설명으로 시작하고, 구체적 수행에 나서게 만들기 위하여 교시를 내림으로써 설명이 주장으로 자연스럽게 연결되는 담화의 흐름을 보여 주고 있었다. 즉 서술적 표현에서는 설명과 주장의 말하기 방식을 유기적으로 교직하면서 그때마다 역설, 열거, 직유와 같은 적실한 수사를 구사하여 독자의 감각을 자극하고 깨달음을 유발하여 교술적인 글이 무미건조한 서술에 그치지 않고 훌륭한 문예 미학적 작품이 되게 하는 성과를 달성하고 있었다.

4. 산문에 나타난 선의 체계성과 표현 방식

태고 보우는 고려 말 삼사의 한 사람으로 스스로 국내에서 깨닫고 원나라 석옥 청공 선사에게서 인가를 받아와서 선불교의 적통을 계승한 인물로 알려져 있다. 그는 왕사나 국사로서 정치 현실에 참여하면서도 선승 본연의 활동을 계속하면서 이를 많은 선 시문으로 남겼다. 당대는 물론 후대에까지 영향력을 행사한 태고 보우가 남긴 『태고록』에 실린 산문은 높은 문학적 성취를 보임에도 불구하고 그간의 연구가

문학 외적 분야에서 주로 치우쳐 있어 문학적 접근의 필요성이 남아 있기에 선의 성격과 표현 방법이라는 두 가지 방향에서 논의를 전개하였다.

먼저 그 산문에 나타난 선의 성격을 논의하였다. 그의 선을 간화선 중심이라거나 다양한 선을 수용하고 있다고 보는 기존 논의의 한계를 극복하기 위하여 그가 산문에서 보여 주고 있는 선의 역동적 체계성을 논의하였다. 몇 가지 그의 선법은 조사선을 기층으로 하고 간화선과 염불선을 상층으로 하는 상하 층위를 위계적으로 보이면서도 구체적으로 회광반조, 간화선, 염불선이라는 세 가지 선을 회광반조－간화선, 회광반조－염불선이라는 교직된 두 계통의 계열적 질서를 보여 주었다. 조사선에서 강조하는 본래성불의 이념은 그가 교시한 구체적 선법의 가장 심층을 이루고, 그 위에 조사선의 구체적 수행법인 회광반조, 그 위에 간화선과 염불선이라는 두 가지 선법은 나란히 상층을 이루어 정연한 위계성을 가진 것으로 나타났다. 즉 조사선의 본래성불 이념 위에 조사선의 구체적 수행법인 회광반조가 자리하고, 회광반조 위에 간화선과 염불선이 같이 상층을 이루는 삼층 구조를 보여 주고 있었다. 그리고 그가 제시한 구체적 선 수행법으로서 간화선과 염불선은 그 아래 조사선과 조사선의 수행법인 회광반조를 공동의 기반으로 하는 두 계열의 선법이다. 조사선의 구체적 수행법이라고 할 수 있는 회광반조는 간화선에서 화두를 드는 자를 돌아보거나 염불선에서 염불을 하는 자를 돌이켜보고 돌이켜보는 자를 또 돌이켜보는 방식으로 연관되어 있었다. 즉 태고의 선법들은 상하 위계성, 상호 계열성이라는 질서에 따라 살아서 작용하는 역동성을 특징으로 하고 있음을 밝혔다.

다음은 이러한 선을 어떻게 표현하고 있는가를 논의하였다. 태고는 그 산문에서 극적 표현 방법, 서술적 표현 방법이라는 크게 두 가지 문예 미학적 방법으로 선을 표현하였다. 극적 표현 방법에서는 대화와 독백과 같은 언어적 표현, 할이나 주장자를 사용한 비언어적 행위이라는 몇 가지 방법을 사용했는데, 그 과정에서 그 선의 기반인 본래성불의 이념을 구체적 대상으로 형상화하면서 상징법을 구사하거나 본래성불 이념이 가진 원용한 성격을 통합적으로 드러내면서 역설이라는 수사를 주로 구사하고 있었다. 선문답을 하거나 무문자설無問自說의 독백을 하면서 사용한 이러한 수사 기법은 진리의 현현을 긴장감 있게 드러내어 대중의 일상적 사유와 언어의 흐름을 차단함으로써 전격적 깨달음을 유발하는 번득이는 칼날과 같은 기능을 하고 있었다.

서술적 표현에서는 크게 설명과 주장이라는 두 가지 표현 방법을 구사하고 있었는데 설명에서는 더 구체적으로 개념적 분석적 방식을 주로 사용하고 열거법을 구사하기도 하고, 표현하기 어려운 진리를 드러낼 때 역설의 표현 기법으로 언어적 한계를 뛰어넘는 모습을 보이기도 했다. 주장의 글은 수행을 권유하고 가르칠 때 주로 사용하였는데 여기서는 달빛, 고양이, 닭, 젖먹이, 목마름, 배고픔과 같은 다양한 보조관념을 가져와서 직유의 수사법을 주로 사용하고 있었다. 그리고 설명과 주장의 서술 방법은 같은 작품 안에서 함께 유기적으로 사용되었는데 작품의 서두에서 필요한 핵심 개념을 알릴 때는 설명을 하고, 본론에서 실천의 당위를 말할 때는 주장을 하고 있었기 때문이다.

요컨대 조사선의 본래성불의 세계를 드러낼 때에는 대화 형식의 선문답, 일방적 독백과 같은 초논리적 언어 행위, 할과 주장자 사용과 같은 비언어적 행위에다 논리적 접근을 극도로 제한하는 상징과 역설이라는 문학적 수사를 병용했다면, 이러한 본래성불의 세계에 나아가는 수행을 가르칠 때에는 설명과 주장의 표현법을 구사하면서 그 과정을 이해할 수 있도록 다양한 보조관념을 동원한 직유를 사용하여 논리적으로 수행 방법의 구체성을 더 부각해 주고 있었다. 이로 보아 태고는 선의 시적 표현에 못지않게 논리의 세계에서부터 논리 이전의 원형적 세계에 이르는 선의 함의를 산문으로 드러내면서 산문에서도 높은 문예 미학적 성취를 한 것으로 확인된다.

일련의 논의 과정에 선불교가 후대로 이어지면서 조선이라는 변화된 상황 속에서, 예를 들어 조선 초기에 왕성한 활동을 한 대표적 선승인 함허 득통과 같은 인물들은 선시문을 어떻게 수용하고 변용하였는지를 논의하는 데까지 나아가야 할 필요성이 제기된다.

제3부

. . .

나옹 혜근 선어록의
문예 미학

제1장『나옹록』선시와 선어록에 나타난 선의 체계성

1. 선 수행법의 문제

나옹 혜근(1320~1376)은 고려 말 삼사 가운데 가장 늦게 출생한 인물이지만 수행과 활동은 그들을 오히려 넘어서는 면모를 보인다. 나옹은 가장 선배격인 백운 경한(1299~1375)과는 20년 이상 차이가 나지만 지공指空이라는 인도 승려를 같은 스승으로 모시고 배웠다. 그래서 백운 경한과는 선사상에 있어서 공통점을 보여 주기도 한다. 다른 점은 백운 경한과 태고 보우(1301~1382)가 석옥 청공 선사(1270~1352)를 같은 스승으로 하여 공부를 했다면, 나옹은 석옥 청공의 사형사제가 되는 평산 처림 선사(1279~1361)에게서 공부를 했다는 것이다. 그러나 한 대를 더 올라가면 석옥이나 평산은 모두 같은 급암 종신及庵宗信의 법을 이었기 때문에 고려 말 삼사는 선맥에 있어서는 같은 계통을 이었다고 할 수 있다. 나옹의 선이 간화선에서 태고 보우와 공통점을 역시 가지는 것도 이런 이유 때문이라고 할 수 있다. 선사상에 있어서 이런 사승 관계와 선후배의 관계 속에서 나옹은 자연스럽게 백운 경한이나 태고 보우와 유사한 면모를 보여 주면서도 그의 개성적 선의 특성을 함께 보여 준다.

이 장에서는 이런 맥락에 놓인 나옹 선사의 선이 가지는 특성을 그의 시와 산문에서 찾아 논의하고자 한다. 또한 사승 관계와 선후배 관계로 맺어진 인물들과 비교 논의를 통하여 그의 선이 가진 특징을 체계적으로 분석하고자 한다. 나옹의 선에 대한 논의가 없지 않으나 사승 관계, 선후배 관계, 자료에 드러난 본인의 개성적 삶의 세계 등 상관 요인을 모두 검토하여 그의 선을 종합적이고 체계적으로 논의해야 할 여지는 여전히 남아 있기 때문이다. 백운 경한과 태고 보우의 선을 다시 논하면서 기존 연구와 일부 일치하는 부분도 발견했지만, 새로운 결론에 도달했던 필자의 지금까지 연구 과정을 되짚어 보면서 나옹의 경우도 그가 남긴 시문에 철저히 근거하고 그 주변의 관련 인물들과 대비하여 논의를 진행함으로써 나옹 선에 대한 기존 논의와는 다른 새로운 결론을 도출할 수 있을 것으로 예상해 본다. 특히 주변의 인물들과 대비 논의를 진행함으로써 나옹 선의 보편성과 특수성을 동시에 구명해 낼 수 있으리라 본다.

이 논의는 나옹 한 개인의 연구이면서 고려 말 한국 선의 전체적 면모를 드러내는 일환의 한 축이 된다는 점에서 중요하다. 이런 논의의 목표를 달성하기 위하여 자료가 부족하지만 나옹의 직계 스승인 지공 화상과 평산 처림을 참고하고, 직계 스승은 아니지만 자료가 남아 있는 평산 처림의 사형이 되는 석옥 청공 선사, 선배에 해당하는 백운 경한과 태고 보우의 경우를 상호 비교하여 나옹 선의 체계적 성격을 드러내고자 한다. 이 장의 논의에서 가장 핵심이 되는『나옹화상어록』을 연구의 핵심 자료로 하고,『복원석옥공선사어록』,『백운화상어록』,『태고화상어록』등을 부차적 자료로 함께 논의하고자 한다.

2. 조사선과 조사선 수행법

송나라 말 대혜 종고(1089~1163)에 의하여 간화선이 확립되기 이전까지는 조사선이 동아시아 선의 중심을 이루고 있었다. 부처님으로부터 달마에 이르는 서천 28대 조사와 달마 대사로부터 육조 혜능에 이르는 동토 6대 조사를 합쳐서 흔히 삼삼조사卅三祖師라고 일컫는데, 이런 명칭에 따르면 조사선은 불교의 출발 때부터 시작되었다고 할 수 있다. 그러나 조사선의 구체적 성격을 가지고 말하자면 선을 전해 온 달마로부터 조사선이 시작되었다고 말할 수 있다. 이런 입장에서 보면 달마에서 시작되어 간화선이 나오기 이전까지, 즉 원오 극근 선사(圓悟克勤禪師, 1063~1125) 때까지가 조사선의 시대이다. 물론 이러한 시대 구분은 겉으로 드러난 현상을 중심으로 한 것일 뿐이다. 이미 언급한 바이지만 간화선이 나타났다고 하여 바로 조사선이 모두 사라진 것이 아니고, 선을 표현하는 구체적 국면에 따라서는 조사선이 그대로 유지되기도 하고 간화선이 사용되기도 했기 때문이다. 나옹의 생몰 연대로 보면 간화선이 나온 지 200여 년이 경과되어 그는 간화선 시대를 살았다고 할 수 있다. 그러나 나옹이 그의 시문에서 보인 선은 간화선은 물론 조사선의 면모가 오히려 더 많은 비중으로 나타나고 있다는 점이다. 이 절에서는 나옹이 보여 주는 조사선이 어떤 양상을 띠는지, 조사선의 수행법으로 어떤 방식을 어떻게 사용하고 있는지를 살피고자 한다.

1) 조사선

이미 앞의 백운과 태고 두 선사를 논의하면서 언급한 바이지만 조사선은 언어적 표현인 선문답이나 조사의 설법을 통하거나 할喝과 방棒과 같은 비언어적 표현을 통하여 바로 깨달아 가게 하는 선법이다. 기본적으로 조사선에서는 따로 수행을 빌리지 않고 언어적 표현인 일언일구一言一句나 비언어적 표현인 일기일경一機一境 아래 바로 깨닫게 하는 것을 특징으로 한다. 이 가운데서도 조사선은 비언어적 표현을 사이에 섞기도 하지만 선사의 법문이나 선문답이라는 언어적 형태로 주로 나타나는데, 나옹도 기회 있을 때마다 비언어적 표현을 섞어가면서 각종 법문을 하고 선문답을 했다. 실제 그가 보여 준 조사선 표현의 대표적 사례를 들며 논의를 계속하고자 한다.

(1) 또 어떤 승려가 나와서 묻기를 "일체 다른 것은 묻지 않고 어떤 것이 학인의 본분사입니까?" 스승이 이르기를 "옷 입고 밥 먹는 것이다." 또 묻기를 "세계마다 티끌마다 분명한데 무엇이 분명한 마음입니까?" 스승이 불자를 들어 세웠다. 말씀드려 이르기를 "향상일로向上一路는 일천의 성인도 전할 수 없다고 했는데 무엇이 전할 수 없는 일입니까?" 스승이 이르기를 "네가 묻고 내가 대답하는 것이다." 또 어떤 승려가 묻기를 "색을 보고 마음을 밝히고

소리를 듣고 도를 깨친다면 무엇이 밝혀야 할 마음입니까?" 스승이 불자를 세웠다. 진언해 이르기를 "무엇이 깨달아야 할 도입니까?" 스승이 문득 할을 하였다. 승려가 예배하고 물러났다.[1]

(2) 스승께서 자리에 올라서 불러 이르기를 "나씨 영혼, 나씨 영혼, 알겠는가? 만약 알지 못한다면 너를 위하여 의심을 풀어주겠다. 나씨 영혼이 63년 전에 사연四緣이 임시로 화합하여 거짓으로 태어났다고 이름하였으니 태어나도 일찍이 태어난 적이 없고, 63년 후에 오늘에 이르러 사대四大가 흩어져서 거짓으로 죽었다고 이름하였으니 죽어도 죽음을 따르지 않는다. 이미 죽음을 따르지 않는다면 또한 일찍이 태어난 적이 없어서 생사거래가 본래 실체가 없다. 생사거래가 이미 실체가 없다면 비고 밝은 것이 홀로 비추어 겁겁의 긴 세월 동안 항상 존재한다. 나씨 영혼을 시작으로 모든 불자들도 이 한 점 비고 밝은 것은 삼세제불이 말해도 미칠 수 없고 역대 조사가 전해도 이를 수 없다. 이미 말해서 미칠 수 없고 또 전해서 이를 수 없으니, 사생 육도의 일체중생이 각각 본래 스스로 구족해 있다."[2]

---

1 又有僧出問云 一切不問 如何是學人本分事 師云 着衣喫飯, 又問刹刹塵塵明了了 如何是明了底心 師擧起拂子 進云向上一路 千聖不傳 如何是不傳底事 師云你問 我答 僧禮而退 又有僧 問見色明心 聞聲悟道 如何是明底心 師竪起拂子 進云 如何是悟底道 師便喝 僧禮拜而退. 「結制上堂」『懶翁錄』, pp.37~38. *이하 『懶翁 錄』은 '앞의 책'으로 표기함.

2 師陞座喚云 羅氏靈魂 羅氏靈魂 還會麼 若也不會 爲汝破疑 羅氏靈魂 六十三年前 四緣假合 假名爲生 生不曾生 六十三年後 至于今日 四大離散 假名爲死 死不隨死

(1)은 결제에 임하여 내린 상당법문上堂法門이다. 여기서는 승려 둘이 나와서 질문을 하고 나옹이 대답하는 것으로 되어 있다. 첫 번째 승려는 '어떤 것이 자기의 본분사인가?'라고 묻고 있다. 질문자는 학인인 자신의 본분사를 묻고 있다. 앞뒤 논리로 보면 학인은 나와 남을 나누고 자기의 본분사가 따로 있다는 전제를 하고 질문을 하고 있다. 그런데 스승의 대답은 질문자에게만 있는 어떤 특별한 본분사를 지적해 주지 않고 누구나 일상에서 하는 행위인 '옷 입고 밥 먹는 행위'를 본분사라고 대답하고 있다. 이 대답에는 질문자와 답하는 나옹뿐 아니라 일체 모든 사람이 일상에서 본래부터 하는 일임을 뜻하면서 이것은 특별히 불교를 배우거나 수행을 통해서 얻는 결과도 아니라는 의미가 들어 있다. 누구에게나 갖추어져 있는 본래성불의 세계를 이렇게 표현한 것이다. 여기서 본분사의 함의는 바로 본래성불 의 세계인데 나옹은 그것을 평상심[3]의 차원에서 옷 입고 밥 먹는 것이라 고 대답하고 있다. 분명한 마음이 무엇인가라는 이어진 질문에 대하여 나옹은 말 대신 불자佛子를 들어 보였다. 분명한 마음이 어떤 것이라는 상징적 언어 표현이나 직설적 설명을 하지 않고 다만 불자를 드는 비언어적 행동으로 답을 하고 있다. 불자를 들어 보이는 행위는 밝혀야

旣不隨死 又不曾生 生死去來本自無實 生死去來 旣無實則虛明獨照 劫劫常存 羅 氏靈魂爲首諸佛子等 這一點虛明 三世諸佛說不及, 歷代祖師傳不到 旣說不及 又 傳不到 四生六道一切衆生 各各本自具足. 「崔尙書請對靈小祭」, 앞의 책, pp.59.

3 존재 원리를 평상심과 무심의 둘로 나누었을 때의 평상심을 말한다. 드러난 현상의 차원을 평상심, 숨겨진 본질의 차원을 무심이라고 하는데 이것은 선문에서 즐겨 사용하는 살활의 다른 이름에 해당한다. 활이 평상심이라면 살이 무심이다. 이를 교학적으로 말하자면 체용에 해당한다고 할 수 있다.

할 마음이 무엇인가를 상징하는 행위이다. 자세한 설명을 해서는 안 되지만 분명한 것은 자유롭게 사용되는 불자와 같이 마음도 고정된 실체 없이 작용하는 맥락 관계에서 존재하는 것이지 어떤 알맹이와 같은 실체가 있는 것은 아님을 드러낸 것이다. 이렇게 실체 없는 작용을 대답으로 들어 보였다고 할 수도 있지만, 들어 보인 불자를 질문자가 바라보는 그 관계성으로 대답의 의미를 해석할 수도 있다.[4] 다시 말하자면 보고 아는 그 작용 자체가 마음이지 마음이 따로 고정된 실체로 있어서 그것을 밝히는 것은 아니라는 말이다.[5] 마음이 실체 없는 존재라는 말은 마음이 조건의 결합 관계인 연기로 존재한다는 말이어서 본래성불을 의미한다. 이 승려는 또 향상일로向上一路는 일천 성인도 전할 수 없다고 했는데 무엇이 전할 수 없는 일인가라는 질문을 던진다. 여기에 대하여 나옹은 '네가 묻고 내가 대답하는 것이다'라고 대답하고 있다. 이렇게 이어진 질문도 같은 맥락이다. 향상일로는 본래성불의 다른 이름으로 이것은 전할 수 있는 무슨 물건 같은 것이

---

4 이와 달리 불자를 들어 보이는 행위는 불자라는 객관 대상과 바라보는 주관, 이것을 불자라고 인식하는 행위라는 세 가지 역동적 상관관계가 마음이지 마음이 따로 하나 고정되어 있는 것이 아님을 교시했다고 해석할 수도 있다.

5 주장자의 사용을 통하여 마음을 말하는 내용은 「結制上堂」의 인용문 (1)의 생략된 부분에 나온다. 해당 부분을 일부 보면 "주장자를 잡고 이르기를 '도리어 보는가?' 한 번 내리찍고 이르기를 '도리어 듣는가?' 보고 듣기를 통철하게 하면 산하대지와 만상삼라와 초목총림과 사성육범과 정·무정이 문득 얼음이 녹고 기와가 풀어지는 것 같이 될 것이다(拈拄杖云 還見麼 卓一下云 還聞麼 見得徹聞得通 山河大地 萬像森羅 草木叢林 四聖六凡 情與無情 便得氷消瓦解, 「結制上堂」, 앞의 책, p.38)"라고 하여 보고 듣는 것을 주장자와의 관계에서 말하고 있다.

아닌데, 역시 질문자는 실체적 무슨 내용이 있는가라는 입장에서 질문을 던진 데 대하여 문답하는 행위 이 자체가 향상일로라도 분명하게 답함으로써 관계 속의 작용과 같이 실체 없는 연기 현상이 향상일로이고 이것이 본래성불임을 명백히 밝히고 있다. 역시 현상으로 나타나는 작용을 가지고 대답을 하여 평상심의 측면에서 본래성불의 세계를 드러내고 있다.

두 번째 승려의 질문이 이어진다. '밝혀야 할 마음이 무엇인가?'라는 질문에 불자를 세우는 행위로 답하고[6] '깨달아야 할 도는 무엇인가?'라는 질문에 할喝로 대답을 했다. 밝혀야 할 마음이나 깨달아야 할 도는 같은 것인데 겉으로 답은 달리하였다. 그러나 내용을 보면 같은 대답이다. 불자를 드는 것과는 달리 불자를 세우는 것은 멈춤을 상징하고 선의 살활에서 살을 의미한다. 말을 바꾸면 무심의 표현이라고 할 수 있다. 그리고 할 역시 도를 깨달아야 한다는 사유 자체를 사정없이 내려치는 부정의 역할을 하고 있다. 이것은 달리 말하자면 무심, 즉 살의 입장의 대답이라고 할 수 있다. 이와 같은 살 또는 무심의 입장은 살활이나 평상심·무심이라는 본래성불의 두 가지 표현 가운데 하나이다. 요컨대 첫 번째 승려의 질문에는 활의 입장, 평상심의 입장에서 대답을 하고, 두 번째 승려에게는 살의 입장, 무심의 입장에서 대답을 하여 일체가 본래성불해 있음을 드러내고 있다. 논리 전개상 살과

---

6 불자를 세우는 것 역시 상징적 의미로서 살로 해석할 수도 있지만 질문자가 그 불자를 보는 행위, 즉 스승이 불자를 세우고 질문자가 이를 보고 불자라는 인식을 일으키는 조건들이 일시에 작용하는 그 자체가 밝혀야 할 마음이라는 의미로의 해석이 역시 열려 있다.

활, 평상심과 무심이라는 두 가지를 나누지만 이 둘은 별개의 것이 아니며 하나의 존재 원리인 본래성불의 일체양면이다. 따라서 양면 가운데 어느 하나를 언급했다고 하여도 다른 하나가 항상 이면에 함께한다는 것을 알아야 한다. 즉 이와 같은 표현은 어느 한 면을 통하여 본래성불이라는 이념의 전체를 드러내서 비언어적 표현을 겸한 문답의 대화를 통한 조사선에서 드러낸 세계는 불교의 근본 이념인 본래성불 이념이다.

앞의 예문이 선문답이라는 대화를 통하여 본래성불의 세계를 드러낸 사례라면, (2)에서는 나옹이 일방적 말하기를 통하여 선의 본래성불 이념을 드러내고 있다. 이 작품은 영가靈駕를 대상으로 한 소참법문이다. 스승이 법좌에 올라 나씨 영혼이라는 영가를 부르고는 '알겠는가?' 라고 질문을 던졌다. 여기서 '알겠는가?'라고 했을 때 그 안다는 인식 행위의 대상은 특별한 것이 없어서, 굳이 말하자면 스승이 법좌에 오르고 영혼을 부르는 행위가 그 대상일 수 있다. 그런데 이어진 이 글의 내용으로 봐서 알겠는가라고 질문한 대상은 허명虛明, 일점허 명一點虛明이다. 들머리에서 알겠는가라고 했을 때 허명이라는 용어와 같은 구체적 대상을 적시하지는 않았지만 앞뒤 문맥으로 봐서 스승이 자리에 오르고 영가를 부르는 행위가 바로 알겠는가의 대상이다. 알아야 할 대상이 자신의 고유한 무엇을 아는 것이 아니라 스승이 자리에 오르고 영혼을 부르는 행위 자체를 보고 듣는 과정이 존재의 전체이고 일점허명이라 할 수 있다. 다시 말하자면 스승이 자리에 오르는 것을 보고 부르는 소리를 듣는 그 관계성이 바로 일점허명인데 이를 알겠는가라고 물은 것이다. 일점허명이라는 용어를 바꾸어 말하면 재가 치러지고 있는 현장의 일체 요인들의 상호 관계성을 말하는 것이어서 이것은 곧 연기 현상을 뜻한다.

　나옹은 누구나 독자적 존재성이 따로 있다고 보는 유아적有我的 생각을 가지고 있기 때문에 중생들은 자신의 삶에 대해서도 생사하는 것으로 본다는 내용을 가지고 생사의 실상을 설명하고 있다. 63년 전에는 인연이 임시로 화합하였는데 이를 임시로 또는 거짓으로 태어 났다고 하고, 63년 뒤에는 사대四大가 흩어졌는데 이를 임시로 또는 거짓으로 죽었다고 하지만 실제는 태어나지도 죽지도 않았다고 설명하고 있다. 생사거래가 본래 실제가 없다는 것이다. 이렇게 실체가 없기 때문에 허명이 홀로 비친다고 말하고 있다. 이 일점허명은 겁겁의 긴 세월 동안 항상 있는데, 이것은 나씨 영혼은 물론 모든 불자의 일점허명은 삼세의 모든 부처도 말로 거기에 미칠 수 없고 역대 조사도 전할 수 없다고 하였다. 마지막에 그 이유를 사생 육도의 일체중생이 각각 모두 이 일점허명을 본래부터 구족해 있기 때문이라고 하였다. 말로 드러내고 전하고 받고 할 구체적 대상이 아니면서 그런 연기의 법칙은 일체 모든 존재가 가지고 있다는 점을 이렇게 설명하고 있는 것이다. 따라서 이 작품에서 나옹은 허명, 또는 일점허명이라는 다른 용어를 사용하여 일체 존재가 본래성불해 있다는 것을 설명하고 있다.

　(3) 남북동서가 텅 비어 넓고 넓으니　　　　　南北東西虛豁豁
　　　 시방세계에 더욱 남김이 없네!　　　　　　十方世界更何遺
　　　 허공이 박수 치고 라라리 노래하니　　　　虛空拍手囉囉哩
　　　 돌 여자는 소리에 화답하여 쉬지 않고 춤추네.石女和聲舞不休[7]

(3)은 앞의 산문에서 보여 준 조사선의 세계를 게송으로 표현한 것이다. 운문韻文의 게송을 가지고 조사선이 철저히 기반하고 있는 본래성불의 세계 자체를 수사적 표현으로 드러내 보여 주고 있다. 1, 2행에서 보면 동서남북이 텅 비어서 넓은데 이런 상태는 시방세계가 예외 없이 그러하다고 읊고 있다. 이것은 살활殺活이라고 할 수도 있고 동정動靜이라고 할 수도 있는 존재의 전체에서 살과 정의 차원을 드러냈다. 비었다는 말로 없는 차원을 나타냈기 때문이다. 비어서 작용하지 않는 모습만 보인다면 이것은 존재의 일면만 보여 주는 데 그치게 된다. 그래서 3, 4행에 와서는 살에서 활로, 정에서 동으로 작용이 일어나는 변화를 드러내 보여 주고 있다. 3행에서 허공은 박수 치며 라라리 노래를 부르고, 4행에서 돌 여자는 그 소리에 화답하여 그치지 않고 춤을 춘다고 한 것이 그것이다. 1, 2행의 살이 3, 4행의 활로 완벽하게 살아나는 모습을 보여 주고 있다. 게송이라서 허공이나 석녀와 같은 상징적 용어를 사용했지만 이것은 일체 존재가 본래성불해 있는 양상을 완벽하게 재현해 낸 것이다.

　나옹은 이와 같이 조사선을 산문과 운문으로 자유자재로 표현하고 있다. 산문의 대화와 독백의 언어적 표현, 할과 불자를 사용한 비언어적 표현, 운문의 묘사와 상징을 통하여 본래성불의 세계를 전달하고 깨우침을 유도하고 있다. 대화와 독백과 같은 언어적 표현, 할과 주장자, 불자를 사용한 비언어적 표현을 사용하고, 시문을 통한 수사적 표현과 같은 조사선 기본 방식에 있어서는 나옹이 백운 경한이나

---

7 「無餘」, 앞의 책, p.107.

태고 보우와 큰 틀에서 궤를 같이 한다. 그러나 구체적으로 들어갔을
때 백운 경한과 조사선의 방식이 유사성을 더 많이 보인다. 「결제상당結
制上堂」의 인용문 (1)에 뒤이어 나오는 생략된 부분에서 주장자를
잡아 보이고 세우며 소리를 내는 방식은 백운 경한이 자기가 행한
법문에서도 보여 주었고, 「조사선」이라는 정리한 글에서 이를 체계적
으로 보여 준 것과 매우 근사하기 때문이다. 백운 경한은 직접 행한
법문에서 "스승이 불자를 세우고 이르기를 '이것은 색이다. 무엇이
도의 진체인가?' 선상을 한 번 치고 이르기를 '이것은 소리다. 무엇이
대도의 진체인가?'"[8]라고 하여 보고 듣는 문제를 거론하였다. 이러한
백운 경한의 법문 방식은 그가 정리한 「조사선」이라는 자료에 '성색'이
라는 하나의 하위 항목을 만들어 설명한 내용과도 일치한다. 백운
경한은 "혹 색과 소리로 법을 보이고 사람에게 보이는 것이다. 몽치를
잡고 불자를 세우고 손가락을 퉁기고 눈썹을 드날리고 봉을 사용하고
할을 하는 갖가지 작용이 다 조사선이다. 그러므로 이르기를 '소리
들을 때가 깨닫는 때이고 색을 보는 때가 깨닫는 때이다'"[9]라고 하여
보고 듣는 행위 자체가 도이지 그런 현장을 떠나서 도를 따로 구하지
말 것을 강조하고 있다. 나옹이 「결제상당」에서 보인 성색에 대한

---

8 師堅起拂子云 這箇是色 那箇是大道眞體擊禪床一下云 這箇是聲 那箇是大道眞體,
　「興聖寺入院小說」, 『白雲和尙語錄』 上 『한국불교전서』 6권, 동국대출판부,
　p.640.

9 或以色聲 示法示人者 捻搥堅佛 彈指揚眉行棒下喝 種種作用 皆是祖師禪 故云
　聞聲時證時 見色時證時.(「祖師禪」, 『白雲和尙語錄』 上 『한국불교전서』 6권, 동국대출
　판부, p.654)

이해 역시 보고 듣는 그 현장에서 바로 도를 봐야 한다는 입장이어서 백운의 경우와 근본적으로 조사선의 방식이 같다고 할 수 있다.

2) 조사선 수행법

앞에서 살핀 조사선은 본래성불의 세계를 산문에서 대화와 설법과 같은 언어적 표현, 할과 불자 사용과 같은 비언어적 표현을 통하여 드러내고, 운문에서는 상징과 역설과 같은 문학적 수사를 통하여 드러냈다. 나옹은 대화의 과정이나 설법을 듣고, 조사의 할을 듣거나 불자를 보고 특별한 수행을 거치지 않고 그 자리에서 바로 깨달아 들어가야 하는 것이 조사선임을 분명하게 드러냈다고 할 수 있다. 그런데 여기서 말하는 조사선의 수행법은 다음 절에서 언급할 간화선이나 염불선 이전에 나온 구체적 수행법을 의미한다. 조사선이란 용어에 조사선 수행법[10]이라는 말을 붙인 것은 언하변오言下便悟가 안 될 때 깨닫게 만들기 위하여 별도의 수행 방법을 제시하고 있다는 것을 의미한다. 조사선의 구체적 수행법을 언급하고 있는 자료를 가지고 논의를 지속하고자 한다.

(4) 오르고 내리는 것이 같지 않고 괴롭고 즐거움이 같지 않은 것은 다만 너희들이 한량없는 세월 동안 본래면목에 어두웠기 때문이다. 승의 선가여! 원망과 친함을 면하고 생사를 벗어나며 고해를 건너고자 하면 회광반조하여 공주의 본래면목을 아는 것보

---

[10] 조사선의 기본 입장을 견지하면서 구체적으로 어떻게 수행할 것인가를 말하는 것이기 때문에 조사선 수행법이라는 용어를 사용한다.

다 더 나은 것이 없습니다.[11]

(5) 천연의 본성은 어디 있는가?　　　　　　天然本性在何方
세밀하게 빛을 돌이켜 절대 잊지 말라.　　　密密廻光切莫忘
홀연히 온몸에 식은땀이 나면　　　　　　　忽得通身寒汗出
먼지처럼 많은 세계가 가리고 감춤이 없으리!　塵塵刹刹沒遮藏[12]

(4)에서는 대화를 통하거나 법을 가르쳐서 바로 알게 하는 것이
아니라 본래면목을 아는 방법을 알려 주고 있다. 본래면목을 몰라서
오르고 내리며 괴로움과 즐거움을 번갈아 받는다고 전제하고 원망과
친애함, 태어남과 죽음을 면하는 방법은 회광반조하여 본인의 본래면
목을 아는 것이 최고라고 말하고 있다. 나옹이 직접 본래면목을 보여서
알아차리게 하는 것이 아니라 본래면목을 알기 위한 방법으로 회광반
조라는 수행법을 제시하고 있다. 회광반조는 달마에서부터 내려온
조사선의 선 수행법이다. 달마가 2조 혜가에게 불안한 마음을 보이라고
했을 때 혜가가 자신의 내면을 돌이켜보고 '없습니다!'라고 했고, 육조
가 대유령에서 도명을 보고 '선도 생각하지 않고 악도 생각하지 않을
때 너의 본래면목이 무엇인가?'[13]라고 했을 때 순간적이지만 회광반조

---

11 昇沈不等 苦樂不同 只爲汝等無量劫來 昧却本來面目 承懿仙駕 欲免怨親 欲免生
　死 欲渡苦海 無過廻光返照 識得公主本來面目. 「廻向」, 앞의 책, p.54.

12 「良禪者求頌」, 앞의 책, p.144.

13 '너의 본래면목이 무엇인가?'라는 질문은 흔히 '이뭣꼬(是甚麼)?' 화두의 시작으로
　보기도 하지만, 육조의 물음에 도명이 아주 짧은 순간이지만 화광반조의 과정을
　거쳤을 것을 자연스럽게 예상할 수 있다. 이것은 『육조단경』 후반부에서 육조가

가 이루어졌고 거기서 깨달음을 얻게 되었다.[14] 나옹은 승의공주의
영가를 향하여 이 같은 조사선 수행법인 회광반조라는 선법을 수행할
것을 가르치고 있다.

　나옹은 수륙재를 지내면서도 같은 회광반조의 수행을 할 것을 권하
고 있다. 해당하는 부분을 보면 "스승이 자리에 올라 잠시 침묵하고
이르기를 '승의공주를 시작으로 모든 불자들은 알겠는가? 여기에서

강조한 수행법에서도 확인되는 것이다.

14　육조 혜능은 『육조단경』「돈수」에서 "자성은 그릇됨이 없고 어지러움이 없고
　　어리석음이 없어서 생각 생각 지혜로 관조하여 항상 법상을 떠난다(自性無非無亂
　　無癡 念念般若觀照 常離法相.「돈수」『육조단경』, 육조 혜능, 성철 현토편역, 장격각,
　　불기2532. pp.217~226)"라고 하여 지혜로 관조한다고 하여 비추어 보는 공부를
　　조사선 수행 방법으로 제시하였다. 이런 전례는 『반야심경』에서 오온을 비추어
　　본다(照見五蘊)는 데서도 거듭 확인이 된다. 또한 간화선의 창시자로 알려진
　　대혜 종고의 『서장』에도 보면 간화선만 주장했을 것 같은데 지혜로 비추어
　　보는 정관正觀과 자신을 돌이켜보는 회광반조를 중요한 선 수행법으로 빈번하게
　　주장하고 있다. 대혜는 "이와 같이 생각하는 사람은 어디서 왔는가 회광반조하라
　　(回光返照　作如是想者　從甚麼處得來(「答張提刑暘叔」,『書狀』, 운주사, 2004,
　　p.191)"라고 하였고,「答李郎中似表」와「答李寶文茂嘉」등에도 회광반조의 수행
　　법이 나타난다. 조사선의 수행법은 이와 같이 주·객관의 대상을 비추어 보는
　　것인데 육조와 간화선 창시자 대혜에서도 이런 면모가 보인다. 육조가 말한
　　지혜로 관조한다는 것이나 『반야심경』에서 오온을 비추어 본다는 것이 회광반조
　　와 완전히 같지는 않지만 비추어 본다는 측면에서는 일치한다. 지혜로 비추어
　　보는 것을 대혜는 正觀이라고 하여 회광반조와 구별하고 있는데, 일체를 비추어
　　보는 것이 정관이라면 회광반조는 자기를 돌이켜 비추어 보는 것이라 할 수
　　있다. 이러한 회광반조의 수행법은 화두를 드는 간화선 수행법이 본격화되기
　　전은 물론 간화선이 나오고서도 지속적으로 중요한 수행 방법으로 주목을 받고
　　있었다.

문득 빛을 돌이켜 한 번 비추어 보면(廻光一鑒) 지옥地獄, 아귀餓鬼, 축생畜生, 수라修羅, 인도人道, 천도天道를 묻지 않고 문득 본지풍광을 밝을 수 있다"[15]라고 말하고 있다. 여기서 표현은 회광일감이라고 하여 다소 표현이 다르지만 일감은 한 번 비춘다는 의미로 돌이켜 비춘다는 의미의 반조와 같은 말이다. 이와 같이 나옹은 산문에서 조사선의 수행법인 회광반조를 계승하여 이렇게 대중을 가르치고 있다.

나옹은 (5)와 같은 게송에서도 회광반조를 수행법으로 강조하고 있다. (4)가 대상 인물의 본래면목을 회광반조하여 찾을 수 있다고 했다면, (5)에서는 천연의 본성이 어디 있는가라고 묻고 이를 찾기 위하여 자세하게 회광할 것을 주문하고 있다. 시구의 제한으로 회광반조의 반조를 생략하고 회광이라는 용어만 쓰고 있는데, 이런 수행을 하면 온몸에 식은땀이 나는 깨달음을 얻게 되고 그때는 먼지 같이 많은 온 세상의 본성이 다 드러난다는 말을 하고 있다. 여기서 말하는 진찰의 본성은 나와 네가 없고, 이것과 저것이라는 상대를 초월한 일체 모든 존재의 본래면목이다.

회광반조라는 조사선 수행법은 그의 삼가三歌 가운데 「고루가枯髏歌」에도 다음과 같이 표현되고 있다. "당년의 가장 좋은 때를 배반하고/ 이리저리 바람 따라 흩날렸네!/ 권하노니 그대는 빨리 머리를 돌이켜/ 진공의 바른 길을 밟아 돌아가라/ 혹 모였다 흩어지고 혹 오르고

---

15 師陞座良久云 承懿公主爲首 諸佛子等 還會麽 於斯驀得廻光一鑒 不問 地獄餓鬼 畜生 修羅人道天道 便能蹋着本地風光, 「國行水陸齋起始六道普說」, 앞의 책, p.52.

내리면서/ 타방과 이 세상에서 마음이 불안했네!/ 다만 일념 간에 빛을 돌이킬 수 있다면/ 문득 뼈에 사무치도록 깊이 생사를 벗어나리!"[16]라고 하여 '머리를 돌이켜라, 빛을 돌이켜라'라는 방식으로 회광반조가 표현되고 있다. 나옹은 여기서 머리를 돌이키면 진공의 바른길에 돌아갈 수 있고 빛을 돌이키면 생사를 벗어날 수 있다고 설파하고 있다. 그래서 나옹은 만나는 사람이나 사자의 영혼에게 이와 같은 회광반조를 본래면목을 찾는 매우 중요한 수행법으로 강조하고 있다.

지금까지 살폈듯이 나옹은 언어적 비언어적 조사선의 방식으로 사람들을 바로 깨달아 가게 하는 방법을 사용하기도 했고, 이것이 안 될 때는 회광반조라는 조사선의 수행법을 제시하여 스스로 수행하여 깨달아 가게 가르치고 있었다. 조사선 수행법인 회광반조는 그 선배이면서 지공 화상을 같은 스승으로 공부했던 백운 경한에게서도 발견된다. 백운 경한은 간화선을 별도로 내세우지 않고 조사선 자체나 조사선 수행법으로서 회광반조를 강조하여 무심에 이르고 깨달음을 얻는 길을 열어 보여 주었다.[17] 백운 경한과 태고 보우가 배운 석옥 청공에게도 회광반조의 수행법이 보인다. 석옥 청공 선사는 상당법문

---

16 背當年最好時 波波役役逐風飛 勸君早早今廻首 蹋着眞空正路歸 或聚散或升沈 他方此界不安心 但能一念廻光處 頓脫死生入骨深.「枯髏歌」, 앞의 책, p.92.

17 백운 경한이 무심을 강조하였다고 하여 선대 연구자들이 무심선이라고 단정을 지었었는데, 이것은 선의 수행 과정을 잘못 이해하는 데서 발생한 오류임을 앞에서 밝혔다. 어떤 수행법을 통해서도 무심은 다 거치기 때문에 무심선이라는 말은 변별성이 없는 말이며, 그 무심에 어떻게 도달하는가 하는 변별적 방법을 선법으로 봐야 한다는 점에서 백운 경한이 강조한 회광반조가 바로 그의 선법임을 앞 장에서 밝혔다.

에서 "나의 지금 이 몸이 사대화합이라는 것을 회광반조하라. 이른바
손톱과 모발, 이빨, 피부, 살, 힘줄, 골수, 뇌, 때와 색은 모두 땅으로
돌아가고, 침과 눈물, 골음과 피, 침, 가래, 정기, 대소변은 다 물로
돌아가고, 따뜻한 기운은 불로 돌아가고, 움직이는 것은 바람으로
돌아가서 사대가 각각 흩어지면 지금 망령된 몸은 어디에 있는가?
만약 이 안을 향하여 회광반조하면 외짝의 눈을 얻을 수 있다"[18]라고
말하고 있다. 몸에 대한 관찰을 회광반조의 방법으로 할 것을 가르치고
있는 것이다. 자신의 몸을 회광반조하여 실체 없는 사대의 화합임을
알고 여기서 더 회광반조해 나가면 외짝의 눈을 얻게 된다는 주장을
하고 있다. 석옥 청공의 회광반조는 눈에 보이는 육신에서 출발하여
일척안을 얻게 하는 데까지 나가게 하는 탁월한 기능을 하는 것으로
나타나 있다. 백운 경한은 석옥 청공에게 직접 배웠고, 나옹은 자기
스승 평산 처림을 통해 간접적으로 석옥 청공에게 배웠다고 할 수
있다. 앞에서 나옹이 「고루가」에서 회광반조를 통하여 생사를 벗어난
다는 발언은 석옥 청공이 회광반조를 통하여 일척안을 얻는다는 것과
같은 맥락이다. 일척안이라는 말이 생사와 열반, 미오迷悟, 세간·출세
간과 같은 이원적 사고를 넘어서 이를 하나로 볼 수 있는 눈을 의미하기
때문이다. 요컨대 나옹은 스승 평산 처림과 스승의 사형 석옥 청공
선사, 선배 백운 경한 등과의 관계 속에서 회광반조라는 조사선 수행법

---

18 回光返照 我今此身 四大和合 所謂毛髮爪齒皮肉觔骨髓腦垢色皆歸於地 唾涕膿
　　血 津液涎沫 痰淚精氣 大小便利 皆歸於水 煖氣歸火 動轉歸風 四大各離 今者妄身
　　當在何處 若向這裏 回光返照 着得一隻眼. 「上堂」『福源石屋珙禪師語錄』,
　　pp.13~14.

을 자신의 관찰에서부터 존재의 본질을 통찰하는 방법으로까지 확대하여 사용하고 있다.

3. 간화선과 염불선 수행법

나옹은 선 수행법에 있어서 백운 경한이나 태고 보우와는 다른 면모도 역시 보여 주고 있다. 앞 절에서 살핀 조사선과 조사선 수행법도 분명하게 제시하면서 간화선과 염불선도 매우 강조하고 있기 때문이다. 여기서는 나옹이 이들 두 가지 선법을 실제 어떻게 설명하고 실천하고 있는지를 두 가지 선법을 강조하고 있는 태고 보우의 경우와 비교하면서 논의를 계속하고자 한다.

1) 간화선 수행법

간화선 수행법은 화두를 참구하는 선법이다. 여기서 간화선 수행법이라 말한 것은 화두를 참구하되 주로 사용하는 화두가 무엇이고 참구하는 구체적 방법은 어떠한지, 또한 화두 참구와 관련된 여타 특징적 견해는 어떤 것이 있는지를 논의하여 나옹이 말하는 간화선 수행법을 드러내기 위해서이다. 그는 선어록과 선시에서 모두 화두를 드는 간화선 수행법을 강조하고 그와 관련된 주장을 자주 제시한다. 실제 해당 사례를 들며 논의를 진행하고자 한다.

  (6) 진실로 결정적으로 이 일대사 인연을 이루고자 한다면 결정적
  믿음을 세우고 견고한 뜻을 내어서 하루 일체 행위 가운데서 본래

참구하는 화두를 들기를 들고 오고 들고 가며, 의심해 오고 의심해 가서 알지 못하는 사이에 화두에 참구해 이르러서 들지 않아도 저절로 들리며, 의심 덩어리가 의심하지 않아도 의심이 되는 지경에서 한 번 몸을 뒤집으면 다시는 한가한 말과 장황한 말이 없게 된다. 혹 그렇지 않아서 화두가 어떤 때는 분명하고 혹 어떤 때는 분명하지 않고, 혹 드러나고 혹 드러나지 않으며, 혹 있기도 하고 혹 없기도 하고, 혹 사이에 끊어지기도 하고 혹 사이가 끊어지지 않기도 하는 이런 것들은 신심이 견고하지 못하고 입지가 굳지 못하기 때문이다. 이와 같이 허송세월하면서 공연히 신도들의 시주를 받으면 뒷날 다른 때에 염라대왕의 밥값 계산 받기를 면하지 못할 것이다. 이것은 공연히 세상에 와서 한 바퀴 돌아가는 것일 뿐이다. 어느 겨를에 다시 한가하고 장황한 말과 길고 짧은 글귀, 동을 가리키고 서를 가리키는 것을 추구하겠는가? 생각하고 생각하라.[19]

(7) 네가 만약 이 일을 궁구하고자 한다면 승속과 남녀와 초학·후학에 달려 있지 않고 또한 여러 생의 옛날 습관에 달려 있지 않고, 다만 본인의 한 생각 진실하고 결정적 믿음에 달려 있다. 네가

---

19 眞實決定欲成此段大事因緣 立決定信 生堅固志 於二六時中四威儀內 提起本叅 話頭 提來提去 疑來疑去 不覺叅到話頭 不提自提 疑團不疑自疑之地 翻身一擲 更無閑言長語 其或未然 話頭或時明白 或時不明白 或現或不現 或有或無 或間斷 不間斷 是爲信心不堅 立志不固 如此虛送日月 空受信施 他時後日 未免閻羅老子 打算飯錢 是爲空來世上 打一遭耳 何暇 更求閑言長語 長句短句 東指西指者也 思之思之. 「示覺成禪和」, 앞의 책, p.73.

이미 이와 같이 믿음이 미쳐서 다만 하루 가운데 일체 거동 안에서 '어떤 승려가 묻기를 개에게 불성이 있습니까? 조주가 이르기를 없다'고 한 마지막 한 구를 들어라. 힘을 다하여 들되 들고 오고 들고 가서 고요하고 시끄러운 중에 공안이 현전하여 혹 깨거나 혹 자거나 화두가 밝고 밝아 들지 않아도 저절로 들리며, 의심 덩어리를 의심하지 않아도 저절로 의심이 되기를 마치 급한 여울물에 달빛이 부딪혀도 흩어지지 않고 씻어도 없어지지 않는 것과 같아서, 진실로 이 경지에 이르러 세월을 기다리지 않고 문득 한 번 온몸에 땀이 흐르게 되면 말없이 스스로 긍정할 것이다. 지극히 부탁하고 지극히 부탁하노라.[20]

(6)은 참선 수행자에게 준 글이다. 여기서는 화두를 공부하는 일반적 과정을 설명하고 있다. 결정적 믿음을 세울 것, 견고한 뜻을 낼 것, 그리고 하루 일체 거동에서 화두를 들 것, 알지도 못하는 사이에 화두에 몰입이 되어 화두가 들지 않아도 들리고, 의심 덩어리가 의심하지 않아도 의심이 되는 경지에 이르러 몸을 한 번 뒤집게 되면 한가하고 장황한 말이 없게 된다고 한 것이 핵심 과정이다. 다음은 그렇게 되지 않은 경우로서 화두가 되다가 안 되다가 하는 것은 믿음이 견고하

---

20 你若欲究這般事 不在僧之與俗 不在男之與女 不在初祭後學 亦不在多生舊習 只在當人一念眞實決定信字裏 你旣如此得及 但於二六時中四威儀內 提起 僧問趙州狗子還有佛性也無 州云無 末後一句 盡力提起 提來提去 靜中鬧中 公案現前 或寤或寐 話頭明明 不提自提 疑團不疑自疑 正如急水灘頭月 觸不散蕩不失 眞實到此田地 不待年月 驀得一廻通身汗流則 默默自點頭矣 至囑至囑. 「示得通居士」, 앞의 책, p.75.

지 못해서 그렇다고 한마디로 단정했다. 이렇게 허송세월을 하게 되면 헛되이 신도의 시주를 받아서 나중에 염라대왕의 밥값 계산을 받게 된다고 하면서 이런 행태는 공연히 세상에 와서 한 바퀴 돌고 가는 것과 같아서 무의미하다고 비판하였다. 끝으로 어느 여가에 쓸데없는 말, 이것저것을 따지는가라고 반문하고 생각할 것을 거듭 강조하였다. 요컨대 결정적 믿음과 견고한 뜻을 가지고 항상 화두를 들어서 화두가 저절로 들리고 의심이 지속되면 깨닫게 된다고 하고, 그렇지 않고 되다 말다 하는 것은 믿음이 약하기 때문이며, 그러한 삶의 무가치함을 강조하였다. 후자에 해당하는 상대방을 전자의 방식으로 나갈 것을 훈계하고 있다고 할 수 있다. 그런데 여기서는 화두를 참구하는 간화선 수행을 어떻게 해야 하는지를 차례대로 말하고 있지만 구체적으로 무슨 화두를 수행하는가는 나와 있지 않다.

이와 달리 (7)에서는 구체적 화두를 두고 어떻게 수행하는가를 설명하고 있다. 먼저 화두 참구의 조건으로 일념이 된 진실하고 결정적인 믿음을 들었다. 승속, 남녀, 초참과 후학, 오랜 습관 등 외부적 조건은 해당하지 않는다는 것을 분명히 말하였다. 이렇게 믿음을 가졌을 때 하루 모든 거동 가운데 무자 공안의 맨 마지막 글자인 무자無字 화두를 힘을 다해 들라고 하였다. 들고 오고 들고 가서 고요할 때나 시끄러울 때 공안이 앞에 나타나서 오매寤寐 간에 화두가 밝고 밝아 들지 않아도 들리며, 의심 덩어리가 의심하지 않아도 저절로 의심이 되어서 급한 여울물에 비친 달빛이 부딪혀도 흩어지지 않고 씻어도 사라지지 않는 경지에 이르면 세월을 기다릴 것도 없이 문득 온몸에 땀을 흘리게 되고 묵묵히 스스로 긍정하게 된다고 하였다.

이렇게 할 것을 지극히 부탁한다는 말로 글을 끝맺고 있다. 여기서는 예문 (6)에는 없는 내용으로 승속, 남녀와 같은 외부 조건에 달려 있지 않다는 것을 먼저 지적하고 있고, 다음은 구체적 화두 무자를 참구하는 것을 말하고 화두가 잘 들리는 상황을 빠른 여울물에 비친 달빛에 비유한 것도 여기에 새롭게 나타난 표현법이다. 그리고 깨달은 다음에 스스로 긍정하게 된다는 점을 말한 것도 다른 점이다. 그리고 화두가 잘 들리는 과정을 설명한 부분은 두 예문에 공통된 내용으로 되어 있다.

나옹이 간화선에 대한 내용을 보여 주는 다른 사례를 간단히 더 들어 보면 「시일주수좌示─珠首座」에서는 무자 화두를 어떻게 수행하는가를 구체적으로 설명하고 있다. 이 작품에서는 무자 화두를 들어서 동정動靜과 오매寤寐의 상황에서도 잘될 때 어떻게 하는가를 일러주고 있다.[21] 그리고 「시지득시자示志得侍者」에서는 '아성화我性話'를 화두로 하고[22], 「시육상국인길示睦相國仁吉」에서는 일상생활을 하는 이것이 무엇인가라고 하여 '시개심마是箇甚麼'를 참구할 것을 강조하고 있다.[23] 「답이상국제현答李相國齊賢」[24]에서는 '무엇이 부모가 낳기 이전

---

[21] 문득 이 안에 이르러서 다만 때를 기다려야 한다. 그 혹 드는 것이 냉담하고 완전히 재미가 없고 부리를 넣을 곳이 없고 힘을 붙일 곳이 없고 분명한 곳이 없고 어찌할 수 없는 곳에서 절대로 물러나지 말라. 정히 이때가 당사자의 힘을 붙일 곳이고 힘을 더는 곳이고 힘을 얻는 곳이고 신명을 놓아 버릴 곳이다.(驀到這裏 只待時刻 其或擧冷冷淡淡 全無滋味 無揷觜處 無着力處 無分曉處 無奈何處 切莫退之 正是當人 着力處 省力處 得力處 放身失命之處也. 「示─珠首座」, 앞의 책, p.72)

[22] 앞의 책, p.74.

본래면목인가?(那箇是父母未生前本來面目)'를 같은 방법으로 참구하라고 했다. 「우답이상국제현又答李相國齊賢」[25]에서는 상대가 자신이 준화두와 달리 본래 참구하던 무자 화두가 있다는 것을 알고 이것을 바꾸지 말고 역시 같은 방법으로 단단히 화두를 들 것을 주문하고 있다. 「시지신사염홍방示知申事廉興邦」[26]에서는 '시개심마화두是箇什麼話頭'를, 게송 가운데 「소선자구게紹禪者求偈」[27]에서는 화두를 급히들라고 하고 하루아침에 어머니가 낳기 전 면목을 알게 된다고 하여 '부모미생전 이뭣꼬?' 화두를 읊었고, 「성선자구게惺禪者求偈」[28]와 「시박성량판서示朴成亮判書」[29]에서는 말후구末後句라는 말을 사용하여 무자 화두 참구를 말했고, 「시연상인示衍上人」[30]의 경우에는 특정한 화두를 말하지 않고 그냥 화두 참구에 대하여 읊어주고 있다.

　나옹이 보여 준 이러한 간화선 수행법은 태고 보우와 공통된 부분이기도 한데 구체적으로 보면 차이점이 발견된다. 결론부터 말하자면 두드러지는 차이가 두 가지이다. 태고는 간화선 수행 과정에 회광반조의 선법을 개입시킨다는 점과 깨닫고 나서 반드시 본색종사를 만나 점검을 받으라고 강조한 점이 그것이다.

---

23 앞의 책, pp.74~75.

24 앞의 책, pp.76~77.

25 앞의 책, pp.77~78.

26 앞의 책, pp.78~79.

27 앞의 책, p.134.

28 앞의 책, p.136.

29 앞의 책, p.155.

30 앞의 책, p.154.

반드시 좋게 그것이 어떤 면목인지 돌아보고 또한 조주가 말한
무가 어떤 것인지 돌아봐야 한다. 여기에서 언하에 무명을 쳐부수
면 마치 사람이 물을 마심에 차고 따뜻한 것을 스스로 아는 것과
같을 것이다. … 만약 좋은 때에 이르러 자기를 돌이켜보는가?[31]

태고는 이 글에서 돌아볼 것을 강조하고 있다. 하나는 '그것(渠)'으로
표현된 화두를 들고 있는 자신이고, 다른 하나는 무자 화두 자체이다.
다시 말하자면 무자 화두 자체와 화두를 드는 자신을 돌아볼 것을
강조하고 있다. 나옹의 경우에는 화두를 참구할 때 한 번도 회광반조를
병행하라는 말을 하지 않고 회광반조와 간화선을 별도로 나누어서
그 수행법을 교시하고 있었다.

그리고 수행을 통하여 깨달음을 얻었을 때 나옹의 경우에는 다시
본색종사를 찾아가라는 언급 없이 위의 (7)번 예문과 같이 스스로
안다는 발언을 하고 있는데, 태고의 경우에는 깨닫고 나서 스스로
안다는 것을 바로 위 예문에서 '언하에 무명을 쳐부수면 마치 사람이
물을 마심에 차고 따뜻한 것을 스스로 아는 것과 같을 것'이라고 말하면
서도 '비록 이와 같이 깨달았더라도 지혜 없는 사람에게 절대로 말하지
말고 반드시 본색종사를 만나봐야 한다'[32]고 강조하고 있다. 이 글은
조주 무자를 참구하고 있는 무제 거사를 상대로 한 설법이다. 「시사제

---

31 正好回看渠何面目 又趙州道無意作麼生 卽此言下打破無明則如人飮水冷暖自知
    … 若到好時 返觀自己麼. 「示衆」, 『太古錄』, p.41.

32 雖如是了悟 無智人前 切忌道着 須遇見本色宗師. 「示無際居士 張海院使」, 『太古
    錄』, p.48.

거사示思齊居士」에서도 글의 마지막에 '마땅히 본색종사를 보라'[33]고
하였다.

2) 염불선 수행법

염불은 서방정토를 주관하고 있는 아미타불을 불러서 정토에 나기를
바라는 수행법이다. 그런데 여기서 염불선이라고 하면 염불이 선으로
연결되어 염불을 선 수행 방식으로 수행하는 것을 의미한다. 나옹은
그 선어록과 선시에서 염불선을 권하고 가르치는 내용을 보여 주고
있다. 나옹이 주장하는 염불선이 구체적으로 어떤지를 역시 태고
보우의 사례와 비교하여 논의하고자 한다.

(8) 항상 하루 가운데 옷 입고 밥 먹고, 말하고 서로 묻고, 행동하는
일체 처에서 지극히 아미타불을 생각하라. 생각해오고 생각해가고
가져오고 가져가서 생각하지 않아도 저절로 생각이 되는 지경에
이르면 나를 기다리는 마음을 면할 것이고, 또한 그릇 육도 윤회의
고통당하는 것을 면할 것이다. 지극히 당부하고 지극히 당부한다.
송頌하여 말하되 '아미타불이 어디에 있는가? 마음을 붙여 절대로
잊지 말라. 생각하기를 생각이 다해 생각이 없어지는 데 이르면
육문六門에서 항상 자금광이 나리라.'[34]

---

33 宜見本色宗師. 『太古錄』, pp.48~49.

34 常常二六時中 著衣喫飯 語言相問 所作所爲 於一切處 至念阿彌陀佛 念來念去
持來持去 到於不念自念之地則能免待我之心 亦免枉被六道輪迴之苦 至囑至囑
頌曰 阿彌陀佛在何方 着得心頭切莫忘 念到念窮無念處 六門常放紫金光. 「答妹

(9) 자성미타가 어느 곳에 있는가? 항상 생각하여 잊지 말라.
문득 어느 하루에 생각을 잊어버리면 물건 물건 낱낱이 덮어서
감추지 못 하리![35]

(8)은 나옹이 자기 누이에게 보낸 편지글이다. 인용문 앞의 생략된
부분에서 나옹은 유가에서는 혈육의 정을 두지만 불가에서 그렇게
하는 것은 크게 잘못된 것이라고 말하고, 자기를 직접 만나기를 기다리
는 누이에게 염불선을 실천할 것을 (8)과 같이 말하고 있다. 이 과정에
서 염불선 수행의 구체적 방법이 잘 드러난다. 이것은 간화선 수행을
할 때 화두를 항상 참구하는 것과 유사하다. 항상 어디서나 염불을
하라고 하고 이것이 깊어져서 의도적으로 염불하지 않아도 저절로
염불이 되는 경지에 이르면 나옹 자신을 기다리는 마음도 없어지고
윤회의 고통도 벗어난다고 말하고 있다. 그리고 게송으로 글을 마무리
하고 있는데, 아미타불이 어디 있는가라고 묻고 아미타불을 절대로
잊지 말라고 하였다. 이렇게 생각이 이어져서 생각이 없어지는 지경에
이르면 온몸에서 자색의 금빛이 난다고 일러 주고 있다. 일반적으로
아미타불은 서방에 있다고 생각하는데 염불을 열심히 하면 자신의
몸에서 자금광이 난다고 하여 염불하는 자신이 바로 아미타불임을
확인하게 된다는 것을 이렇게 표현하고 있다. 그래서 이 게송은 유심정
토와 자성미타의 염불선을 전형적으로 잘 표현한 작품이 되었다.

氏書」, 앞의 책, p.84.

[35] 自性彌陀何處在 時時念念不須忘 驀然一日如忘憶 物物頭頭不覆藏. 「示諸念佛人
八首 中 第2首」, 앞의 책, pp.152~154.

(9)는 염불 수행을 하는 사람들에게 게송으로 염불선의 수행법을 교시한 8수의 작품 가운데 두 번째 작품이다. 여기서도 작품을 앞의 게송과 유사한 화법으로 시작하고 있다. 자성미타는 어디 있는가 묻고 항상 자성미타를 잊지 말라고 읊고 있다. 그러나 생각을 잊는 지경에 이르면 일체 모든 것이 서방세계임을 감출 수 없다고 하였다. 자성미타가 내 안에 있다는 의미인데, 그 말은 내가 미타이고 바로 그 미타가 있는 곳이 서방정토이니 자신이 처한 이곳이 바로 서방정토라는 것이다.[36] 즉 내가 미타이고 내가 있는 곳이 서방정토라는 의미이다. 이와 같이 염불 수행에서 말하는 서방정토와 아미타불이 염불이 깊어짐에 따라 내가 있는 이곳이 바로 서방정토이고 내 자신이 바로 아미타불임을 자각하게 된다고 말하고 있다.

이상에서 본 나옹이 보여 주는 염불선의 구체적 수행 방법도 태고 보우와 다른 면이 발견된다. 태고는 염불선을 말하면서 다음과 같은 언급을 하고 있다.

아미타불의 이름을 마땅히 마음에 두고 항상 어둡지 않게 생각 생각 간단이 없게 하고, 절실히 참구하고 생각하고 절실히 참구하고 생각하라. 만약 생각과 뜻이 다하거든 생각하는 자가 누구인지 돌이켜보라. 이렇게 돌이켜보는 자는 또 누구인지 보라. 이와 같이 세밀하고 세밀하게 참구하고 세밀하고 세밀하게 참구하라. 이 마음 이 홀연히 끊어지면 곧 자성미타가 우뚝 앞에 나타날 것이다.[37]

---

36 좀 더 확대하면 자성미타가 나만이 아니라 일체가 다 자성미타라는 말이 될 수 있다.

이 글에서 보면 염불 수행을 할 때 항상 간절하게 생각하여 간단이 없이 할 것을 주장하고 있다. 여기까지는 생각해서 절대로 잊지 말라고 주장한 나옹과 근본적으로 같은 입장이다. 그런데 그 다음을 보면 태고는 생각이 다하면 생각하는 자를 돌이켜보라고 했다. 여기서 더 나아가서 돌이켜보는 자를 또 돌이켜보라고 하였다. 이 과정을 거쳐서 마음이 끊어지면 자성미타가 앞에 나타난다고 하였다. 마지막에 자성미타가 나타난다는 결론 부분은 나옹과 같다. 그런데 중간 과정에 태고는 생각하는 자, 염불하는 자를 돌이켜보고, 돌이켜보는 자까지 돌이켜보라고 하여 염불선 수행에서 나옹과는 다른 과정을 더 넣었다. 여기서 돌이켜본다는 것은 회광반조의 수행법인데, 태고는 조사선의 회광반조 수행법을 염불선에도 접목시키고 있는 것이다. 나옹은 염불선에서 화두를 들지 않아도 저절로 들린다는 간화선과 같은 방식으로 생각하지 않아도 저절로 생각이 되도록 염불선을 수행할 것을 요구하고 있다. 다시 말해서 태고가 조사선의 회광반조를 염불선에 접목시켰다면, 나옹은 염불선 수행 자체를 간화선과 같은 방식으로 집중적으로 할 것을 주장하고 있다.[38]

---

37 阿彌陀佛名 當在心頭 常常不昧 念念無間 切切叅思 切切叅思 若思盡意窮則反觀 念者是誰 觀能恁麽返觀者又是阿誰 如是密密叅詳密密叅詳 此心忽然斷絶 卽自 性彌陀卓爾現前. 「示自忠居士」 『太古錄』, p.52.

38 태고 보우는 염불선 자체를 나옹과 같이 강조하기도 하였지만 염불선에 회광반조 의 수행법을 접목한 방식을 동시에 보여 준다.

4. 『나옹록』 선시와 선어록에 나타난 선

이 장에서는 나옹의 선 수행법을 백운 경한, 태고 보우와 비교하여 논의하였다. 같은 시대를 살아가면서 이 세 사람은 같은 계열의 선 전통을 이으면서도 각기 빛깔이 다른 선 수행법을 보여 주고 있었다. 고려 말 삼사에 의하여 꽃핀 선의 전모를 밝히는 일환으로 나옹의 선 수행법을 비교하여 논의하였다.

먼저 나옹이 보여 준 조사선과 조사선 수행법을 논의하였는데, 나옹은 조사선을 선어록과 선시에서 자유자재로 표현하였다. 선어록에서는 대화와 독백이라는 언어적 표현, 할과 불자를 사용한 비언어적 표현을 사용하고, 선시에서는 대상 묘사와 상징이라는 문학적 수사를 통하여 본래성불의 세계를 표현하고 대중을 깨우치고 있었다. 이와 같이 대화와 독백과 같은 언어적 표현 방법, 할과 불자, 주장자를 사용한 비언어적 표현 방법을 사용하는 조사선의 선법을 통하여 본래 성불을 드러내는 기본 방식은 삼사가 비슷한 양상을 보여 주고 있었으나, 색성어언色聲語言의 구체적 방식을 사용한 측면은 백운 경한의 법문이나 그가 정리한 「조사선」의 하위 방법과 일치하여 나옹의 조사선은 구체적으로는 백운 경한에 더 친숙한 것으로 나타났다. 또한 조사선 수행법에서도 나옹이 회광반조의 수행법을 사용하고 있어서 백운 경한의 경우와 유사한 면을 많이 보여 주었다. 백운이 대중을 향하여 회광반조로 근본을 통달하고 지말枝末을 쫓지 말라[39]고 하여

---

39 示衆云 汝等諸人 各自廻光返照 要須達本 莫逐其末.(「示衆」,『白雲和尙語錄』,『한국불교전서』제6권, 동국대 역경원, p.652) 백운은 그 외에도 남의 말을 인용이기는

회광반조의 수행을 강조하였고 나옹 역시 대중이나 영가를 대상으로 자신을 돌아보고 생사를 넘을 것을 강조하여 같은 회광반조라는 조사선 수행법을 유사하게 보여 주고 있었다.

다음은 간화선 수행법과 염불선 수행법을 논의하였다. 나옹은 이 두 가지 수행법도 강조하고 있는데, 간화선 수행법에서는 특별한 화두 없이 간화선 수행 일반에 대하여 말한 경우가 있고 특정의 화두를 가지고 간화선을 교시한 경우가 있었다. 전자보다 후자가 많았는데 많이 사용한 화두는 무자 화두와 시심마 화두 두 가지였다. 간화선 수행을 강조한 태고 보우와는 중요한 차이를 보여 주었다. 나옹은 간화선 수행에 회광반조를 도입하지 않고 간화선을 말할 때는 간화선만 강조했는데, 태고 보우는 간화선 수행에 회광반조를 접목하도록 지도하고 있었다. 또 다른 차이는 나옹이 깨닫고 나서 본색종사를 따로 만나라는 주장은 하지 않았는데, 태고 보우는 깨닫고 나서 본색종사를 만날 것을 매번 강조하였다. 이런 차이 말고는 대체로 유사한 수행 과정을 보여 주고 있었는데, 화두를 드는 과정에서 나옹이 들지 않아도 저절로 들리게 해야 한다고 직접적 설명을 통해 강조했다면, 태고 보우는 이런 몰입의 정황을 쥐 잡는 고양이, 소뿔에 들어간 쥐, 알을 품는 닭 등의 전통적 비유를 통해서 나타냈다. 직접 설명과 비유적 표현의 차이는 나타나지만 화두에 완전히 몰입할 것을 강조한

하지만, 회광반조를 여기서는 '一念廻心'이라 했는데 일념회심을 하면 다섯 가지 무간업을 지어도 참회가 가능하다고 하였다.(演祖云 世人殺佛殺祖 造五無間業 一念廻心 却許懺悔.「示希諗社主書」,『白雲和尙語錄』『한국불교전서』제6권, 동국대역경원, p.666)

것은 같았다.

염불선 수행법에서도 나옹은 그 자체에만 몰두할 것을 강조하였다. 이것은 태고 보우가 염불선에도 회광반조를 접목한 것과는 다른 선 수행법이었다. 태고가 염불선을 수행할 때 염불선 수행자를 돌아보고 거기에서 더 나아가 돌아보는 자를 돌아보라고 하여 회광반조를 강조 했다면, 나옹은 염불선도 그 자체에만 몰입할 것을 강조하였다. 그 이외 서방정토와 아미타불로 일컬어지는 별도의 세계를 유심정토와 자성미타로 전환하는 방식은 두 사람이 같았다.

요컨대 나옹은 조사선을 통한 본래성불의 이념을 근본으로 하면서 회광반조라는 조사선 수행법, 화두를 사용하는 간화선 수행법, 아미타 불을 염하는 염불선 수행법을 혼합하지 않고 사람의 근기에 따라 각기 선택적으로 집중 수행할 것을 지도하는 특징을 보여 주고 있었다. 이것은 백운 경한이 조사선과 조사선 수행법인 회광반조만을 주로 강조한 것과 다르고, 태고 보우가 조사선과 조사선 수행법인 회광반조 를 강조하되 회광반조와 간화선, 회광반조와 염불선을 각각 유기적으 로 연계하여 수행하도록 지도했던 것과는 다른 특징을 보여 주는 것이었다.

제2장 나옹 선시에 나타난 체언 계열 어휘의 양면성

1. 선시의 체언 계열 어휘 문제

한국 한문학 연구에서 가장 큰 비중을 차지하는 것이 한시이다. 한문 산문이 있기는 하지만 한시를 한문학의 본령으로 보는 전통 때문이다. 그러면 모든 한시가 연구 대상이 되어야 하는데 불가의 시, 그 가운데서도 선시禪詩는 그런 주목을 받지 못하고 있는 것이 현실이다. 그 구체적 이유는 자세하게 살펴봐야 하겠지만 대략 몇 가지 이유를 상정해 볼 수 있다. 선시의 작자들이 유가시의 작자에 비하여 당시 사회적으로 중심적 역할을 하지 못했고 따라서 그들의 시 역시 현실을 절실하게 반영하지 못했다고 보는 입장을 먼저 들어 볼 수 있다. 따라서 남아 있는 선시의 자료 분량이 상대적으로 적어서 연구할 만한 무게를 갖지 못한다는 판단을 생각할 수 있다. 더 나아가 선시에 대한 접근성의 문제가 또 다른 장벽이 되지 않았는가 한다.[1]

그런데 앞의 두 경우가 이유가 될 수 없다는 것은 여러 정황에서 명백하니 나머지 세 번째 이유가 구실이 되어서는 안 된다. 연구 대상의 요구가 있으면 연구 진행에 필요한 능력을 갖추려는 노력을 지속하면서 이들 문학이 문학적, 정치 사회적, 문화적, 인간 내면적으로 어떤 가치를 지니고 있는지를 진지하게 연구해야 한다. 그러면 설령 연구 대상이 다소 빈약하더라도 숨겨진 가치를 찾아낼 수 있고 한국 문학사의 폭을 넓히고 풍부하게 할 수 있기 때문이다. 이렇게 하여 이룬 연구 성과가 그 다음 새로운 연구의 필요에 일정한 기여를 할 것임은 의심할 여지가 없다.

이 글에서 연구 대상으로 삼은 나옹 선사의 한시는 실제 위의 세 가지 이유 가운데 앞의 둘에는 해당되지 않는다. 나옹은 불교국인 고려에서 국사의 지위에까지 올라 현실에 상당한 영향력을 행사함으로써 정치 현실은 물론이고 출세간에서도 수많은 출가자와 재가자들을 가르침으로써 당대 사회에서 중추적 역할을 수행했고, 삼백여 수에 달하는 그의 한시는 세간과 출세간에 걸쳐 당대인들에게 일정한 영향력을 행사하였으며, 특히 그의 가사문학은 세출세간에 적지 않은 영향을 끼친 것으로 인정받고 있기 때문이다.

그에 대한 연구는 주로 불교적 관점에서 그의 사상 논의에 치중됐고,[2]

---

1 선시를 이해하기 위해서는 한시 일반에 대한 기본적 이해는 물론 불교 이념에 대한 식견, 그 가운데서도 선의 본질을 어느 정도 알아야 한다. 선시에 접근하기 위한 이런 요소 가운데 어느 하나도 제대로 갖추기가 쉽지 않기 때문에 이 세 번째 문제 때문에 첫째, 둘째 사유를 앞세워 연구를 미루는 것이 아닌가 한다.
2 김은종, 「懶翁 慧勤의 「工夫十節目」에 관한 연구」『釋林』 제32호, 東國大學校

상대적으로 그의 선시 문학에 대한 연구는 미흡하다고 할 수 있다.[3]

釋林會, 1998, pp.157~175; 신규탁, 「나옹화상의 선사상」 『동양고전연구』 6, 동양고전학회, 1996, pp.169~193; 신규탁, 「나옹혜근의 선사상에 대한 철학적 분석」 『大覺思想』 제11집, 대각사상연구회, 2008, pp.71~98; 신규탁, 「나옹화상의 선사상」 『동양고전연구』 제6집, 동양고전연구회, 1996, pp.1~25; 이창구, 「懶翁禪의 실천체계」 『汎韓哲學』 제26집, 汎韓哲學會, 2002, pp.5~27; 李哲憲, 「懶翁惠勤의 法脈」 『韓國佛敎學』 第19輯, 韓國佛敎學會, 1994, pp.335~371; 이철헌, 「나옹 혜근의 선사상」 『한국불교학』 21, 한국불교학회, 1996, pp.179~216.

3 강전섭, 「전나옹화상작 가사 사편에 대하여」 『한국언어문학』 23, 한국언어문학회, 1984, pp.1~12; 구수영, 「나옹화상과 「서왕가」 연구」 『국어국문학』 62·63, 국어국문학회, 1973, pp.33~56; 김기탁, 「나옹화상의 작품과 가사 발생 연원 고찰」 『영남어문학』 3, 영남어문학회, 1976, pp.45~59; 김대행, 「「서왕가」와 문학교육론」 『한국가사문학연구』 상산정재호박사화갑기념논총, 1996, pp.597~611; 김종우, 「나옹화상의 승원가」 『국어국문학』 10, 부산대 국어국문학회, 1971, pp.109~121; 김종진, 「서왕가 전승의 계보학과 구술성의 층위」 『한국시가연구』 18, 한국시가학회, 2005, pp.78~111; 이동영, 「나옹화상의 「승원가」와 「서왕가」 탐구」 『사대논문집』 32, 부산대학교사범대, 1996, pp.1~28; 이병철, 「나옹작 「서왕가」 일고」 『한국사상과 문화』 43. 한국사상문화학회, 2008, pp.8~34; 정대구, 「승원가의 작자 연구」 『숭실어문』 1, 숭실어문학회, 1984, pp.149~174; 정재호, 「「서왕가」와 「승원가」의 비교고」 『건국어문학』 9·10, 건국어문학회, 1985, pp.401~422; 정재호, 「나옹작 가사의 작자 시비」 『한국학연구』 19. 고려대학교 한국학연구소, 2003, pp.137~181. 그 문학에 관한 연구는 그의 가사에 대한 연구가 대부분이고 선시에 대한 연구는 극히 제한적으로 이루어졌다. 박재금, 「나옹 선시의 상징과 역설」 『한국의 민속과 문화』 제12집 경희대학교 민속학연구소, 2007, pp.7~37; 신영심, 「나옹혜근의 선시연구」 『연구논집』 제13집, 이화여자대학교 대학원, 1985, pp.45~66; 李鍾君, 「懶翁禪師의 詩 世界」 釜山大 敎育大學院, 석사학위 논문, 국어교육전공, 1989, pp.1~102; 李鍾君, 「懶翁 禪詩에 나타난 달(月)의 상징」 『韓國文學論叢』 제14집, 韓國文學會, 1993, pp.159~176; 이종군,

특히 선시의 경우는 언뜻 보기에 선이 가지는 비논리성, 의외성 때문에 판단과 논리를 앞세우는 학술적 접근이 용이하지 않아서 연구가 많이 이루어지지 못한 것으로 보인다. 선시에서 사용되는 어휘가 선시를 이해하는 데 가장 근본적이고 필수적이지만 그 난해함은 극복하기 어려운 장벽이 되고 있다. 어휘 단위에서 선시를 논의하지 않고는 선시 연구의 본령에 들어갈 수 없다. 그런데 다행스러운 것은 선시의 어휘는 일정한 유형적 질서를 가지고 있고 이들 어휘를 부려 쓰는 문장 구조나 작품의 전개상에도 특징적 표현 방식이 발견된다는 점이다. 불교가 제시하는 연기론이라는 특이한 존재론의 설명 방식을 선적으로 표현하는 과정에 상징적 표현 방식을 차용하는데 이런 측면이 선시의 비논리성, 난해성, 기이성 등의 문제를 유발하고 있어서 근대 문학의 여러 경향과 연관하면서 연구를 진행할 수 있었던 것[4]이 아닌가 한다.

나옹 혜근의 선시 연구는 당대 핵심적 역할을 했던 작자의 문학을 이해하는 것이면서 비슷한 시대 대등한 위치에서 큰 족적을 남긴 백운 경한이나 태고 보우와 같은 다른 선승의 시를 연구하는 데에도 하나의 시발점이 될 수 있다. 또한 국문학사적으로 가사문학을 포함한 그의 문학적 성취의 전모를 밝히는 데에도 기여할 수 있다. 특히

「나옹화상의 삼가 연구」, 부산대학교 대학원 국문과 박사학위논문, 1996, pp.1~173.

4 권기호 저, 『선시의 세계』, 경북대학교출판부, 1991. 저자는 선시를 도가 시, 다다이즘 시, 초현실주의 시, 신비주의 시, 기독교 시와 대비하여 해명을 시도하고 있다.

그는 정치적으로 당대에 중요한 역할을 수행했을 뿐만 아니라 그의 제자 무학無學은 장차 이성계를 도와 조선을 개국하는 데까지 상당한 영향력을 행사함으로써 나옹의 문학적 역량이 그 당대 한 시기를 넘어 후대에까지 이어지고 있다는 점에서 더욱 그러하다.

나옹 문학의 성과들은 고려 말이라는 한 시대에 국한하지 않고 어느 시대 어떤 인물과 비교하더라도 그의 문학은 결코 부족함이 없는 성취를 보여 주고 있다. 이에 이 장에서는 그의 다양한 문학 작품 가운데 선시에 국한하여 어휘의 자질을 몇 가지 기준에서 구체적으로 분류하고 체계를 수립함으로써 장차 그의 선시를 구성하는 문장의 성격과 작품 전개의 질서를 파악하고, 전체 작품의 문예 미학적 특징을 구명하는 다음 단계의 연구로 나아가는 데 일정한 기여를 하고자 한다.

선에서는 존재의 본질을 두 가지 측면에서 표현한다. 일체가 현상적으로 있다는 측면, 본질적으로 없다는 측면, 있음과 없음이 함께하는 측면이 그것이다. 있는 측면과 없는 측면 두 가지만 가지고 말하기도 하고, 있음과 없음이 공재하는 측면까지 세 가지를 함께 말하기도 한다. 선에서는 있는 측면을 활活, 없는 측면을 살殺, 있고 없음이 함께하는 측면을 살활동시殺活同時라고 한다. 선시에 선의 이런 둘 혹은 세 측면의 용어가 매우 복잡하게 구사되면서 선시는 도저히 이해할 수 없는 것으로 치부되기도 한다. 그러나 선시를 구성하는 핵심 용어의 자질을 구명하여 체계를 세우면 이들 어휘를 부려 쓴 선시의 문장을 이해할 수 있고, 작품 전체의 문맥과 표현 미학을 이해할 수도 있다.

작품의 구체적 문맥에 놓이기 이전 어휘 그 자체가 특정 자질을 일정하게 가지고 있는 경우도 있고, 문맥 속에 놓이면서 구체적으로 자질을 다시 획득하는 경우도 나타나지만 양자의 어디에 해당되든 모든 어휘를 일일이 작품 안에서 확인하고 자질을 규정해야 한다. 자질이 고유한 어휘조차 구체적 문맥 속에 놓이면서 형질이 바뀌는 작품의 역동성이 항상 존재하기 때문이다. 어휘 자체가 독자적 자질을 가지든 그렇지 않든 어휘는 선시를 이해하는 데 가장 중요한 단서의 하나이다. 해당하는 어휘를 실제 작품에서 추출하여 유형에 따라 나누고 유형 내 어휘들의 세부적 특성을 논의하고자 한다.[5] 여기서는 선시를 구성하는 어휘 자체가 분량이 많고 복잡한 양상을 띠기 때문에 낱낱의 어휘가 가진 성격을 일일이 작품 속에서 분석하고 귀납적, 체계적으로 이를 유형화함으로써 어휘 차원에서 나옹의 시를 해석하는 데에 발판을 마련하고자 하는 것을 연구 목적으로 한다.[6]

이 논의가 어휘 체계를 살피는 것이기 때문에 어휘의 기본 성격에 기초한 계열을 최상위 대분류 기준으로 삼고자 한다. 한 문장을 형성하는 가장 큰 단위가 주부와 술부인데 그 가운데 핵심 역할을 하는 것이 체언과 용언이다. 그래서 가장 상위 계열로 체언 계열과 용언

---

5 선시에 사용된 어휘가 보여 주는 유형은 살 유형과 활 유형 두 가지로 나누어져 있는데, 실제 각 어휘의 자질을 확인하기 위해서는 그의 모든 시 작품에 사용된 용어의 성격을 각 작품 문맥 질서 안에서 일일이 검증해 봐야 한다. 이 장에서 다룬 모든 용어는 구체적 작품에서 가진 성격을 낱낱이 확인하는 과정을 거쳤다.
6 단 어휘에 대한 정확한 이해를 위하여 보조적으로 그 어휘가 사용된 문장이나 작품을 부차적으로 논의에 포괄하고자 한다.

계열을 나누고 여기서는 체언 계열 아래에서 선시의 구체적 어휘 자질을 살과 활, 살활동시라는 선적 성격에 따라 살적, 활적, 살활동시적 자질의 세 가지 하위 유형으로 세분하여 논의를 진행하고자 한다.[7] 그리고 세 가지 자질은 다시 그 하위 어휘들이 보여 주는 특징에 따라 최하위 미세 분류를 하고자 한다. 체언 계열은 주로 문장에서 주어나 목적어, 보어의 역할을 하는 어휘로서 품사로 보아서는 명사, 대명사, 수사가 모두 있을 수 있지만 주로 명사가 주를 차지한다. '무엇이, 무엇을, 무엇으로, 무엇이다'의 그 '무엇'을 주로 살피고자 한다. 그래서 장차 어휘 연구를 바탕으로 어문 체계로 보아 더 상위 단위인 문장이나 작품 단위의 연구를 더 진행하고 선시의 핵심적 문예 미학을 구명하는 데까지 나아가고자 한다. 여기에 기본 연구 자료는 『나옹록』[8]이다.

---

7 처음 나옹 선시의 연구를 시작할 때 제목을 '나옹 선시에 나타난 어휘 유형의 양면성과 통사적 구현 방식'이라고 잡고 작업을 시작했으나 어휘 유형을 분석하고 정리하는 과정에서부터 논란거리가 늘어나서 어휘에서도 다시 크게 체언 계열, 용언 계열의 둘을 나누고 그 가운데 다시 전자만을 이 논문에서 다룰 수밖에 없었다. 작품을 구성하고 있는 기본 어휘가 매우 다양하고 복잡한 양상을 띠고 있어서 개별 어휘마다 논의를 필요로 하는 것이어서 여기서는 부득이 체언 계열의 어휘 부분만 다루게 되었다. 장차 용언 계열의 어휘를 다루고 작품의 통사적 구현 방식이나 나아가 작품 전체의 전개나 구조적 특성, 작품의 미학을 논의하는 방향으로 나가려고 한다.

8 나옹 저, 백련선서간행회 역, 『나옹록』, 장경각, 2001.

2. 살적殺的 자질의 어휘 유형

나옹의 선시에서 이런 살적 자질을 표현하는 어휘 유형이 어떻게 나타나고 있는지를 몇 가지 기준에서 논의하고자 한다. 축자적으로 살殺은 '죽이다'라는 뜻이지만 선문에서는 이 자체가 불교 연기에서의 공空 차원을 나타내는 상징적 표현으로 쓰인다.[9] 살이라는 용어는 다양한 현상의 근거가 되는 본질을 지칭하는 선문의 말이다. 특히 본질을 나타내는 말이 여러 가지 있지만 살殺이라는 용어를 여기서 사용하는 것은 연구 대상으로 선시를 다루고 있고 본질을 나타내는 여타의 다양한 용어를 포괄할 수 있는 대표적 선문의 말이기 때문이다. 불교의 많은 경전들이, 특히 반야부 경전들[10]이 없음, 즉 공空을 주로 나타내는데, 선불교에 와서는 이것을 살이라는 상징적 용어로 바꾸어

---

9 선문의 대표적 자료인 『碧巖錄』(圓悟著, 妙觀音寺 影印)의 「第十二則 麻三斤」 (pp.40~41)의 '垂示'에는 '살인도와 활인검은 상고의 규풍이고 또한 오늘날의 추요이다. 살을 논할 것 같으면 털 한 가닥도 다치지 않고, 활을 논할 것 같으면 생명을 잃는다. 그래서 向上一路는 천 명의 성인도 전할 수 없다(殺人刀活人劍 乃上古風規 亦今時之樞要 若論殺也 不傷一毫 若論活也 喪身失命 所以道 向上一路 千聖不傳)'는 말이 나온다. '殺人'이라는 용어 자체는 사람을 죽인다는 뜻인데 살과 활에 대한 이어진 설명에서 실제 사람을 죽이는 것이 아니라 상징적 표현임을 알 수 있다. 죽인다고 해도 털 하나를 다치지 않고, 살린다고 하면 생명을 잃는다는 데서 그 역설의 의미를 읽을 수 있다.

10 부처의 일생 가르침을 다섯으로 나누어 華嚴時, 鹿苑時, 方等時, 般若時, 法華涅槃 時라고 할 때 네 번째 반야시에는 『摩訶般若』, 『光讚般若』, 『金剛般若』, 『大品般 若』 등 諸般若經을 설한 것으로 나타나 있다.(諦觀 錄, 李永子 譯註, 『天台四敎儀』, 경서원, 1988, pp.38~39)

표현하고 있다.

선은 물론 일반 교학 불교에서도 살의 측면을 나타내는 용어는 많이 나타난다. 예를 들면 『화엄경』의 경우 이사理事라고 할 때 이理, 『반야심경』의 공색空色이라 할 때 공空, 천태종에서 공가空假라 할 때 공空, 일반적으로 많이 쓰는 체용體用이라 할 때 체體, 선의 한 종파인 조동종에서 정편正偏[11]이라 할 때 정正, 일반 선가에서 적적성성寂寂惺惺이라 할 때 적적寂寂, 적조寂照라고 할 때 적寂, 무심평상심無心平常心의 무심無心, 암명暗明의 암暗 등 매우 다양한 용어가 살의 의미로 사용되고 있다. 그런데 선에서는 다른 경전이나 이론에서 사용하는 이런 직설적 표현의 용어를 빌리지 않고 대중의 견해를 바꾸어 주기 위하여 살활殺活이라는 충격적 용어로 형상화하여 사용하면서도 여기에 그치지 않고 다시 같은 의미의 다른 여러 가지의 용어로 살 자질을 형상화하여 사용하고 있다.[12]

나옹은 이런 두 가지 자질을 나타내는 데에 살활이라는 용어를 사용하기도 하지만 대부분은 다양한 용어를 매우 복잡하게 사용하고 있다. 같은 살 유형이면서도 어휘가 매우 복잡한 양상을 띠기 때문에 이를 다시 몇 가지 하위 유형으로 분류하여 살피고자 한다.

(1) 구주인舊主人(33쪽), 법왕신法王身(34쪽, 157),[13] 불佛(36쪽),

---

11 이철교·일지·신규탁 편찬, 월운 감수, '正偏五位' 『禪學辭典』, 불지사, 1995, pp.582~583.

12 이것은 다양한 존재를 모두 관통하는 존재 원리를 자연스럽게 알리기 위하여 나타난 현상이 아닌가 한다.

구담瞿曇(43쪽), 군롱群聾(43쪽), 진인眞人(枯髏歌), 석녀石女(47), 구주옹舊主翁(63), 주인공主人公(113), 자성미타自性彌陀(241-2), 성왕性王(枯髏歌), 견강한堅剛漢(75), 철안동청안鐵眼銅睛漢(116), 석인石人(164), 무명자無名者(153), 벽안호碧眼胡(181), 사사死蛇(143), 석호石虎(13), 니우泥牛(경파耕破, 167)/ 천검千劍(34), 취모검吹毛劍(47), 기봉機鋒(88), 취모吹毛(116), 막야鏌鎁(219), 운문통봉雲門痛棒(285).

(1)의 용어는 모두 인격을 표현하거나 그 인격이 사용하는 사물을 나타내는 용어 유형으로 구체적 문맥에 놓여서 다수의 개체, 구체적 대상이나 현상과 대비되는 하나, 보편 등 현상 이면의 관념적 본질을 나타내는 기능을 수행하고 있다. 먼저 구주인舊主人의 쓰임을 보면 '보고 듣는 것이 다른 물건이 아니라 원래 구주인일세(見聞非他物 原是舊主人)'라고 하고 있다. 불교에서는 보고 듣는 것 외에 각지覺知를 더하여 겉으로 지각하는 작용을 견문각지見聞覺知[14]라고 하는데 앞의 두 글자로 전체를 대신하고 있다. 이와 같이 다양한 인지 행위 활동을 하는 하나의 내면적 존재가 '구주인'이라는 것이다.[15] 그리고 이것은 '여섯

---

13 여기서 쪽은 『나옹록』의 한글 번역 부분 쪽수이고, 그냥 아라비아 숫자는 나옹의 한시 작품 전체에 처음부터 끝까지 붙인 일련번호이다. 작품마다 쪽수와 출전을 붙이는 번거로움을 피하고 작품에 쉽게 접근하기 위하여 부득이 택한 방법이었음을 밝혀둔다.

14 이것은 인간의 일체 감각이나 지각 행위를 지칭하는 불교 용어이다.

15 본질을 나타내는 징표는 舊, 公, 古 등의 접두어나 접미어들이다. 이들 형태소를 붙여 본래부터 내재해 있는 본질임을 더 분명하게 나타낸다.

창문이 모두 이 주인공이네(六窓都是主人公)'라고 하여 인간에 빗댄
이 표현과도 상통한다. 인간의 여섯 가지 서로 다른 기관[16] 그 자체가
바로 하나의 보편자, 주인공이라고 하고 있기 때문이다. 이것은 외부
대상을 두고 말하고 있는 '진진찰찰이 법왕신일세(塵塵刹刹法王身)'라
는 논리로 더 확대된다. 티끌 같은 많은 세계가 바로 하나의 법왕신이라
고 하고 있는 것이 이를 뒷받침한다. 이것은 객관 세계와 인물성을
통합하여 '세계에 두루하여 구주옹舊主翁을 감추기 어렵네(徧界難藏舊
主翁)'와 같은 표현으로 발전하여 개별자와 보편자의 양자 일치를
더욱 분명하게 나타내는 데까지 이른다.[17]

그런데 군롱群聾의 경우는 '울리고 울려 우레 소리 떨치니 뭇 귀머거
리 모두 귀가 열리네(擊擊雷首振 群聾盡豁開)'라는 문맥에서 사용되고
있어서 듣는 기능이 없는 존재가 듣는 기능을 얻어 살아나는 존재로의
변화가 표현되어 있다. 그래서 군롱은 여럿과 하나의 관계가 아니고
듣는 기능이 죽었다가 듣는 기능이 살아나는 방향으로 변하는 것으로
나타나 있다. 석녀石女의 경우도 '허공이 박수 치고 라라리 노래하니
석녀가 소리 따라 쉬지 않고 춤을 추네(虛空拍手囉囉哩 石女和聲舞不休)'
라고 하여 이와 마찬가지다. 허공이 박수 치고 노래하는 데 따라

---

16 眼耳鼻舌身意의 여섯 기관.

17 그리고 '자성미타'의 경우도 '자성미타가 어디 있는가? … 일체 물건 물건마다
   덮어서 가릴 수가 없네(自性彌陀何處在 … 物物頭頭不覆藏)'라고 하여 여기서도
   일체의 다양한 사물에 자성미타가 감추어지지 않고 드러난다고 하여, 보편자
   자성미타는 두두물물로 표현된 다양성에 감출 수 없이 내재해 있다는 주장을
   하여 개별자와 보편자라는 관계 속에서 어디나 편재하는 보편자를 상징하는
   말로 사용되었다.

석녀도 춤을 추는 것으로 바뀌고 있어서 본래 석녀는 작용이 없었던 살적 존재임을 말하고 있다. 그래서 작용 없는 존재가 작용하는 존재로의 변신을 보여 준다는 데에서 이들 대상이 본래 작용이 없었고, 그래서 살적 자질을 가졌음을 알려 주는 데에 인물성의 선적 용어가 기능하고 있다고 할 수 있다.[18]

그리고 천검千劍부터 칼이나 봉 등은 대상을 베거나 치는 데 인격이 사용하는 사물을 지칭하는 용어들이다. 이런 봉이나 칼은 이원적 사고나 다양한 세상의 존재를 쳐서 없애는 데 사용된다. 천검의 경우를 보면 '천검을 홀으로 뽑아 불조를 베니 백양이 널리 모든 하늘을 비추네

18 그리고 眞人의 경우 「枯髏歌」의 '두개골 바람에 날리고 남북으로 달려서 어디에서 진인을 만나야 하는지를 알지 못하네(頭骨風飄南北走 不知何處見眞人)'라는 부분에서 마른 해골로 상징된 인물이 바람에 날리고 남북으로 다니며 밖으로 추구하기만 했지 진인으로 표현된 본질은 알지 못하고 말았다는 말을 하고 있는 것이다. 따라서 여기서 진인은 존재의 외양이 아니라 본질을 상징하는 말로 사용되었다고 할 수 있다. 이외에도 인물성을 나타내는 선적 용어는 性王(枯髏歌), 石虎(13), 堅剛漢(75), 鐵眼銅睛漢(116), 死蛇(143), 無名者(153), 石人(164), 泥牛(167), 碧眼胡(181) 등이 더 있는데 간단히 기능을 살펴보면, '한량없는 세월 속에 성왕에 어두워 육근이 靑黃으로 치달렸네(無量劫昧性王 六根馳散走靑黃)'라고 하여 性王은 본질을, 그 외에 石虎는 활동하는 존재, 堅剛漢은 쇠문을 여는 존재, 鐵眼銅睛漢은 한주먹으로 가득한 눈서리를 타개하는 존재, 死蛇는 시적 화자가 토해내는 존재, 無名者는 음양에 영향 받지 않고 영원히 가는 존재, 石人은 온몸에 땀을 흘리는 존재, 泥牛는 겁초의 밭을 가는 존재로의 변신을 하지만 본래 작용 없는 존재임을 전제로 하고 있고, 碧眼胡는 넘어설 대상인 존재 등으로 표현되어 살적 자질의 용어가 되고 있다. 여기서는 움직이는 방향으로 나아가는 존재로 변하는 것을 보여줌으로써 본래 움직이지 않는 존재임을 전제하여 그 살적 자질을 보여 주고 있다.

(千劍單提斬佛祖 百陽普遍照諸天)'라는 문맥에서 사용되고 있다. 여기서
천검은 불조를 베는 데 사용되고 있다. 불조는 불교를 가르치는 사람들
인데 이를 벤다는 것은 불교를 가르치는 부처와 가르침을 받는 중생의
존재 자체를 부정하는 것이다. 여기에는 부처가 본래 다 이루어져
있다는 것을 근본 취지로 하는 선의 입장이 이렇게 표현된 것이다.[19]
막야라는 것도 명검의 하나로서 '막야검을 휘두르는 곳에 하늘과 땅이
고요해졌고 정령이 시행될 때에 이사가 온전해졌네(鎮鋣揮處乾坤靜
正靈行時理事全)'라는 문맥에서 사용되고 있다. 건곤으로 대표된 세상
의 시끄러움을 고요히 잠재우는 역할을 막야검으로 하고 있는 것이다.
세상의 시끄러움을 끊는 역할을 하는 것이 막야이다.[20]

그런데 체언에 속하는 어휘 가운데는 이런 인격성이 부여된 용어보
다 그 이외 다른 객관 대상물을 상징적 용어로 사용하는 경우가 절대적

---

19 중생 그대로가 부처라고 하는 것이 본래성불이다. 선에서 가장 중요하면서도
   전제로 삼는 것이 본래성불의 입장이다.(조계종 교육원 불학연구소 전국선원수좌회
   편찬위원회 편찬, 『간화선』, 조계종출판사, 2005, pp.61~69 참고)
20 운문통봉은 운문 선사가 부처가 태어나서 말한 탄생게를 두고 선적 입장에서
   부처를 칠 때에 사용한 몽둥이다. '당시에 이와 같은 허물을 짓지 않았다면
   운문 스님의 아픈 몽둥이를 면했을 것을(當時莫作這般過 免得雲門痛棒訶)'이라고
   하여 금방 태어나서 탄생게를 읊는 부처를 이렇게 쳐 죽여서 뼈를 개에게 던져
   주겠다는 내용에서 사용되었다. 역시 막야검의 경우와 같이 부처가 본래 이루어
   져 있는데 가르침과 교화, 봉사가 필요 없다는 사실을 이렇게 표현하고 있다.
   이외에도 吹毛劍(47쪽), 機鋒(88쪽), 吹毛(116) 등이 더 있는데 먼저 취모검은
   정령을 모두 베는 데에 사용하고, 기봉은 험준함을 나타내고, 취모는 칼집에
   꺼낸 칼은 감당하기 어렵다는 문맥에서 사용하여 모두 세상의 분별과 이항
   대립을 베어내는 도구로 사용되고 있다.

으로 많다.[21] 객관적으로 표현한 대표적 용어를 들면서 논의를 계속하

_____

[21] 체언이면서 시간과 공간을 나타내는 용어도 많이 나타난다. 그러나 시공 관련
용어는 이미 다른 논문(졸고, 「나옹선시에 나타난 시공 표현의 용어 유형」『우리말글』
제57집, 우리말글학회, 2013, pp.283-313)에서 밝혔기 때문에 각주에서만 간략하게
언급한다. 시간 관련 용어를 보면 寒時(枯髏歌), 黑白未分時(279), 空劫未生前
(1-8), 劫外春(14-1), 空劫前(34, 78), 威音劫外家(37), 劫外(40), 空劫先(43, 86,
109), 威音空劫前(49), 劫劫霜風(103), 劫前(115, 118), 孃生眞面目(149), 空劫來
未生前(151), 威音劫外(155), 劫空前(135), 劫初田(167), 威音外(180-3), 威音劫
外前(180-5), 空劫未生前(182), 威音劫外(194), 父母未生前面目(218), 威音更那
邊(226), 威音劫外靈芝草(228), 千古高風(260), 威音王未生前(272-2), 威音劫外
源(284) 등이 나타난다. 시간의 경우 현상적 시간을 부정하는 劫, 위음(王)이라는
불교 특유의 시간 용어를 사용하거나 드물게 父母나 孃生, 寒 등의 용어를
곁들여서 시간을 표현하고 있다. 이들 용어 어느 하나만 사용하기도 하지만
두 가지를 아울러서 쓰기도 한다. 가장 많이 쓰이는 표현을 동시에 사용하고
있는 威音劫外源(284)의 쓰임을 보면 '지금부터 천 가지 차별의 길을 밟지 않으면
바로 위음왕 겁외의 근원을 투과할 것이라(從今不蹋千差路 直透威音劫外源)'고
하고 있다. 위음왕은 시간을 초월한 존재이고, 겁외는 시간을 벗어난 것을 각기
의미하는데, 이 양자가 결합하여 시간상의 현실을 떠난 본질의 세계를 나타내기에
이르렀다. 겁이나 위음이라는 용어를 사용하여 시간을 나타내는 경우에는 모두
이와 같이 현실의 구체적 시간을 초월한 것으로 나타나서 역시 살적 자질을
획득했다. 공간의 경우에도 현상적 공간을 넘어선 특성을 보여 주는데, 예를
들면 四壁(22활, 26, 31, 51, 59, 61, 82활, 87활, 113, 127), 百億須彌(28, 48),
小屋(33), 家(35, 142, 147, 150, 154, 199), 家鄕(120), 家鄕路(148), 家中寶(170),
(打破)虛空(160), 虛空(35,40,76, 96, 103, 111, 150, 182, 183, 184, 185, 187),(燒)虛空
(156), 大空(60, 70), 峰巒(44, 48, 54, 60, 70), 萬仞懸崖(78), 那邊(80), 鄕(81,
240-4), 須彌(97, 98, 108), 峯頭(112), 最高峰(118), 金剛頂(145), 金剛峯頂(146),
懸崖(152, 161, 172, 179, 189, 237), 竿頭(157), 來時路(198), 水窮山盡處(201),
澄澄性海(211), 鐵壁銀山(218), 蓮華國(225), 佛祖玄門(283), 他家竹網中(291)

고자 한다.

(2) 일반춘一般春(36), 일적一滴(19), 일념一念(33), 상광일도祥光
一道(35), 일신一身(104, 141), 일상一相(105), 일물一物(150), 일호
단一毫端(175), 일도한광一道寒光(183), 일호중一毫中(195), 일기一
機(217), 일착一着(236)

등이 보인다. 우선 四壁이나 須彌와 같은 불교 특유의 상징적 용어뿐 아니라
봉정과 간두와 같이 높고 좁은 공간 용어들이 주로 나타난다. 허공이나 處,
國 등 실체 없이 넓기만 공간을 살적 공간으로 제시하기도 한다. 이 가운데
몇 가지를 보면 살적 자질의 용어로 가장 많이 쓰인 것이 四壁인데 일부 활적
기능을 하는 경우를 제외하고 모두 살적 자질을 보여 준다. 사벽(127)의 경우
'사벽은 비고 비어 겁 밖의 현묘함이다(四壁空空劫外玄)'라는 문맥에서 사용되고
있다. 불교에서 사벽은 막힌 공간의 개념으로 사용하기도 하면서 四大로 구성된
인간 육신을 상징하는 말로도 사용되는데 대부분 나옹의 시에서는 중의적 의미로
사용된다. 막힌 공간이나 인간의 육신이 본래 텅 비어서 실체가 없다는 것을
이렇게 표현하여 사벽은 살적 자질의 용어로서 주로 기능한다. 그 외에 須彌(98)에
서 '빼어난 수미가 홀로 험하네(透出須彌獨峭然)'라고 했는데 이 앞 구절에서
세간의 보배로 견줄 없는 것이라고 제시한 내용이다. 수미산은 유일하고 가장
우뚝하여 다른 어떤 것과 짝이 될 수 없다는 방식으로 본질을 상징하는 용어로
많이 쓰인다. 이와 다소 용어는 다르지만 산꼭대기를 나타내는 峯頂이라는
장소 개념도 수미와 같이 빼어나 높다는 의미로 많이 사용되어 살적 개념의
용어로 주로 사용되고, 懸崖라는 용어는 竿頭, 銀山鐵壁과 함께 수행자가 수행을
통하여 도달한 삼매의 상태를 상징함으로써 역시 살적 자질을 갖추었다. 그리고
마침내 도달하는 존재의 본질을 객지의 나그네가 마침내 집에 돌아오는 것에
비유하여 집이라는 家 또는 家鄕, 家鄕路 등으로 표현한다.

(3) 고풍古風(52, 76, 102, 122, 180-1, 200), 금풍金風(7, 32), 상풍霜風(96), 개개芥(32), 반주盤珠(枯髏歌), 화火(枯髏歌), 화단火團(175), 노주露柱(등롱燈籠, 13), 백은단白銀團(14-1, 2, 90), 토괴니단土塊泥團(53), 조관祖關(14-2), 중관重關(89), 조사관祖師關(180-2), 귀모龜毛(20), 자운慈雲(85), 나가정邪伽定(119), 고목枯木(121), 상설霜雪(145-1), 진사자眞師子(149), 둔철완동鈍鐵頑銅(안할개眼豁開, 169), 허공골虛空骨(178), 현玄(208), 극독極毒(224), 비야금속의毗耶金粟意(229), 각화향覺花香(240-4), 보기寶器(244), 한회寒灰(244), 한광寒光(37, 67, 188?), 견강현모체堅剛玄妙體(244), 천天(134), 묘상원무상妙相元無相(265), 쌍안벽雙眼碧(289), 정안正眼(289), 수미須彌(32), 미진微塵(108), 개개芥(108), 자가재보自家財寶(123).

(4) 의단疑團(167, 171, 175, 183), 삼매三昧(枯髏歌), 격외선格外禪(178), 심성心性(翫珠歌), 자성自性(34쪽), 진공정로眞空正路(枯髏歌), 체體(翫珠歌, 20, 22, 54, 63, 67, 84, 114), 체體(30), 정체正體(99, 100), 색체色體(276), 귀물貴物(70), 원통圓通(130), 심기深機(139), 근원根源(166), 정광正光(191), 실지實地(196), 본원本源(213), 허명虛明(228), 반야般若(1-4, 288), 해탈解脫(294), 도道(9-1), 심지深志(140), 진眞(250), 진종眞宗(111), 진심眞心(213, 239), 진공지眞空地(234-2), 진공眞空(244), 진공정로眞空正路(枯髏歌), 진적처眞的處(248), 나변진적처那邊眞的處(279), 진용眞容(259), 묘음妙音(21), 묘진妙眞(157, 249), 공空(枯髏歌), 무無(22), 무심처無心處(192), 부명자無名者(153), 무가보無價寶(136)

(2)는 숫자상 일자—字를 가진 용어들이다. 존재의 양면인 보편과 다양에서 보편을 드러내는 기능을 하여 살적 성격을 획득했다. 다양함이 구체적 개체의 복수 개념이라면 보편은 관념적 원리의 단수 개념에 해당하기 때문이다. 일반춘—般春(36)은 '넓고 넓은 천지가 한 가지로 봄이네(普天普地—般春)'라는 문맥에 쓰여 천지 가득 봄이라는 것을 겉으로 나타내면서도 천지로 대변된 일체에 형상 밖의 한 원리가 보편되어 있다는 것을 형상화하여 나타내고 있어 일반춘은 살적 자질의 용어로 쓰였다. 일념—念(33)의 경우도 '만 가지 형상이 모두 한 생각으로 돌아가 사라지네(萬像都歸—念消)'라고 하여 만상의 다양함이 일념의 단일함으로 수렴된다는 것을 나타내서 역시 살적 자질을 보인다. 나머지 표현들 역시 문장 표현이 다소 다르기는 하지만 이와 같은 살적 성격은 동일하다고 할 수 있다.[22]

(3)을 보면 바로 앞에서 본 단수, 시공간 개념이 아닌 형상화된

---

22 —滴(19)의 경우 건곤을 윤택하게 하고, 祥光—道(35)의 경우 허공을 다 싸는 것으로, —身(104, 141)의 경우 천만의 파도에 나타나거나 허공과 대지를 삼키기도 하며, —相(105)은 화하고 맑은 것이라고 하고, —毫端(175)은 대천사계가 그것이라고 하고, —道寒光(183)은 고금이라는 현상을 태우는 것으로 그려지고, —毫中(195)은 널리 다니는 것이 한 털 가운데 있다고 하고, —機(217)는 뼈에 사무치고 하늘에 통하도록 통달하는 원리로 각각 사용되고 있어 기본적으로 다양한 개체의 근원자인 하나의 보편자를 나타내는 기능을 수행하고 있어서 역시 살 자질의 용어 기능을 수행하고 있다. 이러한 용례는 대표적 선시로 알려진 영가의 『증도가』(성철스님법어집, 『신심명·증도가』, 장경각, 2008, p.94)의 '한 성품이 두렷하게 모든 성품에 통하고, 한 법이 두루하여 모든 법을 다 포함하니(—性圓通—切性 —法偏含—切法)'에서 —性과 —法이 살적 자질을 가진 용어로 쓰인 데서도 확인된다.

일반 용어들이다. 이 가운데서 가장 많은 고풍古風(52)을 보면 '모든 일이 다 공인데 … 진중하고 드높게 고풍을 드러내네(諸般所作摠皆空 … 几几騰騰現古風)'에서 사용되는데, 문맥으로 보아 일체가 다 공인데 그 일체가 바로 고풍을 드러내는 것이 되어 고풍은 공空이라는 본질을 나타내는 것으로 사용되었다. 여기서 고古는 고금古今의 대립적 고古가 아니라 이 양자를 초월한 고古로서 옛날부터 본래 있었던 것이라는 의미로 역시 본질을 나타내는 기능을 하여 고풍古風은 살적 자질을 보여 주는 대표적 용어가 되었다. 또 관문이라는 뜻의 관關이 많이 사용되는데, 조관祖關(14-2)을 보면 '동서남북에 조사의 관문이 막혀 있네(東西南北掩祖關)'라고 하여 앞 구절에서 '산하가 한 조각 백은단이오(山河一片白銀團)'라고 하는 구절과 짝이 되어 산하가 한 조각의 백은단이듯 동서남북은 모두 조사의 관문으로 잠겨 있다는 말을 하고 있다. 그래서 조사 관문은 수행자가 뚫어야 할 대상이면서 일체 존재의 정적 측면을 드러내는 용어이다. 관문에 관련된 나머지도 마찬가지다.[23]

(4)는 앞에서 살핀 것과는 달리 형상화를 거치지 않고 관념적 글자를

---

23 그 외의 대상물들도 각기 특이한 측면에서 살 자질을 나타내는 것으로 되어 있다. 예를 들면 龜毛(20)는 본래 없는 거북 털이고, 慈雲(85)은 실체가 없는 구름이고, 那伽定(119)은 선정으로 일체가 멈춘 자리이고, 枯木(121)은 말라서 생명이 없는 나무이고, 霜雪(145-1)은 찬 것이 겹쳐 매우 차디찬 것이고, 眞師子(149)는 백수의 왕으로 일체를 제압하는 것이고, 白銀團(14-1, 2, 90)과 土塊泥團(53), 鈍鐵頑銅(169)은 모두 아무 작용이 없는 죽은 물건이라고 할 수 있다. 그 외 虛空骨(178), 玄(208), 極毒(224), 毗耶金粟意(229), 覺花香(240-4), 寶器(244), 寒灰(244) 등도 그런 의미에서 일정한 살적 자질을 가지고 있다.

그대로 사용하고 있는 용어들이다. 무심처無心處(192), 무명자無名者(153), 무가보無價寶(136)와(#) 같이 일부 드러난 현상을 부정하는 용어도 있다. 의단疑團(167, 171, 175, 183)이라는 용어는 수행을 통하여 화두 일념이 되어 다른 잡념이 일체 없이 완전히 의정疑情만 드러난 상태를 의미해서 살적 자질을 가졌는데,[24] 한 가지 예를 들면 의단(168)은 '알지 못하는 사이에 의단이 분쇄되면(不覺疑團成粉碎)'에 사용되어, 일체가 사라진 몰입의 상태를 의미하여 살 자질의 용어가 되었다. 격외선格外禪(178)은 깨달음과 미혹함이라는 상대 유한의 상태를 초월한 선禪을 의미하여 살적 자질을 획득했고, 심성心性(翫珠歌)이나 자성自性(34)의 경우는 구체적 실체가 없는 상태를 나타내며, 체體(翫珠歌, 20, 22, 30, 54, 63, 67, 84, 114), 정체正體(99, 100), 색체色體(276) 등은 구체적 작용을 나타내는 용用과 상대적 관점에서 작용의 본질, 즉 비작용을 나타내서 살적 자질을 각각 획득한 용어가 되었다.[25] 예를 들어 체體(114)는 '갑자기 계급을 잊어 체가 온전히 드러나니(頓忘堦級體全彰)'라고 하여 계급을 잊은 본질의 상태를 나타냄으로써 역시 살 자질을 획득했다.

그리고 공·무아의 상태, 즉 살 자질의 상태를 '참되다'라는 한자 표기(眞)를 사용하여 만든 어휘가 상당수 나타난다. 예문에서 진자眞字

---

24 三昧(枯髏歌) 역시 의단이라는 용어와 함의가 같다.

25 그 이외 일반 용어로 貴物(70), 圓通(130), 深機(139), 根源(166), 正光(191), 實地(196), 本源(213), 虛明(228), 解脫(294) 등이 있는데 이 역시 '귀하다, 원만하다, 깊다, 근원, 바르다, 실제, 빔, 벗어남' 등의 의미를 통하여 본질을 형상화한다는 측면에서 살적 자질을 부여받은 용어들이다.

뒤에 종宗, 심心, 공空, 처處, 용容 등의 글자를 더하여 역시 본래 없는 상태를 표현하여 살 자질의 용어를 만들고 있다. 실제 공空이나 무無와 같이 한 음절어 글자를 직접 사용하기도 하고 무엇이 없는 것이라는 뜻으로 무심처無心處, 무명자無名者, 무가보無價寶와 같은 단어를 만들기도 했다.[26] 그래서 (4)에 해당하는 말은 형상화를 거치지 않고 바로 설명하는 직설적 표현을 그대로 사용하는 용어들로서 살적 자질을 보이는 어휘들이라 할 수 있다.

요컨대 살 자질의 어휘 유형에는 인물성人物性과 그가 사용하는 도구를 나타내는 어휘 유형, 보편자를 숫자 하나로 나타내는 어휘 유형, 보편자를 다양하게 형상화한 어휘 유형, 보편자를 직설하는 어휘 유형 등이 나타났다.

3. 활적活的 자질의 어휘 유형

살적 어휘 유형이 존재의 본질을 나타내는 데 유용한 하나, 무형, 무색, 부정적 자질의 용어를 주로 사용했다면 활적 어휘 유형은 이와 대조적 성격을 띠는 여럿, 유형, 유색, 긍정적 자질의 용어를 주로 사용하고 있다. 문장에서 주어나 목적어, 서술어, 수식어 등의 역할을 하면서 존재의 현상을 드러내는 용어가 활적 자질의 어휘 유형에 속한다. 존재의 있음과 드러남의 측면을 주로 나타내기 위해서 가시적

---

26 無心, 無名, 無價는 각각 마음, 이름, 값이 없다는 말이 되어 용언의 어휘 계열이 되는데 그 뒤에 명사인 處, 者, 寶와 같은 체언 피수식어를 두면 정확하게 살 자질의 체언을 만들어 낸다.

이고 구체적 대상을 지칭하는 용어를 가져옴으로써 형상화가 이루어지는 양상을 띠기도 한다.

드러나고 작용하는 것을 나타내기에 가장 편리한 말이 시각視覺에 관계된 빛 관련 용어들에서 그 관련 용례가 많이 나타난다. 여기에는 해와 달과 같은 실제 발광체가 많이 동원되면서도 일반 사물의 겉모습인 빛깔을 나타내는 말이 사용되기도 한다.

(5) 금오金烏(40, 79, 92, 97, 107, 125), 교일皎日(48), 월月(158), 옥섬玉蟾(113), 은섬銀蟾(32), 명월明月(41), 추월秋月(53), 수월水月(105), 성야월星夜月(62), 파중월波中月(147, 174), 한담월寒潭月(202), 일월日月(35, 266), 명명일월明明日月(50), 보월寶月(87), 육창한월六窓寒月(57, 61), 육창고월六窓孤月(56, 64, 82), 육창풍월六窓風月(95), 매화명월梅花明月(90), 청풍명월淸風明月(94), 일륜심월一輪心月(201), 징담추야월澄潭秋夜月(191), 겁화劫火(103), 화火(발發, 156), 자금광紫金光(154), 수색산광水色山光(11), 주광珠光(36), 문채文彩(37), 광명光明(98, 266), 영광靈光(157), 영두광嶺頭光(125), 광휘光輝(201), 혁혁광휘赫赫光輝(79), 척벽파광尺璧波光(99), 묘색妙色(57), 추색秋色(7), 오색광중五色光中(76)

해를 나타내는 금오金烏가 가장 많이 사용되고 있는데, 금오(40)를 보면 '금오가 세계에 두루하여 스스로 분명하네(金烏偏界自分明)'라고 하여 세계를 두루 분명하게 비추어 드러내는 작용을 말하여 활 자질을 나타내고 있다. 달을 나타내는 육창고월六窓孤月(56)의 경우도 이를

두고 '더욱 분명하네(再分明)'라고 하여 고월孤月은 빛나는 작용을 나타
내는 활 자질의 용어로 기능하였다. 해와 달과 같이 발광체는 아니지만
빛과 관련된 용어도 작용을 나타내는 용어로 반복적으로 많이 사용되
었다. '밤을 빼앗은 광명이 대천세계를 비추니(奪夜光明照大千)'라고
하여 광명이 대천세계를 비추는 작용을 하는 것으로 사용되었는데,
빛을 나타내는 다른 유사 용어들도 이 같은 역할을 하여 활적 자질을
분명하게 보여 준다.[27]

다음은 단수 개념으로 표현되는 보편에 대응된 현상의 무수한 존재
전체를 나타내는 용어들이 활적 자질의 용어로 집중적으로 사용되고
있다.

(6) 군민群民(34), 인인人人(翫珠歌), 두두물물頭頭物物(3, 10), 법
법法法(7), 백초두변百草頭邊(8), 만상제상萬像諸相(28), 군기群機
(29), 만상萬像(30, 33, 51, 110), 삼라만상森羅萬像(46), 시방세계十
方世界(47), 만상萬緣(68), 사계沙界(71, 79), 섬진纖塵(71), 미진微
塵(108), 개개芥(108), 만상삼라萬像森羅(72), 두두頭頭(84), 대천大千

---

27 몇 가지 예만 들어 보면, 紫金光(154쪽)의 경우 '생각생각이 다하여 생각 없는
데 이르면 여섯 문에서 항상 자색 금빛이 나리라(念到念窮無念處 六門常放紫金光)'
라고 하여 생각 없다는 살의 상태에서 자금광을 발하는 활의 상태로 전환하여
이 용어는 활적 자질을 분명하게 얻었다고 할 수 있고, 珠光(36)은 안과 밖이
항상 나타나 있다고 하여 드러남을 나타내서 활적 자질어가 되었고, 妙色(57)의
경우 아름다운 옥색을 나타내서 역시 활 자질을 얻었다. 그 나머지 빛이나
색체를 나타내는 용어도 대략 이와 같은 드러남, 작용의 성격을 보여서 활
자질의 용어로 기능하고 있다.

(98), 진진찰찰塵塵刹刹(34, 36, 206, 162, 220), 진진塵塵(38, 33, 68, 107), 산하만상열성라山河萬像列星羅(248), 삼천찰해三千刹海(91), 물물物物(223), 삼천三千(85), 찰찰진진刹刹塵塵(121), 두두頭頭(157, 199), 물물두두物物頭頭(200, 240-2), 법법法法(215), 진사차별연塵沙差別緣(127), 만산萬山(128), 만랑천파萬浪千波(104), 만학천암萬壑千嵓(112), 만별천차萬別千差(139), 만장홍파萬丈洪波(129), 하사河沙(翫珠歌), 제천諸天(34), 진사계塵沙界(103), 제연諸緣(176, 180-1), 대천사계大千沙界(133, 175), 진소식眞消息(45)

대표적으로 모든 사람이라는 뜻의 군민(34), 낱낱의 존재라는 뜻의 두두물물(3,10), 우주의 모든 존재라는 뜻의 만상삼라(72), 먼지처럼 많다는 뜻의 진진(38, 33, 68, 107), 모든 인연이라는 뜻의 만연(68) 등이 그것이다. 이 항목에 해당하는 단어는 최소한 두 글자 이상으로 된 일체 모두를 나타내는 용어로서 현상의 다양한 대상을 드러냄으로써 활적 자질을 획득한 용어들이다. 두두물물(3)의 경우를 보면 '조사의 도가 서쪽에서 온 분명한 뜻은 낱낱의 물건마다 저절로 먼저 통하네(祖道西來端的意, 頭頭物物自先通)'라는 문맥에서 하나의 '분명한 뜻'이 일체 모든 것에 통한다고 하여 단수의 단적의端的意가 살적 자질인데 비하여 복수 개념의 두두물물은 활적 자질의 말이 되었다. 천차만별의 여럿을 나타내는 용어들은 낱낱이라는 개념을 나타내기 위하여 인인이나 물물, 법법과 같이 같은 글자를 두 번 반복하여 표현하는 경우가 있고, 많다는 의미로 만랑천파(104)와 같이 숫자 천이나 만을 동시에 사용하거나 따로 사용하기도 하고, 여럿이라는 뜻으로 사계, 진사계,

제천에서와 같이 여럿이라는 함의를 가진 사沙, 진塵, 제諸 등의 글자를
더하여 무수한 수치를 나타내어 역시 활적 자질을 가지게 되었다.
진진(107)이 사용된 문장을 보면 '이로부터 티끌 티끌이 명백해졌고(從
此塵塵明白了)'라고 하였는데, 이 작품의 첫 문장에서 해가 뜨니 그렇게
되었다고 하여 구체적 사물이 분명하게 드러났다고 하여 이 역시
활 자질의 사례를 보여 준다. (5)의 어휘들이 빛나고 드러난다는
성질을 가지고 활 자질을 획득했다면, (6)에 보인 어휘들은 하나인
보편에 대한 다양한, 여러 개별자를 나타내는 방식으로 활 자질을
나타냈다.[28]

그런데 이러한 다양성을 축양하여 만든 대립적이거나 병립적 용어로
활 자질을 나타내는 경우도 빈번하게 나타난다. 대등한 두 가지 사항을
대립시키거나 병립하여 일체 현상을 대신하여 활적 자질을 보여 주는
어휘 유형이 역시 많은 비중을 차지한다.[29]

---

28 다수, 모든 것 등 여러 가지를 뜻하는 용어들은 이와 비슷한 문맥에서 사용되어
   활 자질의 용어로서 기능하고 있다.
29 대립적 어휘의 반 이상이 시간과 공간을 나타내는 용어들이다. 여기서도 본문에서
   일부만 제시하고 나머지는 여기에 제시만 한다. 古今(45쪽, 183), 古今伴侶(91),
   內外(40), 前後邊表(38), 乾坤(59), 大地山河(92), 南北東西(47, 52, 82, 88, 104,
   195), 東西南北(96), 方圓長短(102), 長短方圓(110), 南山與北崗(125), 彼處空此
   處空(137, 143), 長短(69), 遠近(70), 六窓內外(92), 南來北往(243), 山水(262),
   大地山河(97, 156, 163, 205), 虛空大地(141), 大地虛空(190), 大地虛空(破
   裂)(240), 山河日月兼星宿(223), 大地杏花(243), 劍樹刀山(176), 奇巖怪石(248),
   天地峰巒(32, 79), 五岳須彌(60), 內外中間(114), 西東(110), 須彌大海(72), 須彌五
   岳(78), 天地(67, 96), 長短先後(67), 乾坤(104, 110), 劫前劫後(236), 東西(240-3).

(7) 견문見聞(33, 翫珠歌), 불마佛魔(翫珠歌), 명상名相(翫珠歌), 어룡하해魚龍蝦蟹(129), 근진根塵(157), 심신身心(159), 음양陰陽(153), 성범聖凡(227), 좌와경행坐臥經行(122), 파파영영波波影影(260), 흑백黑白(64), 피차彼此(64), 이동異同(68), 교송노백喬松老栢(146), 굴수반송屈樹盤松(248), 호혈마궁虎穴魔宮(162, 165), 청풍화월淸風和月(1-4), 명월청풍明月淸風(80), 납월춘풍臘月春風(44), 광영光影(113), 청자장자靑者長者(81)

(7)의 견문은 인간의 보고 듣는 행위로서 인식 주체가 하는 행위의 대표적 활동을 병립적으로 나타낸 용어이다. '견문은 다른 물건이 아니라 원래 옛 주인일세(見聞非他物 元是舊主人)!'라는 문맥에서 사용되어 견문은 이원적 두 가지 드러난 감수 작용을 나타내서 활적 자질의 용어가 되었다. 「완주기翫珠歌」에서는 이와 반대 방향에서 '보지 않고 듣지 않는 것이 참으로 보고 듣는 것이네(不見不聞眞見聞)'라고 하여 작용하지 않는 것이 작용하는 것이라는 역설법을 통하여 이원적 성격의 어휘가 활적 자질의 용어로 사용된다는 것을 보여 준다. 견문의 경우가 이원적일 뿐이라면 불마, 명상, 근진, 신심, 음양 등의 용어는 이원적이면서 대조적 성격까지 가지고 있다. 이들 용어는 부처와 마군, 정신과 물질, 주관과 객관, 몸과 마음, 음과 양 등의 대립적 의미를 가진 글자가 조합되어 하나의 어휘가 만들어진 것으로서 내용의 구체적 현상에서도 대립적 성격을 보여 준다. 공간을 나타내는 용어는 천지, 산수와 같은 대조, 시간상으로는 고금과 같은 대조를 가져와서 구체적 현상의 전체를 나타내서 활적 자질을 획득하였다.[30]

(8) (무無)상相(翫珠歌), (무無)형形(翫珠歌), (무無)형영形影(60),
(무無)사事(208), (무無)유有(枯髏歌, 79), (무無)생生(枯髏歌), (무無)
위爲(294), (무無)종종蹤(翫珠歌, 143), (몰沒)종蹤(159, 267-1), (무無)
종적蹤跡(227), 광廣(무無)변邊(211), (몰沒)개종个蹤(195), (영몰永
沒)종蹤(47), (자몰自沒)종蹤(130), (절絶)종적蹤跡(84, 117), (절絶)
행적行蹤(93), 형영形影(30, 60), 영형影形(129), 짐적朕迹(38), 상相
(85), 이상異相(49), 형상形相(84), (망忘)형形(288)(모양)/ 청풍淸風
(89, 97), (불拂)청풍淸風(92), 향풍香風(146), 격격뢰擊擊雷(43),
의기意氣(139), 념念(154), 유수流水(62), 활룡活龍(143)(움직임)/
육문六門(154), 육창六窓(26, 33, 37, 46, 51, 59, 113, 148, 163), 노주露
柱(등롱燈籠, 13), 승경勝景(39), 지枝(36), 지엽枝葉(43), 만월자용滿
月慈容(292), 성聲(276), 미모횡안眉毛橫眼(235-2), 외外(36), 피낭
皮囊(66), 점하點瑕(69), 연진緣塵(73), 미진微塵(108), 백운白雲
(77)(겉으로 드러난 것)/ 새안塞雁(101), 백국白菊(101), 개芥(108),
백수栢樹(36), 정령精靈(47), 풍류風流(139), 횡횡橫橫(翫珠歌), 보현普
賢(14-2), 용처用處(102), 조사옹祖師翁(139),[31] 진경眞景(30), 법계
法界(33), 물物(63, 66, 259), 물연物緣(1-8), (절絶)점點(110), 계급堦
級(114), 서사瑞事(120), 심상尋常(197)

---

30 普天普地(36쪽, 212), 山水(88), 四海五湖(39쪽), 今古(128), 風雨(35, 59) 등의
   대립적, 병립적 시공간의 용어들이 역시 활 자질의 역할을 하고 있다.
31 조사옹과 같은 인물성은 살적 자질의 용어로 주로 사용되는데, 여기서는 '분명하게
   조사옹을 쳐서 죽여라(灼然撞煞祖師翁)'고 하여 '조사옹'을 죽여야 할 다양한 대상
   가운데 하나임을 정확하게 나타내서 이 용어가 활적 자질을 가지게 됐다.

(8)에서는 겉에서 보이는 자취나 모양, 움직임, 밖으로 나타난 겉모습 등을 나타내는 용어가 활 자질을 획득하였다.[32] 활 자질을 나타내는 어휘로서 겉으로 나타난 모습을 보이는 직설적 용어가 많이 사용되었다. 자취를 나타내는 종蹤, 모양을 나타내는 형形이나 상相이 많이 쓰이고 있다. 이 가운데 (몰沒)종蹤(159)의 한 예를 보면 '비록 물물이 분명하게 나타나 있으나 다시 찾아보면 또 자취가 없네(雖然物物明明現 更覓來由又沒蹤)'라는 문맥에서 사용되고 있다. 여기서 종蹤은 바로 분명하게 나타난 물물의 현상을 나타내어 활 자질의 용어인데, 몰沒과 합성되어 몰종沒蹤은 살 자질을 나타내는 말이 되었다. 자취나 형상을 나타내는 활 자질은 부정어와 합성되면서 없음의 상태를 나타내는 데 주로 사용되어 살을 드러내는 기본 재료로 사용되는 것이 특징이다. 그리고 자유로운 움직임을 나타내는 데에 바람 풍風 자字를 많이 사용하고 활活이나 류流를 수식어로 사용하고 있다. 예를 들어 보면 청풍淸風(97)은 '해가 바다 동쪽에 떠오르니 한없는 청풍이 멧부리를 비추어 통하네(金烏始出海門東 無限淸風照岳通)'라는 문맥에 쓰여 멧부리를 비추어 통하는 작용을 하는 기능을 하고 있다. 이 용어들은 어둠과 고요함에서 밝음과 움직임으로의 변화를 일으키는 내용을 담아 활적 자질을 획득했다.

---

32 여기서도 시공간 용어는 간단히 정리해 둔다. 西天(35쪽), 今日夏初四月五(36쪽), 界(靈珠歌), 太虛(123), 西風(53), 天邊(54), 遍界(55), 碧霄(58), 嶺上(65), 天(78), 曉天(79), 碧川(80), 八面(82), 千松影下(83), 塵沙劫(100), 法界(69, 108), 洞門(112), 露地(115), 世界(118), 天上天(120), 暮春(121), 分別世間(278), 分別處(278), 平地(120).

그 외에 겉으로 드러난 인간의 여섯 가지 감각 기관을 의미하는 육창六窓 또는 육문六門, 역시 겉으로 드러남을 나타내는 의미의 외外. 피皮 등이 들어간 어휘가 활 자질을 나타내기도 한다. 그리고는 나무, 국화, 기러기 등과 같이 모양 있는 구체적 대상, 정령精靈(47)이나 풍류風流(139), 횡횡(額珠歌), 보현普賢(14-2)[33], 용처用處(102)와 같이 그 어휘 안에 움직임을 내포한 어휘, 심상尋常(197)이나 물物(63, 66, 259)과 같이 일상적 사물과 관련된 용어를 가져와서 활 자질을 나타내는 데 사용하고 있다.

이상에서 활 자질의 어휘들을 몇 가지의 유형으로 묶어서 논의해 보았지만 실제 몇 가지 유형으로 다 포괄할 수 없을 정도로 매우 다양한 모습을 보여 주고 있다. 그중에 대표적인 것으로 해와 달과 같은 발광체나 빛을 나타내는 어휘 유형이 있고, 하나의 보편자에 대응되는 현상의 무수함을 나타내는 어휘 유형, 무수한 것을 두 가지 병립적 대상으로 수렴한 어휘 유형, 겉으로 드러난 여러 가지 대상과 현상을 있는 그대로 나타내는 유형 등이 나타났다. 이것은 드러난 현상의 다양한 측면을 있는 그대로 표현하면서 그에 따른 실제 다양한 대상어를 도입해 온 결과로 보인다. 다양한 현상과 대상을 구체화한 어휘를 여기에 동원하고 있다는 점이 앞의 살적 자질을 나타내는 경우와 달랐다. 본질은 구체적 구문의 문맥 정황에 따라 질서화하고 상징적으로 구체화하여 표현할 수 있는 데 비하여, 현상을 나타낼 때에는 구체적 현상이 실제 무한해서 이를 일률적으로 굳이 특정

---

33 보현보살은 실천, 문수보살은 지혜를 각각 대변하여 보현은 활, 문수는 살을 의미하는 용어로 사용된다.

몇 개의 용어로 형상할 필요가 없이 있는 다양한 대상어를 빈번하게
그대로 가져왔기 때문이다.[34]

4. 살활동시적殺活同時的 자질의 어휘 유형

겉으로는 살적 어휘 유형과 활적 어휘 유형이 뚜렷한 대비를 이루는
듯하지만 두 유형 다 하나의 몸으로서 일체 양면의 어느 한 면을
나타내는 말이라고 할 수 있다. 그래서 구체적으로 표현할 때 어느
한 측면을 말하기 위하여 살적 자질이나 활적 자질 가운데 어느 한
측면의 용어를 사용하지만, 실제 두 가지의 자질은 분리할 수 없는
일체를 구성하는 양면의 모습일 뿐이다.

그런데 여기서 살피고자 하는 어휘 유형은 살적 자질, 활적 자질의
양면적 성격을 동시에 보여 주는 어휘들이다. 하나의 어휘이면서도
구체적으로 양면의 모습이 겉으로 드러나게 구성된 어휘가 있는가
하면, 혼융하여 양면적 성격이 전혀 겉으로는 드러나지 않는 용어
유형이 발견된다.

(9) 불조佛祖(29), 제보살諸菩薩(76), 조옹祖翁(243), 관자재觀自在
(292), 정안正眼(233), 고노풍古老風(117), 가풍家風(159), 영주靈珠
(翫珠歌), 마니摩尼(翫珠歌), 심주心珠(翫珠歌), 명주明珠(翫珠歌),
대신주大神珠(267-2), 여의보如意寶(267-1), 묘정명심妙淨明心

---

34 이것이 앞의 살적 자질 용어와 달리 활적 자질의 어휘 유형을 단순하게 몇
가지로 묶을 수 없는 이유라고 할 수 있다.

(223), 영광靈光(翫珠歌), 진소식眞消息(45), 진경眞境(50), 종지宗
旨(213), 도道(172), 대도大道(180-3), 묘도妙道(160, 199, 209, 210,
238), 법뢰法雷(168), 묘지妙旨(124), 묘리妙理(241-1), 묘현기妙玄
機(275), 현묘처玄妙處(184)

(9)에 해당하는 용어들은 살적 자질과 활적 자질의 양면을 모두
포괄하되 양면이 하나로 융합되어 어휘 안에서는 양면적 성격이 구분
되지 않는 용어들이다. 한 단어이면서 하나의 글자로 되어 있거나,
두 글자 이상으로 되어 있더라도 대립적 구성을 보이지 않고 수식어와
피수식어의 관계로 핵심 요소는 하나로 되어 있는 어휘 유형들이다.
여기서는 불조를 비롯한 살활의 존재 원리를 깨달은 인물[35]이나 이들의
안목, 방식 등을 나타내는 용어들이 여기에 해당하고, 깨달음의 본질인
순수한 마음을 상징하는 구슬이라는 의미의 구슬 주자珠字를 사용한
영주, 심주, 명주 등의 어휘를 사용하기도 하였다. 진리의 상태를
진이나 도, 묘, 현, 보 등의 용어를 사용하여 표현하기도 하였다.[36]
불조(29)의 경우 '불조는 당당하나 찾아도 알 수 없네(佛祖堂堂覓不知)'
라고 하여 당당함과 알 수 없음의 양면을 동시에 가지고 있어서 살활동
시적 자질의 용어가 되었다. 제보살(76)의 경우도 '오색 가운데서

---

35 사용된 문맥에 따라 佛(36쪽)이 瞿曇(43쪽)과 같은 인물성은 어느 하나의 측면,
　여기서는 살 자질을 보여 주는 경우도 나온다.

36 이외에도 양자를 포괄할 수 있는 深志(140), 三玄(134), 三要三玄(145-2), 圓通境界
　(275), 圓通觀自在(292), 團(108), 一體(109), 氷姿玉骨(132), 天(134), 中間風月
　(269) 등의 용어를 다양하게 사용하고 있다.

고풍을 얻고(五色光中得古風)'라고 하여 제보살은 활 자질의 오색광과 살 자질의 고풍을 모두 가져서 살활동시적 용어가 되었다. 조웅(243)[37]이나 정안(233)[38] 등도 같은 이유에서 살활동시적 자질을 가지는 어휘로 기능하고 있다.

대신주(267-2)를 보면 '사람 사람마다 큰 신주가 있으니 일어나고 앉는 데에 분명하여 항상 스스로 따르네(人人有个大神珠 起坐分明常自隨)'라는 문맥에서 사용되고 있는데 '대신주'는 마음을 상징한다. 사람 사람이라는 일체에 보편되어 있다는 면과 함께 활동할 때 분명하게 드러나는 활동적 존재로도 표현되어 작용하는 면과 보이지 않는 면을 동시에 지니게 되었고, 그래서 살활동시적인 자질을 가진 용어가 되었다. 그리고 묘도(238)의 경우도 보면 '묘도는 당당하게 어디에 있는가 … 산수의 모습이 본심일세(妙道堂堂何處在 … 水色山光是本心)'라고 하여 묘도는 겉으로 드러난 산수이면서 보이지 않는 본심이라는 양면을 함께 가진 존재로 읊고 있어서 살활동시적 자질의 용어가 되었다. 가장 빈번하게 쓰인 묘도라는 용어를 비롯하여 묘妙와 도道 자가 들어가는 다른 많은 용어가 살활의 자질을 이런 방식으로 분명하게 보여 주고 있다.[39]

---

37 '티끌 티끌 모두 서쪽에서 온 뜻을 노래하니 어느 곳에서 수고롭게 조웅을 찾는가?(塵塵齊唱西來意 何處勞勞覓祖翁)'에서도 진진과 서래의를 모두 가진 존재가 조웅이 되어서 살활동시적 용어가 되었다.

38 '한번 몸을 던짐에 정안이 열리네(一擲翻身正眼開)'에서 정안은 살활에 치우치지 않는 바른 눈이라는 뜻이 되어 역시 살활동시적 자질을 획득했다.

39 불교에서 말하는 진리나 인간의 마음은 연기된 존재로서, 『반야심경』의 표현을 빌리면 色과 空이 하나로서 둘이 되어 있는 것이기 때문에 그 전체를 표현하는

그래서 여기에 속하는 용어는 살활 두 가지 자질을 본래 가지고 있는 하나의 대상을 나타내는 어휘들로 구성되어 있다. 부처나 구슬, 도를 나타내는 여러 용어들이 여기에 해당하는데 부처는 살활의 원리를 깨달은 사람이고, 구슬은 마음의 상징이며, 도는 깨달은 사람이 살아가는 진리라고 할 수 있어서 이를 표현하는 용어는 하나인 진리의 살적 자질과 활적 자질 양면을 공유하고 있어서 살활동시적 자질을 가지게 되었다.

이와 같이 하나의 통체로서 융합된 용어와 달리 하나의 어휘 단위를 형성하고 있지만 내면에 양자의 자질을 뚜렷이 드러내 보이는 이원 대립의 형태로 살활 자질을 드러내는 어휘들이 있다.[40]

(10) 체용體用(18,246), 육창기용六窓機用(107), 종횡縱橫(181), 살
활殺活(181), 편정偏正(279), 정겸편正兼偏(228), 군신정편君臣偏正
(277), 비상상非相相(105), 설무설說無說(121), 곤륜백로崑崙白鷺
(277), 납월춘풍臘月春風(132), 은섬오야銀蟾午夜(132), 겁전묘색
劫前妙色(106)

(10)의 경우에는 살적 자질과 활적 자질이 뚜렷이 구별되는 대립적 글자나 단어를 하나로 묶어서 만들어진 어휘들이다. 직접 살활殺活이

용어는 자연스럽게 살활동시적 자질을 가진다.

40 하나의 단어로 보기 어려운 崑崙白鷺(277), 臘月春風(132), 銀蟾午夜(132), 劫前妙色(106) 등도 있지만 한시에서는 하나의 단어처럼 묶어 볼 수 있는 개연성이 열려 있다.

라는 용어를 실제 사용하기도 했고, 이것의 다른 표현인 기용機用, 종횡縱橫, 정편正偏, 군신君臣 등이 많이 나타났고, 교학에서 많이 사용하는 체용이라는 단어도 나타났다. 그리고 긍정과 부정을 합쳐서, 활과 활의 부정을 병치하는 방식의 비상상(105), 설무설(121)과 같은 표현도 나타났다. 그 외에 상징적 표현을 빌려서 산과 새라는 의미의 곤륜백로(277), 겨울 속의 봄이라는 납월춘풍(132), 빛과 어둠이라는 은섬오야(132), 없음과 있음이라는 겁전묘색(106) 등의 용어가 매우 다양하게 사용되었다.

체용(246)의 해당 부분을 보면 '온전한 덕이 숲을 이루어 사방을 진압하니 당당한 체용이 가장 단정하네(全德成林鎭四垠 堂堂體用最端然)'라고 하여 전덕림이라는 인물을 두고 체용이라는 살활의 덕을 온전히 잘 갖추었다고 칭송하고 있다.[41] 종횡(181)의 쓰임을 보면 '종횡을 자재하여 살활을 온전히 하니(自在縱橫全殺活)'라고 하여 종횡은 살활을 온전히 하는 것과 같은 의미가 되었다. 본래 선문에서는 종횡이라는 말을 많이 하는데 이 예시와 같이 종은 살을, 횡은 활을 의미하는 자질로 사용되어 역시 살적 자질과 활적 자질이 조합되어 한 단어를 이루었다.[42] 곤륜백로(277)의 쓰임을 보면 '곤륜과 백로 둘이 뒤섞였네.

---

41 機用의 경우는 선문에서 많이 사용하는 말인데, 본래 이 말은 大機와 大用, 大機圓應과 大用直截을 합친 말이다. 기는 본질, 용은 작용의 의미로 體用이나 殺活과 같은 개념으로 사용된다.

42 縱橫에서 종은 세로인데 한 자리에 고정됐다는 의미가 있고, 횡은 좌우로 마음대로 움직인다는 의미가 있어 종을 살, 횡은 활로서 살활과 같은 의미로 사용이 된다.

군신과 편정이 서로 섞여 작용하니(崑崙白鷺兩交加 君臣偏正能迴互)'라
고 했는데 상징성이 매우 높다. 살적 자질과 활적 자질로 구분해
보았을 때 곤륜은 움직이지 않고 높이 솟은 산이고, 백로는 날고
움직이는 존재로서 양자가 서로 섞여 있다고 하여 살활동시적 자질을
보여 주고 있다.[43]

그 이하 상징성이 높은 어휘들을 보면 납월춘풍(132)의 납월은 추위,
춘풍은 따뜻함, 은섬오야(132)의 은섬은 밝음, 오야는 어두움, 겹전묘
색(106)의 겹전은 무색, 묘색은 유색으로 각각 대비되면서 살적 자질과
활적 자질을 동시에 보여 주는 살활동시적 자질의 어휘가 되었다.
납월춘풍(132)과 은섬오야(132)는 하나의 작품에 나타나는데 '12월
봄바람이 눈 속에 돌아오니 달은 한밤중에 난간 위로 떠오르네(臘月春
風帶雪還 銀蟾午夜上欄干)'라는 문맥에서 사용되고 있다. 추위와 따뜻
함, 어둠과 밝음이라는 대조적 자질이 동시에 표현되어 살활동시적
자질의 어휘 특성을 보여 주고 있다.

살활동시적 자질의 어휘 유형은 살 자질과 활 자질 두 가지를 분명히
가지고 있으면서도 두 자질이 겉으로 구분되어 드러나지 않고 하나로
융합된 어휘 유형이 한 단어 형태로 조합되어 있으나, 대립적·병립적
두 성격이 겉으로 드러나 있는 어휘 유형의 두 가지가 나타났다.
따라서 살활동시적 자질의 어휘 유형은 살 자질과 활 자질이 존재

---

43 뒤이은 문장에서 군신, 편정은 살활의 다른 차원을 나타낸다. 군과 정은 주관,
　신과 편은 객관을 의미하여 역시 전자가 살, 후자가 활의 자질을 가지게 되었기
　때문이다. 그래서 이 군신, 편정은 주관과 객관의 차원에서 살활동시의 자질을
　대립적으로 보여 주는 어휘 유형이라고 할 수 있다.

원리상 하나이면서 둘이고 둘이면서 하나인 관계를 잘 보여 준다고
할 수 있다.

5. 체언 계열 어휘의 양면성

이 장에서는 나옹 화상의 선시에 나타난 어휘 가운데 체언 계열 어휘의
유형을 세 가지로 나누어 살펴보았다. 선시를 연구하면서 단순히
겉으로 드러난 이미지나 수사법을 다루거나 특정 한 두 가지 시어를
가지고 논의를 전개하는 것도 의의가 없는 일을 아니지만 그것만으로
는 선시의 세계를 전면적으로 이해하는 데에 한계가 따를 수밖에
없다. 여기서 나옹 화상 선시 전체의 어휘를 모두 다루려 했던 이유도
그 때문이다. 나옹 선시 전체의 본령에 접근하기 위해서는 그 시
작품을 이해해야 하고 시 작품을 이해하기 위해서는 작품의 문장과
시를 구성하는 가장 기본 단위인 어휘의 자질을 정확하게 읽어 내야
한다. 나옹의 선시를 이해하고 장차 당대 백운 경한이나 태고 보우와
같은 시대 선승들의 선시를 이해하고, 나아가 그들을 전후로 한 한국
선시 전반을 이해하기 위해서 먼저 나옹 선시의 집중적 분석을 통하여
작품을 구성하는 어휘의 자질을 살적, 활적, 살활동시적 자질의 세
가지로 나누어 구명해 보았다.

먼저, 살적 자질의 어휘 유형을 살폈다. 존재의 비어 있음, 없음
차원을 나타내는 용어로 선문에서 살殺이라는 말을 사용하는데 이런
자질을 나타내는 용어 유형은 활活 자질이나 살활동시殺活同時 자질을
나타내는 용어보다 더 많았다. 이를 다시 구주인舊主人, 불佛, 주인공主

人公과 같은 인물성과 그가 사용하는 천검千劍, 취모吹毛, 진심眞心 등과 같이 사물을 나타내는 유형, 일적一滴이나 일념一念, 일착一着과 같이 근원자인 하나를 나타내는 유형, 고풍古風이나 고목枯木, 천天 등 구체적 대상 사물로 형상화한 유형, 삼매三昧나 심성心性, 진심眞心 등과 같이 본질을 직설한 유형 등 네 가지 하위 유형으로 나누어서 살폈다. 인물성과 소속 사물 유형의 어휘는 부처나 석녀 등 인물과 어떤 구체적 대상을 벨 때 사용하는 명검을 지칭하는 말로 나타났고, 하나의 보편자는 일一 자字를 첨가한 어휘들로 나타났으며, 사물을 형상화한 경우에는 바람과 관문關門 등 상징적 용어로 나타났고, 직설 을 한 경우에는 의심 덩어리라는 뜻의 의단, 진리라는 뜻의 도道, 공空 등의 용어로 많이 나타났다.

둘째, 활적 자질의 어휘는 대체로 살 자질의 용어와는 대비적인 모습을 보여 주었다. 살 자질의 용어는 드러나지 않거나 보편자 하나를 나타내는 어휘들이었는데 활 자질은 금오金烏나 옥섬玉蟾, 광명光明 등 드러나는 빛 관련 용어를 많이 사용했고, 두두물물頭頭物物, 진진찰 찰塵塵剎剎, 만별천차萬別千差 등과 같이 구체적 사상事像 일체를 나타 내는 복수 개념의 어휘 유형이 나타났고, 견문見聞이나 불마佛魔, 흑백黑白과 같이 다수나 일체를 단순화하여 이원적으로 구성한 용어가 또 한 하위 유형으로 나타났다. 그리고 유형화하기 어려운 다양한 물상으로 형상화한 어휘가 함께 나타났다.

셋째, 살활동시적 자질의 경우에는 살활의 대비적 요소를 겉으로 나타내지 않고 융합된 하나의 용어, 예를 들면 불조佛祖나 보살菩薩, 도, 구슬 등으로 표현된 유형이 있었고, 하나의 단어에 살과 활의 두 개 자질이 겉으로 드러나게 합성된 대립적 합성어 형태로 나타나는 어휘 유형이 있었다. 예를 들면 체용, 기용, 정편 등 직설적인 용어 유형도 있었고 곤륜백로崑崙白鷺(277), 납월춘풍臘月春風(132)과 같이 대조적 두 가지의 구체적 사물로 상징화된 용어 유형도 나타났다.

살활동시적 자질 유형은 이 유형 내에서 살활이 공존하는 존재의 실상을 드러내 보이는 역할을 하면서도 제2절의 살 자질과 제3절의 활 자질이 맺는 상호 관계의 성격을 드러내는 역할까지 하는 것으로 해석된다. 즉 살활동시적 자질을 보이는 어휘 유형은 한 유형 안에 두 가지 자질을 수렴함으로써 살과 활이 둘이면서 하나이고 하나이면서 둘인 성격을 잘 보여 주면서, 체언 전체에서 살적 자질과 활적 자질이라는 두 개의 자질이 분리되어 나타나기도 하고 통합되어 나타나기도 한다는 것을 보여 주는 기능까지 수행한다고 할 수 있다. 그래서 체언 계열 어휘 유형의 이원성은 서로 다른 두 유형의 어휘로도 나타나고 한 유형 내 두 요소로도 나타나서 이원성이 중층적이라고 할 수 있다.

이 장의 규모상 같은 어휘 문제이지만 용언 계열 어휘에 대한 논의를 함께하지 못했다. 다음 장에서는 용언 계열 어휘들의 자질 특성을 구명하고 장차 이것이 이 장에서 다룬 체언 계열 어휘와 어떤 관계를 맺고 있는지를 논의한다.

제3장 나옹 선시에 나타난 용언 계열 어휘의 양면성

1. 선시의 용언 계열 어휘 문제

선시를 이해하기 위해서는 우선 선에 대한 정확한 인식이 있어야 하고, 선이 시적으로 표현되었을 때 나타나는 특징을 이해하기 위해서는 한시 일반에 대한 이해도 갖추어야 한다. 여기에 그치지 않고 선시는 선리禪理의 고도한 시적 표현으로 이루어져 있기 때문에 시적 표현의 이면에 내재하는 원리나 표현의 기제를 읽어낼 수 있어야 한다.

그러나 이러한 사전 준비를 갖추고도 실제 선시를 읽으려 했을 때에 가장 먼저 부딪히는 장벽이 선시의 비일상적 표현들이다. 선시를 읽으면서 만나는 이러한 언어 장벽을 넘기 위해서 가장 먼저 어휘의 차원에서 선시를 구성하는 용어의 의미나 기능을 해명하는 일이 필요하다. 나옹 선시가 보여 주는 선적 표현의 어휘 전체를 대상으로 연구를 진행해야 하는 이유가 여기에 있다. 그런데 실제 어휘 차원의 연구를 진행하는 과정에서 다루어야 할 어휘의 방대함이 드러남으로서 불가피하게 체언 계열과 용언 계열의 어휘를 나누어서 논의할 수밖에 없었다.[1]

여기서는 용언 계열의 어휘를 분석함으로써 나옹 선시를 구성하는 핵심적 어휘의 실상을 구명하고자 한다. 용언 계열의 어휘는 문장에서 서술을 하거나 수식을 하는 기능을 주로 수행하는데 이런 기능이 구체적으로 어떤 문맥 상황에서 어떻게 이루어지고, 그래서 실제 용언 계열의 어휘가 전체적으로 어떤 양상으로 존재하는지를 살피고자 한다.

여기서도 어휘를 살피는 작업이기 때문에 일단 용언이라는 대분류 기준 아래에 선적 성격에 따라 살적 자질의 어휘, 활적 자질의 어휘를 나누고[2] 다시 이들 하위 갈래의 어휘들이 움직임을 나타내는가? 아니면

---

1 구체적으로 보면 체언 계열과 용언 계열 이외에 수식언 계열도 있겠으나 표현의 중심이 앞의 두 가지이기 때문에 이를 중심으로 살폈는데, 이 과정에서 논의해야 할 대상 어휘가 하나의 소논문으로 다루기가 어려워 체언 계열을 먼저 다른 논문에서 다루었고(전재강, 「나옹 선시에 나타난 체언 계열 어휘의 양면성」, 『어문학』 제121집, 한국어문학회, 2013, pp.215~244), 이 장에서는 용언 계열의 용어를 다루고자 한다. 그러나 두 계열이 별개의 것이 아니기 때문에 상호 관계를 반드시 논의해야 하는데, 양자의 관계는 어휘 차원이 아니라 문장 차원으로 상승해야 다룰 수 있는 성격을 가지는 것이라서 여기에 관해서는 또 다른 논의를 전개할 필요가 있다.

2 어휘 자질을 살적, 활적 자질의 두 가지로 나누어 살피고자 한다. 이것은 일반 선에서 일체 존재를 본질의 차원, 현상의 차원에서 표현할 때 사용하는 표현의 기제이기 때문이다. 특히 살활의 두 가지 의미를 나타내는 용어는 더 다양하게

양태를 나타내는가에 따라 나누고, 이 하위 분류 체계 아래서 또 구체적으로 어휘의 의미나 쓰임, 성격을 시적 화자 또는 주체와 대상의 관계 속에서 살피고자 한다. 의미와 쓰임, 성격은 체언 또는 주체와의 관계, 하나의 완성된 문장 속에서 수행하는 기능과 관계되기 때문에 그런 요소와 연관하여 살필 필요가 있다. 어휘가 보이는 이러한 자질을 확인하기 위해서는 사용된 모든 어휘 그 자체의 의미를 일일이 빠짐없이 확인하고, 실제 문장 속에서 어떻게 기능하고 있는지도 하나하나 따져보는 지난한 과정을 거쳐야 한다. 용어 자체가 살적 자질의 성향을 보이면서도 구체적 문맥 속에서 기능을 달리하는 경우도 나타나고 다양한 활용의 양상을 보이기 때문이다. 더구나 문맥적 의미를 잘못 파악하면 선시가 아닌 일반시의 경우와 같게 작품을 읽어 선시의 문맥에 어긋나는 해석을 하는 오류를 범할 수도 있기 때문이다. 어휘를 논의하는 작업은 전체 선시 작품을 구성하는 완성된 문장이나 작품의

나타나지만 살활이라는 말은 선에서 가장 일반적으로 많이 사용하는 용어이다. 선에서 寂寂惺惺이나 大機大用이라는 말을 사용하기도 하지만 그렇게 일반적이지는 않다. 여기서 寂寂과 大機가 殺, 惺惺과 大用이 活에 해당한다. 적적과 대기는 고요함을 나타내며, 성성과 대용은 또렷함과 작용을 나타내서 전자를 살, 후자를 활이라고 한다. 그리고 작용이나 현상은 드러나 보이는 측면이라서 있다는 긍정의 차원, 본체나 본질은 잠재하여 보이지 않는 측면이라서 없다는 부정의 차원이라고 각각 말할 수도 있다. 그리고 殺活을 나타내는 『벽암록』의 '살인도 활인검'이라는 용례에서 보면 일정한 측면에서 교시의 차원에서 살활이 사용되기도 한다. 그러나 나옹의 선시에 쓰인 살활은 교시나 수행의 과정을 나타내는 경우보다 깨달음 이후 자유자재함이나 발견한 존재의 법칙성을 나타내는 경우가 더 많이 나타난다. 살활이 깨달음으로 나아가는 과정을 나타내는 경우는 일부에 해당한다.

차원에서 나옹의 선시를 이해하는 데에 중요한 기초 작업이 된다고 할 수 있다. 그래서 선시가 가지는 미학적 특성, 미학적 구성체로서의 작품이 보여 주는 예술성을 어떻게 이해하는가가 다음 차례의 과제라고 할 수 있다. 이 장에서 사용하는 핵심 자료는 『나옹록』이고, 이를 논의하기에 필요한 기타 선서[3]를 부차적 자료로 사용하고자 한다.

2. 살적殺的 자질의 어휘 유형

선문에서는 수행의 과정에서나 깨달음을 얻고 나서도 존재의 문제를 매우 중요한 과제로 다룬다. 그래서 존재의 본질을 이해하는 데 방해가 되는 일반 세속의 상대 유한적 사유를 거부한다. 세속적 사유에서 나누는 '나/너, 주관/객관, 좋다/나쁘다. 크다/작다, 있다/없다'와 같은 상대적 가치를 부정하고 이런 양자가 통합된 일원적 존재의 모습에 주목한다.[4] 세속의 삶에서는 인식과 행위의 주체와 그 대상이

---

3 대혜 저, 고우 감수, 전재강 역주,『서장』, 운주사, 2004; 고봉 저, 고우 감수, 전재강 역주,『선요』, 운주사, 2006; 혜능 저, 퇴옹 성철 현토편역,『육조단경』, 장경각, 불기2532; 고우 외 4인(조계종 전국선원수좌회),『간화선』, 조계종출판사, 2008.

4 간화선의 수행 과정에서 주관과 객관이 하나가 되는 것을 두고 '의단이 독로하면 화두와 내가 하나가 되어 서로 나누어지지 않고 한 몸을 이룬다(대한불교조계종 불학연구소·전국선원수좌회,『간화선』, 조계종출판사, 2005, p.243)'라고 하였고, 존재의 본질을 중도 연기의 이치로 설명하면서 '중도는 모든 이것과 저것을 동시에 떠나 있는 법계의 참모습을 이르는 말이다(같은 책, p.107)'라고 하였다. 이것은 선 수행이 깊어져서 나와 화두가 일치하고, 깨달은 이후에 바라본 일체 존재가 이것과 저것이라는 상대 세계를 떠나 있다는 것을 지적한 말이다.

나누어지며, 이렇게 주객이 분리된 상태에서 이루어지는 비교, 분석, 경쟁 등의 다양한 대립적 행위가 일어나는 것을 당연시한다. 그러나 선에서는 이와 같이 주객으로 나누어진 상태에서 파생하는 갖가지 사유와 행위를 넘어서 주객이 일치된 관점에서 하나인 존재가 보여 주는 원리상의 두 가지 측면인 본질과 현상을 드러내려고 한다. 선문에 서는 주객으로 나누어지기 이전의 일체 존재를 드러난 구체적 현상과 보이지 않는 본질로 나누고 이를 살활殺活이라는 선적 용어로 표현한 다.[5] 여기서 다루고자 하는 살적 자질을 가진 용언은 어휘의 구체적 성격에 따라 움직임을 나타내는 것과 상태나 성질을 나타내는 것으로 나누어 논의하고자 한다. 이는 용어의 언어적 성격과 관련하여 하는 논의이기 때문이다.

1) 동작動作 관련 어휘

먼저 움직임을 나타내는 어휘를 예로 들고 왜 이런 어휘들이 살적 자질의 역할을 하는 것으로 이해돼야 하는지를 문맥 등의 구체적 상황에서 살피고자 한다. 여기에 해당하는 어휘를 먼저 들어 보면 다음과 같다.

---

5 선에서는 존재의 본질을 두 가지 측면에서 표현한다. 일체가 현상적으로 있다는 측면, 본질적으로 없다는 측면, 있음과 없음이 함께하는 측면이 그것이다. 있는 측면과 없는 측면 두 가지만 가지고 말하기도 하고, 있음과 없음이 공재하는 측면까지 세 가지를 함께 말하기도 한다. 선에서는 있는 측면을 活, 없는 측면을 殺, 있고 없음이 함께하는 측면을 殺活同時라고 한다. 선시에 선의 이런 둘 혹은 세 측면의 용어가 매우 복잡하게 구사되면서 선시는 도저히 이해할 수 없는 것으로 치부되기도 한다.

(1) (제提)참斬(34쪽)[6], 참진斬盡(47쪽, 翫珠歌), 권도拳倒(139쪽),

타도打倒(134)[7], (념念)궁궁窮(154쪽), 당살撞煞(조사옹祖師翁, 139),

타파打破(67), 일소一掃(공空, 139), 소진掃盡(165), 소소掃(188), 절정

진絶情塵(2-2), (심心)절絶(정情)망忘(169), 절絶(69), 절絶(행종行蹤,

239), 절絶(현묘玄妙, 228) (정情)망忘(173), 번천복지翻天覆地(197),

월越(성聖)초초超(범凡, 234-2), 이미이오離迷離悟(236), 방하放下

(175, 176, 180-1), 귀歸(고루가枯髏歌), 귀래歸來(194), 환還(향鄉,

81), 직도가直到家(142), 답번蹋翻(139쪽), 답踏(완주가翫珠歌,

234-2), 답착蹋着(枯髏歌), 답도蹋到(145), 친답착親踏着(142), 모착

摸着(양생면孃生面, 188), 임성진任性眞(2-2), 염도염궁무념처念到念

窮無念處(240-6), (난難)통通(45), 불견불문不見不聞(翫珠歌), 여여

부동如如不動(292), 막언莫言(134), 타한면打閑眠(1-2), 쇄정鎖定

(75), 휴휴휴휴休休(39쪽), (사사事事)휴休(9-2), 수收(86쪽), 수래收來

(翫珠歌), 일처수一處收(205), 적적입선정寂寂入禪定(293-3), 반입

나롱反入羅籠(293-5)

(2) 고용高聳(78), 침沈(89쪽), 복伏(9-1), 삽삽揷(25, 36, 42, 48, 58,

65, 105), 투출透出(25, 28, 65), 투출透出(수미須彌, 98), 투透(39),

돌출突出(128), 절絶(71, 73, 84, 93, 94, 129), 새塞(42 76, 85), 새塞(대

공大空, 50), 반엄半掩(94), 망忘(기機, 115), 안면安眠(115), 원성圓成

---

6 여기서 쪽은『나옹록』의 해당 쪽수를 표기한 것이다. 이하 동일.

7 여기서 그냥 숫자는『나옹록』원전에 수록된 작품에 처음부터 차례로 붙인 일련번
호이다. 일일이 제목을 제시하는 번거로움을 피하기 위함이다. 이하 동일.

(226), (몰沒)로통路通(54, 65), (로란路難)통通(70), 로불통路不通
(117), 불의수不宜隨(131), (류流)불류不流(164쪽), 수궁산진水窮山
盡(88), 괴壞(불괴不壞, 118), 수收(翫珠歌), 귀합歸合(72)

(1)에서 용어의 중요한 항목들을 차례로 보면 '베다(斬), 타파하다
(打破), 일소하다(一掃), 끊다(絶), 돌아오다(歸來, 還), 이르다(到),
밟다(蹋), 보고 듣지 않다(不見不聞), 통하기 어렵다(難通), 잠자다(打
閑眠), 거두다(收), 선정에 들다(入禪定)' 등이 대표적이라 할 수 있다.[8]

이런 용어들을 살적 자질의 어휘로 보는 것은 부정과 없앰, 초월
등의 성격을 함의하고 있기 때문이다. '베다(斬)'라는 의미와 유사한
것으로서 '타파하다(打破), 일소하다(一掃), 끊다(絶), 넘어뜨리다
(倒)' 등을 더 들 수 있는데 모두 무엇인가 있던 것을 없앤다는 의미로
쓰여서 살적 자질을 나타내는 용어가 되었다. 사용된 작품의 문장을
보면 '천검을 홀로 잡고 부처와 조사를 베니 백양이 모든 하늘 두루
비추네(千劍單提斬佛祖 百陽普遍照諸天)'로 되어 베는 대상이 '불조佛祖'
이다. 부처는 불교의 교주이고 조사는 부처의 가르침을 대대로 펴는
사람인데 여기서 이 둘을 칼로 베었다는 것은 무엇을 의미하는가?
선문의 기본 정신은 일체가 본래성불해 있다는 본래성불本來成佛 이념
에 철저히 기초하고 있다.[9] 그래서 이원 대립적 개념인 중생과 부처를

---

8 인용해 보인 용어의 사례 전체를 번역할 수도 있으나, 그 아래에서 사례를 논의하는
 과정에 사례를 몇 가지 유형으로 나누고 대표적 용어에 해석을 가함으로써 위에
 제시한 사례 전체를 포괄할 수 있기 때문에 사례의 아래 논의 부분을 조금 보강하는
 데 그치고자 한다.

나눌 수가 없고, 따라서 여기에는 가르치는 자와 배우는 자라는 구분도 있을 수 없다고 본다. 바로 이런 선의 기본 정신을 드러내기 위하여 상대적 개념인 불조를 베어버림으로써 살적 자질을 보이게 되었다. '베다'와 구체적 동작이 다소 달라도 '타파하다(打破), 일소하다(一掃), 끊다(絶), 범부와 성인을 뛰어넘다(越聖超凡), 하늘과 땅을 뒤집는다 (翻天覆地), 내려놓다(放下)'[10] 등도 상대적 세계를 극복한다는 의미에서 근본적으로는 같은 살적 자질의 성격을 가진 어휘들이라 할 수 있다.

여기서 사례로 든 용어의 의미가 매우 다양하지만 '베고 끊는다'는 표현과는 달리 어디에 돌아오고 도달하다는 의미의 용어가 또한 살적 자질 어휘의 중요한 부분을 차지하고 있다. 여기에 들어갈 수 있는 용어로는 '돌아오다(歸, 還), 밟다(蹋), 이르다(到), 잡다(摸着)' 등을 들 수 있다. '그대에게 권하노니 일찍이 지금 머리를 돌려 진공을 밟고 바른 길로 돌아오라(勸君早早今廻首 蹋着眞空正路歸)'라고 한 사례를 보면 밟거나 돌아온 곳은 진공과 정로로 나타나 있다. 이 진공과 정로는 불교에서 말하는 본질을 의미하는 표현이다. 이 본질의 차원은 상대적 대상, 현상이 사라진 자리이다. 그래서 여기에 돌아오거나

---

9 『금강경오가해』「야부송」에서 '당당한 대도여! 밝고 분명하도다! 사람마다 본래 갖추고 있고, 저마다 다 이뤄져 있네.(堂堂大道 赫赫分明 人人本具 箇箇圓成)(앞의 책에서 재인용, p.62)'라고 했는데 이것은 중생이 본래 부처라는 것을 나타낸 것이다. 나옹 역시 이런 입장을 그대로 수용하고 있다.

10 이는 '내려놓다(放下着)'의 줄임말로 '둘러메고 가다(擔荷得去)'와 상대되는 말이며, 작용을 멈추는 의미를 나타내어 살적 자질의 어휘가 되었다.(고봉 원묘 원저, 고우 감수, 전재강 역주, 『선요』, 운주사, 2006. p.105 참고)

이른다는 말은 바로 현상, 상대적 세계의 사라짐을 의미하여 직접적으로 없앤다는 표현이 아니면서 살적 자질을 보이게 된다. 밟거나 돌아올 곳을 직접 설명하는 관념적 용어를 사용하기도 하지만 '고향에 돌아온다(還鄉)'거나 '집에 이른다(到家)'라고 하여 도달할 곳을 고향이나 집으로 형상화하여 나타내기도 한다. 직접적 용어를 사용한 경우에 밟아서 이른 곳은 본질의 다른 이름인 진공眞空이나, 이를 형상화한 집이나 고향으로 나타나 있어서 여기에 돌아오거나 도달한다는 의미의 용어들도 모두 살적 자질을 가지게 되었다.[11]

그리고 구체적 작용을 하지 않거나 멈춘다는 의미의 용어가 살적 자질의 어휘로 일부 사용되고 있다. '보고 듣지 않는다(不見不聞), 통하기 어렵다(難通), 말하지 말라(莫言), 여여하여 움직이지 않는다(如如不動)'는 경우 어휘는 어떤 특정 작용을 하지 않는다는 것을 나타낸다. 예를 들어 불견불문不見不聞의 경우 '보지 않고 듣지 않은 것이 참으로 보고 듣는 것이네(不見不聞眞見聞)'라는 문맥에서 사용되어 견문이라는 감각이 작용하지 않는 것이 작용하는 것이라는 역설을 표현하고 있어서 견문見聞이 작용이라면 불견불문不見不聞은 비작용의 살 자질을 나타내는 의미로 사용됐다.

여기서 더 나아가 무엇을 하지 않는다가 아니라 멈추는 방향으로의 작용을 통하여 살 자질을 나타내기도 한다. '한가하게 잠을 자다(打閑眠, 1-2), 잠궈 정하다(鎖定, 75), 쉬고 쉬다(休休), 거두어 오다(收來)[12],

---

11 '부모가 낳기 전(父母未生前)'과 유사한 의미를 가진 '어머니가 낳아준 면목을 잡는다(摸着孃生面)'는 표현도 이와 같은 부류로 볼 수 있다. 어머니가 낳아준 면목은 고향이나 집으로 형상화된 진면목에 해당하기 때문이다.

고요히 선정에 들다(寂寂入禪定, 293-3), 도리어 라롱에 들어가다(反入
羅籠)'와 같은 경우는 멈춤을 향해 나가는 작용을 나타내는 용어들이다.
이 가운데 한 예를 들어 보면 '나에게 진공의 일 없는 선이 있으니
바위 사이 돌에 기대어 한가히 잠을 자네(我有眞空無事禪 岩間倚石打閑
眠)'라는 표현이 있다. 앞 행에서 살의 관념적 표현이라고 할 수 있는
진공, 무사선을 말하고, 뒤 행에서 이것을 구체적 생활의 용어로 나타내
어 한가히 잠을 잔다고 표현하고 있다. 잠은 일종의 행위의 멈춤을
나타내어서 이런 행위가 살 자질을 뜻하는 용어로 수용되었다.[13] 어떤
구체적 작용을 하지 않거나 멈추어 가는 변화를 보이는 그 나머지
용어 역시 같은 이유에서 살적 자질을 나타낸다.

 그런데 여기에 속한 이런 네 부류의 용어들은 기본적 자질이 사람이
하는 행위로 되어 있다는 점에서 닮아 있다. 이 용어들은 시적 화자나
그의 분신이라 할 수 있는 시적 대상 인물의 행위를 나타내 보이는
살적 자질의 용어로 쓰이고 있다. 이런 작품들은 이원적 세계를 단절하
거나 일체 단절된 절대 세계에 도달하고, 아예 작용하지 않거나 멈춤을
지향함으로써 본질의 차원을 드러내어 살적 자질을 획득하게 되었다.

---

12 擔荷得去와 대비되는 放下着의 放이 살적 자질이라면 收와 대비되는 放은 활적
  자질이 된다. 수가 일체를 쓸어 없앰이라면 방은 놓아 보내 살려낸다는 뜻을
  가지고 있기 때문이다.

13 '잠을 잔다(眠)'는 용어도 구체적 사용 문맥에 따라 성격이 다르게 나타난다.
  예를 들어 '어떤 사람이 묻기를 청평에서 무슨 일을 하는가 하면 배고프면 먹고
  목마르면 마시고 피곤하면 편안히 잠잔다 하겠네(有問淸平成底事 飢喰渴飮困安眠,
  280)'에서의 眠은 일상생활의 하나를 나타내서 打閑眠의 眠과 달리 활적 자질의
  용어가 되고 있기 때문이다.

그리고 이러한 행위는 다시 깨닫기 전, 깨달은 이후의 것으로 나누어 볼 수도 있는데 '내려놓는다'거나 '이르다'라는 의미의 행위가 주로 깨닫기 전 상태에서 깨달음으로 나가는 행위라면 그 이외의 행위는 대부분 깨달은 이후의 살활 자유자재하는 차원의 행위를 나타나는 것이 특징이다. 특히 '돌아오다(歸), 밟다(躡), 이르다(到)'와 같은 용어에서 깨닫기 전 단계에서 깨달음의 단계로 접어드는 것을 나타내서 깨달은 이후 살활 자유자재하는 것이 아니라 깨달음으로 나가는 과정을 보여 주는 경우가 있다. 그 이외의 대부분의 이 부류 어휘들은 깨달은 이후 자유로운 삶의 모습을 표현하는 것으로 나타났다.

(1)의 어휘 자질이 주관적 인간 행위를 주로 나타내는 것이었다면 (2)의 경우는 시적 대상물, 즉 객관 사물의 작용을 나타내는 것으로 되어 있다. 여기서는 특정 어휘가 반복적으로 빈번하게 사용되는 경향을 보이는데 그 가운데 축자적으로 '꽂다(揷)'라는 말이 가장 많이 사용되고 있다. 이 용어는 문장 안에서 '높이 솟아오르다, 하늘을 찌르다'라는 의미가 되어 유일하며 절대적이라는 의미를 가지게 되어 살적 자질을 획득한 말이다. 여러 사례 가운데 예를 들어 삽揷(105)을 보면 '원융하고 맑은 한 모양 누가 능히 아는가? 외외하게 돌출하여 은하수 가운데를 꿰뚫었네(融淸一相孰能通 突出巍巍揷漢中)'라는 문맥에서 사용되고 있는데 이 작품의 제목 「유봉乳峯」을 두고 읊은 것이다. 「유봉」은 현실적으로 어떤 사람의 호號이거나 실제 산봉우리 이름일 수도 있으나 시의 내용으로 보면 본질의 상징어라고 할 수 있다. 외롭게 높기만 하여 은하수를 꿸 정도라서 일체 상대적 비교를 허용하지 않는다는 내용으로 되어 있기 때문이다.

이와 유사한 용어로 '솟아나다(透出), 뚫다(透), 튀어나가다(突出), 높이 솟다(高聳)' 등의 용어가 있는데 모두 앞의 경우와 같이 어떤 것의 상대가 되지 않을 정도로 튀어나오는 작용을 표현하고 있어서 역시 살적 자질을 획득했다. '솟아나다(透出)'의 경우를 보면 '여러 산 솟아나 공중을 꿰뚫네(群巒透出揷空中)!'라고 하여 작품 제목에 제시한 「벽산璧山」이 '여러 산봉우리 중에서 솟아나 하늘을 꿰뚫었다'고 하여 산의 유일하게 솟아나는 작용을 이렇게 그리고 있다. 이들 용어는 솟아나거나 그렇게 하여 높은 곳을 꿰뚫는 작용을 통하여 살적 자질을 보인다고 할 수 있다.

여기서 그 다음으로 많이 나타나는 용어는 (1)의 경우에도 나타났던 '끊다(絶)'이다. 예를 들어 '절絶(69)'을 보면 '맑게 흘러 그림자 모양을 끊었으니(瑩澈溶溶絶影形)'라고 하여 작품 제목에 보인 「징원澄源」이 그렇다는 표현을 하고 있다. 객관 사물이 이와 같이 어떤 흔적, 자취를 끊는다고 하여 시적 화자나 대상 인물의 경우만큼 살적 표현의 용례를 많이 보여 준다. 이와 유사한 것으로 '막다(塞), 반을 가리다(半掩), 통하지 않다(不通), 따라가지 않는다(不宜隨), 흐르지 않다(不流)' 등이 나타난다. '길이 통하지 않네(沒路通, 54)'의 경우 '고개는 원래 길이 통하지 않네(嶺上元來沒路通)'라고 하여 작용이 끊어지는 것을 '통하지 않는다'는 말로 표현하고 있어서 살적 자질의 용어가 되었다.

그 외에 '거두다(收), 돌아오다(歸合)'와 같이 밖을 향하여 나가는 것이 아니라 돌아오는 의미를 사용하여 작용이 멈춘다는 것을 나타내어 역시 살적 어휘 자질을 보이는 경우가 나타났다. 다시 말하자면 이 용어는 밖으로 확장하는 작용이 아니라 안으로 수축하는 객관

대상의 운동을 나타내어 살적 자질을 가지게 되었다.[14] 예를 들어
'놓으면 허공도 싸이게 되고 거두면 가는 먼지처럼 쪼개기 어렵다(放則
虛空爲袍內 收則微塵難析開)'는 문장을 보면 확대 지향의 방放과 대비적
으로 수收는 축소 지향의 소멸적 성격을 보여 살적 자질의 성격을
가지게 되었다.

   객관 대상을 두고 살적 자질을 나타내는 경우에는 우뚝 솟아나거나
솟아나고, 자취나 흔적을 끊으며 거두는 방식으로 상대적 세계를
초월하여 살적 자질을 드러냈다. 이들 용어들이 보여 주는 자질은
주체의 행동을 나타내기보다는 객관 사물들의 자연스런 살적 작용을
나타내는 것으로 모두 주객일치의 현상을 나타내는 것으로 볼 수도
있고, 깨달은 자의 시각에서 바라본 있는 대상의 본질적 모습이라고도
할 수 있다. (2)에 제시한 어휘군이 (1)의 경우와 다른 점은 객관
대상이 주체라는 것 이외에 모두 깨달은 이후에 바라본 현상들이라는
것이다. 따라서 여기에 해당하는 어휘들은 깨달은 시각에서 천차만별
의 다양한 상황에 따라 나타나는 대상 세계의 현상을 통하여 존재의
실상을 보여 주고 있다고 할 수 있다. 이들 어휘의 문맥적 의미에서
보았을 때 한결같이 깨달은 입장에서 객관의 자연스런 모습을 통하여
존재 일체의 보편적 원리를 표현했다고 할 수 있다.

---

14 그 외에 여기에는 '잠긴다(沈), 엎드리다(伏), 귀순하다(順, 9-1)'와 같은 용어가
   사용되었는데, 수축되고 낮아지고 귀순하는 작용을 나타내어서 살적 자질을
   확보한 용어들이라고 할 수 있다.

2) 양태樣態 관련 어휘

살적 자질을 나타내는 용어에는 다양한 움직임을 나타내는 어휘와 함께 모양이나 상태 등을 나타내는 양태 관련 어휘가 역시 많이 나타난다. 여기에 해당하는 이 용어들은 몇 가지 하위의 구체적 성격 유형으로 나누어 볼 수 있는데 유형 간에는 상호 일정한 질서를 보여 주고 있다.

(3) 무념無念(154쪽), 무無(22), 무상無相(翫珠歌), 무형無形(翫珠歌), 무두무미無頭無尾(翫珠歌), 무종無蹤(翫珠歌), 무유無有(枯髏歌, 79), 무생無生(枯髏歌, 79), 무형영無形影(60), 무심처無心處(192), 무명자無名者(153), 무사無事(208), 무위無爲(294), 무종無蹤(143), 몰종沒蹤(159), 무종적無蹤跡(227), 광무변廣無邊(211), 일물무一物無(230), 몰래인沒來人(94), 몰개종沒个蹤(195), 무분상無分想(278)

(4) 험준險峻(88쪽, 44, 60, 72), 외외巍巍(25, 44, 72, 105, 128, 219, 221-2), 미고彌高(58), 돌출외외突出巍巍(58, 108), 초외외지峭巍巍地(106), 겁겁외외劫劫巍巍(21), 초연峭然(98), 요遙(36), 요원遙遠(58), 심원深遠(99), 극원極遠(80), 유심광원幽深曠遠(62), 요심광원蓼深廣遠(53), 극심極深(129), (준산峻山)첩첩중중疊疊重重(78, 객후상)

(3)의 무자無字를 사용한 용어들은 '없다'는 상태를 나타낸다. 무엇

이 없다고 할 때 '없다'는 말이 살적 표현의 핵심이다. 왜냐하면 무엇이 없다고 할 때 그 무엇에 해당하는 말이 모두 드러난 형상이거나 상대적 존재이거나 작용 등으로서 현상적으로 드러나 있는 대상으로 되어 있기 때문이다. 형상과 상대적 대상과 작용은 모두 겉으로 드러난 현상에 해당한다. 말하자면 존재의 드러난 측면, 즉 현상을 나타내는 어휘 앞에 무자無字를 배치하여 '없다'는 살적 자질의 어휘를 형성한 것이다. (3)에서 부정어(無, 未, 沒) 뒤에 놓인 용어들을 보면 형상(相, 形, 形影)이나 자취(蹤, 蹤跡, 个蹤), 생김이나 있음(生, 有), 마음(念, 心, 分想), 이름(名), 일(事), 행위(爲), 기타(頭尾, 邊, 一物, 隔礙, 窮, 現前, 依) 등으로 다양한데 어떤 측면에서이든 모두 있음을 나타내는 용어들이다. 따라서 이와 같이 있음을 부정하는 용어를 덧붙임으로써 여기에 사용된 부정어는 살적 자질을 가지게 되었다. 가장 대표적인 하나의 예를 들어 보면 무종적無蹤跡(227)의 경우 '얼굴 앞에 출입하면서도 자취가 없으나 성인 따라 중생 따라 주인이 되네(面門出入無蹤跡隨聖隨凡作主人)'라고 하여 그 주체인 체體, 즉 존재의 본질이 작용은 하면서도 '자취가 없다'는 것을 이렇게 표현하여 부정어 무無는 살적 자질을 나타내게 되었다.[15]

---

15 나머지의 예들도 기본적으로 이와 유사한 문맥에서 현상이 없다는 의미로 사용되어 부정어는 살적 자질을 가지게 되었다. 마음이 없다는 無念의 경우는 '생각 없는 자리(無念處)', 無形影의 경우 '모양과 그림자 없는 곳에서 모양과 그림자를 아니(無形影處知形影)', 無事의 경우 '다만 한 생각으로 마음에 일이 없으니(但能一念心無事)'라는 문맥에서 각기 사용되어 마음, 모양, 일 등 다양한 존재가 모두 없다(無)는 것을 나타내서 살적 자질을 드러내고 있기 때문이다. 다소 다르기는 하지만 未現前(72)이나 (奇嚴疊疊)無依(88)의 경우도 있는 대상이나 작용함이

(4)에 보인 용어들은 언뜻 보아 (3)에 나오는 부정어와 성격이 달라 보이지만 근본적 의미에 있어서는 지향하는 바가 같다고 할 수 있다. 여기서는 없다는 의미의 부정어를 직접 사용하지는 않으면서 없음으로써 나타나는 현상을 보여 주고 있기 때문이다. 여기서 가장 많이 사용되고 있는 '높고 높다(巍巍)'는 말을 보면 문맥상에서 어느 것은 높고 어느 것은 낮다는 상대적 높음이 아니라 절대적으로 높다는 의미로 사용되고 있다는 것을 알 수 있다. 예를 들어 외외巍巍(72)의 쓰임을 보면 작품의 제목이기도 한 「일산一山」을 두고 '삼라만상이 나타나기 전에 높고 높아 험준하고 사시사철 차네(萬像森羅未現前 巍巍 險峻四時寒)'라고 하여 산이라는 대상이 삼라만상 생기기 전에 높고 험준하다는 것을 말하여 비교 대상이 없이 절대적으로 높다는 것을 표현하고 있다. 그래서 여기서 '높음'은 '높다/낮다. 높다/더 높다'와 같은 상대적 차원을 넘어서 절대적으로 '높다'는 의미로 사용이 되고 있다. 앞 구절에서 현상적 일체 존재이고 비교 대상인 만상삼라가 나타나기 전에 일산이 험준하고 높은 것이라고 표현하고 있기 때문이다. 그래서 현상에서의 높이는 아무리 높아도 상대가 있지만, 본질의 차원에서는 이를 용납하지 않기 때문에 절대적 높이가 되는 것이다. 부처를 칭송할 때도 '외외'라는 용어를 많이 사용하는데,[16] 그는 본질인 삶의 차원을 처음 발견하고 그런 차원에서 살고 남을 교시했기 때문에 붙인 절대적 칭송의 말이었다면, 여기서는 존재의 본질 자체가 상대를 초월하여 절대적으로 높다는 것을 이렇게 나타냈다고 할 수 있다.[17]

없다고 한 점에서는 이와 같은 살적 자질 유형에 포괄할 수 있다.

16 巍巍釋迦佛無量無邊功德(「월인천강지곡」 제1장).

그리고 본질을 나타낼 때 더 나아가서 '깊다(深)'나 '멀다(遠)'는 말을 사용하기도 한다. 앞에서 높다고 한 경우와 대비하여 깊거나 멀다고 하면 겉으로는 상대적으로 비교하는 표현같지만 깊거나 멀다는 것도 상대 세계를 초월하여 그러하다고 한 점에서는 동일하다. '지극히 깊다(極深, 129)'거나 '지극히 멀다(極遠, 80)'는 표현이 이를 구체적으로 뒷받침하는데 '지극히(極)'라는 수식어를 사용하지 않더라도 여기서 많이 사용된 '깊다. 멀다'는 모두 상대적 차원을 넘어선 절대적 차원에서 그러하다는 것을 나타내어 살적 자질을 가진다. 심원深遠(99)의 예를 보면 '한 자 크기 옥의 빛을 누가 값 매기리? 신령스런 근원은 깊고 멀어서 나오는 것이 다함이 없네(尺璧波光誰定價 靈源深遠出無窮)'라고 하여 작품 제목의 「옥계玉溪」의 신령스런 근원(深遠)이 끝이 없다고 하여 역시 절대적 존재의 무궁함을 나타내서 심과 원을 겹쳐 쓴 이 말도 살적 자질을 가지게 되었다.

무자를 사용하여 겉으로 드러난 상대적 현상이 없다는 것을 표현하는 어휘나 절대적으로 높거나 깊고 멀다는 표현을 하여 상대를 초월한 절대적 본질의 세계를 보여 살적 자질을 드러낸 경우가 있는가 하면, 또 다른 방향에서 성질이나 상태를 나타내는 용어를 통하여 본질을

---

17 이런 논리로 설명될 수 있는 나머지 예도 일체를 초월한 본질, 즉 살적 자질을 가지고 있다. 예를 더 들어 보면 '멀다(遠)'는 의미의 몇 가지 표현 가운데 極遠(80)을 보면 제목의 「深谷」을 두고 '지극히 머니 누가 능히 그곳에 이를 수 있겠는가?(極遠誰能到那邊)'라고 하여 아무도 이를 수 없는 절대적 공간을 나타내서 살적 자질을 가지게 되었고, 極深(129)을 보아도 제목에 보인 「澄源」을 두고 '지극히 깊어서 바닥이 없으니 헤아리기 어렵네(極深無底量難成)'라고 읊어서 잴 수 없는 절대적 깊이를 말하여 역시 살 자질을 나타냈다고 할 수 있다.

표현함으로써 살적 자질을 획득한 어휘들이 나타난다.

(5) 한寒(88쪽, 枯髏歌, 1-4, 1-7, 5, 11, 14-1, 23, 24, 39, 53, 62, 66, 72, 103, 161, 180-2, 180-4, 187, 191), 냉냉冷冷(1-4, 1-8, 62), 한우한寒又寒(90), 모골한毛骨寒(212), 상한霜寒(124), 징청모골한 澄淸毛骨寒(198), 설상한雪霜寒(207), 일미한一味寒(132), 역겁한歷 劫寒(74), 통신상通身爽(4)

(6) 공空(2-4, 12, 20, 52, 54, 63, 96, 159, 162, 176, 180-1, 239), 공공空空(21, 59), 조청공照晴空(82), 원공元空(84), 공공적空空寂 (77), 공활활空豁豁(71), 진공眞空(118), 허연虛然(230), 허활활虛豁 豁(52, 114), 체허연體虛然(210), 허명虛明(69), 요요寥寥(63, 92, 95, 100, 113), 적적요요寂寂寥寥(9-1), 정요요靜寥寥(9-2, 33), 물외 한物外閑(24), 적연寂然(64), 상상적常常寂(87), 적적寂寂(242), 침 침적적沈沈寂寂(41, 93), 은은침침隱隱沈沈(60), 건곤정乾坤靜(219)

(7) 징징담담澄澄湛湛(38), 징청澄淸(39, 53), 청淸(56, 61), 영정永 淨(57), 정淨(79), 극정極淨(110), 징청澄淸(110, 180-4), 징청사해澄 淸四海(219), 사해청四海淸(221-2), 청원淸圓(45), 청한淸閑(49), 현 현玄玄(196), (겁외劫外)현玄(51, 127), 물외현物外玄(44), 현우현玄 又玄(21, 67)

살적 자질을 나타낼 때 공간적으로 높거나 깊고 멀다는 용어를 쓰는 한편, (5)와 같이 감각적 가운데 '차다'는 의미의 한자寒字를 빈번하게 사용하기도 한다. 일반적으로 따뜻하거나 더운 상태에서 다양한 생명활동이 일어난다는 점을 들어 작용하는 현상을 나타내는 것과는 달리 찬(寒) 성질은 생명활동이 정지되고 멈춘다는 개념을 동반하여 살적 자질의 대표적인 용어로 많이 사용된다. 한寒(191)의 예를 보면 깨닫고 나서 바라본 세계를 표현하면서 '대천사계에 바른 빛이 차리라(大千沙界正光寒)'고 하여 대천사계라는 현상이 그대로 진리라는 말로 '바른 빛이 차다'는 표현을 하여 '차다'는 말이 본질을 나타냄으로써 살적 자질을 표현하게 되었다. 그래서 많은 작품에서 반복하여 사용된 이 용어는 촉각적 심상을 통하여 살적 자질을 보여 주는 대표적 예가 된다.

살적 자질을 나타내는 또 다른 용어로 (6)에서 보인 '고요하다'거나 '비었다'는 말과 같이 직접적 설명어가 역시 빈번하게 사용된다. 공空이 라는 용어는 색色과 상대되는 직설적 말로 존재의 없음 차원을 불교적 으로 표현할 때 『반야심경』[18]을 비롯한 반야부 불교경전에 빈번하게 사용되고 있고, '고요'를 의미하는 적寂이라는 말은 선문에서 흔히 살활의 상태를 적적성성寂寂惺惺이라고 표현할 때 사용하는 용어로서 살적 자질을 나타내는 또 다른 대표적 용어이다. 여기에 더하여 글자는 다르지만 고요함을 나타내는 요寥, 정靜을 사용하기도 하고, 비었음을 나타내는 말로 허虛를 가져온 경우도 이와 같은 맥락에서 이해할 수 있다. 분석적으로 말하자면 소리가 없어서 빈 것이 적寂이고, 일체가

---

18 色卽是空 空卽是色(『般若心經』).

없어서 빈 것이 공空이라고 할 수 있다. 그래서 이를 합쳐서 공적空寂이라는 하나의 단어로 본질을 표현하기도 한다. 요요寥寥(113)의 경우를 보면 제목 「월당月堂」을 두고 '달이 바다 동쪽에 날아오르니 한 집이 고요하여 네 벽이 비었네(玉蟾飛起海門東 一屋寥寥四壁空)'라고 하여 특정 공간이 고요하고 빈 것을 표현하여 역시 소리나 물건으로 대변되는 현상이 비어 있음을 나타내서 요요(113)는 살적 자질을 획득했다.[19]

(7)에 보인 것처럼 본질을 표현하는 용어로 '맑다, 깨끗하다'는 의미의 용어를 또한 자주 사용한다. 맑음이나 깨끗함은 빨강, 노랑, 파랑과 같은 구체적 색깔이 아닌 무채색이라고 할 수 있어서 모양이나 색깔, 냄새 등의 일체 형상을 초월한 본질을 나타낼 때 이런 용어가 역시 살적 자질의 용어로 많이 사용된다는 것을 보여 주고 있다. 일체의 색깔을 벗어났다는 의미에서 '맑음, 깨끗함'이라는 용어를 사용하기도 하지만, 더 나아가 이와 달리 무채색이라고 할 수 있는 검다는 의미의 현자玄字를 사용하여 일체 상대적 색깔을 초월한 상태를 나타내기도 하여 이 글자가 사용된 용어가 상당히 빈번하게 나타난다.[20]

---

19 나머지 용어들도 살적 자질을 보이는 측면에서 이 내용과 크게 다르지 않다. 예를 들어 物外閑(24)의 閑은 '사벽이 영롱한데 물 밖에 한가하네(四壁玲瓏物外閑)'라는 문맥에 사용되어 일체가 비었다거나 고요하다는 의미를 나타내고, 乾坤靜(219)의 靜은 '막야검을 휘두르는 곳에 건곤이 고요하고(鎮鎁揮處乾坤靜)'에 사용되어 상대 세계를 초월한 상태를 각각 나타내어 역시 살 자질을 획득하게 되었다. 표현 어휘가 달라도 의미가 지향하는 바는 같다고 할 수 있다.

20 그래서 실제 맑은 물을 玄酒라고 표현하기도 한다. 玄字는 불교뿐만 아니라 老子의 경우도 『노자』 제1장에서 "이 둘은 같이 나왔으되 이름이 다르다. 똑같이 玄이라고 부르니, 현묘하고 또 현묘하여 모든 현묘함의 門이 된다(此兩者 同出而異

현우현玄又玄(67)을 보면 제목 「고경古鏡」을 두고 '쳐부수고 돌아오니
검고 검도다(打破歸來玄又玄)'라고 읊었는데, 색깔로 보아 검지만 실제
는 현묘하다는 본질의 성질을 나타내는 기능을 하여 살적 자질의
용어가 되었다.

요컨대 살적 자질을 나타내는 양태 관련 어휘는 드러난 현상을
부정하는 말, 상대 세계를 초월한 높거나 멀거나 깊다는 말, 차다는
감각적인 말, 비고 고요하다는 직접적인 말, 맑거나 어둡다는 말 등으로
직접 부정하거나 의미상 부정적 의미를 보일 수 있는 공간어, 감각어,
직접 설명어들이 사용되고 있다.

3. 활적活的 자질의 어휘 유형

활적 자질의 어휘에도 역시 동사와 형용사와 같은 용언이 주로 사용되
고 있다. 여기서도 움직임을 나타내는 경우와 성질, 상태 등을 나타내는
경우의 둘을 나누어서 살피고자 한다.

名 同謂之玄 玄之又玄 衆妙之門. 왕필 지음, 임채우 옮김, 『왕필의 노자』, 예문서원,
1997, pp.50~51"라고 하여 玄字를 즐겨 사용하는데, 거기서도 역시 본질을
표현할 때 사용한 것으로 왕필은 설명하고 있다. 그리고 그 외 살적 자질의
용언으로 다음과 같이 여러 가지를 더 들어볼 수 있다. 暗昏蒙(50), 濛濛(60),
徧(河沙)(69), 團團(74),窮(45), 閑閑(89), 瑩澈溶溶(129), 心中最毒(293-1), (劫空)
先(44), 愚(9-1), 物外珍(26), 平(40),閑(11). 이들 용어도 일정한 측면에서 살
자질을 모두 가지고 있다.

1) 동작 관련 어휘

먼저 움직임을 나타내는 활적 자질의 용어 유형을 다룬다. 여기서는 존재의 본질을 나타내는 살적 자질의 용어가 움직임을 나타내는 경우와 존재의 현상을 나타내는 활적 자질의 용어가 움직임을 나타내는 경우를 대비적으로 이해할 필요가 있다. 실제 존재의 본질은 아무 움직임도 없고 관념적일 것 같은데, 앞 장에서 살폈듯이 분명히 특징적 움직임을 보여 주었다. 그래서 활적 자질의 용어에서 움직임을 나타내는 경우가 구체적으로 어떠한지를 주목해서 살필 필요가 있다.

(8) 소소燒(枯髏歌), 신조담죽재소반晨朝湛粥齋蔬飯(2-2), 곤면기식임소요困眠飢食任逍遙(1-6), 봉끽사다료 기래즉례삼奉喫師茶了 起來卽禮三(45), 임자유任自遊(6), 우우優遊(58), 임우유任優遊(83), 임의유任意游(39쪽), 경행좌와經行坐臥(176), 유력편遊歷遍(195), 끽죽喫粥(翫珠歌), 타면打眠(翫珠歌), 과백년過百年(1-2), 내우거來又去(11), 거유환去猶還(11), 갈즉전다곤즉면渴則煎茶困則眠(208), 기식갈음곤안면飢喰渴飲困安眠(280), 왕래往來(119), 신거신래身去身來(281), 동서왕반東西往返(239), 좌와행래坐臥行來(241-1) 방放(86쪽, 翫珠歌), 상방常放(154쪽, 241-6), 방거放去(翫珠歌), 육문상방자금광六門常放紫金光(240-6), 임등등任騰騰(1-1), 등등임운騰騰任運(2-2, 111), 응연應緣(227), 고통古通(39쪽), 통通(55 花), 63(體), 75(鶻眼堅剛漢), 84(體), 110(長短方圓), (호혈마궁활로虎穴魔宮活路)통通(162), (호혈마궁정로虎穴魔宮正路)통通(165), (검수도산유로劍樹刀山有路)통通(176), (법법일호法法一毫)통通(215), (육창기용별

연六窓機用別然)통通(107), (시비柴扉)반엄半掩(1-6), (보현普賢)도기倒騎(백상白象, 14-2), 담담용용湛湛溶溶(109), (화話)자령自靈(119), (체體)굴신屈伸(227), 활통豁通(130), 가일보加一步(157), 성분쇄成粉碎(204), 출입出入(227), 철수번신撤手翻身(237), 현애철수일번래懸崖撒手一番來(253), 파파낭하주波波廊下走(293-3), 좌단비로임법계左斷毘盧臨法界(220), 소일성笑一聲(245)

(9) (양풍凉風)불拂(9-2, 11 淸風), (청풍淸風)기起(89쪽), (청풍淸風)불拂(1-7), (서풍西風)취동吹動(53), 통通(97 淸風, 99 淸風), (만학송풍일일萬壑松風日日)통通(274), 청풍불벽소淸風拂碧霄(202), (벽수碧水)류流(9-2), (허공당虛空當)박락撲落(枯髏歌), (뇌수雷首)진진振振(43쪽), 역력화靂靂華(59), 진동震動(벽력화霹靂華, 59), (한광寒光)삭爍(태허太虛, 188), (백양百陽)보편조普遍照(34쪽), (고월孤月)조照(37), (여광영정瑤光永淨)주사계周沙界(57), 상상영常常映(65), (명월청풍明月淸風)소掃(백운白雲, 77), 조照(94 明月, 97 淸風, 98 光明)

조조계향오경제朝朝鷄向五更啼(38쪽), (군산群山)순순順(9-1), 화개花開(55), (화花)만만滿(지지枝, 36쪽), 현現(幻峯 20, 珠光 36, 勝境 39, 意珠 66), (모옥시비진茅屋柴扉盡)방광放光(46), 원제전령猿啼剪嶺(79), (유영송음축월柳影松陰逐月)류流(131), 천회지전天廻地轉(273), 출出(158 月, 206 寒汗), (물물物物)명명현明明現(159, 267-1)

편계編界(난장구주옹難藏舊主翁, 63), (정체正體)자행自行(100), (성해性海)두두응현頭頭應現(211)

(10) (석녀상성石女相聲)무불휴舞不休(47), 박수라라리拍手囉囉哩
(47), (석녀명명안石女明明眼)활개豁開(203), (석인철골한石人徹骨汗)통
류通流(164쪽), 한한汗(203, 205), (은안동청한일권鐵眼銅睛漢一拳)타개打
開(116), 득환得歡(53), (삼라만상화성森羅萬象和聲)무무舞(46), (석녀화
성石女和聲)무무舞(불휴不休, 47), 등등騰騰(52), (앵鶯)제제啼(유상화柳上
花)개소開笑(276)

(8)은 활적 자질의 용어 가운데 주로 시적 자아 혹은 시적 대상
인물들의 행위로 나타내는 어휘들이다. 객관 사물과 대비하면 주관적
인 인간 행위로서의 특징을 가진다. 그런데 자세히 보면 이런 용어로
표현된 행위들은 전체적으로는 선에서 움직임을 나타내는 활적 자질의
상징성을 가지는 것이지만 비교적 생활의 일상적 모습을 보이는 용어
가 있고, 활적 자질을 상징적으로 나타내는 용어가 나타난다. (8)의
전반부를 보면 추울 때 불을 지핀다거나 배고프면 밥을 먹고 고단하면
잠을 잔다는 것, 차를 마시고 감사를 표하고, 동서남북 이곳저곳을
왕래하며 마음껏 논다는 것 등이 바로 일상생활을 나타낸 것들이다.
이런 일련의 행위는 인간이 일상생활에서 하는 여러 활동 가운데
가장 대표적인 것을 뽑아서 보여 준 것이라고 할 수 있다. '아침에는
맑은 죽을 먹고 재시에는 나물밥을 먹으며 편안히 앉고 다니며 참
성품에 맡기네(晨朝湛粥齋蔬飯 宴坐經行任性眞, 2-2)'라고 하거나, '피곤
하면 잠자고 배고프면 밥 먹고 마음대로 거니네(困眠飢食任逍遙, 1-6)'라
고 하여 문장 전체에서 서술어의 모든 어휘가 '먹고(粥, 飯), 잠자고(眠),
거니는(逍遙)' 일상 가운데 대표적 생활을 표현하는 것으로 되어 있다.

그런데 (8)의 후반부에 보이는 용어는 일상적인 행위가 아니라 작용을 나타내는 선적 상징성이 강한 어휘들이다. '놓다(放)'의 경우 수렴이라는 의미의 '거두다(收)'와 대립되는 용어로서 확산이라는 의미로 설명할 수 있다. 수렴을 나타내는 수收가 살을 나타낸다면 확산을 나타내는 방放은 활을 나타낸다고 할 수 있다. 또 '움직임에 맡겨 자유롭다(任〔運〕騰騰)'라는 표현은 말의 순서를 뒤집어서 '자유자재하면서 움직임에 맡긴다(騰騰任運)'라고도 하는데 깨닫고 나서 어디에도 걸리지 않고 자유자재 활동하는 삶의 모습을 선에서는 이렇게 묘사한다. 이러한 자유로움은 인연에 응한다(應緣, 227)거나, 시원하게 통한다(豁通, 130)는 다른 표현으로도 전환될 수 있는 것이다. 그리고 '손을 놓고 몸을 뒤집다(撒手翻身)'는 표현 역시 선에서 상용하는 활적 자질의 표현이다. 이것은 절벽(懸崖)에서 잡고 있는 손을 놓고 몸을 뒤집는다는 말로서 선에서 흔히 화두를 참구하여 삼매의 경지에 이르고 그 삼매의 경지를 뛰어넘는 작용을 이렇게 표현한다.[21] 여기에 나오는 '한 걸음 내 딛는다(加一步)'라는 말은 표현이 다르지만 같은 의미의 용어이다. 이런 상징적 표현은 '(의심 덩어리를) 분쇄한다(〔疑團〕成粉碎)'와 같이 직접적 표현으로 다르게 나타나기도 한다. 이런 과정을 거쳐

---

21 그래서 成粉碎(204), 撒手翻身(237)의 경우 의단을 타파하고, 절벽에서 손을 놓는 행위로서 화두 일념이 되어 집중하던 하나의 화두를 타파하고 살아나오는 것을 의미한다. (8) 전체를 보면 깨달음을 얻기 전 단계에서 바로 깨달음을 얻으면서 나타나는 활 자질의 용어는 드물고, 대부분은 깨달음을 얻은 이후 깨달은 상태에서 자유자재하는 삶의 모습을 그리는 데 이들 용어들이 주로 사용되고 있다.

깨달음을 얻음으로써 마침내 교화에 나서기도 하고(波波廊下走, 293-3)[22], 비로毘盧를 끊고 법계에 임하기도 하고(左斷毘盧臨法界, 220)[23], 한바탕 웃을 수 있기(笑一聲. 245)도 하여 모두 활적 자질을 드러낸다.[24]

(9)에 보인 용어는 객관 사물이 작용하는 것을 통하여 활적 자질을 나타내는 어휘들이다. 시적 화자나 시적 대상 인물이 아닌 객관 사물로서 활적 자질을 보이는 대상은 주로 바람과 빛이 단일 대상으로 가장 많고 그 외 일반 여러 가지 사물이 나타나고, 활적 현상을 관념적으로 표현하는 경우도 드물게 나타난다. (9)번 초반부의 바람과 관계되는 대표적 어휘를 들어 보면 '바람이 분다(拂, 吹), 일어난다(起), 통한다(通)' 등이고, 바람과 상통하는 것으로서 '벽력이 진동震動한다'는 식으로 작용을 표현하기도 했다. 불拂(11)의 경우를 문장에서 보면 제목으

---

22 이 구절이 나오는 작품은 나옹이 자신의 삶을 읊은 「自讚」인데, 인용 구절과 짝이 되는 구절을 함께 보면 '일찍이 고요히 선정에 들지 않고 종일토록 초조하게 회랑 아래를 달렸네(未嘗寂寂入禪定 終日波波廊下走)'라고 했는데, 앞 구절의 '고요함'이나 선정에 '들다'가 삭적 어휘 유형에 드는 것이라면 '초조하다'거나 '달린다'는 것은 활 자질의 용어이다. 이것은 수렴적 자기 수행에 머물지 않고 확산적으로 교화를 위한 활동에 나선 것으로 볼 수 있어서 그렇다.

23 毘盧는 일반적으로 선에서 삶을 나타내는 용어로 사용된다. 비로자나불은 법신불로서 모든 부처의 본질을 나타내기 때문이다. 그런데 그런 비로를 끊었다는 것은 본질에서 현상으로 나오는 활을 의미한다. 그리고 이어서 법계에 임한다는 것은 끊은 뒤에 나타나는 자연스런 작용으로서 세상에 나온다는 의미이다.

24 활적 자질의 용언이 보이는 활동 과정을 가지고 말하자면 수행을 하여 의정을 일으켜 의단을 형성하고, 그 의단을 타파하는 순간이 있음으로써 자재행이 드러날 수 있다는 점에서 처음 의단을 타파하는 활적 자질은 이후 자재행을 불러올 수 있다는 점에서 매우 중요하다고 할 수 있다.

로 나타난 「진헐대眞歇臺」를 두고 '대 앞과 대 뒤에 청풍이 불고, 그늘이 엷고 짙은 데에는 긴 해가 한가롭네(臺前臺後淸風拂 陰薄陰濃永日閑)'라고 하여 앞 구절에 작용, 뒤 구절에는 비작용의 정황을 대립적으로 읊고 있다. 다시 말하자면 풍경의 움직이는 모습과 고요한 모습을 대비적으로 그려 보이는 가운데 움직임을 보이는 데에 '분다(拂)'는 말이 기능하고 있어서 활적 자질을 보여 준다.

(9)의 중반부에서 빛이 주체가 되는 경우에는 '비추고(爍, 照), 두루하고(周), 쓸고(掃), 나타나는(現)' 작용을 하는 것으로 표현되고 있다. 예를 들면 '갑자기 어머니가 낳아 준 얼굴을 만지면 비로소 찬 빛이 태허 비춤을 믿을 것이네(驀然摸着娘生面 始信寒光爍太虛)'라고 하는 구절에서 찬 빛이라는 대상이 '비춤'이라는 작용을 하는 것으로 그리고 있어서, 이때 '비춘다'는 의미의 삭爍은 활적 자질을 획득하게 되었다.

(9)의 후반부를 보면 닭이 울거나, 산이 순종하고, 좋은 경치가 나타나고, 모옥茅屋과 시비柴扉가 빛을 내고, 원숭이가 울며, 버들과 소나무 그림자가 흐르고, 천지가 회전하며, 땀이 나고, 물건이 밝게 드러나는 것으로 모두 구체적 작용을 표현하고 있다. 특히 '모옥과 시비가 빛을 낸다(茅屋柴扉盡放光, 46)'는 구절은 선문에서 매우 빈번하게 쓰는 표현이다. 발광체도 아닌 모옥과 시비가 어떻게 빛을 내는가? 의문을 가질 수 있는데 살아서 작용하는 현상의 측면을 표현할 때 선문에서는 흔히 이런 표현을 사용한다.[25]

---

25 이것은 흔히 흙이나 돌, 바람과 같은 무정물이 설법을 한다는 것과 유사한 말이다. 여기서 든 사례들이 존재의 작용하는 측면만을 나타낸다는 점에서는 다소 다를 수 있지만 그 작용이 교시적 기능까지 수행할 수 있다는 점에서는

그리고 (9)의 맨 끝부분에 보인 용어들은 상징적 또는 직접적으로 표현된, 존재 원리(본질)가 작용으로 나오는 모습을 서술적으로 표현하고 있다. 옛 주인옹(舊主翁)이 세계에 편재한다거나(偏界), 정체가 스스로 움직인다(〔正體〕自行)고 하고 성해性海가 물건마다 일체에 나타난다(〔性海〕頭頭應現)고 한 것이 그것이다. 여기서 구주옹은 본질을 나타내는 상징적인 어휘이고, 정체正體나 성해性海 등은 본질의 직접적 표현인데 이런 본질이 작용하는 방식은 '편재하고, 스스로 움직이고, 응해서 나타난다'고 하여 다양한 측면에서 그 작용을 나타내어 활적 자질을 획득했다. 즉 공간적으로 계界로 표현된 우주에 두루하고, 스스로 움직이기도 하고, 낱낱이 호응하여 드러난다고 한 것이 그것이다. 공간을 관통하고, 스스로 또는 호응하여 작용하는 것을 모두 드러내고 있기 때문이다.

(8)에 보인 용어가 주관이 활동하는 것을 나타낸 것이라면 (9)에 보인 용어는 객관이 작용하는 것을 나타낸 것이다. 그런데 (10)에 보인 용어는 주관과 객관 어느 하나로 규정할 수 없는 주객관성, 즉 주관과 객관이 합일하여 작용하는 특징을 보여 주는 용어들로 되어 있다. 이것은 서술어에 표현된 작용의 성격을 그 주체와의 관계에서 보면 드러난다. (10)에 제시한 내용을 간단히 풀어 보면 '석녀가 춤을 추거나 눈을 뜨고, 허공이 박수 치고 노래하며, 석인이 땀을 흘리고, 쇠눈에 구리 눈동자를 가진 놈이 한주먹으로 쳐서 열며, 진흙덩

무정물이 설법을 한다는 말이나 무정물이 빛을 낸다는 표현이 상통할 수 있다. 그래서 일체의 이런 활적 작용을 교시적 입장에서 일체가 항상 설법하고 있다는 의미로 수용하면 그것은 無情說法이 된다.

이가 기뻐하고 삼라만상이 춤추고, 현상이 자유자재하고, 꽃이 미소 짓는다'는 말이 된다. 석녀石女, 석인石人, 철안동청한鐵眼銅睛漢, 토괴니단土塊泥團, 삼라만상森羅萬象, 화花라는 대상은 인간과 같은 성질의 인식이나 행위를 하는 주체가 아닌데 춤을 추거나 땀을 흘리고 문을 열고, 기뻐하고, 미소 짓는다는 인간 행위를 하는 존재로 서술되고 있다. 이 가운데 예를 하나 들면 '허공이 박수 치며 라라리 하고, 돌 여자 소리에 맞추어 쉬지 않고 춤추네(虛空拍手囉囉哩 石女和聲舞不休, 47)'에서 주체인 석녀는 돌로 만든 무정물이다. 그런데 사람처럼 '쉬지 않고 춤을 춘다'고 서술하고 있다. 일반적으로 춤을 추는 존재는 인식과 행위의 주체인 사람인데 여기서는 사물이 그러는 것으로 묘사되어 있다. 그 나머지 주체들도 석녀와 같이 무정물인데 인식 주관인 사람의 행위를 하는 것으로 서술함으로써 일상의 논리로는 도저히 풀 수 없는 언구를 만들었다. 그래서 이런 표현이 가장 선적이고 논리적으로 풀 수 없는 것으로 치부되고 심지어는 허황하다는 비판까지 받는다. 그런데 일반적으로 객관 대상을 주체로 세우고 인식 주관이 보이는 행위를 거기에 서술어로 연결시킴으로써 주관과 객관이 벌어지기 이전, 존재의 전일한 모습을 이렇게 나타내는 것이 가장 선적 표현 방법의 하나이다.

따라서 (10)의 사례는 앞에서 보인 (8)과 (9)의 주관과 객관을 나누어 표현한 용어들도 본래는 양자가 합일된 현상을 어느 한 측면에서 표현한 것으로 읽어낼 것을 알려 주는 지표가 된다. (8)의 주관이 주관만이 아니고, (9)의 객관이 객관만이 아니어서 주관이면서 객관이고 객관이면서 주관인 존재의 총체를 다만 어느 한 측면에서 드러냈다는 것을 알려 준다고 할 수 있다. 다시 말하자면 (8)이 주관을 주체로 세웠지만 객관의 모든 현상을 포괄하는 것이고, (9)가 객관을 주체로 세웠지만 주관의 모든 활동을 포괄한 것으로 이해해야 한다는 것이다. 앞에서 말했듯이 선은 주객을 초월한 일체 존재를 다만 살활이라는 존재 방식에 따라 표현할 뿐 주객主客이나 유무有無, 호오好惡 등 상대적으로 나누지 않기 때문이다.

2) 양태 관련 어휘

앞 절에서 움직임을 나타내는 활적 자질의 용어를 다루었는데, 여기서는 대상의 겉모습이나 성질, 상태 등을 나타내어서 활적 자질을 보이는 양태 관련 어휘를 살피고자 한다.

(11) (만헌추색滿軒秋色)반청홍半靑紅(7), 우엽청청雨葉靑靑(담묘리
談妙理, 8), 풍지녹록風枝綠綠(설심진說深眞, 8), 홍紅(16 牧丹, 158 日
頭), 수록산청水綠山靑(273), (대지봉만大地峰巒)역력청歷歷靑(79)

(12) (봉만峰巒)기묘극영롱奇妙極玲瓏(54), 영롱玲瓏(翫珠歌(這靈
珠), 22, 61, 82(四壁), 99(無瑕正體), 106(境巖), 128(璵峯))

(13) (은섬銀蟾)광교결光皎潔(32), (형철泂徹)당당혁혁堂堂赫赫(86),
분명分明(37 文彩, 40 金烏, 56 六窓孤月, 61 六窓寒月, 66 意珠應物),
성성요요惺惺了了(39 體常安), (찰찰진진刹刹塵塵)명요요明了了(翫珠
歌), 요요명명了了明明(71 無礙, 81), 두두요요頭頭了了(102), 역겁

당당歷劫堂堂(102), (용用)요요분명了了分明(종적절蹤跡絶, 84), 명명
明明(7 寶月, 86 寒光), 명역력明歷歷(92)(大地山河), 역력(歷歷 7(珍
山), 21 三椽), (용用)시시역력時時歷歷(자상통自相通 84, 97 大地山河),
(일실내외一室內外)명명(95), 역겁분명歷劫分明(약태허若大虛, 123),
응물명명應物明明(162), (위음겁외영지초威音劫外靈芝草)색자선色自
鮮(228)

(14) 해광海廣(122), 운다雲多(122), 성성惺惺(242), 운만전산수만
병雲滿前山水滿甁(2-1), 풍만지당원만계風滿池塘月滿溪(4), 만만(7
軒秋色, 17 芍藥滿窓), 신우신新又新(8 竹笋百草頭邊), 사사(유有, 22,
54, 143), (지엽枝葉)영번榮繁(43), 확주곽주廓周(사계沙界, 71), 무가애無
罣礙(88), (영원靈源)무궁無窮(99), 인인직비양미횡人人鼻直兩眉橫
(287), 면사자비面似慈悲(293-1)

(11)에 제시한 어휘들은 존재의 현상적 측면이 가지는 겉모습을
나타냄으로써 활적 자질을 가지게 되었다. (11)에 보인 어휘는 주로
객관 대상을 구체적 색깔로 표현하는 서술어들이다. 이것은 현상적으
로 존재하는 일체의 다양한 모습을 각각의 개성에 맞게 '붉고(紅),
푸르고(靑), 파랗다(綠)'는 등 다양한 색상으로 표현하고 있다. 이와
같이 서술어가 주로 선명한 색깔을 나타내기 때문에 그 주체도 이에
상응하는 가을, 잎, 나뭇가지, 꽃, 해, 산수, 산봉우리 등 객관 대상이
중심이다. '물은 푸르고 산은 파란데 어느 곳이 옳은가? 하늘이 멀고
땅이 도는 것이 같은 때일세(水綠山靑何處是 天逈地轉共同時, 273)'라고

하여 뒤 구절의 천지天地와 함께 겉으로 드러난 다양한 현상의 하나인 산수山水가 구체적으로 어떤 모습인가를 나타내는 말이 바로 '푸르고(綠) 파랗다(靑)'는 말이다. 현상의 하나로서 구체적 대상물이 어떤 모습인가를 나타내어서 색상 용어들이 활적 자질을 보여 주게 되었다.

그런데 (12)번의 영롱玲瓏하다는 용어는 여러 작품에 걸쳐 반복해서 사용되고 있는데, 이것은 (11)에 보인 것과 같이 색깔을 하나씩 따로 지칭하는 것이 아니라 특정 하나의 대상이 여러 색깔을 매우 다채롭게 띠고 있는 것을 나타내는 말이다. 그래서 (11)의 경우와 같이 이 다양한 대상이 각기 하나의 빛깔을 띤다는 방식으로 표현하지 않고 특정 하나의 대상이 다양한 빛깔을 띤다는 방식으로 표현을 바꾸었다. 그리고 여기서는 다양한 색깔을 가지는 봉만峰巒, 영암瓊巖, 경봉璥峯, 영주靈珠, 사벽四壁, 정체正體 등 존재의 본질을 상징적 혹은 관념적으로 나타내는 대상물이 주체로 제시되었다. 사벽四壁은 「중암中菴」이라는 작품에서 보면 암자를 구성하는 실제 네 벽일 수도 있고, 중암이라는 이름을 쓰는 인물의 사대육신四大肉身을 상징하는 것이라고 할 수도 있다. '동서남북의 길이 서로 통하니 네 벽이 영롱하여 묘하게 다함이 없네(東西南北路相通 四壁玲瓏妙莫窮, 82)'라고 한 경우를 보면 이 작품 마지막 구절 '육창의 외로운 달이 맑은 허공을 비추네(六窓孤月照晴空, 82)'라고 하여 중암은 실제 암자와 인간 모두를 중의적으로 표현하고 있다. 어느 쪽이든 사벽은 존재의 본질을 상징하는 대상물로서 다양하게 현현할 수 있는 능력의 탁월함을 이와 같은 다채색의 서술어로 표현하여 활적 자질을 일물일색과는 다른 방향에서 보여 준다고 할 수 있다.

다양한 색깔을 동시에 띠는 영롱이라는 용어와 달리 드러난 모습을 직접적으로 부각하는, 설명적 용어인 '분명하다(分明)'는 뜻의 용어를 쓴 경우가 또한 많이 나타났다. (13)에 보인 것이 바로 그것인데 여기서는 '희고 깨끗하다거나(皎潔), 빛난다(赫赫), 분명하다(分明), 명료하다(了了明明)'는 등의 용어가 중심이다. 이것은 구체적 색깔이 아니라 어둡고 그윽한 것과 상대되는 관점에서, '드러나고 밝아서 분명하다'는 것을 나타내는 성질의 용어들이다. 「의주意珠」라는 제목으로 드러낸 대상이 '분명하게 사물에 응하여 당처가 드러나니(應物分明當處現, 66)'라고 하여 인간의 의식이 객관 사물과 호응하는 것이 분명하고, 그런 과정에 당처인 본질이 드러난다는 것을 이렇게 표현한 것이다. 사물에 호응하는 것이 '분명하다'인데, 분명分明은 드러난 작용 현상 그대로를 직접 설명하는 용어로서 활적 자질을 가지게 되었다. 그 나머지 예의 경우도 빛을 내는 태양, 달, 빛 등과 함께 관념적으로 본질, 현상 등을 주체로 내세워서 이런 대상이 겉으로 작용하고 드러나는 것으로 묘사하여 활적 자질을 가지게 되었다.

끝으로 (14)를 보면 다양한 성질의 용어가 사용되고 있다. 여기에 사용된 용어를 보면 '넓다(廣), 많다(多), 또렷하다(惺惺), 가득하다(滿), ~인 것 같다(似〔有,慈悲〕), 번성하다(榮繁), 널리 두루하다(廓周), 걸림이 없다(無罣礙), 무궁하다(無窮), 곧고 가로로 되어 있다(直橫)' 등으로 되어 있어서 규모의 확장적 의미, 의식의 명징적 의미뿐 아니라 번성함, 자유로움, 끝없음, 현상의 있음과 자비 활동 등 현상을 다양한 성질의 용어를 가지고 와서 표현하고 있다. 예를 들어 '바람은 못에 가득하고 달은 시냇물에 가득하네(風滿池塘月滿溪, 4)'라고 하여 여기서 바람과 달이 가지는 '가득하다(滿)'는 활적 현상을 표현하고 있다. 여기서 보인 예시는 본질을 형상화한 존재나 자연 대상을 주체로 세우고 그것들이 드러나고, 크고, 확장되는 성격을 서술하여 활적 자질을 보여 주고 있다.

양태 관련 활 자질의 용어를 서술어로 사용하는 경우 그 주체는 주로 특정 사물이나 현상으로서 본질을 상징한 시적 대상물이고, 드물게 존재의 형상을 관념적으로 나타내거나 인물을 나타내는 어휘를 주체로 내세워서, 동작을 나타내는 어휘의 주체가 주관과 객관으로 양분되거나 양자가 통합적으로 나와서 비슷한 비중으로 나타난 것과는 많이 다른 면모를 보여 주고 있다.[26]

4. 용언 계열 어휘의 양면성

이 장에서는 나옹 선시에 나타난 용언 계열 어휘의 자질을 논의하였다. 나옹 선시나 당대 다른 작가의 선시를 문장이나 작품 차원의 상위 연구를 진행하기 위한 기초 작업으로서 어휘에 대한 논의를 시작하였는데 논란거리가 많아서 체언 계열 어휘에 대한 논의를 먼저 진행했고, 여기서는 용언 계열 어휘에 대한 논의를 진행했다.

---

26 체언 계열 어휘에서 나타나던 살활동시적 자질의 용어가 용언 계열 어휘군에서는 나타나지 않았다. 이것은 어휘 자체의 특성과 관계된 것으로 보인다. 체언은 존재 자체를 나타내는 어휘이기 때문에 살활의 두 가지 자질을 동시에 함유하는 어휘가 나타날 수 있으나, 용언은 어느 방향으로든 구체적으로 작용이 일어났음을 나타내기 때문에 두 가지 자질은 분리되어 표현되고 살활동시적 자질의 용언 계열 어휘는 나타나지 않은 것으로 보인다.

용언 계열 어휘 가운데 살적 자질의 어휘 유형을 논하면서 동작 관련 어휘와 양태 관련 어휘를 나누어서 살폈다. 동작 관련 어휘는 인식과 행위의 주관이 주체가 되는 경우와 사물과 현상이라는 객관이 주체가 되는 두 가지로 나타났다. 전자가 주체가 되는 경우에는 '베다(斬), 넘어뜨리다(倒), 잠자다(打閑眠), 거두다(收), 타파하다(打破), 일소하다(一掃)와 같이 끊고 단절하는 의미의 용어를 쓰는 경우, '돌아오다(歸, 還), 밟다(蹋), 이르다(到)' 등과 같이 어디에 도달하다는 의미의 용어를 쓰는 경우, '보고 듣지 않는다(不見不聞), 통하기 어렵다(難通), 말하지 말라(莫言), 여여하여 움직이지 않는다(如如不動)'는 것과 같이 어떤 특정 작용을 하지 않는다는 것을 나타내는 경우, '한가하게 잠을 자다(打閑眠, 1-2), 잠궈 고정하다(鎖定, 75), 쉬고 쉬다(休休), 거두어 오다(收來), 고요히 선정에 들다(寂寂入禪定, 293-3), 도리어 라롱에 들어가다(反入羅籠)'와 같이 멈추는 방향으로 나아가는 작용을 나타내는 경우 등 여러 가지로 살적 자질이 나타났다. 객관이 주체가 되는 경우에는 솟다(挿), 뚫다(透), 돌출하다(突出), 높이 솟다(高聳)와 같이 높이 솟거나 뚫고 나가다라는 작용을 보이는 경우, 끊다(絶), 막히다(塞), 통하지 않다(不通), 거두다(收), 돌아오다(歸合)와 같이 '끊거나, 막히고, 통하지 않고, 거두고, 돌아오다'라는 의미를 가지는 경우 등이 나타났다. 솟거나 뚫고 나가다는 등 상대가 아닌 절대성을 보이고, 끊거나 통하지 않고 돌아옴이라는 정지 상태로 돌아오는 것을 나타냄으로써 살적 자질을 보여 주었다.

그리고 양태 관련 용어를 보면 형상(相, 形, 形影)이나 자취(蹤, 蹤跡, 个蹤), 생김이나 있음(生, 有), 마음(念, 心, 分想), 이름(名), 일(事),

행위(爲), 기타(頭尾, 邊, 一物, 隔礙, 窮, 現前, 依) 등 현상을 나타내는
어휘 앞에 무無, 미未, 몰沒과 같은 부정어를 배치하여 '없다'는 살적
자질의 어휘를 생성한 경우, 높고 높다(巍巍), 험하다(險峻), 매우
높다(彌高), 극히 멀다(極遠, 80), 극히 깊다(極深, 129)와 같이 절대적으
로 높다거나 절대적으로 멀거나 깊다는 의미의 용어를 사용한 경우,
차다(寒)나 차다(冷冷)와 같이 차다는 감각어를 사용한 경우, 공공空空
과 적적寂寂과 같이 비었다거나 고요하다는 의미의 용어를 사용한
경우, 징청澄淸이나 현현玄玄과 같이 맑거나 검다는 의미의 용어를
사용하는 경우를 통하여 살적 자질을 표현하였다. 그런데 작용을
나타내는 용어의 주체가 주관과 객관으로 나누어져 나타난 것과는
달리 양태를 나타내는 용어의 주체는 모두 객관 대상물이 사용된다는
것이 특징이다.

다음 활적 자질을 나타내는 경우도 동작, 양태 관련 용어로 나누어서
살폈다. 동작 관련 어휘에서 '배고프면 밥 먹고 목마르면 물마시고
피곤하면 잠잔다(飢喰渴飮困安眠)'는 것과 같이 일상생활을 표현하는
경우나 놓다(放), 통하다(通), 손을 놓고 몸을 뒤집다(撒手翻身)와 같이
수행과 관련한 활적 표현을 쓰는 경우는 인식 주관이 주체가 돼 있었고,
바람이나 빛, 사물이 주체가 되어 '불거나 빛을 발한다'고 한 경우,
닭(鷄), 산山, 꽃(花), 원숭이(猿)와 같은 구체적 대상이나, 정체正體나
성해性海 등 본질을 나타내는 용어를 직접 사용하는 경우는 객관 대상이
주체이고 그것이 작용하는 것으로 나타났다. 주관과 객관이 나누어지
는 이 두 가지 경우와는 달리 인식 주관인 사람 행위에 해당되는
춤추다(舞), 박수 치다(拍手), 크게 뜨다(豁開), 관통해서 흐르다(通

流), 쳐서 열다(打開), 기뻐하다(得歡), 웃다(開笑)와 같은 활적 자질의
서술어가 석인石人, 석녀石女, 동철한銅鐵漢과 같은 살적 자질의 객관
사물인 주체와 한 문장을 구성함으로써 객관과 주관 둘이 통사적으로
결합된 문장이 나타났다. 이것은 주체를 주관이나 객관으로 나누어
어떤 자질을 드러내더라도 실제는 존재 원리상 주객이 통합되어 움직
인다는 것을 알리는 역할을 하였다. 즉 이것은 주관이 객관이고 객관이
주관인 주객일치의 존재 원리를 나타내는 기능을 수행했다고 할 수
있다.

다음 활적 자질의 양태 관련 어휘에서 다양한 대상 각각의 청홍록靑紅
綠과 같은 구체적 색깔을 나타내는 경우와 한 존재의 극영롱極玲瓏이라
는 다양한 색상을 통합적으로 드러내는 경우, 분명分明하거나 역력歷歷
하다는 드러난 모습을 나타내는 경우, 넓다(廣), 많다(多), 가득하다
(滿)와 같이 넓고 크다는 의미의 양태 용어를 사용한 경우 등이 나타났
다. 그런데 이 동작 관련 어휘의 경우와 달리 양태 관련 어휘의 경우에는
모두 객관 대상이 주체로 나타났다는 것이 특징이다. 이것은 살활의
보편 원리가 편재하면서도 구체적 현상의 다양한 모습을 드러내는
것이라 할 수 있다.

이상에서 보았듯이 용언 계열 어휘의 양면성은 살적 자질의 어휘
유형과 활적 자질의 어휘 유형의 둘로만 나타나서, 체언 계열 어휘의
양면성의 경우 두 자질이 별도의 어휘로 나뉘어 나타나기도 하고
하나의 어휘로 통합되어 나타나기도 하여 양면성이 중층적이었던
것과는 달랐다. 이것은 체언 계열 어휘가 살활 분리 이전의 존재
그 자체와 분리되었을 때 본질과 형상이라는 두 측면을 모두 가질

수 있는 것이었기 때문이고, 그와 달리 용언 계열의 어휘는 어느 방향이든 작용을 하면 다른 한 측면이 매몰될 수밖에 없는 특성 때문에 살활의 자질이 두 가지 유형의 다른 어휘 형태로만 분리되어 나타난 것으로 파악되었다.

어휘에 대한 이러한 논의를 일정 부분 진행하면서 체언과 용언이 결합한 문장이라는 통사 단위, 문장이 축적되어 나타나는 작품이라는 미적 실체 단위, 나아가 한 작가 또는 여러 작가의 작품을 통괄하는 선시 문학의 총체적 문예 미학적 실상에 접근하는 작업이 앞으로의 과제라고 할 수 있다.

참고문헌

1. 자료

고봉 원묘 저, 전재강 역주, 고우 감수, 『선요』, 운주사, 2006.

고우 감수, 전재강 역주, 『금강경삼가해』, 운주사, 2019.

나옹 혜근 저, 『나옹록』, 백련선서간행위원회, 장경각, 2001.

_____, 무비 옮김, 『나옹스님어록』, 민족사, 1996.

대혜 저, 전재강 역주, 고우 감수, 『서장』, 운주사, 2004.

백운 경한, 「백운화상초록불조직지심체요절」 상하 『한국불교전서』 제6책, 동국대
    학교출판부, 1990.

백운 경한, 「백운화상어록」 상하 『한국불교전서』 제6책, 동국대학교출판부, 1990.

백운 경한 저, 박문렬 역, 『역주백운화상어록』, 충주고인쇄박물관, 1998.

_____, 무비 역주, 『백운스님어록白雲和尙語錄』, 민족사, 1996.

_____, 조영미 옮김, 『백운화상어록』, 동국대학교출판부, 2019.

법해 원찬, 혜암 주, 『육조단경』, 현문출판사, 1999.

불과 원오 선사 작, 현대선학연구회 편, 『벽암록』, 묘관음사 장(妙觀音寺藏), 대한불
    교역경원, 1962.

석옥 저·지유 편·이영무 번역, 『석옥청공선사어록』, 불교춘추사, 2000.

왕필 지음, 임채우 옮김, 『왕필의 노자』, 예문서원, 1997.

임제·법안 저, 『臨濟錄·法眼錄』, 백련선서간행회, 장경각, 1989.

테고 보우 저, 『태고록』, 백련선서간행위원회, 장경각, 1991.

혜능 저, 퇴옹 성철 현토편역, 『육조단경』, 장경각, 불기 2532.

혜심·각운 지음, 김월운 옮김, 『선문염송·염송설화』 1, 동국대역경원, 2005.

혜심 저·월산 성림, 『선문염송』, 오어사 운제선원, 일진인쇄, 1994.

2. 단행본

강석근, 『한국불교시연구』, 이회, 2002.

고우 외 4인(전국선원수좌회 편찬위원회), 『간화선』, 조계종불학연구소, 조계종출판사, 2005.

고형곤, 『선의 세계』 Ⅰ·Ⅱ, 운주사, 1995.

교양교재편찬위원회편, 『불교학개론』, 동국대학교출판부, 2009.

권기종 역, 『선수행의 길잡이』, 동국대학교 역경원, 1978.

권기호, 『선시의 세계』, 경북대학교출판부, 1991.

김용직 편, 『상징』 문제와 시각 18, 문학과 지성사, 1988.

김운학, 『불교문학의 이론』, 일지사, 1981.

김효탄, 『고려말 나옹의 선사상 연구』, 민족사, 1999.

대륜불교문화연구원 불교전기문화연구소, 『태고보우국사』, 역대고승총서 7, 불교영상, 1998.

박재현, 『국어교육을 위한 의사소통이론』, 사회평론, 2013.

서규태, 『한국근세 선가문학』, 고려대학교 민족문화연구소, 1994.

송준영, 『선, 언어로 읽다』, 소명출판, 2010.

앙리삐에르 저, 윤영애 역, 『상징주의 문학』, 탐구당, 1985.

유호선, 『조선후기 경화사족의 불교인식과 불교문학』, 태학사, 2006.

이상미, 『무의자의 선시 연구』, 박이정, 2005.

이상보 외, 『불교문학연구입문』(율문·언어편), 한국불교문학사연구회신서 2, 동화출판공사, 1991.

이승훈, 『선과 기호학』, 한양대학교출판부, 2005.

이종군, 『고려 말 선시의 미학』, 불광출판사, 2008.

이종찬, 『한국의 선시』(고려편), 이우출판사, 1985.

_____, 『한국불가시문학사론』, 불광출판부, 1993.

이창덕 외 4인, 『화법 교육론』, 역락, 2012.

이형기 외, 『불교문학이란 무엇인가』, 한국불교문학사연구회신서 1, 동화출판공사, 1991.

전재강, 『한국불교가사의 구조적 성격』, 보고사, 2012.

_____, 『한국불교가사의 유형적 존재양상』, 보고사, 2013.

_____, 『한국선시의 문예 미학』, 보고사, 2022.

제레미M. 호손 지음, 정정호 外 옮김, 『현대문학이론 용어사전』, 동인, 2003.

조셉 칠더즈·게리헨치 엮음, 황종연 옮김, 『현대문학·문화비평 용어사전』, 문학동네, 2000.

조태성, 『한국불교시의 탐구』, 한국학술정보, 2007.

추월용민·추월진인 저, 혜원 역, 『선어록 읽는 방법』, 운주사, 1996.

형운(이상옥), 『달마 이전의 중국선』, 정우서적, 2014.

혜능 저·고우 스님 강설·박희승 엮음, 『육조단경』, 조계종출판사, 2013.

Charles Chadwick 저, 박희진 역, 『상징주의Symbolism』, 문학비평총서 5, 서울대학교출판부, 1973.

3. 논문

강전섭, 「전나옹화상작 가사 사편에 대하여」, 『한국언어문학』 23, 한국언어문학회, 1984.

구수영, 「나옹화상과 「서왕가」 연구」, 『국어국문학』 62·63, 국어국문학회, 1973.

권기종, 「백운의 선사상 연구」, 『가산 이지관스님 화갑기념논총 한국불교문화사상사』 상, 가산불교문화진흥원, 1992.

공종원, 「석옥청공선사의 선풍과 한국선」, 『태고보우국사』, 불교영상, 1998.

김기탁, 「나옹화상의 작품과 가사 발생 연원 고찰」, 『영남어문학』 3, 영남어문학회, 1976.

김대행, 「「서왕가」와 문학교육론」, 『한국가사문학연구』, 상산정재호박사화갑기념논총, 1996.

김동환, 「불조직지심체요절의 핵심내용과 백운화상 경한」, 『인문사회과학연구』 4(2), 중부대, 인문사회연구소, 2000.

김방룡, 「보조지눌과 태고보우와 선사상 비교연구」, 『한국종교사연구』 제8권, 한국종교사학회, 2000.

_____, 「석옥청공의 선사상」, 『선과 문화』 2, 한국선문화학회, 2005.

_____, 「여말 삼사(태고보우 나옹혜근 백운경한)의 간화선 사상과 그 성격」, 『보조사

상』 제23집, 보조연구원, 2005.

김상영, 「백운화상」, 『한국불교인물사상사』, 불교신문사편, 민족사, 1990.

_____, 「백운화상-무심무념선 강조한 여말의 선승-」『한국불교인물사상사』, 불교신문사편, 민족사, 1990.

_____, 「석옥청공과 백운경한의 선풍」, 『고인쇄문화』 제13집, 청주고인쇄박물관, 2006.

김용환, 「직지심체요절의 조사선 연구」, 『국민윤리연구』 제44호, 한국국민윤리학회, 2000.

김은종, 「懶翁 慧勤의 「工夫十節目」에 관한 연구」, 『釋林』 제32호, 東國大學校 釋林會, 1998.

김종명, 「직지의 선사상과 그 의의」, 『역사학보』 177, 역사학회, 2002.

김종우, 「나옹화상의 승원가」, 『국어국문학』 10, 부산대 국어국문학회, 1971.

김종진, 「『자책가』 이본 형성 연구」, 『한국어문학연구』 31, 한국어문학연구학회, 1996.

_____, 「서왕가 전승의 계보학과 구술성의 층위」, 『한국시가연구』 18, 한국시가학회, 2005.

_____, 「『태고암가』의 주제적 계보와 창작 의의」, 『한민족문화연구』 제42집, 한민족문화학회,2013.

김창숙, 「태고보우의 사상과 정화운동」, 동국대학교 학위논문, 1991.

김철회, 「태고보우의 불교 교육론 연구」, 동국대학교 학위논문, 1990.

김태흡, 「석옥청공선사에 관한 연구」, 『불교』 57, 불교사, 1929.

남동신, 「석옥청공」, 『禪師新論』, 우리출판사, 1989.

돈각, 「태고보우太古普愚의 간화선법看話禪法에 대한 고찰」, 『선문화연구』 제9권, 한국불교선리연구원, 2010.

무공 서갑생 편저, 「태고보우국사 인물론」, 『태고사상』 제4집, 불교춘추사, 2005.

_____, 「태고보우국사의 종지와 종풍 그 수행법」, 『태고사상』 제5집, 불교춘추사, 2006.

박재금, 「나옹 선시의 상징과 역설」, 『한국의 민속과 문화』 제12집, 경희대학교민속학연구소, 2007.

박태호, 「태고보우의 불교사상과 시적 형상화 연구」, 동방문화대학원대학교 불교문
　　예학과 불교문학전공 박사학위논문, 2017.

변희영·백원기, 「백운경한의 선사상과 '무심진종'의 시학」, 『한국사상과 문화』
　　제83호, 한국사상문화학회, 2016.

서윤길, 「고려말 임제선의 수용」 『한국선사상연구』, 동국대불교문화연구원, 1984.

서정문, 「태고보우의 선풍에 관한 연구」 『중앙증가대학논문집』 제3집, 중앙승가대
　　학교, 1994.

손석원, 「태고보우의 사상과 기독교적 이해」 『성결신학연구』 제4집, 성결대학교
　　선결신학연구소, 1999.

송윤주, 「태고보우대사연구」, 동국대학교 학위논문, 2002.

심계웅, 「백운경한 선사의 시세계」, 청주대학교 대학원 한문학과 석사학위논문,
　　2016.

신규탁, 「나옹화상의 선사상」 『동양고전연구』 6. 동양고전학회, 1996.

_____, 「나옹혜근의 선사상에 대한 철학적 분석」 『大覺思想』 제11집, 대각사상연
　　구회, 2008.

_____, 「나옹화상의 선사상」 『동양고전연구』 제6집, 동양고전연구회, 1996.

신영심, 「나옹혜근의 선시연구」 『연구논집』 제13집, 이화여자대학교대학원, 1985.

염은열, 「「서왕가」의 인식적 특성 연구」 『선청어문』 23, 서울대 사범대, 1995.

염중섭, 「공부선의 방법에서 경한과 나옹 간의 관점에 있어서 동이 고찰-백운경한
　　을 통한 나옹 사상의 특징 파악을 중심으로-」 『국학연구』 제25집, 한국국학진
　　흥원, 2014.

우제선, 「인식의 전환: 다르마끼르띠와 태고보우의 깨달음」 『보조사상』 제22집,
　　보조사상 연구원, 2004.

유영숙, 「백운의 법맥과 선사상」 『지촌 김갑주교수 화갑기념사학논총』, 동간행위
　　원회, 동국대, 1994.

이동영, 「나옹화상의 「승원가」와 「서왕가」 탐구」 『사대논문집』 32, 부산대학교사
　　범대, 1996.

이병욱, 「백운의 선사상-무심선·조사선·화두선의 관계와 선교일치방식에 대하
　　여」 『불교사 연구』 3, 중앙승가대 불교사학연구소, 1999.

이병철, 「나옹작 「서왕가」 일고」『한국사상과 문화』43, 한국사상문화학회, 2008.

이영무, 「한국불교사에 있어서의 태고보우국사太古普愚國師의 지위: 한국불교의 종조론宗祖論을 중심으로」『한국불교학』제3집, 한국불교학회, 1977.

_____, 「태고보우국사의 인물과 사상」『한국사상논문선집』제33집, 불함문화사, 1967.

이재훈, 「14세기 성리학자들의 불교 비판과 태고 보우의 대응」, 중앙대학교 사학과 한국사전공 석사학위논문, 2009,

이종군, 「태고선사의 명호시 연구」『국어국문학』제29집, 부산대학교 인문대학 국어국문학과, 1992.

_____, 「백운선사의 선시 연구」『백련불교논집』7. 백련불교문화재단, 1997.

_____, 「懶翁禪師의 詩 世界」釜山大敎育大學院, 석사학위논문, 국어교육전공, 1989.

_____, 「懶翁 禪詩에 나타난 달(月)의 상징」『韓國文學論叢』제14집, 韓國文學會, 1993.

_____, 「나옹화상의 삼가 연구」, 부산대학교 대학원 국문과 박사학위논문, 1996.

이종익, 「고려백운화상의 연구」『정종박사 정년퇴임기념논문집 - 동서사상의 만남』, 형설출판사, 1982.

이창구, 「懶翁 禪의 실천체계」『汎韓哲學』제26집, 汎韓哲學會, 2002.

李哲憲, 「懶翁惠勤의 法脈」『韓國佛敎學』第19輯, 韓國佛敎學會, 1994.

이철헌, 「나옹 혜근의 선사상」『한국불교학』21, 한국불교학회, 1996.

이혜화, 「태고화상 「토굴가」고」『한성어문학』제6집, 한성대학교 한성어문학회, 1987.

인권환, 「고려시대 불교시의 연구-선가의 시를 중심으로-」, 고려대학교대학원 국어국문학과 박사학위논문, 1982.

임종욱, 「선시의 발생 및 변용에 관한 연구」『국어국문학논문집』제13집, 동국대 국어국문국어교육과, 1986.

임준성, 「백운경한의 시세계-무심의 미학을 중심으로-」『한국시가문화연구』제13집, 한국시가문화학회, 2004.

전재강, 「불교가사 형성의 발생학적 정황」『우리문학연구』제31집. 우리문학회,

2010.

_____, 「백운경한 초록『직지』에 실린 선시의 제시맥락과 표현 원리」『선학』 제47호, 한국선학회. 2017.

_____, 「『백운화상어록』 선시의 제시국면과 선시에 나타난 대상 인식」『어문론 총』 제81호, 한국문학언어문학회. 2019.

_____, 「『백운화상어록』에 드러난 선의 성격과 산문적 표현」『한국시가문화연 구』 제45집, 한국시가문화학회, 2020.

_____, 「『백운화상어록』의 편집 체제와 산문 서술방식」『국학연구론총』 제25집, 택민국학연구원, 2020

_____, 「불교 관련시조의 사적 전개와 유형적 특성」『한국시가연구』 제9집, 한국시가학회, 2001.

_____, 「경허 가사에 나타난 수행법과 표현 방식」『한국불교가사의 구조적 성격』, 보고사, 2012.

_____, 「나옹 선시에 나타난 용언 계열 어휘의 양면성」『한국시가연구』 제35집, 한국시가학회, 2013.

_____, 「나옹선시에 나타난 체언 계열 어휘의 양면성」『어문학』 제121집, 한국어 문학회, 2013,

_____, 「나옹 선시에 나타난 시공 표현의 용어 유형」『우리말글』 제57집, 우리말글 학회, 2013.

_____, 「태고보우와 석옥 청공 선시의 비교 연구」『우리말글』 제62집, 우리말글학 회, 2014,

_____, 「경허 선시의 표현 원리」『우리말글』 제60집, 우리말글학회, 2014.

_____, 「선인禪人과 관인官人에게 준 태고보우 선시의 성격」『한국시가문화연구』 제37집, 한국시가문화학회, 2016.

_____, 「태고보우의 산문과 가음명시에 나타난 작가 의식의 성격」『국어국문학 회』 제178호, 국어국문학회, 2017.

_____, 「『공부하다 죽어라』①에 나타난 혜암선사 선의 성격과 표현원리」『혜암선 사의 선사상과 세계화』, (사)혜암선사문화진흥회 엮음, 시화음, 2020.

_____, 「태고록太古錄 시문에 나타난 선禪의 비언어적非言語的 표현 원리」『우리말

글』제90집, 우리말글학회, 2021.

정대구, 「승원가의 작자 연구」『숭실어문』 1, 숭실어문학회, 1984.

정병조, 「백운의 無心禪에 관하여」『한국불교학』 3, 한국불교학회, 1977.

정재호, 「「서왕가」와 「승원가」의 비교고」『건국어문학』 9·10, 건국어문학회, 1985.

_____, 「나옹작 가사의 작자 시비」『한국학연구』 19, 고려대학교 한국학연구소, 2003.

정제규, 「백운경한의 재가불교신앙관」『고인쇄문화』 5, 청주고인쇄박물관, 1998.

정진원, 「나옹화상 「고루가」 텍스트 분석」『텍스트언어학』 4, 한국텍스트언어학회, 1997.

조성택, 「백운경한 선사상의 윤리사상적 가치 연구」『윤리교육연구』제35집, 한국윤리교육학회, 2014.

_____, 「백운경한 무심선의 세계시민성 화용 연구」, 충북대학교 일반대학원 윤리교육과 박사학위논문, 2016.

조영미, 「백운경한의 조사선 인식」『정읍사상사』, 민속원, 2017.

조태성, 「한국선시의 갈래와 선취의 문제」『고시가연구』제22집, 한국고시가학회, 2008.

주명철, 「회통불교 전통과 태고 보우의 원융불교사상의 상관성에 관한 고찰」『동방논집』, 동방대학원대학교, 2007.

주호찬, 「태고 보우와 나옹 혜근의 오도송」『어문논집』제46권, 민족어문학회, 2002.

차차석, 「석옥청공과 태고보우의 선사상 비교」『한국선학』제3권, 한국선학회, 2001.

최강현, 「서왕가 연구-주로 그 수록문헌과 연대를 중심으로」『인문논집』 17, 고려대학교, 1972.

최경환, 「태고보우의 인맥과 공민왕대 초 정치활동」, 서울대학교 사회교육과 역서전공 석사학위논문, 2010.

최두헌, 「태고보우 선시의 연구: 오도·산거·경책의 시를 중심으로」, 동국대학교 학위논문, 2008.

최말수, 「태고보우의 선사상」, 동국대학교 대학원 석사학위논문, 2021.

최병헌, 「태고보우의 불교사적 위치」『한국문화』제7집, 서울대학교 규장각 한국학
　　연구원, 1986.

최석환, 「태고보우 현장 기행; 탄생의 땅」『불교춘추』제3집, 불교춘추사, 1996.

최수연, 「태고보우 시 연구」, 동국대학교 대학원 한문학과 석사학위논문, 1999.

학담, 「고려말 임제법통의 전수와 백운선사의 무심선」『호서문화논총』13, 서원대
　　호서문화연구소, 1999.

한기두, 「태고보우연구」『한국사상논문선집』제33집, 불함문화사, 1973.

＿＿＿, 「고려후기의 선사상」『한국불교사상사』, 한국사상대계 V.3, 한국정신문
　　화연구원. 1986.

＿＿＿, 「고려선종의 사상적 전통」『한국불교사상사』, 한국사상대계 V.3, 한국정
　　신문화연구원. 1986.

현문, 「백운 경한의 생애와 선사상」『승가』제12호, 1995.

황선주, 「직지원문의 출전에 대하여」『고인쇄문화』5. 청주 고인쇄발물관, 1998.

＿＿＿, 「직지의 각주와 그 공안」『호서문화논총』제11집, 서원대호서문화연구소,
　　1997.

황인규, 「백운경한과 고려말 선종계」『한국선학』제9호, 한국선학회, 2004.

＿＿＿, 「석옥청공과 여말삼사의 불교계활동-경한을 중심으로-」『고인쇄문화』
　　제13집, 청주고인쇄박물관, 2006.

＿＿＿, 「懶翁慧勤과 그 대표적 계승자 無學自超: 나옹혜근과 무학자초의 遭遇事
　　實을 중심으로」『東國歷史敎育』제5집, 東國大學校歷史敎育科, 1997.

찾아보기

300

지은이 전재강

경북 안동에서 태어났다. 경북대학교 국어국문학과를 졸업하고, 동 대학원 국어국문학과에서 석사 및 박사학위를 취득하였다.

동양대학교 교수, 안동대학교 인문대학 국어국문학과 교수를 역임하였고, 현재 안동대학교 사범대학 국어교육과 교수로 재직 중이다.

저서로『상촌신흠문학연구』,『한문의 이해』,『사대부시조작품론』,『시조문학의 이념과 풍류』,『선비문학과 소수서원』,『남명과 한강의 만남』,『불교가사의 구조적 성격』,『불교가사의 유형적 존재양상』,『한국 시가의 유형적 성격과 작품 전개구도』,『미래를 여는 글쓰기와 토론』,『한국 선시의 문예 미학』등이, 역주서로『서장』,『선요』,『금강경삼가해』등이, 논문으로「어부가계 시조 연구」,「신흠 시의 구조와 비평 연구」,「불교 관련 시조의 사적 전개와 유형적 연구」,「침굉 가사에 나타난 선의 성격과 진술 방식」등 100여 편이 있다.

대원불교
학술총서 **05** 한국 선어록의 문예 미학

초판 1쇄 인쇄 2022년 11월 28일 | 초판 1쇄 발행 2022년 12월 6일
지은이 전재강 | 펴낸이 김시열
펴낸곳 도서출판 운주사

(02832) 서울시 성북구 동소문로 67-1 성심빌딩 3층

전화 (02) 926-8361 | 팩스 0505-115-8361

ISBN 978-89-5746-718-3 93810 값 20,000원

http://cafe.daum.net/unjubooks 〈다음카페: 도서출판 운주사〉